Emily Bones – Die Stadt der Geister

Gesa Schwartz wurde 1980 in Stade geboren. Sie hat Deutsche Philologie, Philosophie und Deutsch als Fremdsprache studiert. Ihr besonderes Interesse galt seit jeher dem Genre der Phantastik. Nach ihrem Abschluss begab sie sich auf eine einjährige Reise durch Europa auf den Spuren der alten Geschichtenerzähler. Für ihr Debüt »Grim. Das Siegel des Feuers« erhielt sie 2011 den Deutschen Phantastik Preis in der Sparte Bestes deutschsprachiges Romandebüt. Zurzeit lebt sie in der Nähe von Hamburg in einem Zirkuswagen.

GESA SCHWARTZ

EMILY BONES

Die Stadt der Geister

PLANET!

1

Es war die Dunkelheit, die Emily weckte. Sie war so vollkommen, dass sie den Augen keinen Halt bot. Emily konnte sie fühlen wie ein lebendiges Wesen, das sie von allen Seiten umdrängte, und sie seufzte verschlafen. Sie hatte nicht das Geringste dafür übrig, mitten in der Nacht aufzuwachen und sich in völliger Finsternis wiederzufinden. Deshalb achtete sie normalerweise darauf, dass die Vorhänge in ihrem Zimmer vor dem Schlafengehen ein wenig geöffnet waren. Aber sie ging jede Wette ein, dass Sophie sie wieder heimlich zugezogen hatte. Ihre kleine Schwester hatte nämlich ständig Angst, dass jemand hereinsah. Vampire. Monster. Irgendwelche Fantasiegestalten eben, von denen sie in ihren Büchern gelesen hatte. Nicht, dass Emily diese Furcht nicht bekannt vorkam. Aber immerhin war sie dreizehn Jahre alt. Sie war kein Kind mehr. Und das bedeutete, dass sie sich zumindest nicht anmerken lassen durfte, dass sie in schwachen Momenten noch genauso an all die Hirngespinste glaubte wie ihre Schwester. Abgesehen davon fand sie es bedeutend schlimmer, sich gefährliche Kreaturen *in* ihrem Zimmer vorzustellen als durch eine Glasscheibe von ihr getrennt *jenseits* davon. Der Gedanke an mögliche Ungeheuer ließ sie schaudern. Sie brauchte Licht. Sofort. Entschlossen richtete sie sich auf – und schlug mit der Stirn gegen etwas Hartes. Der Schmerz zuckte durch ihren Schädel, und als sie nach ihrer Schläfe griff, stieß sie mit dem Ellbogen gegen eine Wand, wo für gewöhnlich gar keine war.

»Verflucht, was …«, murmelte sie und stellte fest, dass ihre Stimme seltsam dumpf klang. So als wäre sie anstatt in ihrem Zimmer in einem sehr viel kleineren Raum. Fieberhaft suchte sie nach einer Erklärung, doch ihre Hände waren schneller als ihr Verstand. Sie tasteten über eine dritte Wand direkt neben ihr. Aber sie war nicht glatt wie in ihrem Zimmer, sondern mit weichem Stoff verkleidet, und darunter … Sie grub ihre Finger durch das Gewebe. Holz. Kaltes, raues Holz. Emily konnte nicht verhindern, dass ihre Hände anfingen zu zittern. Die Wände waren viel zu nah und überall um sie herum, so als wäre sie in einer Kiste oder … Die Erkenntnis schoss eiskalt durch ihren Leib. Oder in einem Sarg.

Emily lag da wie erstarrt. Erst jetzt nahm sie das Satinkissen unter ihrem Kopf wahr, das Spitzentuch, das über ihren Beinen lag, und den Rosenkranz, der nun mit leisem Klackern von ihrem Brustkorb rutschte. Das Geräusch ließ sie zusammenfahren. Sie war in einem Sarg! Haltlose Panik stieg in ihr auf und sie brauchte ihre gesamte Kraft, um sie niederzukämpfen. Es musste eine Erklärung dafür geben, irgendeine, die nicht vollkommen entsetzlich war. Ihre Gedanken jagten durch ihren Schädel, und plötzlich tauchte ein Name in ihr auf, der Emily erleichtert die Luft ausstoßen ließ. Lisa!

Sie kannte ihre beste Freundin seit Kindertagen. Fast ebenso lange verband sie eine Vorliebe für düstere Filme und Bücher, und weil einfach partout kein Vampir an ihr Fenster klopfen und für den entsprechenden Nervenkitzel sorgen wollte, hatten sie irgendwann angefangen, sich gegenseitig Streiche zu spielen. Emily erinnerte sich daran, wie sie sich über Monate hinweg mit unheimlichen Masken erschreckt hatten, und sie musste noch immer grinsen, als sie an ihren letzten Streich zurückdachte. Lisa hatte bei ihr übernachtet und war um Punkt Mitternacht in solche Panik verfallen, dass Emily geglaubt hatte, sie würde sich überhaupt nicht wieder beruhigen. Der Grund war Lisas Spinnenphobie gewesen – und der riesige Karton krabbelnder Plastikspinnen, der sich plötzlich über dem Bett entleert hatte. Lisa war kreischend durchs ganze Zimmer gesprungen und hatte wie wild mit den Armen gefuchtelt, während die winzigen Viecher sich in ihren Haaren verfangen hatten. Noch Wochen später war sie bei dem mechanischen Surren der Spinnen zusammengezuckt. Und jetzt hatte sie also die Gelegenheit der Rache genutzt und Emily in einen Sarg gesperrt. Sehr passend, immerhin war Halloween, und abgesehen davon arbeitete Lisas Vater als Bestatter. Emily biss sich auf die Lippe. Aber wie zur Hölle war sie in den Sarg hineingekommen? Und wieso erinnerte sie sich überhaupt nicht daran?

Sie begann, den Deckel abzuklopfen. Er hob sich keinen Fingerbreit, doch Emily zwang sich, ihn Stück für Stück nach einem Spalt abzusuchen und so gelassen wie möglich an den vergangenen Abend zu denken. Sie erinnerte sich daran, wie sie sich gemeinsam mit Lisa für das Kostümfest in der Schule verkleidet hatte. Lisa war als Zombie gegangen und Emily als Grufti, gewandet in ein knielanges Gothic-Kleid, Netzstrumpfhose und Hexenstiefel. Das Amulett mit dem silbernen Drachen, das ihr Vater ihr geschenkt hatte, war die perfekte Ergänzung gewesen. Sophie hatte ihr die Haare mit dem Glätteisen zu wilden Locken gedreht, bis sie ausgesehen hatte, als hätte sie in die Steckdose gefasst. Dann waren sie aufgebrochen, nicht ohne die übliche Ermahnung ihres Onkels, vorsichtig zu sein. Emily sah ihn vor sich mit seinem zerzausten Haar und der Brille, die immer ein wenig schief auf seiner Nase saß. Er war vielbeschäftigter Architekt und hatte für Kinder eigentlich nicht sonderlich viel übrig. Außer für Sophie und Emily, die Kinder seines Bruders, der vor einigen Jahren bei einem Verkehrsunfall ums Leben gekommen war. Ein Stich ging durch Emilys Brust, als sie an ihren Vater dachte. Sie wusste, dass die übertriebene Sorge ihres Onkels mit seinem Tod zu tun hatte, und ihr selbst fehlte er auch, manchmal so sehr, dass sie kaum atmen konnte. An ihre Mutter erinnerte sie sich nur noch verschwommen, sie war bald nach Sophies Geburt gestorben. Aber ihr Vater war noch immer so präsent, als wäre er nur kurz zur Tür hinausgegangen. Er war Schriftsteller gewesen. Seit Emily denken konnte, hatte er ihr Leben mit abenteuerlichen Geschichten gefüllt … ihr liebevoller, sanfter Vater, der nie aufgehört hatte, an Wunder zu glauben, und den kein Wunder der Welt gerettet hatte.

Emily presste die Hände fester gegen den Sargdeckel. Für solche Gedanken war jetzt keine Zeit. Sie musste sich auf den letzten Abend konzentrieren. Lisa und sie hatten das Haus verlassen, waren zur Métro-Station gelaufen und dort in ein Gewühl geraten. Emily erinnerte sich, dass sie Lisa aus den Augen verloren hatte … und dann an nichts mehr.

Sie konnte nichts dagegen tun, dass ihr Atem schneller ging. Was, wenn sie sich irrte und Lisa nicht das Geringste mit dieser Situation zu tun hatte? Was, wenn sie entführt und irgendwo im Wald lebendig begraben worden war? Der Gedanke schlang sich um ihre Kehle. Angestrengt versuchte sie, wieder an das Kostümfest zu denken oder daran, wie sie nach Hause gekommen war. Aber in ihrem Kopf war nichts mehr als lähmende Dunkelheit und sie verschmolz mit der Finsternis um sie herum zu einer Furcht, der sie nicht mehr länger standhalten konnte. Mit aller Kraft schlug sie gegen das Holz – und bekam im nächsten Moment eine Ladung Erde ins Gesicht. Hustend fuhr sie in die Höhe. Sie strampelte mit den Beinen, ihre Hände wühlten sich durch Erde und Blumengestecke und endlich kletterte sie auf allen vieren ins Freie.

Es war tiefste Nacht. Der Vollmond schien so hell, dass er Emily blendete, und sie starrte auf das aufgewühlte Erdreich zu ihren Füßen, das noch immer von Blumen bedeckt wurde. Es war eindeutig ein Grab. Sie zupfte sich die Blüten aus den Haaren und sah sich um. Rings herum standen Grabsteine, alte Bäume rauschten im Wind und in einiger Entfernung erhoben sich die typischen Totenhäuser von Père Lachaise. Emily zog die Schultern an. Sie war auf dem größten Friedhof von Paris.

Sie fröstelte, als der Wind nach ihrem Haar griff, doch

ehe sie der Gedanke an irgendwelche Ungeheuer befallen konnte, stieß sie die Luft aus. Kein Entführer würde auf die Idee kommen, sein Opfer auf einem Friedhof zu vergraben, schon gar nicht auf dem Cimetière du Père Lachaise, der fast so gut bewacht wurde wie eine Festung und obendrein zu den größten Touristenattraktionen von Paris gehörte. Und abgesehen davon hätte sie dem Sarg nie aus eigener Kraft entkommen können, wenn er nicht vorher für genau diesen Zweck präpariert worden wäre. Also hatte sie recht gehabt. Lisa steckte hinter alldem und eins war sicher: Dieses Mal hatte sie es übertrieben. Gut, die Sache mit den Spinnen war auch nicht von schlechten Eltern gewesen. Aber die beste Freundin an diesem Ort zu vergraben, das war ein ganz anderes Kaliber. Ob sie tatsächlich ihren Vater eingeweiht hatte? Emily konnte sich nicht vorstellen, dass der gutmütige Bestatter bei so einem Unsinn mitgemacht hätte. Doch vielleicht hatte einer seiner Auszubildenden sich hinreißen lassen. Mit finsterer Miene klopfte sie sich die Erde von ihrem Kostüm. Es war ihr immer noch unheimlich, dass sie sich an den Abend nicht mehr erinnerte, aber auch dafür gab es eine Erklärung, wenngleich sie ihr nicht gefiel. Wahrscheinlich hatte sie auf dem Fest heimlich Alkohol getrunken. Die älteren Schüler hatten sicher ein paar Flaschen mit hineingeschmuggelt, und erfahrungsgemäß reichten schon wenige Schlucke aus, um Emily in komatösen Tiefschlaf zu versetzen. Sie seufzte. Wenn ihr Onkel davon erfuhr, würde er ihr die Hölle heißmachen, und er hätte sogar recht damit, was das Ganze noch verschlimmerte. Aber sie hatte nicht vor, ihm etwas zu erzählen. Stattdessen verzog sie den Mund zu einem teuflischen Lächeln. Ganz gleich, wie Lisa dieser Streich gelungen war – er würde Vergeltung finden. Emilys Rache würde fürchterlich sein.

Sie schlang die Arme um ihren Leib und stapfte drauflos. Sie konnte nur hoffen, dass die Tore nach draußen nicht verschlossen waren. Sonst hatte sie nur die Wahl, entweder zum Friedhofswächter zu gehen und zu riskieren, dass er sie an ihren Onkel verriet, oder bis zum Morgengrauen zwischen den Büschen auszuharren, bis der Friedhof seine Pforten wieder öffnete und sie entwischen konnte. Beides war nicht gerade verlockend, umso weniger nun, da sich ihre Aufmerksamkeit zunehmend auf die unbeleuchteten Bereiche jenseits der Wege richtete. Und mit jedem Blick in die Schatten konnte sie sich weniger gegen die Furcht wehren, die mit eisigen Klauen nach ihr griff.

Zwar war sie oft genug auf diesem Friedhof gewesen, um sich einigermaßen auszukennen, aber sie hatte ihn noch nie in der Nacht besucht und schon gar nicht allein. Und wie jeder andere Ort schien sich auch der Cimetière du Père Lachaise in der Dunkelheit in ein Refugium düsterer Magie zu verwandeln, in dem alles möglich war … insbesondere alle Schrecken, die Emily sich nur vorstellen konnte. Sie verzog das Gesicht bei diesem Gedanken. Ihr Onkel würde über sie lächeln, wie er es immer tat, wenn die Fantasie mit ihr durchging. Aber sie konnte nichts dafür. Seit sie sich erinnern konnte, dachte sie sich Geschichten aus, wie ihr Vater es getan hatte, und gegen eine Umgebung wie diese war sie machtlos. Wie sollte sie auch einen kühlen Kopf bewahren, wenn sie sich hinter jedem Grabstein einen Werwolf vorstellen konnte?

Der Gedanke an eine solche Kreatur genügte, um sie schneller gehen zu lassen. Plötzlich schien es ihr, als würden die Blätter der Bäume ihren Namen flüstern, und sie bemerkte Schemen abseits des Weges, deren lang gezogene Schatten über die Gräber huschten. Angespannt warf Emily einen Blick über die Schulter. Vermutlich waren es nur die Katzen, die seit jeher auf dem Friedhof heimisch waren, aber sie hatte trotzdem das Gefühl, als würde ihr jemand folgen. Jemand ... oder etwas. Sie presste die Zähne aufeinander. Verdammt, sie musste sich zusammenreißen. Das Ganze war nichts weiter als ein Scherz. Vielleicht wartete Lisa irgendwo hier im Gebüsch, dann durfte Emily sich auf keinen Fall die Blöße geben und Angst zeigen! Entschlossen schaute sie wieder nach vorn – und krachte mit jemandem zusammen.

Der Zusammenprall war so heftig, dass Emily für einen Moment schwarz vor Augen wurde. Sie hörte ein seltsames Geklapper und fand sich gleich darauf vor einem Haufen bleicher Knochen wieder. Entsetzt starrte sie auf das menschliche Skelett, das dort in Einzelteilen vor ihr lag, und in das Gesicht eines Totenschädels, der mit rot glühenden Augen zu ihr heraufffunkelte.

»Verdammt, was fällt dir ein?«, krächzte der Schädel und ein knöcherner Finger sauste in die Luft und pikste Emily vor die Brust. »Kannst du nicht aufpassen, wo du hinläufst?«

Emily stand da wie erstarrt und sah mit offenem Mund zu, wie das Skelett sich wieder zusammensetzte. Für einen winzigen Moment rief ihr hilfloser Verstand ihr zu, dass Lisa möglicherweise die Filmfreaks aus der Schule um Hilfe gebeten hatte, um diese Kreatur zu basteln. Aber gleich darauf richtete der Knochenmann sich auf, sein Schädel erglühte in rotem Feuer und jede vernünftige Erklärung verbrannte in seinen Augen. Emily sah noch, wie er einen Schritt auf sie zutrat. Dann warf sie sich herum und rannte los.

»Die Jugend von heute«, kreischte das Skelett ihr nach. »Keinen Respekt mehr vor dem Alter!«

Emily lief, so schnell sie nur konnte. Ihre Schritte hetzten über die Wege, und mit jedem Stolpern wurde ein Gedanke in ihr stärker: Sie träumte. Es gab keine andere Erklärung mehr. Nie im Leben hätte Lisa ein sprechendes Skelett bauen können, ob mit oder ohne Hilfe. Und Emily kannte Albträume dieser Art, die so real waren, als würden sie wirklich passieren, und aus denen sie jedes Mal mit rasendem Herzen aufschreckte. Aber sosehr sie sich auch bemühte, der Gedanke beruhigte sie nicht. Zu deutlich spürte sie die Schmerzen in ihren aufgeschrammten Knien, zu eindringlich hörte sie den Wind in den Bäumen, und ihre Furcht zog sich zu einem einzigen Wort zusammen: Fort. Nur fort von diesem Ort, der seine Dunkelheit immer enger um sie schloss. Sie stieß einen Laut der Erleichterung aus, als das Tor vor ihr auftauchte. Schwer atmend warf sie sich dagegen – und fand es verschlossen.

Die Verzweiflung packte sie mit eisernem Griff. Die Schatten ringsum begannen zu tanzen, sie sah es aus dem Augenwinkel, der Wind heulte wie Totengesang, und sie konnte sie spüren: all die unheimlichen Kreaturen, die sich in ihrem Rücken zusammenfügten und bald schon aus der Finsternis treten würden. Fast gewaltsam ballte sie die Hände zu Fäusten. Sie musste nach dem

Friedhofswärter suchen. Wenn sie erst in seinem Wachthäuschen saß, eine Decke um die Schultern, und darauf wartete, dass ihr Onkel sie abholte, würde sich alles klären. Sie spürte sie selbst, die Hilflosigkeit ihrer Gedanken, aber sie drehte sich dennoch um. Und da, umgeben von tiefster Dunkelheit, bewegte sich ein grelles Licht direkt auf sie zu.

Im ersten Moment hielt sie es für ein Glühwürmchen. Doch als es näher kam, erkannte sie, dass es fast so groß war wie eine ausgestreckte Hand. Ihr nächster Gedanke, dass es vielleicht die Taschenlampe des Nachtwächters war, wurde von dem wilden Zickzack zerschlagen, mit dem das Licht sich näherte, und als es schließlich wie eine flackernde Flamme vor ihr in der Luft innehielt, zog sie die Brauen zusammen. Niemals hätte sie mit dem Anblick gerechnet, der sich ihr nun bot.

Inmitten des Lichts schwebte ein gnomenartiges Wesen mit silbernen Haaren, die sich wie unter Wasser bewegten, einem dürren, in eine blaue Uniform gekleideten Körper und einem Gesicht mit breitem Mund, Knollennase und großen tiefblauen Augen. Auf seinem Kopf saß zwischen zwei langen abstehenden Ohren eine Mütze, die heruntergefallen wäre, hätte es sie nicht festgehalten, und mit der anderen Hand umklammerte es eine Pappkarte, die fast so groß war wie die ganze merkwürdige Kreatur.

»Verzeihung«, sagte der Gnom. »Ich bin zu spät. Ich hätte nicht gedacht, dass du heute schon auftauchst, normalerweise dauert es länger, bis … Nun ja, wie auch immer. Jetzt bin ich ja da und wir können …«

»Wer zum Teufel bist du?«, entfuhr es Emily, und sie stellte fest, dass ihre eigene Stimme ihre Furcht zurückdrängte. Mochte sie träumen oder langsam den Verstand verlieren – es half gar nichts, in Panik zu verfallen. Und vielleicht konnte diese Kreatur ihr helfen, Licht ins Dunkel zu bringen. Der Gnom jedoch schaute beinahe beleidigt aus der Wäsche.

»Mein Name ist Cosimo«, erwiderte er, als hätte sie das wissen müssen, und strich mit einigem Stolz seine Uniform glatt. »Zuständig für die Begrüßung und Registrierung der Neuankömmlinge und staatlich geprüfter Wegweiser in der dritten Generation. Ungewöhnlich für einen Irrwicht, ich weiß. Aber was wäre die Welt ohne das Ungewöhnliche?«

Sein Lachen klang wie das Klackern winziger Steine am Meeresrand und brachte Emily gegen ihren Willen zum Lächeln. »Du bist … *was?*«

»Ein Irrwicht«, wiederholte er geduldig. »Wir gehören zur Familie der Irrlichter, haben aber viel hübschere Frisuren.« Er zwinkerte, wobei Emily nicht sagen konnte, ob seine Worte scherzhaft gemeint waren oder nicht. »Jedenfalls heiße ich dich herzlich willkommen«, fuhr er fort. »Willkommen in der Welt der Geister und Untoten, der Schattenspieler und Nekromanten, der Wiedergänger und Gespenster. Willkommen im Refugium der Nacht!«

Emily öffnete den Mund und schloss ihn wieder, ohne etwas zu sagen. Sie wollte in Gelächter ausbrechen, aber stattdessen stand sie einfach da. Ein Scherz ihrer besten Freundin. Eine Entführung. Ein Traum. Ein kurzfristiger Ausbruch von Wahnsinn. All diese Erklärungen für die Ereignisse schmolzen plötzlich zugunsten einer einzigen zusammen, und die war so schrecklich, dass Emily einen Augenblick brauchte, um sie zu begreifen. »Willst du damit sagen, dass ich … tot bin?« Ihre Stimme war nicht mehr als ein Flüstern, doch Cosimo strahlte.

»Aber sicher«, rief er und warf so freudig die Arme in die Luft, dass er fast seine Pappkarte fallen gelassen hätte. »Mausemäßig sogar!«

Emily hatte das Gefühl, als würden ihre Knie weich werden, und sie setzte sich in Bewegung, um ihren Körper an einer Ohnmacht zu hindern. »Das ist nicht möglich«, murmelte sie, während der Irrwicht ihr rasch nacheilte. »Verstorbene tragen doch kein Kostüm!«

Er musterte sie von der Seite. »Ach«, machte er. »Das ist ein Kostüm?«

»Natürlich«, gab sie zurück. »Glaubst du etwa, ich laufe jeden Tag wie ein Grufti durch die Gegend?«

Cosimo grinste von einem Ohr zum anderen und nickte eifrig. »Von jetzt an schon. Alle Geister haben das an, worin sie gestorben sind. Und bevor du fragst: Es ist ganz normal, dass du dich nicht an deinen eigenen Tod erinnerst und etwas verwirrt bist. Die meisten Geister haben so ein Trauma, das am besten in Gruppensitzungen aufgearbeitet wird.«

Emily riss die Augen auf. »Gruppen-*was?*«

»Keine Sorge.« Der Irrwicht tätschelte ihr die Schulter, worauf goldene Funken über ihren Arm rieselten. »Bald wirst du alles verstehen, was dir jetzt noch fremd ist. Und du bist ja nicht allein. Der Friedhof hat jede Menge Bewohner, das kann ich dir versichern.«

Schaudernd dachte Emily an das Skelett zurück. »Aber ich habe einen Körper!«, rief sie und konnte nicht verhindern, dass ihre Stimme sich überschlug. »Und ich blute sogar, siehst du?«

Sie deutete auf ihre Knie, doch Cosimo lächelte nur nachsichtig. »Dein Bewusstsein hält sich an dem Glauben fest, dass du einen Körper hättest. Deswegen kommt es dir so vor, und tatsächlich materialisierst du dich hin und wieder ohne jede Kontrolle. Aber die meiste Zeit über ist das nicht echt. Es ist wie …« Er überlegte und riss dann in plötzlicher Begeisterung die Augen auf. »… ein Phantomschmerz!«

Emily stolperte über aufgewühlte Erde. Sie hatte nicht gemerkt, dass sie den Weg verlassen hatte, und es war ihr auch einerlei. »Aber ich atme«, brachte sie hervor. »Ich kann die Luft fühlen, sie ist eisig kalt!«

»Ja«, erwiderte Cosimo, der nun neben ihr innehielt. »Das ist alles eine Sache der Gewöhnung. Würdest du jetzt auf der Stelle mit dem Atmen aufhören, würdest du vermutlich sogar bewusstlos werden, aber davon möchte ich dir dringend abraten. Denn es gibt doch nichts Unehrenhafteres als einen Geist, der in Ohnmacht fällt!« Er seufzte, als hätte er schon zu vielen Geistern genau dabei zugesehen. Dann kehrte das Lächeln auf seine Züge zurück. »Aber mit der Zeit wirst du dich an deinen neuen Körper gewöhnen, und ich kann dir jetzt schon versprechen, dass das eine reine Freude sein wird! Nun … jedenfalls überwiegend. Denn so ein Geisterkörper ist zu viel mehr in der Lage, als du dir vorstellen kannst. Was meinst du, wie du aus deinem Grab entkommen bist, hm? Kein Mensch hat solche Kräfte!«

Ein Schauer flog über Emilys Leib. »Meinem … Grab?«

Cosimo nickte so stolz, als wäre er selbst es gewesen, der aus dem Sarg hinausgeklettert war, und schaute an ihr vorbei. Emily folgte seinem Blick und musste feststellen, dass sie, ohne es zu merken, wieder zu dem Grab zurückgekehrt war, aus dem sie sich ins Freie gewühlt hatte. Doch ehe sie sich fragen konnte, ob sie im Kreis gelaufen war, sauste Cosimo an ihr vorbei und zog ihre Aufmerksamkeit auf den Grabstein. Er lag im Schatten zwischen zwei Bäumen, sodass sie ihn bisher nicht gesehen hatte.

Der Irrwicht setzte sich mit baumelnden Beinen darauf und ließ sein Licht über den Marmor gleiten wie Sonnenstrahlen über schwarzes Wasser. »Wir haben uns große Mühe gegeben, die Erde locker zu halten«, sagte er und schaute mit vielsagendem Lächeln auf das Blumenmeer zu seinen Füßen. »Und ich habe höchstpersönlich bei dir gewacht, bei Wind und Wetter. Manchmal musste ich tagelang in der Laterne hocken, denn sosehr ich den Regen liebe, schadet er leider meinem Licht. Also saß ich dort hinter den Spiegeln ... und saß ... und saß ... Ich kann dir sagen, das war vielleicht öde! Aber Regeln sind Regeln, keine Hüte. Und kein Neuankömmling darf allein sein, wenn er auftaucht. Es tut mir sehr leid, dass es bei dir nun trotzdem so gekommen ist. Aber zum Glück habe ich dich ja recht schnell gefunden.«

Emily spürte seinen Blick, doch sie konnte ihn nicht ansehen. Ihre gesamte Aufmerksamkeit lag auf dem Grabstein hinter den zerdrückten Blumen. Der Marmor glänzte in Cosimos Licht und darauf stand, in goldenen Lettern und mit einer geschwungenen Rose über dem ersten Buchstaben, ihr Name. *Emily Bones.*

»Was zur Hölle ...«, sagte sie, aber sie beendete ihren Satz nicht. Denn im selben Moment fiel ihr Blick auf die Grablaterne. Sie sah ihr eigenes Gesicht in deren Spiegelglas – und auf einmal war nichts als Stille mehr in ihrem Kopf. Es war eine Stille, die sich rasch in ihrem ganzen Körper ausbreitete, und sie sank auf die Knie, während sie den Blick ihres Spiegelbildes erwiderte. Ihre rabenschwarzen Haare standen zerzaust von ihrem Kopf ab wie an dem Abend, als sie das Haus verlassen hatte. Aber ihre Haut war silberbleich im Mondlicht, ihre Augen glühten in dunklem Grün … und die Stille kam nicht aus ihrem Kopf, wie sie geglaubt hatte. Atemlos griff sie sich an die Brust und erstarrte. Ihr Herzschlag war verstummt.

Aus dem Augenwinkel sah sie, wie Cosimo die Arme in die Luft warf. »Emily ist tot!«, rief er und sprang freudig auf die Beine. »Es lebe Emily!«

In wildem Zickzack sauste er auf sie zu und hielt ihr die Pappkarte unter die Nase. Mit einem kurzen Blick erkannte sie, dass es sich um eine Art Registrierungsformular handelte, und wieder war es ihr Name, den sie las. Sie schauderte, als sie begriff, dass er mit Blut geschrieben worden war. Aber sie nahm es nicht mit den Augen wahr. Sie konnte es … *riechen* …

Die Übelkeit packte sie mit solcher Gewalt, dass sie vor Cosimo zurückwich. Sie sah noch, wie der Irrwicht erbleichte, und kurz schien es ihr, als würde ihr Spiegelbild in der Laterne den Mund zu einem Lächeln verziehen – dem Lächeln einer Toten. Dann hob sie die Hand an ihre Schläfe, und im nächsten Moment tat sie das Unehrenhafteste, zu dem ein Geist in Cosimos Augen fähig war. Sie wurde ohnmächtig.

2

»Sie wacht auf!«

Die Stimme kam wie aus weiter Ferne. Für einen Moment gab Emily sich dem Gedanken hin, doch alles nur geträumt zu haben. Den Sarg. Den Friedhof. Ihr eigenes Gesicht in der Grablaterne mit Augen aus grünem Feuer. Aber dann fühlte sie die Erde unter ihren Fingern, und Cosimos aufglühendes Licht hinter ihren Lidern machte jede Hoffnung zunichte. Es war kein Traum gewesen. Alles war wirklich passiert. Stöhnend blinzelte sie in den goldenen Schein – und riss die Augen auf. Es war nicht der Irrwicht, der sich über sie beugte und jetzt die Hand nach ihr ausstreckte. Es war ein Zombie.

Der Schreck fuhr Emily mit solcher Wucht in die Glieder, dass sie in die Höhe schoss. Cosimo stieß einen überraschten Schrei aus, der verblüffend nach einem quiekenden Meerschweinchen klang. Der Zombie landete rücklings in den Blumen, und Emily wich vor ihm zurück, ohne ihn aus den Augen zu lassen. Als er gestorben war, musste er ein junger Mann gewesen sein. Sein zerzaustes Haar mit dem

Undercut an der linken Seite erinnerte sie an die coolen älteren Jungs aus der Schule. Aber seine Klamotten schienen aus dem 19. Jahrhundert zu stammen. Er trug einen abgerissenen Gehrock, ein Halstuch und eine Weste, die wie sein Hemd und seine gestreifte Hose schon mal bessere Zeiten gesehen hatten. Heruntergekommener als seine Kleidung jedoch sah er selbst aus. Seine Haut war aschfahl und mit blauen Flecken übersät. Quer über die linke Wange verlief eine gezackte Narbe, seine Lippen waren aufgesprungen und seine Fingernägel so schwarz, als hätte er mit einem Hammer darauf herumgehauen. Das Schlimmste aber waren seine Augen. Sie waren blutunterlaufen und sahen aus wie gesprungenes Glas, während er zu Emily herüberstarrte ... wie die Augen des Monsters aus einem Horrorfilm, das sich im nächsten Moment auf sein wehrloses Opfer stürzen würde.

»Ich schmecke ganz scheußlich«, brachte Emily hervor, als sie mit dem Rücken gegen ihren Grabstein stieß. »Außerdem bin ich tot, alles klar? Es lohnt sich nicht, mich zu fressen!«

Hätte sie noch einen Herzschlag gehabt, dann hätte sie ihn vermutlich in ihrem gesamten Körper gefühlt. Aber der Zombie sah sie nur an, als hätte sie den unlustigsten Witz des Jahrhunderts gemacht, und seufzte tief.

»Es ist immer dasselbe«, stellte er fest. »Entweder halten die Neulinge mich für einen Axtmörder oder für einen Zombie. Und ich frage mich jedes Mal, ob einer von beiden einen Arztkoffer mit sich herumtragen würde.«

Jetzt war es an Emily, ihn anzustarren. Niemals hätte sie erwartet, ihn sprechen zu hören, noch dazu mit einer ganz normalen Stimme. In den Filmen, die sie kannte, waren Zombies für gewöhnlich reichlich minderbemittelt. Sie warf einen Blick auf den Arztkoffer, der tatsächlich neben ihm stand. »Hannibal Lecter vielleicht«, entfuhr es ihr, ohne dass sie darüber nachgedacht hatte. »Allerdings ist der kein Axtmörder im eigentlichen Sinn.«

»Das kommt darauf an«, sagte der Zombie, der kein Zombie war. »Wie oft muss man eine Axt bei einem Mord benutzen, um ein Axtmörder zu sein?«

Emily zuckte mit den Schultern. »Keine Ahnung. Aber bestimmt ist das unter Mördern ein Titel, auf den man stolz sein kann. So wie ein Mörder-Diplom. Und dafür muss man wahrscheinlich einiges tun … beziehungsweise zerhacken.«

Ihr Gegenüber lachte, doch Cosimo, der bisher von einem zum anderen geschaut hatte, schüttelte den Kopf. »Da haben sich ja zwei gefunden. Darf ich vorstellen? Emily, verwirrter Neugeist. Und Raphael, unser friedhofseigener Sanitäter.«

Erst jetzt fiel Emily die Binde auf, die Raphael am Arm trug. »Ein Sanitäter für Geister? Man könnte meinen, dass die keinen mehr benötigen.«

»Du hast gerade das Gegenteil bewiesen«, stellte Raphael fest. »Dein Körper ist nicht mehr der eines Menschen, aber dein Verstand wird noch eine Weile brauchen, um das zu begreifen. Bis dahin ist es wichtig, beide behutsam zu behandeln. Ich habe alles getan, was ich bei einem lebendigen Menschen getan hätte, dessen Kreislauf ich stabilisiere. Sonst wärst du möglicherweise ins Koma gefallen. Oder du hättest den Verstand verloren und wärst ein verrückter Geist geworden.«

»Und davon haben wir hier weiß Gott schon mehr als

genug.« Cosimo griff nach einem kleinen Gerät an seinem Gürtel, das gerade in diesem Moment anfing zu blinken. »Wie passend«, murmelte er mit finsterer Miene. »Einer meiner Schützlinge hat sich aus Versehen in seiner eigenen Gruft eingesperrt.« Er seufzte so tief, als würden alle wahnsinnigen Geister der Welt auf seinen Schultern sitzen. Dann rückte er seine Mütze zurecht und gab Raphael die Registrierkarte. »Hier hast du Emilys Daten für deinen Bericht. Und jetzt entschuldigt mich bitte. Ich muss einen Geist aus seinem Grab befreien.« Er brachte ein schiefes Lächeln zustande und sauste zwischen den Totenhäusern davon, so schnell, dass seine Flugbahn als goldene Linie hinter ihm zurückblieb.

»Ich bin also tatsächlich ohnmächtig geworden«, murmelte Emily. »Das ist mir noch nie passiert.«

»Du bist ja auch noch nie zuvor gestorben«, gab Raphael zu bedenken. »Aber keine Sorge, so wie dir geht es vielen. Kreislaufzusammenbrüche, Halluzinationen, Blutarmut ... es gibt einiges, mit dem die Untoten sich herumschlagen. Ganz besonders am Anfang, wenn sie neu hier sind. Ist ja auch keine Kleinigkeit, plötzlich aus dem eigenen Grab aufzuerstehen. Ich bin froh, dass es dir jetzt wieder besser geht. Auch wenn du immer noch ziemlich blass um die Nase bist.«

»Eine natürliche Blässe scheint ja zum Geistsein dazuzugehören«, stellte Emily fest. »Und du siehst ehrlich gesagt auch nicht aus wie das blühende Leben.«

Sie ließ den Blick über die Blutergüsse an seinem Hals schweifen und blieb an einem blutigen Fleck hängen, der seine Weste in Brusthöhe bedeckte. Der Stoff war zerrissen und darunter konnte Emily einen Verband erkennen.

»Bei mir ist das naturgegeben«, sagte Raphael achselzuckend. »Ich wurde vor knapp 200 Jahren beim Pariser Juni-Aufstand erschossen.«

Fast hätte Emily gelacht, so absurd erschien ihr die Situation. Gerade erst hatten sie den Aufstand der Republikaner gegen König Philippe I. in der Schule durchgenommen … und jetzt fand sie sich einem Kerl gegenüber, der dabei umgekommen war.

»Und du bist auch ein Geist?«, fragte sie, um nicht nur dazusitzen und vollkommen fasziniert auf seine zerfetzte Weste oder die Narbe an seiner Wange zu starren.

Er schüttelte den Kopf. »Ich bin ein Draugr, auch Wiedergänger genannt. Unser Aussehen richtet sich nach der Art unseres Todes. Ich habe zum Beispiel von einem Draugr gehört, der ertrunken ist und jetzt als Wasserleiche herumläuft. Er soll ständig erkältet sein, weil er nie trocken wird. Bei mir ist es so, dass meine Wunden nicht verheilen, was manchmal zum Problem wird. Ich kann kein Blut sehen, verstehst du?«

Unwillkürlich musste Emily grinsen. »Und dann arbeitest du ausgerechnet als Sanitäter?«

»Mit dem Blut anderer habe ich weniger Probleme. Aber dir würde auch mulmig zumute werden, wenn du an dir runterguckst und ein riesiges Loch in der Brust hast, in dem du dein eigenes Herz sehen kannst.«

Emilys Grinsen verschwand so schnell, wie es gekommen war. Auf einmal hatte sie einen Kloß im Hals, und sie spürte die sanfte Kälte, die von ihr ausging … den Frost des Todes, den sie in sich trug. »Ich weiß ja nicht mal, ob ich noch eins habe.«

»Natürlich hast du ein Herz«, sagte Raphael mit fast empörter Entschlossenheit. »Im Herzen leben die Träume. Und ich bin mir sicher: Davon hast du noch mehr als genug.«

Er lächelte, und Emily konnte sich nicht mehr erklären, wieso sie gerade noch Angst vor ihm gehabt hatte. Sie nahm seine blauen Flecken kaum noch wahr, selbst die blutunterlaufenen Augen erschienen ihr nicht mehr sonderlich furchterregend. Stattdessen fiel ihr auf, dass sich das Mondlicht darin spiegelte. Es sah aus wie schillerndes Wasser und brachte sie dazu, Raphaels Lächeln zu erwidern. »Keine Ahnung, ob das wahr ist«, sagte sie. »Es fällt mir ja schon schwer, überhaupt zu entscheiden, was gerade Traum ist und was nicht. Ich meine … ich sitze hier als Geist und rede mit einem Wiedergänger.«

Raphael lachte. »Und darauf kannst du stolz sein. Es gibt nämlich gar nicht so viele von uns, wie man denken könnte. Wirkliche Draugr sind eine seltene Spezies in der Anderwelt.«

Emily hob die Brauen. »Anderwelt?«

»Bitte entschuldige.« Er legte den Kopf schief. »Ich vergesse immer, dass das für Menschen deines Zeitalters eine Überraschung ist. Ja, du hast richtig gehört. Es gibt sie wirklich, die Kreaturen, die sich in jahrhundertelanger Tradition an das Leben der Menschen angepasst haben, ohne dass die etwas von ihnen merken würden. Werwölfe. Kobolde. Feen und so weiter. Die meisten *lebendigen* Anderwesen halten sich allerdings von den Friedhöfen fern. Abgesehen von ein paar Wahnsinnigen wie Cosimo. Nun ja, so verrückt ist das ja eigentlich gar nicht. Der Cimetière du Père Lachaise ist schon was ganz

Besonderes. Ein Ort voller Düsternis und Schönheit … und voller Zauber.«

Emily hatte keine Ahnung, ob sie noch einen Magen besaß. Aber nun ging ein aufgeregtes Kribbeln durch ihren Bauch, gerade dort, wo sonst ihr Magen gewesen war, und irgendetwas tief in ihr führte einen wilden Freudentanz auf. *Die Anderwelt existiert.* Insgeheim hatte Emily es immer gefühlt: Wenn sie mit Sophie am Fenster gestanden und sich überlegt hatte, welche Fabelwesen gerade aus der Dunkelheit zu ihnen heraufschauten. Wenn sie den Geschichten ihres Vaters gelauscht hatte. Wenn sie sich danach gesehnt hatte, die Magie, die sie in Büchern erlebte, auch in Wirklichkeit zu erfahren. Aber erst jetzt, da sie mit einem Pseudozombie auf ihrem eigenen Grab hockte, konnte sie es wirklich glauben.

Sie wandte den Blick über die umliegenden Gräber, und zum ersten Mal nahm sie die glimmenden Pflanzen wahr, die an den Totenhäusern emporrankten, die Blätter der Bäume, die mit tausend Stimmen wisperten, und die zarten Knochenvögel, die auf den Ästen saßen und aus schwarz glühenden Augen zu ihr herabschauten. Sogar eine halb durchsichtige Katze bemerkte sie, deren aschgrauer Leib zwischen den Gräbern dahinhuschte, während ihre Pupillen im Dunkeln aufblitzten. Raphael hatte recht, dieser Ort war voller Zauber. Und sie war nun ein Teil davon, ein Teil der Anderwelt, nach der sie sich ihr Leben lang gesehnt hatte. Sie war ein Teil davon als … *Geist.*

Das Wort fiel in sie hinein wie ein Stein in einen tiefen Brunnen und zerschlug das Lächeln auf ihren Lippen. Da war sie wieder, die entsetzliche Stille in ihrem

Inneren, die ihr ganz deutlich machte, was es bedeutete, ein Geist zu sein: eine Kreatur der Dunkelheit ohne Blut und Leben in den Adern. Emily schauderte. Sie war *tot.* Sie konnte nicht verhindern, dass sich ihre Kehle zusammenschnürte.

»Ich begreife das alles nicht.« Sie schüttelte den Kopf, als könnte sie so etwas an der Situation ändern. »Gerade laufe ich noch mit meiner besten Freundin durch Paris und jetzt …«

Raphael nickte verständnisvoll. »Ich weiß genau, wie du dich fühlst. Aber immerhin musst du dich nicht mit offenen Wunden herumschlagen. Das ist doch schon mal was.«

»Großartig.« Emily verzog das Gesicht. »Dafür habe ich Augen wie grüne Leuchtdioden. Ich bin ein *Geist!* Und dabei weiß ich noch nicht mal, wie ich gestorben sein soll.«

Raphael seufzte. »Normalerweise hätte Cosimo dich darüber aufklären müssen, aber er ist offenbar nicht mehr dazu gekommen. Er bemüht sich wirklich sehr, doch manchmal ist er etwas überfordert von seinen Aufgaben, seit er die Einweisung der Neuankömmlinge übernommen hat. Aber er hat mir ja deine Karte gegeben. Lass uns mal sehen, was passiert ist.« Er schaute auf ihre Registrierkarte und hob gleich wieder den Blick. »Emily Bones? Ein ungewöhnlicher Name.«

Emily grinste. »Er stammt auch von einem ungewöhnlichen Menschen. Mein Vater war Schotte.«

»Ah, ich verstehe. Nun ja, wenn es stimmt, was man sich über die Schotten erzählt, wirst du hier gut zurechtkommen. Auf diesem Friedhof braucht man nämlich ein gewisses Maß an Sturheit, an Verrücktheit … und an Liebe zu Geschichten.« Raphael lächelte, dann schaute er erneut auf ihre Karte. »Emily Bones«, wiederholte er. »Geboren vor dreizehn Jahren, gestorben in der Nacht von Halloween, Todesursache …«

Sein Lächeln verschwand so plötzlich, dass Emily sich aufsetzte. »Was ist los?«, fragte sie nervös

»Die Todesursachen werden mit Buchstaben abgekürzt«, sagte er, ohne den Blick von der Karte zu lösen. »H für Herzinfarkt, N für Nierenversagen, S für Suizid und so weiter. Auf deiner Karte steht ein großes M.«

Emily zuckte mit den Achseln. »Und was bedeutet das?«

Raphael sah sie an. Auf einmal stand ein Ernst in seinen Augen, der sie schaudern ließ. »Es bedeutet, dass du keines natürlichen Todes gestorben bist«, sagte er vorsichtig. »Du wurdest ermordet.«

Die Worte hallten in Emilys Schädel wider, aber es dauerte einen Moment, bis sie ihren Sinn erfasste. »Von wem?« Sie hörte ihre eigene Frage kaum, so leise hatte sie gesprochen.

Raphael schüttelte den Kopf. »Das steht hier nicht.«

Emily brachte kein Wort mehr heraus. Stattdessen jagten alle möglichen Mordszenarien durch ihren Kopf. Sie sah dunkle Gestalten mit Messern auf sie zukommen, Pistolen, die sich auf sie richteten, dann Hände, die sich um ihren Hals legten. Hustend rappelte sie sich auf, um diese Bilder fortzudrängen.

»Wer hätte mich umbringen sollen?« Sie war selbst überrascht vom festen Klang ihrer Stimme. »Ich bin vielleicht nicht das beliebteste Mädchen in der Schule, aber niemand hasst mich so sehr, dass er mich ermorden würde.« Kurz dachte sie an Madame Perrin, ihre ehemalige Mathelehrerin, die in der ganzen Schule gefürchtet war. Zum einen weil sie verteufelt streng war, zum anderen weil sie erstaunliche Ähnlichkeit mit einem bösartigen Troll hatte. Vor Urzeiten hatte Emily ihr ein Furzkissen auf den Stuhl gelegt, und dafür bedachte Madame Perrin sie immer noch mit ihrem finstersten Trollblick, wenn sie sich im Flur begegneten. Aber selbst eine Schreckgestalt wie Madame Perrin wäre wohl kaum zu einem Mord fähig. Emily schüttelte den Kopf. »Das ergibt nicht den geringsten Sinn.«

»Es gibt die verschiedensten Motive und Hintergründe für einen Mord«, stellte Raphael fest. »Ohne nähere Informationen ist es sinnlos, darüber zu spekulieren. Oder erinnerst du dich daran, was in der Nacht deines Todes vorgefallen ist?«

»Nein«, entgegnete Emily. »Aber ich werde nicht einfach zu einem Geist werden, ohne herauszufinden, aus welchem Grund. Es muss jemanden geben, der weiß, was passiert ist. Jemanden, der …«

Weiter kam sie nicht. Ein heftiges Dröhnen brach über den Friedhof herein und ließ die Erde beben. Es war Glockenklang, so laut, dass Emily ihn in ihren Knochen fühlte – beziehungsweise in ihren Phantomknochen, wie Cosimo sagen würde.

»Was zur Hölle ist das?« Sie presste sich die Hände auf die Ohren, was den donnernden Lärm nicht davon abhielt, ihre Zähne zum Klappern zu bringen.

»Du bist gerade rechtzeitig wieder zu dir gekommen«, rief Raphael. Seine Stimme war nicht mehr als ein Flüstern im Toben der Glocken. »Es ist Zeit für die Vollversammlung.«

»Die *was?*«

»Die Vollversammlung«, wiederholte er. »Da treffen sich alle Friedhofsbewohner unter dem Vorsitz des *GdU*. Wenn jemand weiß, was dir zugestoßen ist, dann das *Gremium der Untoten!*«

Emily kam nicht mehr zum Antworten. Denn da jagte ein Schwarm pechschwarzer Schatten über sie hinweg. Sie duckte sich instinktiv. Die Schatten sahen aus wie zerrissene Kleider, und während Emily ihnen in vollendeter Verwirrung nachschaute, kam Bewegung in die Finsternis rings herum. Zuerst war es nur ein Flackern zwischen den Totenhäusern und uralten Bäumen. Dann traten sie aus der Dunkelheit: Skelette, Geister, Frauen in langen Gewändern mit leichenblassen Gesichtern, Männer, deren Augen in Flammen standen, und Kinder, so durchscheinend, als bestünden sie aus Nebel. Einige stoben aus den verschlossenen Türen der Gruften, manche krochen aus den Gräbern, wieder andere tauchten einfach auf, als wären sie die ganze Zeit über da gewesen und hätten just in diesem Moment beschlossen, sich zu zeigen. Sie schienen ein gemeinsames Ziel zu haben, denn sie bewegten sich allesamt in dieselbe Richtung über den Friedhof. Mit jedem Glockenschlag wurden es mehr, und ehe Emily wusste, wie ihr geschah, wurde sie gemeinsam mit Raphael von dem Strom der wandelnden Leichen erfasst und mitgezogen … geradewegs auf die Quelle des Lärms zu.

3

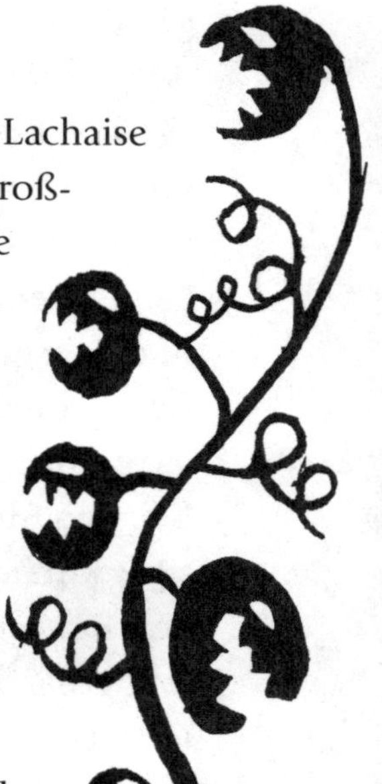

In Emilys Erinnerung war die Kapelle von Père Lachaise ein kleines, unscheinbares Gebäude ohne großartigen Firlefanz. Aber offenbar machte es eine Menge aus, ob man den Friedhof aus menschlicher Perspektive betrachtete oder mit den Augen eines Geistes. Denn das, was sich vor Emilys Blick erhob, als sie nun im Strom der Untoten um die Ecke bog, hatte mit dem grauen Kapellenhäuschen von einst nicht mehr das Geringste zu tun.

Das Gebäude bestand aus schwarzem Feuer. Säulen umrahmten das Eingangsportal, gotische Fenster zierten die Fassade und bei jedem Glockenschlag ergossen sich aus dem hoch aufragenden Turm Funkenströme in die Nacht. Das Portal stand weit offen, und das Innere der Kapelle glühte in so rotem Licht, dass Emily keine Einzelheiten erkennen konnte. Allerdings sah der Zug der Untoten davor aus wie ein Heer aus Scherenschnitten, und ihr kam es so vor, als würde sie direkt ins Höllenfeuer gezerrt. Am liebsten hätte sie die Flucht ergriffen. Aber sie wollte Antworten – und die würde sie nicht bekommen, wenn sie jetzt davonlief. So blieb sie, wo sie war: eingezwängt zwischen einer mörderisch stinkenden Geisterfrau und einem Skelett, dessen Ellbogen sich in ihre Phantomrippen bohrte.

Unaufhaltsam ging es auf die Kapelle zu. Emily hatte gerade noch genug Zeit, um festzustellen, dass der Widerschein des schwarzen Feuers überraschend kühl über sie hinwegstrich. Dann wurde sie durch das Portal gequetscht wie ein Kiesel durch ein Nadelöhr. Fast meinte sie, ein PLOPP zu hören, als die Menge auf der anderen Seite auseinanderströmte und sie freigab. Sie taumelte einige Schritte nach vorn, blinzelte in das rote Licht – und traute ihren Augen kaum.

Im Inneren war die Kapelle viel größer, als sie von außen den Anschein gemacht hatte. Sie sah aus wie ein riesiges Kirchenschiff. Die Untoten verteilten sich rasch auf den Bänken zwischen den turmhohen Säulen, den mit steinernen Figuren verzierten Balustraden und den Kronleuchtern, die über dem Mittelgang hingen. An dessen Ende stand ein Richterpult mit fünf verwaisten Sesseln, die an die Throne von Königen erinnerten. Und über allem glitten Flammenschleier durch die Luft und tauchten die Szenerie in das rote Licht, das Emily schon von außen durch das Portal wahrgenommen hatte.

»Das ist Magie«, sagte Raphael, der jetzt neben ihr stehen blieb. »Sie hat ihre dunklen Seiten, aber gleichzeitig ist sie wunderschön.«

»Magie«, flüsterte Emily, ohne sich von den Schleiern abzuwenden »Ich hätte nicht gedacht …«

»… dass es sie wirklich gibt?«, beendete Raphael ihren Satz. »Eins sollte dir inzwischen klar geworden sein: Es gibt Orte, an denen alles möglich ist. Und dieser Friedhof gehört dazu.«

Emily war fest entschlossen, sich nicht von der Magie dieses Ortes einwickeln zu lassen. Aber die Flammenschleier veränderten ihre Form von tanzenden Menschen über Tiere, die einander jagten, bis hin zu Wolken und Meereswellen, und auf einmal erschien ihr flackerndes Licht Emily gar nicht mehr so bedrohlich. Fast zärtlich strich es über ihr Gesicht, und sie konnte nicht verhindern, dass sie mit einem Lächeln dastand wie ein Kind vor dem Weihnachtsmann. Ganz egal, wie unwirklich und schrecklich ihr die ganze Situation bisher erschienen war – hier unter den brennenden Schleiern hatte sie das Gefühl, als wäre sie in das Innere eines glühenden Kohlestücks geraten: mitten hinein in einen Kosmos voller Zauber, bei dem jede Gegenwehr zwecklos war. Im nächsten Moment spürte sie, dass sie beobachtet wurde.

Schräg über ihr auf der Balustrade saß ein Junge und schaute zu ihr herab. Er war ein wenig älter als sie, auffallend blass und komplett schwarz gekleidet. An den Fingern trug er etliche Ringe. Sein helles halblanges Haar stand störrisch von seinem Kopf ab, und denselben Trotz fand sie auch in seinen Augen, die die Farbe von flüssigem Silber hatten. Um ihn herum hatten sich ein paar andere Jugendliche gruppiert, die bemüht waren, ihm hinsichtlich seiner Coolness nachzueifern, ohne damit auch nur ansatzweise Erfolg zu haben. Er beachtete sie nicht einmal. Ein Bein hatte er lässig aufgestellt, aber sein Blick war so prüfend und durchdringend auf Emily gerichtet, dass sie die Arme vor der Brust verschränkte. Wer auch immer er war – das spöttische Lächeln, das nun auf seine Züge trat, galt ihr. Sie straffte die Schultern. Möglich, dass sie gerade etwas dämlich aus der Wäsche geguckt hatte. Aber sie würde sich nicht von einem Kerl einschüchtern lassen, der sie auf diese Weise ansah – einem Rebell in albernem Rockstaroutfit und mit dem arrogantesten Lächeln der Welt.

Ein lautes Knarzen riss sie aus ihren Gedanken. Hinter ihr wurde das Portal von einem hünenhaften Glatzkopf geschlossen, der aussah wie ein Friedhofswärter mit seiner dunklen Uniform und dem düsteren Blick. Nur seine behaarten Klauenhände und die pupillenlosen wachsweißen Augen ließen vermuten, dass er doch kein Mensch mehr war. Raphael zog Emily in eine der Sitzreihen, und sie sah gerade noch, wie Cosimo in allerletzter Sekunde durch das Portal schlüpfte. Blitzschnell sauste er auf sie zu und ließ sich schwer atmend auf die Lehne der Bank plumpsen. Dann schloss sich das Tor, und das allgemeine Gemurmel wurde von einem hässlichen Kobold unterbrochen, der auf das Richterpult gesprungen war und mit einem winzigen Gong in der Hand einen enormen Krach machte. Gewittergleich grollte der Ton durch die Kapelle und brachte alle zum Schweigen. Der Kobold schaute in so vollendeter Herablassung in die Menge, als hätte er gerade ein Ungeheuer bezwungen. Dann sprang er mit platschendem Geräusch vom Pult, und fünf Gestalten betraten den Raum, die sich hoheitsvoll auf den Thronen niederließen.

Auch sie waren keine Menschen, zumindest nicht mehr. Ganz rechts saß eine Frau in zerschlissenem Hochzeitskleid, daneben ein dicker Mann, der seinen abgetrennten Kopf vor sich auf den Tisch legte und ohne Weiteres als Schlossgespenst durchgegangen wäre. Am linken Ende hatte ein Skelett Platz genommen, das Emily zu ihrem Schrecken als das Skelett erkannte, das sie kurz nach ihrer Flucht aus dem Grab über den Haufen gerannt hatte. Es warf ihr finstere Blicke zu und schaute ansonsten abschätzig in die Menge. Rechts von ihm hockte ein aschgrauer kleiner Junge mit seltsamen Symbolen auf der Haut. Und in der Mitte, die bleichen Finger um einen Stapel mit Papieren geschlossen, saß ein Buchhalter.

Zumindest sah der dünne Mann mit seinem blütenweißen Hemd und den Ärmelschonern so aus. Wortlos tauchte er eine Schreibfeder in ein Tintenfass und notierte etwas auf dem obersten Blatt seines Stapels. Er schrieb nicht mit Tinte, das war Emily klar, und sie roch ihn wieder: den metallischen Duft von frischem Blut. Im selben Moment hob der Buchhalter den Kopf. Er wirkte inmitten seiner Beisitzer geradezu unscheinbar. Fast hätte er ein ganz gewöhnlicher älterer Herr sein können, wären seine Augen nicht gewesen. Denn sie waren blind, abgesehen von einem kleinen roten Punkt dort, wo normalerweise die Pupille war. Der Punkt flackerte wie eine Flamme. Und darin lag eine Glut von solcher Hitze, dass Emily den Atem anhielt.

Der Buchhalter griff nach dem Hammer, der vor ihm lag, und ließ ihn donnernd auf das Pult niedergehen. Etliche Anwesende hüpften vor Schreck in die Höhe. Danach rührte sich niemand mehr, abgesehen vom Buchhalter selbst, der die Papiere ein Stück von sich wegschob. Dann setzte er sich auf, und als sein Blick glühend heiß durch die Menge schweifte, zweifelte Emily nicht mehr daran, was sie von Anfang an gefühlt hatte: Dieser Kerl war nicht blind. Mit seinen Augen aus rotem Feuer sah er durch Fleisch und Knochen hindurch … bis tief hinab in Abgründe, die kein gewöhnliches Auge ertragen konnte.

»Willkommen«, sagte er nun mit einer Stimme, die wie das Ächzen eines uralten Baumes klang. »Mein Name ist Sisterius Octavion und als Erster Vorsitzender des *Gremiums der Untoten* begrüße ich alle Bewohner des Friedhofs zur Vollversammlung. Heute haben wir verschiedene Tagesordnungspunkte auf der Liste. Unter anderem will die *Arbeitsgruppe Beleuchtung* ihr neues Konzept zur Illumination der Straßen vorstellen, inklusive des überfälligen Finanzierungsplans.« Er warf einen strengen Blick in Richtung einiger Geister, die sofort noch eine Spur blasser wurden. »Aber zuerst werden wir die Neuankömmlinge begrüßen, wie es bei uns Brauch ist. Wir beginnen mit … Moment … Emily Bones.«

Emily fuhr so heftig zusammen, dass sie versehentlich Cosimo von der Bank schubste. Empört sauste der Irrwicht hoch in die Luft, während sich sämtliche Blicke zu ihr umwandten. Sie kam sich vor wie in einem ihrer Albträume, in dem sie vor der ganzen Klasse ein Referat halten musste, ihre Mitschüler jedoch alle gruselige Monster waren, die ihr Böses wollten. Dort zog sie sich meist aus der Affäre, indem sie entweder aufwachte oder direkt zu einem ninjamäßigen Kampf überging, den sie selbstredend immer für sich entschied. Leider hatte sie noch nicht herausgefunden, wie sie diese Kräfte auch jenseits ihrer Träume anwenden konnte. Und so blieb ihr nichts anderes übrig, als wie erstarrt dazusitzen und sich anglotzen zu lassen.

»Emily Bones!«, donnerte Sisterius' Stimme durch die Kapelle. Er schaute sie jetzt direkt an, und das so stechend, als hätte er die ganze Zeit über gewusst, wo sie sich befand.

»Du musst nach vorn gehen«, raunte Raphael ihr zu. Er nickte aufmunternd, und unter Zuhilfenahme all ihrer Kräfte stemmte Emily sich auf die Beine. Ihre Knie zitterten verräterisch, als sie an den Reihen der glotzenden Leichen vorüberging. Mit staubtrockenem Mund blieb sie vor dem Gremium stehen. Aus der Nähe sahen sie allesamt noch fürchterlicher aus als aus sicherer Entfernung.

»Emily Bones«, sagte Sisterius ein drittes Mal und musterte sie mit exakt demselben Blick, den ihr Onkel perfektioniert hatte, wenn sie in Klamotten zur Schule gegangen war, die ihm missfielen. Dann schaute er auf das Papier in seiner Hand. »Herzlich willkommen auf dem Cimetière du Père Lachaise. Du bist gestorben und …«

»Nein.«

Emily brauchte einen Moment um zu begreifen, dass sie es gewesen war, die dieses Wort hinausgeschleudert hatte. Alle anderen hatten es offenbar sofort gemerkt. Es wurde mit einem Mal totenstill.

Wie in einem Grab, schoss es Emily durch den Kopf, und sie konnte nichts dagegen tun, dass ein nervöses Ziehen durch ihre Brust ging. Was war eine Kapelle mit Hunderten von Leichen anderes als ein Grab? Als hätte er ihre Beklommenheit bemerkt, hob Sisterius den Kopf, quälend langsam wie eine Schlange, die kurz davor stand, ihr Opfer zu verschlingen.

»Wie bitte?«, fragte er mit beinahe ehrlichem Interesse.

Emily holte tief Luft. Jetzt gab es kein Zurück mehr.

»Ich bin nicht einfach gestorben«, sagte sie und bemühte sich, unter seinem starren Blick nicht zu blinzeln. »Ich wurde ermordet. Gerade war ich noch quicklebendig und …«

»Oh.« Sisterius machte eine abwinkende Geste, die jedes weitere Wort auf Emilys Zunge zerbröselte. »Wir sind nicht hier, um über die Flüchtigkeit des Lebens zu diskutieren. Wir sind hier, um dem Protokoll Genüge zu tun, und das bedeutet: die Neuankömmlinge in die Kartei einzutragen und einzuweisen.«

Emily kannte ihn genau: diesen Moment, in dem es klüger war, den Mund zu halten, und der sich als warnender Stich in ihren Schläfen ankündigte. Sie konnte nicht mehr zählen, wie oft er sich ihr schon bemerkbar gemacht hatte. Und jedes verfluchte Mal hatte sie die Warnung ignoriert. So auch jetzt. Sie streckte das Kinn vor. »Es geht mir nicht um das Leben.« Sie hörte mit Genugtuung, wie ihr aufkeimender Zorn die Unsicherheit aus ihrer Stimme trieb. »Es geht mir um den Tod. Und ich will wissen, wer für meinen verantwortlich ist. Gehört es nicht zur Einweisung der Neulinge, deren Fragen zu beantworten?«

»Das kommt auf die Fragen an«, sagte Sisterius so leise, dass Emily ihn kaum verstand. Aus irgendeinem Grund klang seine Antwort wie eine Warnung. Doch da beugte sich der Junge zu ihm hinüber. Sie flüsterten miteinander, bis Sisterius schließlich nickte. »Allerdings erinnert Barco mich gerade daran, dass wir mit Mordopfern keine guten Erfahrungen gemacht haben«, stellte er fest. »Solange der Gedanke an ihren eigenen Tod sie nicht loslässt, sind sie nur schwer in die Gemeinschaft zu integrieren. Daher gebe ich deiner Frage statt.« Er studierte erneut das Papier in seiner Hand. »Emily Bones … ah ja. Gestorben in der Nacht von Halloween, Todesursache …« Er stockte und musterte sie erneut von Kopf bis Fuß. »Eigentlich hätte ich mir denken können, dass du ermordet wurdest. Niemand, der auf natürliche Weise stirbt, hat so eine Frisur.«

So langsam wurde Emily es leid, wegen ihres Kostüms beleidigt zu werden. »Ist das alles: ein Kommentar zu meiner Frisur? Wie wäre es mit einer Antwort auf die Frage, von wem ich umgebracht wurde?«

Das Licht in Sisterius' Augen glomm unheilvoll auf. »Du wurdest ermordet von … einem Toten.«

Ein Raunen ging durch den Raum, das Sisterius mit einem strengen Blick erstickte.

Emily identifizierte es erst nach einem Moment als das, was es war: ein Ausdruck von Angst. Dennoch glaubte sie, sich verhört zu haben. »Von einem … *was?*«

Sisterius seufzte geduldig. »Das ist eine Kreatur aus dem Reich des Todes. Eigentlich ist der Begriff selbsterklärend.«

»Ich dachte, wir alle hier wären tot«, sagte Emily. »Cosimo hat gesagt …«

»Irrwichte sind nicht die Fachleute, wenn es um die richtigen Begrifflichkeiten geht«, unterbrach Sisterius sie und warf einen stummen Tadel in Cosimos Richtung. »Also: Es gibt die Lebenden. Es gibt die Toten. Und es gibt uns: die Untoten. Geister wie dich zum Beispiel, die mal lebendig waren und aus welchen Gründen auch immer an der Welt haften bleiben. Oder Kreaturen, die weder den Lebenden noch den Toten zugerechnet werden können. Wie Vampire.« Er streifte einen mickrigen Kerl im Publikum mit einem Blick, der an Verächtlichkeit nicht mehr zu überbieten war.

Emily erstickte ihre aufkeimende Euphorie angesichts der Tatsache, dass sie gerade mit einem Vampir im selben Raum war, auch wenn er ganz anders aussah, als sie es sich vorgestellt hatte. »Und die Untoten wohnen auf Friedhöfen?«

»Nicht alle«, gab Sisterius zurück. »Die Vampire ziehen es für gewöhnlich vor, unter den Lebenden zu sein, und das ist auch richtig so. Immerhin herrschen sie abseits der Friedhöfe über die Anderwesen. Wir Geister allerdings sind auf allen Friedhöfen von Paris zu Hause, und noch an einigen anderen Orten wie alten Häusern und Kirchen. Es gibt doch nichts Schöneres als das Knarzen von moderndem Holz und Schimmelgeruch.« Er verzog den Mund zu einem schwärmerischen Lächeln, bis er merkte, dass Emily ihn mit einer Mischung aus Verständnislosigkeit und Unbehagen anstarrte. »Wie dem auch sei«, sagte er und räusperte sich. »Wir verwalten unsere Refugien in Eigenregie, und von der Welt dort draußen halten wir uns fern. Zum einen weil wir Kontakte zu den Menschen so weit wie möglich vermeiden. Du wirst sicher Dutzende Bücher kennen, in denen Menschen einem Geist begegnen, und selten geht das gut aus.«

Emily musste ihm zustimmen. Sie hatte Geistergeschichten stets gern gelesen, weil sie so unheimlich waren, und war dabei meist auf der Seite der Geister gewesen, da die Menschen entweder dumm oder ignorant oder beides gewesen waren und den Geistern das Leben schwer gemacht hatten. Sie hatte allerdings nicht damit gerechnet, einmal selbst ein Geist zu werden.

»Und zum anderen lauern dort draußen Gefahren«, fuhr Sisterius fort. »Durch Geisterjäger beispielsweise oder …«

»… durch die Toten«, murmelte Emily.

Sisterius nickte. »Die haben zwar ihr eigenes Reich, das auf magische Weise von unserer Welt getrennt ist, und die meisten von ihnen sollen durchaus friedlich sein. Manchmal gerät einer von ihnen zufällig in unsere Welt, aber für gewöhnlich bereiten sie keine größeren Probleme. Allerdings werden weite Teile ihrer Welt von dem finsteren Fürsten Dhragar beherrscht, und der trachtet seit langer Zeit danach, die Herrschaft über diese Welt an sich zu bringen.«

Bei Nennung dieses Namens ging erneut ein Raunen durch die Menge, und dieses Mal ließen die Zuschauer sich nicht allein durch einen Blick beruhigen. Ganze drei Mal musste Sisterius den Hammer niedersausen lassen, bis wieder Stille herrschte. Erst als die Untoten eingeschüchtert genug dasaßen, wandte er sich wieder an Emily.

»Die genauen Hintergründe sind jetzt zu kompliziert, wenn ich mir dich so ansehe. Vermutlich wirst du sonst vor Überforderung jede Minute ohnmächtig, und das wollen wir dem armen Cosimo nicht schon wieder zumuten. Jedenfalls gelingt es manchmal einem Schergen Dhragars, in diese Welt vorzudringen, und jeder Einzelne von ihnen ist ein ganz anderes Kaliber als die gewöhnlichen Toten, die sich mitunter zufällig hierherverirren. Im Totenreich sind Dhragars Schergen gefürchtete Krieger und auch in unserer Welt verfügen sie über große Kräfte. Aber wie alle Toten können sie sich nur so lange darin aufhalten, wie sie das Leben von jemand anderem in sich tragen. Das kann das Leben eines Menschen sein oder eines Tieres … oder der letzte Lebensrest eines Untoten. Nach diesem gieren die Toten besonders, denn er birgt reinste Magie in sich, und sie scheuen keine Grausamkeit, um ihn zu bekommen. Nun … wie gnadenlos sie sind, hast du ja selbst schon erfahren.«

»Ein Toter hat mir also das Leben gestohlen, um in der Welt dort draußen existieren zu können?«, fragte Emily, nachdem sie ihre Gedanken einigermaßen sortiert hatte.

Sisterius nickte. »Und dabei hast du noch Glück gehabt. Die Krieger des Vampirprinzen, die Polizei der Anderwelt, die sich für gewöhnlich um die Toten in unserer Welt kümmert, haben dich und deinen Mörder aufgespürt, bevor er sein Werk vollenden konnte. Es ist ihnen gelungen, ihn in die Flucht zu schlagen. Du hast dir einen Rest Lebenskraft bewahrt, nur deswegen bist du noch hier. Hätte dein Mörder dich gänzlich ausgesaugt, lägest du jetzt in Dhragars Ketten wie viele andere arme Kreaturen, die seinen Schergen zum Opfer gefallen sind.«

Emily widerstand der Versuchung, ihn darüber aufzuklären, dass ihr eigener Tod und eine Existenz zwischen Geistern und Mickervampiren nicht unbedingt ihrer Definition von Glück entsprachen. »Das bedeutet also, dass in der *Stadt der Toten* kein einziger Toter zu finden ist?«

Sisterius nickte. »Das ist für einen ehemaligen Menschen schwer zu begreifen. Aber trotzdem ist es wahr. Vor langer Zeit wurde ein mächtiger Schutz errichtet, um uns vor den Toten zu bewahren. Jeder Tote, der sich hierherwagt, würde sofort in Flammen aufgehen. Du kannst also beruhigt sein. Wir befinden uns in der Stadt der Geister. Hier bist du in Sicherheit.«

»In Sicherheit«, wiederholte Emily. »Aber ich kann nie wieder in die Welt dort draußen zurück. So ist es doch?«

Sie hatte das Gefühl, dass nicht nur sie den Atem anhielt, bis Sisterius zustimmend den Kopf neigte. »So ist es, doch das ist halb so wild. Dafür bist du jetzt offiziell ein Teil unserer Gemeinschaft. Sie wird dich aufnehmen, und du wirst dich von nun an für sie nützlich machen.« Er warf einen weiteren Blick auf den Zettel in seiner Hand und blätterte dann in seinen Papieren herum, als wollte er Emily darunter ein zweites Mal begraben. »Wie ich sehe, warst du in deiner Schule für die Klassenpflanzen zuständig. Damit wäre für dich die Grabpflegekolonne geeignet. Nepomuk leitet sie und es wird ihm eine Freude sein, dich in die Arbeit einzuweisen.«

Emily riss die Augen auf, als Sisterius auf das Skelett deutete, das mit diabolischem Grinsen zu ihr herunterstarrte. »Ist das euer Ernst?«

»Wie bitte?« Sisterius ließ den Zettel sinken. Die Flamme in seinen Augen flackerte unruhig, doch Emily achtete nicht darauf. Sie war so fassungslos, dass sie meinte, ihren nicht mehr vorhandenen Pulsschlag in den Schläfen zu spüren.

»Also erstens habe ich keine Ahnung von Pflanzen«, gab sie zurück. »Dass ich die dämlichen Blumen in der Klasse gießen musste, war eine Strafarbeit. Welcher untote Spitzel auch immer euch über meinen nicht vorhandenen grünen Daumen informiert hat, hätte das lieber dazusagen sollen! Und zweitens: Ich wurde von irgendeinem übernatürlichen Scheusal umgebracht, das gerade mit meinem Leben durch die Welt spaziert – und ich soll das Ganze einfach abhaken und Veilchen auf Gräber pflanzen?«

Nepomuk bedachte sie mit einem missbilligenden Blick. »Veilchen gehören nicht auf Gräber. Wir verwenden hauptsächlich …«

»Und wenn ihr Kuckucksuhren in die Erde pflanzt!«, rief Emily außer sich. »Ich wurde ermordet und ich gehöre nicht hierher! Das habe ich von Anfang an gespürt! Ich kann nicht …«

Da stieß Sisterius schneidend die Luft aus. »Genug«, befahl er. »Du magst zu einer Generation gehören, in der deine Eltern deine Wäsche gewaschen und dir jeden Wunsch von den Augen abgelesen haben. Aber das ist hier anders. Hier muss jeder seinen Beitrag leisten, jeder muss einer Arbeitsgruppe beitreten und wissen, was er zu tun hat, und …«

»Aber ich kann meinen Mörder doch nicht einfach ungestraft davonkommen lassen!«, unterbrach Emily ihn. »Er hat mich bestohlen! Ich muss mir mein Leben zurückholen!«

Sisterius lachte das freudloseste Lachen, das Emily je gehört hatte. »Wir reden über einen Krieger Dhragars. Eine der mächtigsten und gefährlichsten Kreaturen der bekannten Welten. Und du, ein kleines aufsässiges Mädchen, willst ihn herausfordern? Du machst dich ja lächerlich.«

Emily funkelte ihn wütend an. Sie wusste, dass er da war: der nächste Moment, in dem es klüger wäre zu schweigen. Aber die Worte landeten so geballt auf ihrer Zunge, dass sie sie nicht zurückhalten konnte. »Ihr seid lächerlich!«, rief sie. »Eure ganze Veranstaltung hier! Ihr verfügt über Magie und nutzt sie für alberne Funken und Feuerschleier, statt sie gegen einen Mörder einzusetzen. Ihr wollt ein *Gremium der Untoten* sein? Ihr seid ein Gremium der Witzfiguren!«

Sisterius sprang so schnell auf, dass Emily seinen Bewegungen kaum folgen konnte. »Wage es nicht, so mit uns zu sprechen!«, rief er mit donnernder Stimme. »Du hast keine Ahnung, wovon du redest – noch nicht!«

Blitzartig streckte er die Hand nach ihr aus. Grelle Flammen schossen aus seinen Fingern und schlangen sich um Emilys Körper. Sie keuchte, als sie von der Magie in die Höhe gehoben wurde, unfähig, in dem glühenden Griff auch nur einen Finger zu rühren. Im selben Moment glitt Sisterius durch das Pult hindurch und kam auf sie zu.

»Törichtes Kind«, grollte er, und Emily hörte, wie jede seiner Silben die Kapelle zum Beben brachte. Es war, als wühlten sie sich nicht nur durch ihre eigenen Gedanken, sondern auch durch jeden Funken des Gebäudes, und das nur zu einem einzigen Zweck: um zu zeigen, dass sie ihn mit Leichtigkeit zerbrechen konnten. »Du weißt nicht, was Angst bedeutet, aber eines sage ich dir: Du wirst es lernen. Dhragar ist keine Figur aus einem deiner Märchen, die verschwindet, wenn du dein Buch zuklappst. Im Gegenteil: Er ist immer da, und mit jedem Augenblick, der vergeht, kommt er uns ein Stück näher. Mit jedem untoten Leben, das er durch seine Schergen in seine Gewalt bekommt, wird er mächtiger, mit jedem

Leben vergrößert sich die Gefahr, dass er, der Fürst der Finsternis, leibhaftig in unsere Welt kommt und sie sich untertan macht! Eine Welt der Toten – kannst du dir diesen Schrecken überhaupt vorstellen?«

Seine Worte schlangen sich um Emilys Kehle und sie spürte die Furcht, die jedes einzelne davon in sie hineintrug. Aber sie zwang sich, diesem Gefühl nicht nachzugeben. »Ich kann mir alles vorstellen«, brachte sie hervor. »Und ich habe nicht vor, meinem Mörder noch mehr von mir zu geben. Aber er hat mir mein Leben gestohlen. Und ich hole es mir zurück!«

Sisterius schüttelte beinahe mitleidig den Kopf. »Ist dir nicht klar, dass du deinem Mörder gerade noch einmal entkommen bist? Hast du wirklich so vollständig vergessen, was geschehen ist, dass du ernsthaft glaubst, ihm gewachsen zu sein? Sieh hin, Kind der Menschen! Sieh, was er dir angetan hat!«

Mit diesen Worten ballte er die Hand zur Faust. Die Hitze, die Emily in der Luft hielt, wurde so übermächtig, dass sie meinte, verbrennen zu müssen. Gleich darauf jedoch erlosch das Licht. Der Bann um ihren Körper verschwand, sie landete auf rauem Boden und fand sich in samtener Dunkelheit wieder. Kurz glaubte sie, erneut ohnmächtig geworden zu sein. Sie sah schon Cosimos beschämtes Gesicht vor sich, als ein flackernder Schein die Finsternis erhellte.

Emily blickte sich um. Sie stand in einem verlassenen nächtlichen Hinterhof, schwach erhellt von einer einzelnen Straßenlaterne. Konfetti mit Kürbisgesichtern wehte über das Pflaster, auf der Gasse vor ihr liefen Menschen in Kostümen zur nächsten Métro-Station. Es war die Nacht von Halloween, das begriff Emily plötzlich. Gleich darauf ging ein Ton durch ihren Leib, so laut und unwirklich, dass sie zusammenzuckte. Sie legte die Hand auf ihren Brustkorb und schauderte. Es war ihr Herz, das da schlug. Sie war noch lebendig. Das konnte nur eines bedeuten: Sie befand sich in ihrer eigenen verschütteten Erinnerung. Sisterius hatte sie in die Nacht ihres Todes versetzt.

Der Windhauch war kaum stärker als ein Atemzug. Er berührte Emily im Nacken, so kalt, dass sie herumfuhr. Nun lag die Gasse hinter ihr und sie starrte in die Finsternis wie in einem ihrer Albträume, in denen sie ins Dunkle schaute, ohne etwas zu erkennen, und doch genau wusste, dass darin etwas lauerte … etwas, das nur darauf gewartet hatte, dass sie einen einzigen Schritt zu nah herankam. Ihr Herz schlug schnell und der Ton zog sich zu einer lähmenden Gewissheit zusammen: Sie war nicht allein an diesem Ort.

Ihr Blick flatterte durch die Dunkelheit wie ein gefangener Vogel, der keinen Ausweg fand, und blieb an dem Bereich ganz am Ende des Hofs hängen. Dort war die Finsternis tiefer als überall sonst und seltsam reglos. Sie flackerte, kaum dass Emily sie fixierte … und ohne jedes Geräusch formte sie sich zu einem mannsgroßen Schemen, der langsam näher kam. Emily wollte weglaufen, aber sie konnte sich nicht bewegen. Es war, als hätte sich ein Bannzauber über sie gelegt. Und so blieb ihr nichts anderes übrig, als dazustehen und zuzusehen, wie ihr Mörder aus den Schatten trat.

Emily hatte ihn sich hässlich und abstoßend vorgestellt. Sie hatte erwartet, bei seinem Anblick eine unbändige Wut zu empfinden oder auch Furcht. Aber stattdessen starrte sie ihn mit unverhohlener Faszination an. Er hatte lange schwarze Haare, ein ebenmäßiges Gesicht und makellose Haut, die weißem Marmor glich. Geheimnisvolle Narben zierten seinen freien Oberkörper und der lange Mantel betonte seine schlanke, hochgewachsene Statur. Sein Lächeln war sanft und spöttisch zugleich. Es erinnerte Emily an die Engelsstatuen, die auf dem Friedhof herumstanden. Als hätte er ihren Gedanken gehört, wandte er sein Gesicht dem Schein der Laterne zu. Und da begriff Emily, dass sie noch nie einem Wesen begegnet war, das so wenig mit einem Engel gemeinsam hatte wie dieser Fremde. Denn anstelle gewöhnlicher Augen lagen Spiegel in seinen Augenhöhlen – und sie zeigten das Nichts.

Endlich bröckelte die Starre von Emilys Leib. Sie wich zurück, aber es war schon zu spät. Ihr Blick stürzte mitten hinein in die kalte Haltlosigkeit dieser Augen, und gleich darauf fiel sie tatsächlich. Sie spürte kaum, wie sie auf dem harten Pflaster aufkam oder wie plötzlicher Wind grob an ihren Haaren riss. Alles, was sie wahrnahm, war ihr Mörder, der lächelnd auf sie niedersah, und das unendliche Nichts seiner Augen. Wie eine wehrlose Puppe lag Emily auf ihren Knien und erwiderte seinen Blick, und da spürte sie, wie seine Leere als tiefschwarze Finsternis in ihre Gedanken eindrang, in ihre Wünsche, ihre Träume, ihre Erinnerungen.

Sie sah ihren Vater vor sich, wie er mit ihr über eine blühende Wiese lief. Sein Haar war zerzaust, sein Lächeln das eines kleinen Jungen, aber in seinen Augen lag eine Weisheit, die sie wohl nie ganz ergründen würde.

Dann war da ihr Onkel mit müdem Gesicht, wenn er ihr nach langem Arbeitstag noch eine Geschichte vorgelesen hatte, und Lisa, die sich zum ersten Mal einen Lidstrich zog. Sie sah Sonne und Wolken, Himbeereis im Sommer und Sophie auf ihrem knallroten Fahrrad, wie sie die Straße hinabjagte. Unzählige weitere Bilder tauchten in Emily auf, und sie ergriff eine Verzweiflung, die ihr die Tränen in die Augen trieb. Sie wollte sie festhalten, all die Erinnerungen, aber gegen die Kraft ihres Mörders war sie machtlos. Mit Entsetzen musste sie mit ansehen, wie das Nichts in ihre Bilder vordrang. Es hüllte sie in Schatten und löste sie auf … so mühelos, als wären sie nie mehr gewesen als Blätter im Wind.

Emily merkte, wie ihr Körper im Hinterhof zusammensackte. Die Gestalt ihres Mörders verschwamm vor ihrem Blick und sie wusste, dass es nur noch eine Frage weniger Atemzüge war, bis er auch das letzte bisschen von ihr in seine Finsternis gehüllt hatte. Schon ging ein stechender Schmerz durch ihren Brustkorb, der ihren Atem stocken ließ. Mit letzter Kraft presste sie die Hand gegen ihr Herz. Noch schlug es, sie konnte es fühlen … und mit jedem Ton hörte sie Sophies Lachen in sich widerhallen, ebenso wie die Stimme ihres Vaters. Sie waren wie ein Feuer, das sich der Dunkelheit ihres Mörders entgegenstellte. Keuchend hob Emily den Kopf und starrte direkt in die grausamen Spiegelaugen. Mochte ihr Mörder ihr das Leben nehmen – aber dieses Feuer bekam er nicht!

Für einen winzigen Moment erlosch das Lächeln auf seinen Lippen, als hätte er erneut ihre Gedanken gehört. Dann ging ein Schmerz durch Emilys Leib, dem sie nicht mehr standhalten konnte. Dumpf begriff sie, dass es ihr Herz war, das aufhörte zu schlagen, und sie meinte, einen rätselhaften Duft wahrzunehmen, den sie nicht einordnen konnte. Im nächsten Augenblick war die Stille zurück, die sie bereits kannte, und sie verlor das Bewusstsein.

Die Ohnmacht war weich und tröstend. Doch als Emily die Augen öffnete, fand sie sich am Boden der Kapelle wieder. Raphael kniete neben ihr. Er half ihr, sich aufzurichten, und Cosimo schwirrte mit besorgter Miene zu ihrer Hand, als wollte er sie tätscheln. Sie hustete. Erst als ihre eigene Stimme laut in den Gewölben widerklang, merkte sie, wie still es um sie herum war. Aber es war keine erzwungene Ruhe und auch kein Schweigen aus Furcht, wie es zuvor in der Kapelle geherrscht hatte. Es war grenzenloses Erstaunen.

Verwirrt folgte Emily den Blicken der anderen, schaute an sich hinab und hielt den Atem an. Ihr Herz mochte verstummt sein, doch ein Teil von ihm war noch immer da. Es glühte in goldenem Licht in ihrer Brust, und sie konnte das kleine Mädchen darin spüren, das lachte … ihre Schwester, die sie unendlich vermisste. Zitternd legte Emily die Hand auf ihr Herz und sah zu, wie das warme Glühen in sie zurücksank. Dieses Feuer war mehr als Glut und Flammen, das fühlte sie deutlich. Es war ihre letzte Verbindung zum Reich der Lebenden – und damit das Kostbarste, das sie besaß.

Sisterius zerbrach die Stille. Beim Anblick der goldenen Glut war sein Blick ganz weich geworden, aber nun, da er Emily ins Gesicht sah, kehrte die gewohnte Härte auf seine Züge zurück. »Dein Mörder hat dir das Leben geraubt«, sagte er, so heiser auf einmal, dass Emily sein wahres Alter erahnen konnte. »Und er giert danach, auch den Rest von dir zu bekommen. Ich warne dich, Kind der Menschen: Begegnest du ihm noch einmal, wird er dir alles nehmen, was du bist.«

Emily erwiderte seinen Blick, doch sie nahm ihn kaum wahr. Stattdessen kniete sie noch einmal vor ihrem Mörder, fühlte seinen Sturm, der an ihren Haaren riss, seine übermächtige Finsternis, die in ihrem Inneren wütete, sah, wie das Lächeln von seinen Lippen wich, als sie sich ihm widersetzt hatte … und dann das tödliche Versprechen, das im Nichts seiner Augen aufgetaucht war. Vorher hatte er mit ihr gespielt, das wurde ihr nun klar. Doch ab diesem Moment der Gegenwehr war aus dem Spiel grausamer Ernst geworden. Von diesem Augenblick an hatte er nur noch ein Ziel: das Leben, das sie ihm verweigert hatte. Emily fröstelte, als das Bild in ihren Gedanken zerbrach. Sie zweifelte nicht daran, dass Sisterius die Wahrheit sagte.

Der Erste Vorsitzende des *GdU* war zu seinem Platz zurückgekehrt und ließ sich auf dem Thron nieder. Kurz nur blätterte er in seinen Papieren. »Du wirst dich der Grabpflegekolonne anschließen«, bestimmte er dann so monoton, als hätten die vergangenen Augenblicke gar nicht stattgefunden. »Du wirst zweimal in der Woche zur Gruppentherapiesitzung gehen, um mit der Existenz als Geist zurechtzukommen. Und vergiss nicht: Von nun an stehst du unter der Aufsicht des *GdU* und hast zu deinem eigenen Schutz auf dem Friedhofsgelände zu bleiben. Die Welt dort draußen existiert für dich nicht mehr.«

Emily konnte nichts darauf erwidern. Sie ließ sich von Raphael auf die Beine ziehen und fühlte nichts als das schwache Brennen in ihrer Brust, das alles war, was ihr von ihrem einstigen Leben geblieben war. Nur ein Geruch schaffte es, diese Empfindung zu durchdringen … der widerwärtige Gestank des Blutes, mit dem Sisterius sie in der Kartei eintrug und ihre Aufnahme unterschrieb. Grob kratzte die Feder über das Papier und Emily schauderte. Es war, als würden sich Kerkertüren um sie schließen.

4

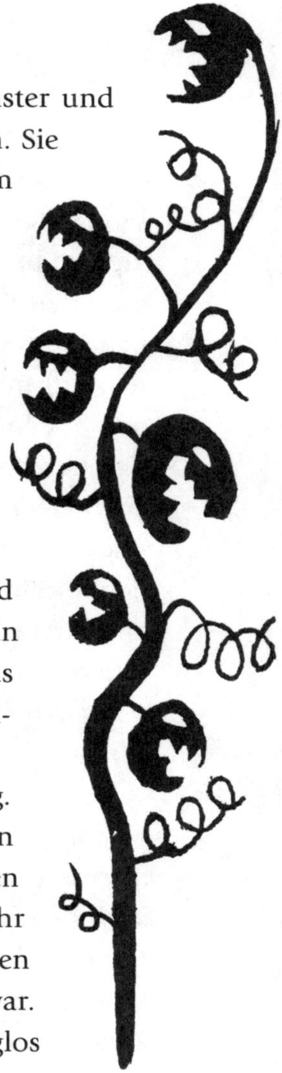

Das Mondlicht fiel durch das Buntglasfenster und malte farbige Schattenspiele auf den Boden. Sie glitten über den Marmortisch, der mitten im Raum stand, und trafen Emilys Gesicht, die auf der steinernen Bank neben dem Fenster saß und trübsinnig in die Nacht schaute. Da hockte sie nun in ihrem neuen Unterschlupf – diesem kleinen Haus, das mit den Zinnen auf dem Dach und der blau gestrichenen Eingangstür beinahe malerisch zwischen uralten Bäumen stand und die Wahrheit doch nicht verbergen konnte. Denn das bunte Fenster war vergittert und seit langer Zeit zerbrochen. Der Tisch war kein Tisch, sondern ein Sarkophag. Und das Haus bestand nicht grundlos nur aus einem einzigen Zimmer. Es war eine Gruft.

Emily schaute seufzend auf den Steinsarg. Die Knochen darin gehörten einem adligen Herrn, der im gesegneten Alter von 97 Jahren friedlich entschlafen war. Cosimo hatte ihr versichert, dass er gleich nach seinem Ableben als freie Seele ins Totenreich eingezogen war. Aber trotzdem hatte sie eine ganze Weile reglos dagesessen und in der Erwartung auf den Sarkophag gestarrt, von innen ein leises Klopfen zu hören. Sie seufzte noch einmal. Wahrscheinlich war sie der einzige Geist weit und breit, der sich vor Geistern fürchtete.

Dabei hatte Cosimo sich sehr bemüht, ihr neues Zuhause so behaglich wie möglich für sie einzurichten. Allerdings hatten Irrwichte offenbar reichlich andere Behaglichkeitskriterien als Menschen. Emily betrachtete die verdorrten Farne, die er an die Wände gepinnt hatte, die auf dem Boden verteilten Blätter und das Moos, das auf dem Deckel des Steinsargs aussah wie kleine Raupen. Selbst ein paar lebendige Spinnen hatte er in den Ecken verteilt, die bereits eifrig dabei waren, neue Netze zu weben. Emily hätte sie mit geschlossenen Augen zeichnen können, so ausgiebig hatte sie ihnen in den vergangenen Stunden zugesehen. Was hätte sie auch sonst tun sollen, außer all diesen unheimlichen Geräuschen draußen vor dem Haus zu lauschen und zu verdrängen, dass sie mitten in der Nacht auf dem größten Friedhof von Paris vollkommen allein in einer Gruft hockte? Am liebsten hätte sie ein wenig geschlafen, aber Cosimo hatte sie bei der Besichtigung ihrer neuen Behausung gleich darüber aufgeklärt, wie absurd dieses Bedürfnis für ihresgleichen war.

Geister schlafen nicht, hatte er geantwortet, als sie nach einem Bett gefragt hatte. *Das ist einer der Vorteile, wenn man untot ist. Du wirst dich daran gewöhnen. Du brauchst auch nicht mehr zu essen oder zu trinken, wobei die Untoten durchaus Möglichkeiten gefunden haben, sich zu betrinken. Früher oder später wirst du das mitkriegen. In der Zwischenzeit würde ich dir raten, dich möglichst unauffäl-*

lig zu verhalten. Vor allem tagsüber. Am besten verlässt du dein Haus zu den regulären Öffnungszeiten des Friedhofs nur, wenn es unbedingt nötig ist. Sonst kommst du womöglich schneller mit den Regeln des GdU *in Konflikt, als dir lieb sein kann. Und davon gibt es einige.*

Wie zur Unterstützung seiner Worte hatte er ein seitenstarkes Manuskript hervorgezaubert und es auf den Sarkophag fallen lassen, dass die Moosraupen zu allen Seiten davongesprungen waren. Darauf stand in großen Lettern: *Gesetze des Refugiums*. Offenbar gab es kaum etwas, das an diesem Ort nicht strengsten Reglementierungen unterlag.

Die wichtigste Regel kennst du schon, hatte Cosimo gesagt. *Verlasse niemals den Friedhof. Außerdem sind Kämpfe unter den Untoten verboten, und es ist jedem Anderwesen aufs Strengste untersagt, den Menschen zu erscheinen. Aber keine Sorge. Für gewöhnlich haben die ohnehin keine Befähigung, uns zu sehen. Jedenfalls nicht mehr. Ist eine lange Geschichte. In meinem Volk sagt man, dass die Menschen mit ihrem Glauben an uns auch sich selbst verloren haben. Euch Untote fühlen sie manchmal, und dann verschwinden sie meist von ganz allein, als hätte sie ein kalter Traum gestreift. Lies dir alles durch, und dann halte dich daran. Sonst gibt es nur Ärger, und mit den Fängern ist nicht zu spaßen, das lass dir gesagt sein.*

Die sogenannten Fänger waren dafür da, dass die Regeln eingehalten wurden, das wusste Emily bereits. Cosimo hatte sie ihr auf dem Weg zu ihrer Gruft gezeigt, blassgraue Gestalten, die mehr oder minder alle so aussahen wie der glatzköpfige Torwächter in der Kapelle. Sie hatten messerscharfe Klauenhände, bewegten sich ohne jedes Geräusch und ihre Blicke durchdrangen die Dunkelheit wie grelle Scheinwerfer. Mit finsterer Miene starrte Emily auf den Sarkophag. Vermutlich konnte sie von Glück reden, als Strafe für ihre Aufsässigkeit vor dem Gremium nicht dort hineingesperrt worden zu sein. Andererseits war die Lektüre des Gesetzbuchs schon Strafe genug gewesen, so langweilig war es. Emily seufzte. Allein der Gedanke daran schickte eine Erschöpfung in ihre Glieder, die sie gähnen ließ. Aber was sie auch versuchte: Sie konnte nicht schlafen.

Phantommüdigkeit, hörte sie Cosimos Stimme in ihren Gedanken und hatte ihn mit diesem besserwisserischen Ausdruck vor Augen, mit dem er sie jedes Mal ansah, wenn sie wieder einmal die Folgen des Geistseins nicht begriffen hatte. *Dasselbe wie Phantomschmerzen. Das vergeht mit der Zeit. Du wirst schon sehen.*

»Phantommüdigkeit«, murmelte Emily und schüttelte den Kopf. Dieses Wort hätte sie gebraucht, als sie sich früher mit ihrem Onkel darüber gestritten hatte, wann sie ins Bett gehen musste. Seit sie klein gewesen war, hatte sie immer lange aufbleiben wollen, und jedes Mal hatte es einen Kampf zwischen ihnen gegeben, der sich nur sehr selten zu ihren Gunsten entschieden hatte. Hätte sie damals gewusst, wie schrecklich langweilig es war, allein aufzubleiben, hätte sie nicht so viel Energie in diese Diskussionen gesteckt. Sie seufzte zum dritten Mal. Eines stand jedenfalls so fest wie der Sarkophag: So eintönig hatte sie sich ein Dasein als Geist nicht vorgestellt.

Das Geräusch war nicht lauter als ein Flüstern, aber es traf Emily wie ein Hieb. Sie setzte sich auf und lauschte. Sie hatte schon mitbekommen, dass ihre Sinne deutlich besser funktionierten, seit sie ein Geist war. Sie roch den Schimmel in den Ecken der Gruft, die vermodernden Blumengestecke draußen vor der Tür, und sie hörte den Wind wispern, so eindringlich, als erzählte er geheime Geschichten. Mehrfach war sie fast von der Bank gefallen vor Schreck, als in der Nähe eine Krähe gerufen hatte, und das Dröhnen der Mitternachtsglocken klang immer noch in ihr wider. Nun aber war es nicht mehr als ein leises Rascheln, das an ihr Ohr drang. Sie ging zum Fenster und schaute hinaus. Und dort zwischen den Gräbern, so dunkel, als wäre er ein Schatten, stand der Junge, der sie in der Kapelle beobachtet hatte.

Emily erinnerte sich nur zu gut daran, wie er sie nach der Versammlung angesehen hatte: so feindlich, als hätte ihr Aufbegehren gegen die Gesetze des Gremiums ihn persönlich angegriffen. Sie hatte keine Ahnung, welche Laus ihm über die Leber gelaufen war, aber eines begriff sie sehr wohl: Sie war ihm ein Dorn im Auge, ob sie es sich nun erklären konnte oder nicht. Doch jetzt, da er sich auf einem Grabstein niederließ, war die Kälte von seinen Zügen verschwunden. Er legte den Kopf in den Nacken, und sein Gesicht erschien Emily ohne sein herablassendes Lächeln fast ein wenig fremd. Wie er so dasaß, hingegeben an den Mond und die Dunkelheit, wirkte er sanft und beinahe friedlich.

Der Glockenschlag fuhr Emily mit einer Wucht ins Mark, dass sie erschrocken zurücksprang. Wütend stieß sie die Luft aus. Verflucht noch mal, seit einer gefühlten Ewigkeit wartete sie darauf, dass die Geisterstunde vorbei war, und ausgerechnet jetzt ließ sie sich von einem arroganten Kerl ablenken, der nichts Besseres zu tun hatte, als mitten in der Nacht auf Gräbern herumzuhocken? Sie ging zur Tür. Immer wieder hatte sie sich diesen Moment in den letzten Stunden vorgestellt. Jetzt war es endlich so weit. Sie würde durch diese Tür gehen, über all die finsteren Wege, und den Friedhof hinter sich lassen. Rasch schlüpfte sie aus der Tür ins Freie.

Der Wind war kälter, als sie erwartet hatte. Emily zog die Schultern hoch, eilte zwischen den Grabsteinen hindurch, so schnell sie konnte – und hielt abrupt inne, als sie die angrenzende Gasse erreichte. Sie war typisch für den Friedhof: kopfsteingepflastert und verschlungen, mit unheimlichen Totenhäusern zu beiden Seiten. Jedenfalls hatte sie so ausgesehen, als Emily vor Kurzem mit Cosimo hier vorbeigelaufen war. Nun jedoch bot sich ihr ein völlig anderes Bild.

Noch immer verströmte die Gasse eine morbide Düsternis. Aber offenbar zeigte der Friedhof seine Magie umso deutlicher, je weiter die Nacht fortschritt. Denn die Totenhäuser hatten sich in traumhaft-unwirklicher Weise verwandelt. Einige waren in die Höhe gewachsen und ragten nun wie windschiefe Türme aus dem Gräbermeer, manche hatten eine kugelige Form angenommen, und wieder andere schienen plötzlich aus unzähligen Schuhkartons zu bestehen, die sich in wirrer Ordnung übereinanderstapelten. Mehrfarbiges Licht fiel aus den Fenstern und ließ etliche Behausungen von innen heraus glühen, zwischen anderen Gebäuden wuchsen glimmende Bäume, die ihre Äste weit über die Gasse streckten und Lichtreflexe über das Pflaster schickten. Verschnörkelte Erker reihten sich an märchenhafte Kuppeln, es gab verwinkelte Verandas und Fassaden wie Meereswellen, und immer wieder bemerkte Emily Wasser speiende Figuren aus Mosaiksteinen. Sie konnte sich des Staunens nicht erwehren. Das, was sie hier sah, war nicht länger eine Reihe von unheimlichen Gräbern. Es war ein Kosmos düster-schillernder Fantasie.

Selbst die steinernen Figuren schienen auf einmal Leben zu bergen. Emilys Blick blieb an einer Frau mit mächtigen Flügeln hängen, die auf einem der höchsten Gebäude stand. Sie trug eine Toga und hatte die langen Haare kunstvoll hochgesteckt. Ihr Körper war der aufgehenden Sonne zugewandt, als würde sie darauf warten, von ihren Strahlen berührt zu werden. Ihr Blick aber ruhte in den Schatten. Sie hatte die Hand zum Gruß erhoben, als würde sie von jemandem Abschied nehmen, und ein Lächeln lag auf ihren Lippen, so schön und traurig zugleich, dass Emily sich zwingen musste, sich von ihr abzuwenden.

Sie holte tief Atem. So beeindruckend der Friedhof auch war – sie durfte sich nicht von ihrem Ziel ablenken lassen. Entschlossen setzte sie sich wieder in Bewegung. Vereinzelt bemerkte sie Geister und Skelette, die auf den Gräbern hockten oder sich im Licht ihrer Häuser unterhielten. Ihre Stimmen vermischten sich mit dem Wind zu einem sehnsuchtsvollen Singsang, und für einen Moment fürchtete Emily, von ihnen entdeckt und aufgehalten zu werden. Aber niemand nahm Notiz von ihr, und so lief sie weiter, vorbei an magischen Gruften und Mausoleen. Unter ihren Füßen flogen die Gassen dahin, doch in Gedanken kehrte sie mit jedem Schritt weiter in die Straßen von Paris zurück. Dorthin, wo ihr Mörder auf sie wartete.

Sie hatte keinen Zweifel, dass er genau das tat. Immer wieder hatte sie in den vergangenen Stunden über ihn nachgedacht, und jedes Mal war sie zu demselben Ergebnis gekommen: Sisterius hatte ihr vielleicht Angst machen wollen, aber er hatte auch recht. Ihr Mörder wollte ihr Leben, das stand außer Frage. Sie presste die Zähne aufeinander. Und da waren sie schon zu zweit. Denn ganz egal, wie mächtig er war und wie viel Angst sie vor ihm hatte: Sie konnte nicht tatenlos zusehen, wie er mit ihrem Leben durch die Welt wanderte, während sie zwischen verrückten Untoten eingesperrt war. Sie schauderte beim Gedanken an die gnadenlosen Spiegelaugen. Aber sie hielt nicht inne. Sie hatte keine Wahl. Sie musste sich zurückholen, was ihr gehörte … oder bei dem Versuch umkommen.

Erst als das fahle grüne Licht des Eingangsportals vor ihr auftauchte, wurde sie langsamer. So leise wie möglich verließ sie den gepflasterten Weg und schlich sich über die Gräber näher heran. Cosimo hatte ihr von der kleinen Pforte erzählt, die unsichtbar für menschliche Augen in das Portal eingelassen war und autorisierte Anderwesen ein und aus ließ. Und tatsächlich bemerkte Emily nun einen leicht glimmenden Umriss in dem Tor. Mühsam nur unterdrückte sie den Impuls, darauf zuzurennen. Sie musste sich zusammenreißen. Denn Sisterius hatte in einem weiteren Punkt die Wahrheit gesagt: Niemand durfte den Friedhof verlassen, der nicht ausdrücklich dazu befugt war. Und das Tor wurde bewacht von …

Der Werwolf tauchte so plötzlich auf, dass Emilys Gedanken in ihrem Schädel zerbröselten wie uralte Knochen. Auf den ersten Blick sah er aus wie ein außergewöhnlich großer Mensch in einem Bestatteranzug, der im Kreuz spannte. Aber sein Schädel war der eines halb verwandelten Werwolfs, anstelle von Schuhen genügten ihm seine krallenbewehrten Pfoten und seine haarigen Klauenhände warfen lange gezackte Schatten über den Boden. Scharfe Zähne ragten aus seinem Maul, und nur sein Name nahm Emily ein wenig von dem Schrecken, der sie bei seinem Anblick ergriff. Laut Cosimo gehörte dieser Werwolf zu den gefährlichsten und blutrünstigsten Bewohnern des Friedhofs. Und er hieß Manfred.

Emily biss sich auf die Lippe, um nicht laut loszulachen wie in ihrem Häuschen, als Cosimo ihr davon erzählt hatte. Ein Werwolf, der Manfred hieß! Aber nichtsdestotrotz kannte er keine Gnade, wenn es um die Gesetze von Père Lachaise ging. Vor Jahren hatte ihm das *Gremium der Untoten* auf dem Friedhof Schutz vor einem verfeindeten Werwolfclan gewährt, und seither bewachte er das Tor wie seine nächtliche Beute. Er entfernte sich nur davon, wenn er fressen musste. Und das musste er genau … *jetzt.*

Das Wort wisperte durch Emilys Gedanken, als Manfred tatsächlich in Richtung Pförtnerhäuschen trottete. Jede Nacht verspeiste er dort kurz nach der Geisterstunde in Rekordtempo ein halbes Reh, so hatte Cosimo es ihr erzählt. Sie verdrängte den Gedanken an die Reißzähne, die Manfred vermutlich dafür nutzte, und schlich sich noch weiter ans Tor heran. Das grüne Licht schickte Sprenkel auf die Gräber rings herum. Nun befand Emily sich innerhalb des Bannkreises des Tores, genau dort also, wo sie eigentlich nicht hindurfte. Und das bedeutete, dass sie jetzt Wichtigeres zu tun hatte, als über die

Brutalität eines Werwolfs nachzudenken. Vorsichtig kletterte sie über einen Grabstein … aber nicht vorsichtig genug. Ein Kiesel löste sich unter ihren Füßen und kullerte mit leisem Klackern zu Boden. Prompt wandte Manfred den Kopf und starrte in ihre Richtung.

Auf einmal spürte Emily es wieder: ihr verfluchtes stummes Herz. Ob Phantomklopfen oder nicht, ihr kam es so vor, als würde es jede Sekunde aus ihrem Brustkorb springen. Sie befand sich genau hinter einem Rhododendronbusch, gut möglich also, dass Manfred sie nicht erkannte. Hunde hatten ja schlechte Augen, vielleicht galt das auch für Werwölfe? Andererseits verfügten sie dann sicher über umso bessere Nasen. Manfred stand reglos da, das Gesicht von Finsternis umspielt, sodass Emily seine Augen nicht erkennen konnte. Hatte er sie gewittert? Er neigte den Kopf, als wollte er die Dunkelheit mit seinem Blick durchdringen. Und plötzlich trat er mit einem Schritt in die Schatten und war verschwunden.

Emily unterdrückte einen Fluch. Sie kniff die Augen zusammen, aber sie konnte Manfred nirgends mehr entdecken. Wo zum Teufel war er abgeblieben? War er ins Pförtnerhäuschen gegangen und fiel gerade über sein Fleisch her? Oder würde er jeden Moment hinter ihr auftauchen, um sich ein frischeres Abendbrot zu beschaffen, die Klauen gewetzt und …

»Hey!«

Die Stimme fuhr Emily in die Glieder. Sie schoss vor Schreck so heftig in die Höhe, dass sie sich den Kopf an einem Zweig stieß, und fuhr herum. Sie erwartete, Manfred vor sich zu sehen, die Reißzähne nur noch einen Fingerbreit von ihr entfernt. Aber stattdessen traf sie grelles Licht. Geblendet hob sie die Hand – und erkannte den Irrwicht, der aus kreisrunden Augen auf sie herabschaute.

»Was zum Teufel tust du denn hier?«

Emily klappte erschreckend synchron mit Cosimo den Mund wieder zu. Sie hatten diese Frage exakt gleichzeitig gestellt. Für einen Moment starrten sie einander an, als könnten sie es nicht glauben.

Dann fand Emily ihre Worte wieder. »Ich genieße die frische Luft«, flüsterte sie so leise, wie es ihr in der Aufregung möglich war. »Und alles Weitere geht dich nichts an!«

Cosimo schnaubte empört. »Ich bin für dich verantwortlich. Natürlich geht es mich was an, wenn du dich in Manfreds Klauen werfen willst bei dem Versuch, von hier zu entkommen!«

»Ich habe nicht gesagt, dass ich das vorhatte.« Emily verschränkte die Arme vor der Brust, doch der Irrwicht hob verächtlich die linke Augenbraue.

»Ich bin vielleicht klein, aber nicht blöd. Du hattest deine Flucht doch schon geplant, als du mich vorhin über Manfred ausgequetscht hast. Glaubst du etwa, ich hätte das nicht gemerkt? Was meinst du, wieso er dich nicht schon längst mit einem einzigen Klauenhieb gevierteilt hat?«

Bei dieser Vorstellung wurde Emily in rascher Folge heiß und kalt. »Du hast ihm gesagt, dass ich kommen werde?«

»Nicht direkt. Aber ich habe angedeutet, dass unter Umständen der eine oder andere meiner Schützlinge aufgrund plötzlich auftretender geistiger Verwirrung in der

Nähe des Tores auftauchen könnte, und ihn um Nachsicht gebeten.«

»Geistige Verwirrung.« Emily stieß die Luft aus. »Von wegen. Ich bin nicht verwirrter als die meisten anderen Bewohner dieses Friedhofs!«

Der Irrwicht zuckte die Achseln. »Jedenfalls bist du entschlussfreudiger, das ist mal sicher. Kein anderer Neuling hätte sich schon in der ersten Nacht in Manfreds Nähe gewagt.«

Emily warf einen Blick über ihre Schulter und entdeckte den Umriss des Werwolfs, der gerade durch die Tür des Pförtnerhäuschens ging. »Wenn er wusste, dass ich komme, hat er mich also tatsächlich gesehen«, murmelte sie und fröstelte bei dem Gedanken daran, wie reglos der Werwolf zu ihr herübergeschaut hatte.

»Nein«, widersprach Cosimo. »Er hatte dich schon gerochen, als du dort hinten an der Kreuzung um die Ecke gekommen bist. Du kannst von Glück reden, dass er heute relativ gute Laune hat. Aber wenn er dich noch einmal unerlaubt in der Nähe seines Tores erwischt, wird er nicht mehr so freundlich sein, darauf kannst du Gift nehmen. Lass dich von seinem Namen nicht täuschen. Seine Klauen sind scharf wie Messer, und er ist schneller als jeder Gedanke. Abgesehen davon wird schon der Versuch, unerlaubt durch dieses Tor zu gelangen, vom *GdU* mit schweren Strafen geahndet. Die Untoten sind erfinderisch, wenn es um Quälereien geht. Sie können dir deine Erinnerungen nehmen, um dich gefügig zu machen. Es gibt ein Arbeitslager, in dem dir jede Aufsässigkeit vergeht. Und ich hätte dir viel früher vom Kerker erzählen sollen, in den Sisterius jeden uneinsichtigen

Querulanten früher oder später steckt. Es ist kein gewöhnliches Verlies, so viel lass dir gesagt sein. Darin erwartet dich entsetzliche Leere und eine Grausamkeit, die du dir nicht einmal vorstellen kannst.«

Seine Stimme hatte zu zittern begonnen, und Emily konnte nicht verhindern, dass ihr in Anbetracht eines magischen Kerkers unbehaglich wurde. »Das *GdU*«, murmelte sie dennoch. »Mag ja sein, dass das Gremium sich allerhand Grausamkeiten ausgedacht hat, um die Untoten auf dem Friedhof zu halten. Aber nichts ist grausamer für mich, als hier eingesperrt zu sein.«

Cosimo sah sie für einen Moment wortlos an. »Auch nicht der Gedanke an deinen Mörder? Er wird dich wittern, sobald du dort draußen in seine Nähe kommst. Und er wird dich nicht nur berauben, wenn du ihn findest – oder er dich.« Er schaute auf ihr Herz. »Ihr Geister seid noch hier, weil ihr euch an etwas festhaltet. Etwas in dieser Welt. Manchmal wird es einfach schwächer, manchmal lasst ihr es mit der Zeit los und kehrt als freie Seele ins Totenreich ein. Aber wenn ihr es auf gewaltsame Weise durch einen Toten verliert, dann verliert ihr euch selbst: Dann werdet ihr auf ewig in Dhragars Ketten liegen, genau wie Sisterius gesagt hat … bezwungen von eurem eigenen Schmerz. Und eines Tages werdet ihr selbst in diese Welt zurückgeschickt, um anderen Wesen das Leben zu rauben.«

Emily wollte etwas Abfälliges erwidern, irgendetwas, das den eisigen Schauer vertrieb, der sich ihrer jetzt bemächtigte. Doch es wollte ihr nicht gelingen. Sie straffte die Schultern. »Sisterius hatte recht. Mein Mörder hat mir das Leben geraubt. Aber einen Teil davon habe ich vor ihm beschützt. Und das heißt, dass ich nicht so wehrlos bin, wie mich alle hier glauben lassen wollen.«

Cosimo verzog den Mund. »Du hast selbst gehört, dass du ohne das Einschreiten der Vampire längst in Dhragars Gewalt wärst. Kann ja sein, dass du dich gegen deinen Mörder gewehrt hast, aber das reicht noch lange nicht, um …«

»Und wenn schon«, unterbrach sie ihn. »Ich habe auf einmal leuchtende Augen und feinere Sinne, wer kann schon sagen, welche neuen Fähigkeiten ich noch entdecke, wenn ich endlich aus diesem Friedhofsknast entkommen bin. Offenbar verfügt ja jeder Geist über ein gewisses Maß an Magie. Das kann ziemlich nützlich sein, wenn ich erst mal herausgefunden habe, wie das funktioniert.«

»Oder es kann dich in deine untoten Einzelteile zerlegen«, gab Cosimo zurück. »Magie ist gefährlich, es braucht Zeit, um sie kennenzulernen. Du kannst nicht einfach …«

»Alles hier ist gefährlich«, stellte Emily fest. »Wenn es danach geht, darf ich tatsächlich nur noch in meiner Gruft hocken und froh sein, dass mir der Himmel nicht auf den Kopf fällt. Aber ich kann es noch immer fühlen, verstehst du? Das Leben, das er mir gestohlen hat. Ich muss versuchen, es zurückzubekommen.«

»Dann sag mir warum«, forderte Cosimo sie auf. »Aus welchem Grund willst du dieses Risiko eingehen?«

Er fragte das ohne jeden Spott, und auf einmal lag eine Sanftheit in seinem Blick, die die kalte Fassade, die Emily in den letzten Stunden aufgebaut hatte, bröckeln ließ. Sie hatte versucht, dieses Thema vor sich selbst zu meiden, um keine Schwäche zuzulassen. Aber nun, da Cosimo sie auf so behutsame Weise ansah, konnte sie nicht verhindern, dass sich ihre Kehle zusammenzog. Ohne ein Wort griff sie nach dem Amulett, das sie um den Hals trug. Der kleine Drache schaute sie an, wie er es immer tat: stolz und aufsässig, als als wäre es eine Frechheit, dass sie ihn nicht mindestens fünfzig Mal am Tag bewundernd betrachtete. Emily ließ das Amulett aufspringen und zeigte Cosimo die beiden Fotos, die sie darin aufbewahrte: Sophie, lachend auf einem Dreirad vor vielen Jahren, und ihren Vater mit zerzaustem Haar und seinem so typischen fragenden Blick, als würde er erwarten, dass sie ihm eine Geschichte erzählte.

»Ich habe eine Familie dort draußen«, erwiderte sie. »Eine Schwester. Ihr Name ist Sophie. Wir haben unsere Mutter verloren, als wir noch klein waren, und nach dem Tod unseres Vaters vor einigen Jahren habe ich ihr versprochen, sie niemals allein zu lassen. Und dieses Versprechen werde ich halten. Ich muss mein Leben zurückbekommen. Ganz egal, was ich dafür tun muss.«

Sie schaute Cosimo an, aber sie sah ihn nicht mehr. Stattdessen erinnerte sie sich daran, wie sie mit Sophie vor deren Bett gesessen und sie im Arm gehalten hatte nach einem der Albträume, die ihre kleine Schwester nach dem Tod ihres Vaters heimgesucht hatten. Sie fühlte Sophies Atemzüge, als wäre es gestern gewesen, dass sie voller Vertrauen neben Emily eingeschlafen war. Und sie spürte noch immer das Versprechen in sich widerklingen, das sie Sophie in jener Nacht gegeben hatte – das Versprechen, das sie nicht brechen durfte, ohne alles zu verraten, was sie war.

Erst als die Träne ihre Wange hinabrann, merkte sie, dass sie weinte. Rasch wischte sie sie fort und stellte zu ihrem Erstaunen fest, dass sie sich zuerst in Glas und dann in blauen Staub verwandelte. Sie hob den Blick und rechnete damit, dass Cosimo sie auslachen oder tadeln würde. Immerhin war ihm ja schon ihr Ohnmachtsanfall überaus peinlich gewesen. Aber er sah sie nur an, so mitfühlend, dass ein wärmender Schauer über ihren Rücken glitt. Und in seinen Augen spiegelte sich das Bild, an das sie sich gerade erinnert hatte: sie selbst im Dunkeln ihres Kinderzimmers mit ihrer schlafenden Schwester in den Armen.

Cosimo legte seine Hand auf die ihre. Seine Finger waren so winzig, dass sie sich anfühlten wie zarte Gräser, und doch vertrieb diese Geste die Kälte in Emily mit einer Macht, dass sie Cosimos Lächeln erwiderte. Er neigte den Kopf, als hätten sie einen geheimen Pakt geschlossen. Und zum ersten Mal, seit sie sich begegnet waren, sah er sie nicht mehr an wie der Irrwicht, der den Auftrag hatte, sie in die Regeln des Friedhofs einzuweisen. Er sah sie an wie … ein Freund.

»Das ist ein guter Grund«, sagte er. »Jetzt verstehe ich, warum du so vehement versuchst, von hier zu entkommen. Und umso mehr tut es mir leid, dir zu sagen, dass du keine Chance gegen deinen Mörder hast, wenn du jetzt durch dieses Tor marschierst. Niemand kann einen Krieger Dhragars bezwingen. Jedenfalls nicht auf diese Weise.«

Die letzten Worte waren so leise gewesen, als hätte er nur zu sich selbst gesprochen. Und tatsächlich schien er Emily kaum noch wahrzunehmen. Stattdessen schaute er in die Schatten und kaute nachdenklich auf seiner Unterlippe.

»Was soll das heißen?« Emily spürte, wie die Aufregung zu ihr zurückkehrte. »Kennst du eine bessere Möglichkeit?«

Cosimo sah sie an, als hätte sie ihn aus einer Trance geweckt. »Nun ja«, begann er zögernd. »Die Untoten waren nicht immer solche Feiglinge wie jetzt. Früher, da …«

Ein kaum merklicher Windhauch glitt über sie hinweg, doch er genügte, um Cosimo stocken zu lassen. Der Irrwicht schaute sich um, als würde er befürchten, dass das *Gremium der Untoten* aus den Schatten treten und sie in Ketten legen würde.

Emily beugte sich vor. »Erzähl weiter«, verlangte sie eindringlich. »Was war früher?«

Cosimo knetete seine Hände, dass sie knackten wie Reisig. Er rang mit sich, das konnte Emily sehen, und kurz fürchtete sie, dass er einfach verschwinden würde, so blitzschnell, wie es sein flackerndes Licht zuließ. Aber dann holte er tief Atem und sah sie prüfend an. »Du wirst keine Ruhe geben, bis du die Wahrheit herausgefunden hast, nicht wahr?«

Emily musste lächeln. »Ihr Irrwichte mögt ja hartnäckig sein. Aber nicht so hartnäckig wie ich.«

Kurz nur glühte ein Funken Übermut in seinen Augen auf, als wollte er ihr eine Wette vorschlagen. »Gut«, raunte er. »Du warst ehrlich zu mir und jetzt werde ich dir die Wahrheit sagen. Aber ich tue das nur aus einem einzigen Grund: weil ich inständig hoffe, dass du dann begreifen wirst, wie aussichtslos deine Pläne sind. Und es gibt eine Bedingung.«

»Welche denn?«

»Du musst mir versprechen«, gab Cosimo zurück, »dass du dich nicht noch einmal so leichtsinnig in Gefahr begeben wirst wie heute.«

Emily verstärkte ihr Lächeln. »In Ordnung«, stimmte sie zu. »Für heute Nacht.«

Cosimo schien zu überlegen, ob er sich auf eine Diskussion einlassen sollte. Dann verdrehte er die Augen. »Menschen«, seufzte er und fuhr sich durch die Haare, als könnten die etwas für den Starrsinn seines Schützlings. »Komm mit, aber sei leise. Wenn sie uns erwischen, werfen sie uns beide in den Kerker. Und das ist kein Ort für einen Irrwicht, und für ein verrücktes Geistermädchen schon mal gleich gar nicht.«

Noch einmal schaute er zum Pförtnerhäuschen hinüber, als fürchtete er, von wachsamen Werwolfaugen beobachtet zu werden. Gleich darauf drehte er sich um und flog zwischen den Bäumen davon. Emily zögerte keinen Augenblick. So leise wie möglich rutschte sie von dem Grabstein hinunter und folgte dem Irrwicht in die Dunkelheit.

5

Das Mausoleum bestand aus grauem Nebel. Er bildete das Dach, die Säulen der Frontfassade und das Eingangsportal, das von zwei steinernen Engeln bewacht wurde. Fast schien es, als würde ein Windstoß genügen, um das ganze Gebäude auseinanderzureißen. Aber als Emily hinter Cosimo näher heranschlich, bemerkte sie, dass der Nebel wie von einem unsichtbaren Willen aufrechterhalten wurde. Und trotz der finsteren Engel, die ihre Blicke drohend durchs Unterholz schickten, spürte sie die Energie, die von diesem Gebäude ausging und die sie unwiderstehlich anzog. Es war ein Gefühl wie früher, wenn ihr Vater mit den ersten Sätzen einer neuen Geschichte angefangen hatte und sie unbedingt wissen musste, wie es weiterging.

»Was ist das für ein Gebäude?«, flüsterte sie, als Cosimo innehielt.

»Nur Geduld«, gab er zurück. »Dann wirst du schon sehen.«

Emily seufzte. Sie war Cosimo kreuz und quer über den Friedhof gefolgt, ohne dass er auch nur ein Sterbenswörtchen über ihr Ziel ausgeplaudert hätte. So langsam ging ihr seine Geheimniskrämerei auf den Wecker. »Jedenfalls scheint das Gebäude gut bewacht zu sein«, stellte sie fest. »Ich gehe doch recht in der Annahme, dass die Engel da drüben nicht so reglos sind, wie sie den Anschein machen, oder?«

Sie warf den Engeln einen Blick zu. In ihren Augen stand eine Glut, als würde ein Funke genügen, um tödliches Feuer in ihnen zu entfachen.

Cosimo nickte. »Sie sind lebendig, und nicht nur das. Sie bewachen das Gebäude, denn niemand darf es ohne Genehmigung betreten.«

»Cosimo«, flüsterte Emily in gespielter Empörung. »Willst du etwa ein Gesetz des *GdU* brechen? Ich bin schockiert!« Sie grinste, als der Irrwicht ihr einen spöttischen Blick zuwarf. »Aber wie wollen wir an den beiden Inbegriffen von Fröhlichkeit da drüben vorbeikommen? Soll ich mir zur Ablenkung die Kleider vom Leib reißen und kreischend darauf herumtanzen, während du sie heimlich von hinten niederschlägst?«

Cosimo machte ein Gesicht, als würde er tatsächlich über ihren Vorschlag nachdenken. Doch dann winkte er ab. »Ich habe einen besseren Plan. Manchmal hat es eben auch Vorteile, außergewöhnlich klein zu sein. Jetzt komm mit – aber sei leise!«

Das war leichter gesagt als getan. Während Cosimo mühelos zwischen den Büschen hindurchflog, die den Platz um das Gebäude säumten, blieb Emily immer wieder an dornigen Zweigen hängen. Mit teuflischer Freude piksten die Pflanzen ihr in die Arme, dass sie zusammenzuckte, und jedes Mal fürchtete sie, von einem der Engel entdeckt zu werden. Endlich blieb Cosimo stehen. Einige Meter von ihnen entfernt erkannte Emily die Hintertür des Gebäudes. Dort waren keine Engel postiert.

»Warte hier«, raunte Cosimo. »Aber lass dir nicht einfallen herumzuträumen. Behalte die Hintertür im Auge, bis ich dir ein Zeichen gebe!«

Emily verdrehte die Augen. »Und ich dachte, ich gehe mir noch schnell eine Pizza bestellen.«

Cosimo verzog den Mund, als hätte er mit so einer Antwort gerechnet. Dann verringerte er sein Licht, bis es kaum noch mehr war als ein glühendes Flämmchen in seiner Brust, und sauste auf das Gebäude zu. Kurz schwirrte er vor dem Fenster neben der Tür auf und ab. Dann quetschte er sich durch einen winzigen Spalt im Rahmen und war verschwunden.

Emily zählte die Sekunden. Die steinernen Engel kehrten ihr den Rücken zu, doch sie waren noch immer nah genug, dass sie die Glut ihrer Augen spüren konnte. Erleichtert sog sie die Luft ein, als sich die Hintertür öffnete. Schwach nur leuchtete Cosimos Licht zu ihr herüber, aber sie konnte trotzdem erkennen, dass er ihr zuwinkte: so energisch, als würde er sich gleich den Arm auskugeln. Emily warf einen letzten Blick auf die Engel. Dann rannte sie los. Sie flog förmlich über den Boden, und doch erschien es ihr wie eine Ewigkeit, bis sie die Tür erreichte. Mit überraschender Kraft packte Cosimo sie am Kragen und zerrte sie hinein.

Die Tür schloss sich lautlos hinter ihnen. Für einen Moment war es so dunkel, dass Emily abgesehen von Cosimos blassem Leuchten nicht das Geringste erkennen konnte. Dafür roch sie den Duft uralter Steine. Es war ein Geruch wie in Kathedralen, die schon vor Hunderten Jahren von Menschen besucht worden waren und in denen Emily manchmal das Gefühl hatte, immer noch die geflüsterten Gebete lang vergangener Zeiten hören zu können. Sie war nicht überrascht, als Cosimo sein Licht entfachte und sie sich tatsächlich in einer riesigen Kathedrale wiederfanden. Und dennoch stockte ihr der Atem. Das Gebäude war so groß, dass sich die Decken im Nirgendwo verloren, aber es war nicht aus Steinen oder Nebel errichtet worden. Sondern aus Büchern.

Die Wände, der Boden, selbst die meterdicken Säulen bestanden aus Folianten, zerlesenen Taschenbüchern und gold beschrifteten Grimoires in allen Farben und Größen. Ein Flattern ging durch die Luft von papierenen Schmetterlingen, die hoch oben auf den Bücherstapeln saßen und zu den heimlichen Besuchern herabschauten. Emily legte den Kopf in den Nacken und konnte das Ende der Säulen dennoch nicht erkennen. Sie sahen aus wie tausendjährige Bäume in einem Wald der Dämmerung, erschaffen aus Geschichten. Ein seliges Lächeln trat auf ihre Züge. Es war ein Ort voller Düsternis, voller Abenteuer, voller Geheimnis – ein Ort, wie sie ihn sich schöner nicht hätte vorstellen können.

»Willkommen in der Bibliothek der Untoten«, raunte Cosimo feierlich. »Sie birgt alles Wissen unserer Welt, oder zumindest sehr viel davon. Und wie das mit manchem Wissen so ist: Vieles davon ist gefährlich. Auch aus diesem Grund ist sie nicht für jeden geöffnet. Das soll uns jetzt nicht kümmern, aber eine Warnung: Bleibe in der Mitte der Gänge. Manche Bücher sind tückisch und verschlingen jeden, der sich zu nah heranwagt. Einigen darf man sich nur in Begleitung eines Bibliothekars nähern, der weiß, wie sie zu zügeln sind. Und wieder andere öffnen sich urplötzlich, und ehe man es sich versieht, versinkt man in ihnen … manchmal durch spannende Geschichten, manchmal buchstäblich.«

Emily zweifelte keine Sekunde daran, dass er die Wahrheit sagte. Sie folgte ihm durch das Kirchenschiff, durch schmale Gänge und verwinkelte Korridore, bis sie nicht mehr sagen konnte, wo sie sich befand. Es schien ihr, als würde sie mit jedem Schritt tiefer in eine geheimnisvolle Welt abtauchen, und wohin sie auch blickte, umgaben sie Bücher. Es waren *unendlich* viele. Kleine Bücher, große Bücher, Bücher in Leinen oder Leder gebunden, Bücher mit dunklem Schnitt und durch Schlösser versiegelt, Bücher, die rappelten, wenn sie daran vorbeiging, und Bücher mit Augen, die sich öffneten und deren Blicke ihnen folgten. Und Emily bemerkte Raupen mit winzigen Brillen, die geschäftig zwischen den Büchern hin und her eilten.

»Bücherwürmer«, erklärte Cosimo. »Sie helfen beim Archivieren und finden Bücher, die partout nicht an ihrem Platz bleiben wollen. Und sie sind nicht die einzigen Ordnungshüter hier.«

Just in diesem Moment rappelte ein Buch direkt neben Emily. Der Deckel öffnete sich und heraus sprang ein kleines schwarzes Wesen, das aussah wie ein Miniaturgremlin. Es schüttelte sich, kaum dass sich das Buch hinter ihm schloss, und hinterließ feuchte Fußspuren, als es an den Manuskripten vorbeimarschierte. Seine Augen funkelten wie Diamanten in seinem kohlrabenschwarzen Gesicht, und Emily musste lächeln, so niedlich erschien es ihr, als es sie fröhlich angrinste.

»Das war ein Tintenspringer«, stellte Cosimo fest. »Manchmal kommt es vor, dass die Figuren in einem Buch Unordnung stiften und die Buchstaben durcheinanderbringen. Dann sorgen die Tintenspringer dafür, dass alles wieder an den richtigen Platz kommt.«

Emily lächelte. »Ich habe mich schon öfter gefragt, was eigentlich mit einer Geschichte passiert, wenn sie gerade nicht gelesen wird. Aber dass kleine schwarze Monster für Ordnung sorgen, hätte ich nicht erwartet.«

»Eins kannst du mir glauben«, erwiderte Cosimo. »So klein und niedlich, wie sie uns hier erscheinen, sind sie nicht mehr, wenn sie in den Büchern auftauchen. Aber das ist eine andere Geschichte. Siehst du den Torbogen da vorn?«

In einiger Entfernung stapelten sich schneeweiße Bücher zu einem Rundbogen, der in einen weiteren Korridor führte. Emilys Herz machte einen Satz, als sie die gelben Bücher bemerkte, die den Boden bedeckten. »Wie beim Zauberer von Oz«, flüsterte sie, doch Cosimos Miene verfinsterte sich.

»Und genauso gefährlich ist dieser Weg«, flüsterte er. »Dort lagern die ältesten Bücher, und nicht selten gehen die Bibliothekare zu den unmöglichsten Zeiten durch die Gänge, um ihre Schätze zu überwachen. Also Obacht. Von hier an müssen wir mucksmäuschenstill sein.«

Emily traute sich kaum zu atmen. Eigentlich war sie davon ausgegangen, dass sie auch bisher schon ziemlich leise gewesen war. Aber nun, da sie den gelben Weg entlanghuschten, kam ihr jeder ihrer Schritte so laut vor wie der eines Elefanten, der über Glasscherben lief. Immer wieder meinte sie, einen kühlen Hauch im Nacken zu spüren, und fast hätte sie vor Schreck geschrien, als Cosimo sie abrupt in eine Nische zog und den Finger an die Lippen legte. Emily schaute durch einen Spalt in der Wand und erkannte eine dunkle Gestalt, die mit zerfetztem Gewand und tief geneigtem Kopf einen Parallelgang entlangschwebte. Ihre knochigen Finger mit den langen Nägeln zog sie spielerisch über die Bücher, die unter der Berührung ein Raunen ausstießen. Sie kamen Emily vor wie wilde Bestien, die in Ketten lagen und nur darauf warteten, von einem Wort ihres Hüters entfesselt zu werden.

Cosimo verharrte eine gefühlte Ewigkeit, bevor er sich wieder in Bewegung setzte. Dann eilten sie den Gang hinunter. An dessen Ende bogen sie nach links ab und Cosimo hielt vor einer Reihe schwarz gebundener Zauberbücher inne. Mit fachmännischer Miene flog er davor auf und ab, ballte die Hände zu Fäusten und sauste mit aller Kraft auf eines der Bücher zu. Ächzend stemmte er sich dagegen. Der Schriftzug auf dem Einband glomm auf – und in der Wand öffnete sich ein schmaler Spalt. Rasch folgte Emily dem Irrwicht durch die Geheimtür, die sich augenblicklich wieder hinter ihnen schloss.

Cosimo klatschte drei Mal in die Hände. Sein Licht flog in winzigen Funken durch einen achteckigen Raum, in dessen Mitte ein marmorner Tisch stand. Die Wände, die aus ascheschwarzen Büchern bestanden, glühten in grellem Glanz auf. Emily hörte nichts mehr außer ihrem eigenen Atem und Cosimo, der rasch zum Tisch hinüberflog. Fasziniert beobachtete sie, wie sein Licht in die

Wände einsank. Offenbar hatte er einen Zauber gewirkt, der sie zumindest für eine gewisse Zeit vor den Bibliothekaren verbarg.

»Also eins ist mal klar.« Emily ging zum Tisch hinüber. »Dafür, dass du normalerweise so erpicht darauf bist, die Regeln einzuhalten, hast du eine ganz schön kriminelle Energie.«

Cosimo sah sie an, als wäre das das Netteste gewesen, das er seit langer Zeit gehört hatte. »Sagen wir es so: Ich bin *facettenreich*. Wie es sich für einen wahren Irrwicht gehört.« Mit diesen Worten presste er seine Hände auf den Marmor. Über dem Tisch entstand ein glitzernder Nebel.

Neugierig beugte Emily sich vor und sah zu ihrem Erstaunen, dass ein Buch im Nebel erschien, schemenhaft zuerst und dann so deutlich, als hätte es die ganze Zeit über an dieser Stelle in der Luft geschwebt. Cosimo schnipste mit den Fingern. Dumpf landete das Buch auf dem Tisch. Auf dem Einband stand *Die Geschichte der Untoten, zweihundertachtundsiebzigster Band, vollständig überarbeitet von Erwina Runkelstein*.

»Ach du meine Güte«, entfuhr es Emily. »Bei dem Namen wäre ein Pseudonym gut gewesen.«

Cosimo sah sie amüsiert an. »Du wirst es nicht glauben, aber das *ist* das Pseudonym. In Wahrheit heißt Fräulein Runkelstein nämlich Gräfin Furunkula Runkula die Dritte. Aber so oder so hat sie *das* Standardwerk zur Geschichte der Untoten geschrieben. Und genau danach haben wir gesucht.«

Der Irrwicht räusperte sich, als er das Buch aufschlug. In geschwungener Schrift zogen sich die Buchstaben über die Seiten. Emily sah Erwina Runkelstein vor sich, eine kleine, gebeugte Frau, die mit einer Schreibfeder die Seiten füllte, und sie betrachtete die kunstvollen Zeichnungen, die allenthalben den Text zierten. Cosimo blätterte vor und tippte auf mehrere Bilder. Unter seiner Berührung glommen sie auf und erhoben sich als bewegte Hologramme in die Luft. Emily staunte nicht schlecht, als sie die Blicke zweier Geister erwiderte, die den Eiffelturm umkreisten.

»Es gab also immer schon Rebellen, die trotz der Regeln des *GdU* nicht auf den Friedhöfen geblieben sind«, stellte sie fest, als die Geister sich auf der Turmspitze niederließen.

»Weit gefehlt«, sagte Cosimo mit einem so gelehrten Blick, dass er hinter dem riesigen Buch aussah wie ein anderweltlicher Professor. »Du musst wissen, dass die Geister sich nicht immer auf den Friedhöfen versteckt haben. Früher bewohnten sie ebenso die äußere Welt wie die lebendigen Anderwesen, und wenn die Toten aus ihrem Reich in die Welt der Lebenden eindrangen, haben nicht nur die Vampire dafür Sorge getragen, sie in ihr Reich zurückzuschicken. Auch die Geister haben dafür gesorgt, und zwar als sogenannte Todesjäger.«

Er tippte wieder auf eine Zeichnung. Das Hologramm mit dem Eiffelturm verblasste, und stattdessen tauchten nun finster dreinschauende Geister auf, die Hände in die Seite gestemmt oder um Schwerter und Messer geschlossen. Eine Frau trug sogar eine Armbrust, und die Art, wie sie herausfordernd das Kinn vorschob, ließ Emily lächeln. Sie hätte nicht erwartet, dass Geister wie Superhelden aussehen konnten.

»Todesjäger«, wiederholte sie und spürte die kalte Schwere des Wortes auf der Zunge. »Klingt irgendwie nach *Ghostbusters*. Oder *Supernatural*.«

»So ungefähr«, stimmte Cosimo ihr zu und zuckte die Achseln, als Emily ihn überrascht ansah. »Was ist? Glaubst du etwa, ich würde mich mit menschlichen Filmen und Serien nicht auskennen? Eins lass dir gesagt sein: Es gibt kaum etwas Besseres, als vor den erleuchteten Wohnungen von Paris zu hocken, in der Hand kandierte Moosflips, und heimlich das Fernsehprogramm mitzuschauen.«

Emily musste lachen. »Ich wünschte, ich hätte mal im richtigen Moment aus dem Fenster geschaut. Wer weiß, vielleicht hätte ich dich ja gesehen?«

»Das bezweifle ich.« Cosimo lächelte mit der größtmöglichen Überheblichkeit. »Vergiss nicht: Ihr Menschen seid blind. Und abgesehen davon: Wenn sich jemand auf Tarnen und Täuschen versteht, dann bin ich das. Aber wie dem auch sei. Die Todesjäger waren früher in der gesamten Anderwelt gleichermaßen gefürchtet wie hoch angesehen. Sie waren in der Gilde der Jäger organisiert, ihr Sitz war der Graue Dom, das riesige Gebäude, das nun verlassen am Rand des Friedhofs steht. Jeder wusste, dass sie Krieger waren, die die Welt vor den Toten beschützten. Sisterius und Baptiste de la Châtre, auch bekannt als Prinz der Vampire, teilten sich den Vorsitz und …«

»Soll das heißen, Sisterius war ein Jäger?« Emily konnte nur mühsam ein Grinsen unterdrücken, als sie sich den Buchhalter mit einer Armbrust vorstellte.

»Vor langer Zeit, ja«, sagte Cosimo. »Und er war ziemlich gut. Er wurde Sisterius der Schreckliche genannt, ist es zu glauben? Und er und der Prinz waren weit mehr als Kampfgefährten. Vor allem waren sie Freunde. Sie regierten eine ganze Weile über die Gilde der Jäger. Doch dann kam er … der Dunkle Fürst.«

Cosimo hatte leise gesprochen, und doch strich dieser Name Emily das Haar zurück, als hätte er gebrüllt. Bildete sie es sich ein oder war es auf einmal tatsächlich dunkler im Raum geworden? Sie sah kaum, dass Cosimo die Seiten umblätterte und auf eine Zeichnung tippte. Aber sie hörte das Flüstern, das gleich darauf die Luft durchzog, und sie bemerkte die Finsternis, die sich in einer Ecke des Zimmers zusammenzog, so pechschwarz, dass sie nicht anders konnte, als hinzuschauen.

Unwillkürlich fuhr sie zusammen, als sie bemerkte, dass sich der Umriss eines Mannes aus der Dunkelheit formte. Er verharrte in der Finsternis, sodass Emily keine Details erkennen konnte – und doch sah sie mehr als genug. Die erhabene, hochgewachsene Gestalt mit dem Schwert in der linken Hand. Die Schatten, die sich im Rücken des Fremden wie zu mächtigen Schwingen formten. Und die Augen, die sich nun in eisigem schwarzem Feuer entfachten und sich direkt auf Emily richteten. Sie musste sich selbst daran erinnern, dass sie nur ein Hologramm vor sich hatte, um nicht in Panik zu geraten.

»Dhragar«, flüsterte sie und erschrak. Sie hatte seinen Namen nicht aussprechen wollen. Es war einfach so passiert, und jetzt schien es ihr, als würde er dort in den Schatten über sie lächeln. Mit aufkeimendem Zorn erwiderte sie seinen Blick. »Er scheint ja ganz schön hässlich gewesen zu sein, wenn er sich im Dunkeln verstecken muss.«

Der Spott in ihrer Stimme tat ihr gut, aber Cosimo erwiderte ihr Lächeln nicht. Auch er betrachtete die Gestalt in der Finsternis, und zum ersten Mal, seit sie ihn kannte, fand sie Furcht auf seinen Zügen.

»Im Gegenteil«, sagte er. »Dhragar war stark und schön, bevor er in die Schatten stürzte … und noch mehr war er es danach. So sehr, dass kaum jemand seinen Anblick erträgt, ohne ihm auf der Stelle zu verfallen. So jedenfalls erzählen es die Legenden.«

Sofort war Emily der Blick des Dunklen Fürsten noch unangenehmer als zuvor. Dennoch fiel es ihr nicht leicht, sich von der kalten Glut in seinen Augen abzuwenden. Sie schien Geheimnisse zu bergen, die leise ihren Namen flüsterten. Fast gewaltsam riss sie sich los und sah Cosimo von der Seite an. »Was ist mit ihm passiert? Er ist nicht als Fürst der Finsternis auf die Welt gekommen, denke ich.«

Cosimo schüttelte den Kopf. »Dhragars Vergangenheit ist ein Sammelsurium an Mythen und Gerüchten. Früher war er selbst ein Todesjäger, doch aus Gründen, die kaum noch jemand kennt, stürzte er in die Finsternis und trachtete fortan danach, die Welt mit Dunkelheit zu überziehen.« Er bewegte die Finger – und Dhragar stieß sein Schwert vor. Wie ein schwarzer Blitz zerschnitt es die Luft.

Emily sprang erschrocken zurück. Ein heftiger Schmerz ging durch ihren Leib, als hätte sie ein Hieb getroffen. Weitere Blitze zerrissen die Schatten und Bilder tauchten in ihnen auf: kurz nur und gerade deshalb von einer Intensität, die Emily erschütterte.

»Dhragar zog in den Krieg«, fuhr Cosimo fort. »Mit abscheulicher Hinterlist gelang es ihm, die stärksten Todesjäger zu vernichten und sich ihre Kraft anzueignen, sodass es lange niemanden mehr gab, der seiner Macht gewachsen war. Unzählige Tote strömten mit seiner Hilfe in die Welt. In dieser Zeit zogen sich die Geister in ihre Refugien zurück, und die Vampire hatten allein nicht die Kraft, die Toten zu schlagen. Nur ein paar verbliebene Jäger standen noch für den einstigen Glanz der Gilde … aber es waren wenige, viel zu wenige, um Dhragars Übermacht zurückzutreiben.«

Seine Worte untermalten die Bilder, die Emily vor Augen hatte: verwundete Todesjäger, die hilflos zusammenbrachen. Risse in den Weltengrenzen, grell wie grüne Blitze. Und endlose Züge von Toten, die durch sie hindurchströmten und die verbliebenen Jäger binnen kürzester Zeit in die Knie zwangen. Überall um Emily herum flammten die Bilder auf. Es kam ihr so vor, als wäre sie in ein Unwetter geraten, und jedes Mal wenn ein neuer Blitz aufzuckte, wurde es hinterher noch dunkler. Gerade als sie meinte, die Finsternis als drückende Substanz auf ihrem Körper zu fühlen, beugte Cosimo sich wieder über das Buch.

»Und einer von ihnen fand ihn«, raunte er so leise, dass seine Stimme fast im Zischen der Blitze unterging. »Den Retter der Welt.«

Die Seiten flatterten wie in einem Sturm. Schneeweißes Licht entströmte den Buchstaben, und eine Gestalt brach aus dem Buch hervor. Es war ein Mann, so viel konnte Emily inmitten der Lichtströme erkennen. Er trug einen bodenlangen Mantel mit Kapuze, die sein Gesicht verdeckte, doch Emily musste ihm nicht in die Augen sehen, um gebannt zu ihm aufzuschauen. Er verströmte eine Stärke, die sie mit Ehrfurcht erfüllte.

Ohne ein Wort breitete er die Arme aus und flutete den Raum mit seinem Licht. Die Schatten verbrannten wie Papier in übermächtigem Feuer, aber die Helligkeit blendete Emily nicht. Sie war wie der Glanz eines Sterns, und sie konnte kaum atmen, als der Fremde die Arme sinken ließ. Noch nie hatte sie eine solche Kraft gespürt wie nun, da sie in einem Raum aus Sternenlicht stand und der Krieger seinen unsichtbaren Blick auf sie richtete.

»Der Weiße Krieger«, sagte Cosimo, und seine Stimme verriet, dass auch er ehrfürchtig zu dem Fremden aufschaute. »So wird er in der Anderwelt genannt, und noch immer wird er als sagenumwobener Held verehrt. Er war es, der den Jägern den Mut zurückgab, er, der sich den Toten mit unglaublichen Kräften entgegenstellte – und er schlug Dhragar schließlich zurück. Er verwundete den Fürsten der Finsternis schwer und verbannte ihn so ins Totenreich. Doch dafür zahlte er einen hohen Preis.«

Emily sah den Weißen Krieger an. Sie wusste, dass jede Minute etwas Schreckliches passieren würde, und doch fuhr sie zusammen, als es dann tatsächlich geschah. Der Krieger schwankte unmerklich. Und gleich darauf breitete sich ein dunkler Fleck dort aus, wo sein Herz war. Er färbte seine Brust mit der Finsternis Dhragars, und als der Krieger auf die Knie fiel, kehrten sie zurück: die Schatten, die sich in den Ecken des Raumes zusammenrotteten und unaufhaltsam näher krochen.

»Er bezahlte mit seinem Leben«, fuhr Cosimo fort.

»Doch durch sein Opfer leben die Menschen ebenso wie die Anderwesen heute vor den Toten in relativem Frieden. Auch wenn die Zerrüttung zwischen Vampiren und Geistern noch immer tief reicht. Sisterius und der Prinz sprechen kaum ein Wort miteinander, ohne dass Eiseskälte im Raum herrscht, wenn sie denn gezwungen sind, sich zu begegnen.«

Emily schlang ihre Arme um sich. Die Dunkelheit kam immer näher, und obwohl sie wusste, dass all das nur eine Illusion war, die ihr nichts anhaben konnte, schauderte sie. »Aber Dhragar ruht nicht«, sagte sie, ohne sich vom Weißen Krieger abzuwenden. »Mein Mörder ist nicht der einzige Tote, den er in diese Welt geschickt hat.«

Cosimo nickte düster. »Die Wunden, die der Weiße Krieger ihm geschlagen hat, beginnen zu heilen. Mit jedem Leben, das seine Schergen in unserer Welt erbeuten, wächst seine Macht. Glaubt man manchen Gerüchten, kommen in letzter Zeit mehr von ihnen als früher. Ich weiß nicht, ob das wahr ist. Aber so oder so ist es alles andere als beruhigend, daran zu denken, dass Dhragar sich eines Tages geheilt haben wird. Wir wissen ja nur zu gut, was dann geschehen wird.«

»Aber warum wird nichts dagegen unternommen?«

Der Irrwicht stieß ein Lachen aus, das an Trostlosigkeit kaum zu überbieten war. »Wer sollte das tun? Die Vampire gehen in ihrer üblichen Arroganz vermutlich davon aus, dem Problem allein Herr werden zu können, falls sie überhaupt ein Problem sehen. Sie haben den Geistern nach dem Ende des Krieges untersagt, sich jemals wieder als Todesjäger ausbilden zu lassen, ganz einfach um das Risiko zu vermeiden, dass Dhragar sie in die Finger bekommen und so seine Macht steigern könnte. Die Geister haben nun ihrerseits nicht das geringste Interesse daran, überhaupt zum Todesjäger zu werden, und so kommt es, dass es generell kaum noch Jäger gibt. Der Weiße Krieger gehörte zu den Letzten, die ausgebildet wurden. Sein Ende hatte abschreckende Wirkung, da gehe ich jede Wette ein, und ganz abgesehen davon ist die Ausbildung auch kein Spaziergang. Die meisten Novizen wurden schon früher von den Toten umgebracht, wenn die etwas von ihnen mitkriegten, genauer gesagt von den Schrecklichsten unter ihnen, den Kriegern Dhragars, die bis heute sofort losgeschickt werden, sollte der Dunkle Fürst von einem Novizen erfahren. Wahrscheinlich ist den Weg auch deswegen seit langer Zeit niemand mehr gegangen.«

»Bis jetzt.« Emily holte tief Atem. »Ich werde es tun. Ich werde den Weg der Todesjäger gehen – und mir mein Leben zurückholen.«

Cosimo sog die Luft ein, sichtlich darum bemüht, sich vor Entsetzen nicht die Haare zu raufen. »Nun mal ganz langsam. Ich habe dich hergebracht, damit du von den Jägern erfährst – und davon, wie gefährlich es ist, sich auf ihren Weg zu begeben, um nicht zu sagen: wie unmöglich für dich! Selbst der Weiße Krieger hat am Ende mit seinem Leben dafür bezahlt!«

Emily verschränkte die Arme vor der Brust. »Er hat die Welt gerettet.«

»Ja.« Cosimo fuhr sich über die Augen. »Denn er war mächtig und stark. Der Weiße Krieger war …«

»… der Weiße Krieger war ein Held«, beendete Emily seinen Satz. »Aber wie hat mein Vater immer gesagt: *Hel-*

den werden nicht geboren. Sie werden erschaffen. Ich bin immerhin schon einmal gestorben. Was bedeutet, dass ich bereits den ersten Schritt getan habe.«

Cosimo starrte sie an, als könnte er nicht glauben, was er da hörte. »Und wie willst du das anstellen?«, brach es aus ihm heraus. »Du hast doch keine Ahnung, wo du einen Todesjäger finden sollst, der dich ausbilden könnte! Ganz abgesehen davon, dass es verboten ist. Außerdem wurdest du von einem Krieger Dhragars ermordet, einem der mächtigsten Toten überhaupt. Du bräuchtest einen Jäger, der stark und erfahren genug ist, um dir alle Finten beizubringen – und das auch tun zu *wollen*, denn die Jäger sind allesamt Einzelgänger. Nicht jeder von ihnen jagt, um die Welt zu retten. Viele, wenn nicht sogar die meisten von ihnen, tun es aus purer Lust am Töten.«

Emily zuckte mit den Schultern. »Was einigermaßen lächerlich ist. Immerhin sind die Toten ja schon tot.«

»Ja«, stimmte Cosimo ihr zu, sichtlich um Geduld bemüht. »Aber das Leben, das sie nach ihren Morden in sich tragen, ist es nicht. Und viele Jäger lieben nichts mehr als den Augenblick, in dem es in ihren Händen zerbricht.«

Emily legte die Hand auf ihr Phantomherz. Sie überkam heftige Übelkeit bei dem Gedanken, dass ihr Leben von irgendeinem Jäger zerbrochen wurde. »Umso wichtiger, dass ich es bin, die meinen Mörder findet und mein Leben rettet.«

»Hörst du mir denn nicht zu?«, fragte Cosimo mit vor Aufregung kieksender Stimme. »Diese Jäger würden dir nicht helfen. Sie würden über dich lachen und dich womöglich fressen!«

»Einige vielleicht«, gab Emily zurück. »Aber nicht alle. Der Weiße Krieger ist seinen Weg nicht allein gegangen. Er wurde gefunden und er wurde ausgebildet. Und ich gehe jede Wette ein, dass du weißt von wem.«

Erst als Cosimo zusammenzuckte, war ihr klar, dass sie ins Schwarze getroffen hatte. Ihr Atem beschleunigte sich. »Und du kannst mich zu ihm bringen, nicht wahr?«

Jetzt war es Cosimo, der die Arme vor der Brust verschränkte. »Ich könnte. Aber ich denke gar nicht daran! Ich habe nicht tage- und nächtelang an deinem Grab gewacht, um jetzt zuzusehen, wie du deinen Mörder suchst!« Er holte tief Luft, und als er sie anschaute, den Kopf leicht geneigt, und langsam die Arme sinken ließ, wirkte er inmitten der aufziehenden Schatten auf einmal so klein, wie er tatsächlich war. »Verdammt, Emily«, flüsterte er. »Diese Entscheidung ist mehr als ein kopfloser Ausbruchsversuch durch Manfreds Tor, den man dir möglicherweise noch verzeihen würde. Sie ist Widerstand gegen alles, wofür die Untoten heutzutage stehen – allen voran Sisterius, der unerbittlich ist bei allem, was das Jägertum betrifft. Wenn jemand herausfindet, was du vorhast, werden die Folgen für dich entsetzlich sein, ganz abgesehen davon, dass du kaum eine Chance auf einen Sieg hast. Dhragar hat deinen Helden getötet. Sieh ihn dir an! Sein Licht wurde ausgelöscht. Und dasselbe wird dein Mörder mit dir tun, wenn du ihm die Gelegenheit dazu gibst. Du weißt, dass er die Macht dazu hat. Und wenn du verlierst, wirst du auf ewig in der Finsternis liegen … einer Finsternis, die jedes Licht vergessen hat.«

Als hätten diese Worte ihn geschwächt, begannen die Lichtströme des Weißen Kriegers zu knistern. Emily schauderte, als sie zu Boden fielen und erloschen. Die Dunkelheit hatte fast den ganzen Raum ausgefüllt, und sie meinte, die Macht ihres Mörders spüren zu können … diese haltlose Finsternis, die sie schon einmal in die Knie gezwungen hatte. Doch im selben Moment, da sie zu zittern begann, setzte sie sich in Bewegung.

Sie ging durch die Dunkelheit auf den Weißen Krieger zu, der noch immer auf den Knien lag. Den Kopf hielt er tief geneigt, aber als Emily vor ihm stehen blieb, schaute er zu ihr auf. Sie sah nur ein letztes Aufglimmen des weißen Lichts unter der Kapuze, und als sie die Hand nach ihm ausstreckte, fühlte sie es an ihren Fingern: so sanft wie den zartesten Schnee, den sie je gespürt hatte. In winzigen Funken glitt es über ihre Haut. Kurz schien es ihr, als würde der Weiße Krieger sie anlächeln. Dann fiel seine Gestalt in sich zusammen und sein Licht erlosch. Die Funken aber sprühten weiter über Emilys Finger und sie ballte die Hand vor ihrem Gesicht zur Faust, unwillig, sich noch einmal den Schatten zuzuwenden. Lautlos prasselten die Funken gegen ihre Haut und sie nickte unmerklich. Es war dieses Licht, das der Finsternis entgegenstand – dieses Licht, das auch in ihr noch immer lebendig war.

»Vielleicht hast du recht«, sagte sie und drehte sich zu Cosimo um. »Vielleicht geht das Ganze gewaltig schief und ich lande direkt vor Dhragars Thron mit einer Kette um meinen Hals. Aber trotzdem muss ich es versuchen. Für meine Schwester. Für mein Versprechen. Und für mich selbst. Wenn ich das nicht mache, hätte Dhragar mich auch bekommen können. Dann wäre es egal, von wem ich mich gefangen halten lasse – von ihm oder von meiner eigenen Angst.«

Für einen Moment meinte sie, Cosimo würde inmitten seines Lichtkegels ebenso zerbrechen wie die Illusion des Weißen Kriegers. Er machte ein Gesicht, als lastete alles Leid der Welt auf seinen Schultern … und gleich darauf breitete sich ein strahlendes Grinsen auf seinen Zügen aus. »So, so«, sagte er und nickte anerkennend. »Wer hätte gedacht, dass es jemanden gibt, der tatsächlich noch sturköpfiger ist als ich selbst. Gott sei Dank habe ich nichts anderes erwartet.«

Emily hob die Brauen. »Soll das heißen …«

»… dass ich wusste, wie du reagieren würdest?«, beendete er ihren Satz. »Nun ja. Ich hatte es gehofft. Insgeheim jedenfalls.«

Emily konnte nicht verhindern, dass ihr Unterkiefer nach unten klappte. »Aber du hast doch die ganze Zeit versucht, mich aufzuhalten«, entfuhr es ihr lauter als beabsichtigt. »Vor Manfreds Tor und …«

»Sicher«, gab er zurück. »Und das war auch gut so. Manfred hätte dich tatsächlich zu Geisterhackfleisch verarbeitet, wenn du dich nach draußen geschlichen hättest. Und was alles andere betrifft … nun, das war der Sinn der Übung. Schließlich musste ich sichergehen, dass du weißt, worauf du dich einlässt. Tarnen und täuschen, Mademoiselle. Tarnen und täuschen!«

Am liebsten hätte Emily ihm die Mütze über die Ohren gezogen für das überhebliche Grinsen, das in seinem Gesicht leuchtete wie eine Neonreklame. Aber gleichzeitig entging ihr nicht die Wärme in seinem Blick, als er nun den Kopf neigte, und so entschied sie sich, nur die Luft auszustoßen.

»Du bist unglaublich«, stellte sie fest und bemühte sich, die größtmögliche Ironie in ihrer Stimme mitschwingen zu lassen.

»Schön, dass es dir aufgefallen ist.« Cosimo lächelte höflich, ehe er wieder ernst wurde. Er kam zu ihr herüber. »Und was deinen Weg betrifft«, sagte er und sah ihr fest in die Augen. »Du wirst ihn nicht allein gehen. Ich mag klein sein und manchmal etwas verwirrt, und ich bin weit davon entfernt, furchtlos zu sein. Aber ich bin wehrhafter, als ich aussehe, und ich bin kein Feigling. Ich werde dich nicht allein in eine Schlacht ziehen lassen, die dich zum zweiten Mal das Leben kosten kann. Nicht jetzt, da ich sicher bin, dass du die Hintergründe kennst und dich nicht blind in diese Gefahr begeben willst.« Er seufzte. »Don Quichotte hatte Sancho Panza. Und du … nun ja. Du hast immerhin mich. Aber erwarte nicht, dass ich auf einem Esel reite!«

Bei der Vorstellung konnte Emily nicht anders, als sein Lächeln zu erwidern. »Auf einem sehr kleinen Esel vielleicht.«

Cosimo lachte. Dann schwirrte er zum Tisch hinüber und schickte das Buch mit einem Klatschen zurück an seinen Platz. »Fürs Erste sollten wir von hier verschwinden. Eine Reise in die Vergangenheit genügt mir ehrlich gesagt. Da brauche ich nicht noch einen Bibliothekar, der uns auf die Schliche kommt.«

Emily nickte und folgte ihm zum Spalt in der Wand, der sich auf ein weiteres Klatschen des Irrwichts hin wieder öffnete. Ehe sie den Raum verließ, schaute sie noch einmal über die Schulter zurück, dorthin, wo der Weiße Krieger gekniet hatte. Nichts als einige wenige erlöschende Funken waren noch übrig, allein in regloser Dunkelheit, und doch genügten sie, um ein Lächeln auf Emilys Lippen zu schicken. Sie mochte kein Held sein, wie er es gewesen war. Aber sie würde tun, was er getan hatte: Sie würde der Nacht mit dem Licht begegnen.

6

Der Staub unter Emilys Füßen war rot wie geronnenes Blut. Er wirbelte bei jedem ihrer Schritte auf und legte sich in die Nischen, die sich wie die Kojen in einem Schlafwagen zu beiden Seiten des steinernen Ganges erhoben. Sie waren leer, aber vereinzelt erkannte Emily in Cosimos Licht den einen oder anderen Knochen. Und spätestens als ihr der erste menschliche Schädel entgegenstarrte, blieb ihr kein Zweifel mehr: Sie war in einer gewaltigen Gruft.

»Wir laufen jetzt seit einer Ewigkeit durch merkwürdige Gänge«, raunte sie Cosimo zu. »Und ich gehe jede Wette ein, dass der Schädel dort drüben echt ist. Wo sind wir?« Sie blieb stehen und zog die Schultern an. Zu ihrer eigenen Missbilligung fiel es ihr nicht leicht, ihr Unwohlsein angesichts der menschlichen Knochen zu verbergen.

Prompt warf ihr der Irrwicht einen abschätzigen Blick zu. »Ist das dein Ernst?«, fragte er zurück. »Wer wollte denn unbedingt einen sicheren Weg finden, um den Friedhof zu verlassen?«

Emily sah ihn finster an. »Ich hätte nicht gedacht, dass Nepomuk mir sogar hier unten auflauert, das ist alles.«

Cosimo schaute zu dem Schädel hinüber, der dem des wandelnden Skeletts verteufelt ähnlich sah. »Der alte Knabe hat dir bei deiner ersten Gruppenarbeit wohl einiges abverlangt, hm? Aber mach dir nichts draus. In den Knochen hier unten steckt kein Leben mehr.« Damit setzte er seinen Weg fort.

Emily folgte ihm und dachte mit düsterer Miene an ihre Arbeit in der Grabpflegekolonne, die sie vor wenigen Stunden zum ersten Mal absolviert hatte. Abgesehen davon, dass sie mehrfach von magischen Pflanzen gebissen und mit Glitzerstaub bespuckt worden war (zu Emilys Ernüchterung waren viele von ihnen nämlich nicht nur ausgesprochen schön, sondern verfügten auch über ein gehöriges Aggressionspotenzial und messerscharfe Zähne), war Nepomuk als Gruppenleiter eine Herausforderung. Er legte großen Wert darauf, dass die Pflanzen bei ihren komplizierten lateinischen Namen genannt wurden, und er geriet immer wieder über faulige Gerüche ins Schwärmen – so sehr, dass er seine Gefühle in nervtötende Verse kleidete. Sein Lieblingswort war *pittoresk,* und abgesehen davon hatte er Emily keinesfalls verziehen, dass sie ihn bei ihrer ersten Begegnung in seine Einzelteile zerlegt hatte. Er bedachte sie mit besonderer Strenge und ließ keine Gelegenheit aus, ihr die anstrengendsten Aufgaben zuzuteilen. Unkraut jäten. Grabsteine polieren. Die Schriftzüge mit einer stinkenden Farbe nachziehen. Mehrfach hatte sie sich Hilfe suchend an die anderen in der Gruppe gewandt, aber von denen konnte sie keine Unterstützung erwarten, das hatte sie schnell begriffen. Sie hielten Distanz zu Emily. Es war, als würde ihr Mörder hinter ihr stehen und die anderen bedrohen, wenn sie ihr zu nah kamen.

»Würde mich nicht wundern, wenn Nepomuks Feuer gleich aus einem dieser Schädel bricht«, murmelte sie, um den Gedanken an ihren Mörder abzuschütteln. »Wo zum Teufel sind wir hier?«

»Da, wo du hinwolltest: auf einem sicheren Weg fort vom Friedhof«, erwiderte Cosimo, ohne sich umzudrehen. »Kein Untoter bei Verstand wagt sich hier herunter, denn wenn man keinen Wegweiser hat, verirrt man sich leicht. Und die Ewigkeit in einem finsteren Labyrinth zuzubringen ist selbst für einen Geist kein Vergnügen. Sogar die Fänger halten sich von hier fern, und Manfred kann diese Gänge auch nicht ausstehen, was wohl daran liegt, dass viele seines Volkes in früheren Zeiten von den Vampiren hier unten ermordet worden sind. Du weißt schon, die uralte Fehde zwischen Vampiren und Werwölfen … klingt abgedroschen, aber sie ist trotzdem wahr. Jedenfalls solltest du lieber vorsichtig sein mit deinen Flüchen. Hier unten ist viel Grausames passiert, und der Teufel ist in diesen Gängen möglicherweise näher, als du denkst.«

Emily schnaubte. »Wenn es den Teufel wirklich gibt, hat er sicher Besseres zu tun, als ein verrücktes Geistermädchen und einen aufsässigen Irrwicht herauszufordern. Außerdem kann ich mir nicht vorstellen, dass er sich gern in diesen muffigen Gängen herumtreiben würde.«

Cosimo verdrehte die Augen. »Du bist eine Banausin. Muffige Gänge! Wir sind in den Katakomben von Paris!

Hast du eine Ahnung, wie geschichtsträchtig dieser Ort ist, welche Geheimnisse er birgt und was für Schätze? Natürlich nicht. Dabei bräuchtest du nur mit den Augen eines Geistes in seine Dunkelheit zu schauen. Du könntest sie sogar hören, die Stimmen der Vergangenheit, denn als Geist stehst du zwischen allen Zeiten. Aber was rede ich? Du bist noch lange nicht so weit, dass du dein Geistsein akzeptieren würdest. Besser weißt du es natürlich trotzdem, so wie immer. Menschen!«

Er stieß in vollendeter Verachtung die Luft aus, und Emily beschloss, das Gespräch an dieser Stelle nicht fortzusetzen. Allerdings nicht nur, weil sie eine weitere Tirade des Irrwichts über ihr arrogantes und dummes Volk vermeiden wollte. Denn auch wenn es ihr schwerfiel, das zuzugeben … der Hinweis, dass sie sich in den Katakomben von Paris befanden, hatte sie in Hochspannung versetzt. Sie war zwar schon mehrfach in dem kleinen, der Öffentlichkeit zugänglichen Teil gewesen und hatte über die an den Wänden aufgeschichteten Knochen und Schädel gestaunt. Aber die Katakomben waren weit mehr als dieser touristisch herausgeputzte Ausschnitt. Das war ihr immer klar gewesen, und jetzt konnte sie sich mit eigenen Augen davon überzeugen. Sie schaute in die abzweigenden Korridore und vergaß, dass sie gerade noch die Arme um den Körper geschlungen hatte. Wie oft hatte ihr Vater ihr Geschichten über das endlose Geflecht aus Tunneln und Gängen erzählt, das sich unter der Stadt erstreckte, wie oft hatte sie sich vorgestellt, irgendwann einen der geheimen Eingänge zu finden und sich in die Tiefe zu schleichen? Wer konnte schon wissen, welche Rätsel hier unten darauf warteten, entdeckt zu werden?

Schweigend folgte sie Cosimo durch die Dunkelheit, und mit der Zeit fand sie gar nicht mehr, dass die Gänge muffig rochen. Stattdessen nahm sie den Duft von verwelkten Blumen wahr, als wären sie gerade in die Grabnischen gelegt worden, und nach einer Weile meinte sie tatsächlich, Stimmen hören zu können, leise wie ein Echo. Waren das die Stimmen der Vergangenheit, von denen Cosimo gesprochen hatte? Ihr Stolz verbot es ihr, ihn danach zu fragen, aber sie konnte nicht aufhören, den Klängen zu lauschen. Sie waren wie Geschichten, die in fremden Sprachen erzählt wurden und von denen sie ungeheuer gern mehr erfahren hätte.

Sie stieß die Luft aus. Verflucht noch eins, sie durfte sich von diesen Dingen nicht einlullen lassen. Schlimm genug, dass ihre Sinne sich bereits an ihr Dasein als Geist anpassten, nun verlor sie auch noch ihre Furcht vor der Dunkelheit, die sie trotz ihrer Faszination für alles Abgründige und Verborgene immer schon begleitet hatte. Sie dachte an die fantastischen Gebäude des Friedhofs, an die Musik der anderweltlichen Tavernen, die nach Toresschluss entlang der Hauptstraßen öffneten, und an die Bäume, deren Licht sie immer wieder begeisterte. Die Stadt der Geister lächelte ihr zu. Aber sie erwiderte das Lächeln nicht. Welche Wunder der Friedhof auch bereithalten mochte, ein Zuhause konnte er für sie niemals werden. Denn das hatte sie schon – jenseits der Friedhofsmauern. Und schneller als jeder glaubte, würde sie dorthin zurückkehren.

Der Wind fuhr ihr wie eine eisige Antwort ins Gesicht und gleich darauf erhellte graues Licht das Ende des Ganges. Cosimo beschleunigte seinen Flug und Emily beeilte sich, ihm zu folgen. Das Licht fiel durch eine Metalltür, die ein wenig schief in den Angeln hing. Mühelos schlüpfte Cosimo durch das Schlüsselloch und ließ den Mechanismus aufschnappen. Emily stemmte sich gegen die Tür. Dahinter lag eine in den Fels geschlagene Treppe und an deren Ende befand sich ein schweres Gitter, halb von Efeu überwuchert. Emily sah gebannt zu, wie Cosimo durch die Streben nach draußen flog und sich am Schloss zu schaffen machte, bis das Gatter aufschwang und den Blick auf eine kleine Lichtung freigab. Dort lag die Welt der Menschen – und es gab keine Mauer mehr zwischen ihnen. Emily kam es so vor, als hätte sie eine Ewigkeit auf diesen Moment gewartet.

»Wir werden nur schnell hinlaufen und dann gleich wieder zurück«, sagte Cosimo, und zum ersten Mal an diesem Abend bemerkte sie Anspannung in seinem Blick. »Okay?«

Fast hätte Emily gelächelt, so vorsichtig kam das letzte Wort über seine Lippen. »Hin und wieder zurück. Genau wie Bilbo.«

Cosimo seufzte. »Dann wollen wir hoffen, dass uns kein Drache begegnet … oder Schlimmeres.«

Emily trat über die Schwelle. Das Mondlicht strömte kühl wie Wasser über ihre Haut, doch jenseits der Lichtung hüllten sich uralte Bäume in tiefste Schwärze. Es gab nur einen Ort in Paris, an dem die Bäume so urwüchsig waren wie hier. Sie befanden sich im Bois de Bologne. Tagsüber war der Park ein Paradies für Ausflügler, aber nachts war er gefährlich, denn man wusste nie, was für finstere Kreaturen sich in den Schatten herumtrieben. Emily überkam ein Frösteln. Menschliche Übeltäter musste sie als Geist wohl nicht fürchten, aber … Sie holte tief Luft. Bisher war ihr der Friedhof wie ein Gefängnis erschienen. Doch nun *fühlte* sie zum ersten Mal, dass er tatsächlich auch ein Schutz war: ein Refugium, das sie vor ihrem Mörder bewahrte, der gerade in diesem Moment nach ihr suchte. Sie spürte Cosimos Blick auf sich und straffte die Schultern. In den vergangenen Stunden hatte sie nun wirklich oft genug darüber nachgedacht, ob sie das Risiko eingehen sollte, den Friedhof zu verlassen – und sie hatte sich dafür entschieden. Jetzt war kein Platz mehr für Zweifel oder Angst. Damit setzte sie sich in Bewegung. Sie wusste, welchen Weg sie nehmen musste. Sie war ihn unzählige Male gegangen, damals, als sie noch lebendig gewesen war.

Damals, ging es ihr durch den Kopf. Als wäre das hundert Jahre her.

Cosimo blieb dicht bei ihr. Er hatte sein Licht gedämpft, als fürchtete er, von einem der Obdachlosen auf den Parkbänken erkannt zu werden, und schaute immer wieder misstrauisch über die Schulter. Emily hingegen warf keinen Blick zurück. So schnell sie konnte, lief sie über die Wege und durchs Unterholz und hielt erst inne, als sie den Park hinter sich gelassen hatte und sich ihr ein gänzlich anderes Bild bot. Vor ihr lag Paris, die Stadt des Lichts.

Das Rauschen des Straßenverkehrs erfüllte die Luft und wusch die Stille des Friedhofs von ihr ab. Fast hätte sie gelacht, so sehr genoss sie den vertrauten Lärm der Großstadt, der die Ereignisse der vergangenen Tage wie einen Traum erscheinen ließ. Freudestrahlend lief sie den ersten Passanten entgegen, die in Richtung der Métro-

Station eilten. Sie sehnte sich nach einem menschlichen Lächeln, einem *lebendigen* Lächeln, das sie erwidern konnte. In ihrem Übermut stolperte sie einem Mann mit Rollkoffer vor die Füße. Sie rechnete mit dem Zusammenprall – doch stattdessen lief er einfach durch sie hindurch. Gnadenlose Hitze jagte durch Emilys Körper, und sie wäre gefallen, hätte Cosimo nicht mit erstaunlicher Kraft ihren Arm gepackt.

»Vorsicht«, rief der Irrwicht gegen den Lärm des Verkehrs an. »Sie können dich nicht sehen!«

Seine Worte fuhren Emily mit einer Macht in den Leib, dass sie schwankte. Benommen schaute sie den Menschen in ihre Gesichter, aber niemand erwiderte ihren Blick. *Sie sahen sie nicht einmal an.* Emily schauderte. Wie oft hatte sie sich mit Lisa Schauermärchen ausgedacht über Spukgestalten und Geister, die durch die Nacht zogen und Menschen in Angst und Schrecken versetzten? Niemals hätte sie erwartet, dass es genau umgekehrt sein würde – dass ein Geist Grund hatte, sich vor den Menschen zu fürchten. Sie schlang die Arme um den Körper. Die Hitze, die sie gerade empfunden hatte, wollte sie nie wieder fühlen – diese Glut des Lebens, das sie verloren hatte und das sie nicht mehr sehen konnte.

»Alles in Ordnung?« Cosimo schwirrte so dicht vor ihr Gesicht, dass ihr nichts anderes übrig blieb, als ihn anzusehen. In ehrlicher Besorgnis wartete er, bis sie nickte.

»Ja«, sagte sie ein wenig heiser. »Alles bestens.«

Das war eine so offensichtliche Lüge, dass Cosimo den Mund verzog, aber etwas anderes kam ihr nicht über die Lippen. Sie fing noch seinen mitfühlenden Blick auf. Dann setzte sie sich wieder in Bewegung. Sie wich den

Menschen aus, so gut sie konnte, und vermied es, sie anzuschauen. Stattdessen fixierte sie den Boden, die grauen Pflastersteine und den Asphalt, deren Reglosigkeit fast tröstlich wirkte, und ballte die Hände zu Fäusten. Sie mochte aus dieser Welt katapultiert worden sein. Aber sie würde nicht für immer fortbleiben, so viel war sicher. Sie kannte ihren Weg zurück. Und sie würde ihn gehen.

Emily sah erst auf, als sie den Spielplatz erreichte. Die belebten Straßen lagen hinter ihr, und als sie stehen blieb, umgaben sie die Geräusche ihrer Kindheit: das leise Quietschen der Schaukeln, die sich geisterhaft im Wind bewegten wie früher, wenn sie mit ihrem Vater am Abend spazieren gegangen und der Spielplatz bereits verlassen gewesen war. Die blechernen Töne aus den Fernsehgeräten, die aus den Wohnungen in die Nacht drangen. Und das Rauschen der alten Eiche, die, seit Emily denken konnte, am Rand des Spielplatzes stand und deren Zweige fast die angrenzenden Wohnungen erreichten. Manchmal verliefen sich Eichhörnchen auf die Balkone, und sie erinnerte sich daran, wie sie früher mit Sophie am Fenster gesessen und sie beobachtet hatte. Emily spürte Cosimos Blick, als sie auf die Eiche zutrat, aber sie sah ihn nicht an. Sie fixierte das Licht der Wohnungen, das durch die Blätter fiel. Es tanzte über ihr Gesicht und zog sie unwiderstehlich an. Sie war fast am Ziel. In diesem Licht wartete …

Die Hand kam aus den Schatten. Sie packte Emily so plötzlich, dass sie nicht zurückweichen konnte, und presste sie gegen den Stamm der Eiche. Keuchend rang sie nach Luft. Ihre Finger glitten von der Faust ab, die sich stählern um ihren Kragen schloss, und sie sah zu ihrem Schrecken, wie sich vor ihr ein Gesicht aus der Finsternis schob. Es war das Gesicht eines Mannes mit halblangen graumelierten Haaren, Dreitagebart und stechend blauen Augen. Seine Züge zeigten keine Regung, aber etwas lag in seinem Blick, das Emilys Gedanken lähmte, bis sie nicht mehr waren als trudelnde kleine Fusseln in ihrem Kopf. Etwas so Grenzenloses und Mächtiges, dass es sie gleichzeitig mit rasender Hitze und klirrender Kälte erfüllte und von dem sie bislang keine Vorstellung gehabt hatte. Etwas wie … die Ewigkeit …

Der Fremde ließ sie so plötzlich los, dass sie schmerzhaft auf dem Hosenboden landete. Wie in einem unwirklichen Traum sah Emily, dass Cosimo wild gestikulierend vor dem Fremden in der Luft schwebte. Der schien dem Irrwicht allerdings gar nicht zuzuhören. Unverwandt schaute er auf Emily herab, die sich ihrerseits nicht von ihm abwenden konnte. Er trug einen Trenchcoat und darunter einen Anzug, aber die Krawatte hing so nachlässig um seinen Hals, als hätte er sie sich am liebsten abgerissen. Insgesamt sah er aus wie einer dieser Privatdetektive, die man aus Serien kannte: ein Typ mit Alkohol- und Persönlichkeitsproblemen, der sein Leben nicht auf die Reihe brachte, aber in seinem Beruf trotzdem der Beste war und all den Unterdrückten und Rechtlosen zur Seite stand, für die sonst niemand etwas übrighatte.

Diese Gedanken rasten wie entgleiste Züge durch Emilys Schädel, während sie in die blauen Augen des Fremden schaute. Diese Augen waren so alt wie der Nachthimmel. Sie hatten Königreiche entstehen und zerbrechen sehen, das fühlte sie mehr, als dass sie es dachte, und mit unfehlbarer Gewissheit wurde ihr klar, dass sie keinen Detektiv vor sich hatte, keinen Alkoholiker, noch nicht einmal einen Menschen. Sie schluckte trocken. Wie oft hatte sie sich ein Wesen wie den Fremden vorgestellt, wie oft sich ausgemalt, wie wunderschön es aussehen musste, wie enttäuscht war sie gewesen, als sie ein allererstes Exemplar in der Versammlung der Untoten gesehen hatte … und wie atemlos war sie nun, da sie zu ihm aufsah. Vor ihr stand der Inbegriff dessen, was sie sich aus der Sicherheit ihres Kinderzimmers heraus in den Schatten der Welt erhofft hatte, alles, was Abenteuer und Geheimnis für sie war. Vor ihr stand ein Vampir. Und er schaute mit unendlicher Verachtung auf sie herab.

»Was zur Hölle tut sie hier?«

Er hatte leise gesprochen, aber seine Stimme war so dunkel, dass Emily sie mehr fühlte als hörte. Grollend fuhr sie ihr durch Mark und Bein – und rief ein Gefühl in ihr wach, das für einen Wimpernschlag jede Faszination zerriss. Sie kam auf die Beine und sah den Fremden mit all ihrem aufkeimenden Trotz an. »*Sie* kann ausgezeichnet für sich selbst reden, danke sehr. Ich bin hier, weil ich meine Schwester sehen will. Und du? Willst du sie aussaugen?« Emily hätte nie damit gerechnet, jemals auf diese Weise mit einem Vampir zu sprechen. Kurz war sie selbst fassungslos.

Cosimo erging es offenbar ähnlich, denn sein Unterkiefer klappte hörbar nach unten.

Der Vampir hingegen neigte gefährlich langsam den Kopf. Für einen Moment glaubte sie, er würde sie erneut packen und seine Zähne in ihren Hals graben. Unwillkürlich überlegte sie, ob Vampire Geisterblut trinken konnten. Der Fremde hob die Brauen, als hätte er sich gerade dasselbe gefragt. Ehe er sich jedoch vergewissern konnte, schoss Cosimo vor Emilys Gesicht und riss die Arme in die Luft.

»Das ist Balthasar Alexandre de Montpellier«, stieß er aus. Seine Stimme zitterte genauso wie die hektischen Lichtflecken, die seine Wangen überzogen. »Er ist der mächtigste Krieger des Prinzen und hat jedes Recht hier zu sein oder woanders. Ganz im Gegensatz zu uns! Wir ...«

Balthasar trat nur einen einzigen Schritt auf Cosimo zu, doch das genügte, um den Irrwicht verstummen zu lassen. Ein Frösteln zog über dessen Körper und er drehte sich mit kreisrunden Augen zu dem Vampir um, der ihn jedoch keines Blickes würdigte. Mit einer Handbewegung wischte er Cosimo beiseite, um Emily ins Gesicht schauen zu können.

»Ich trinke kein Blut von Kindern«, sagte er dann, und die Abscheu in seiner Stimme ließ keinen Zweifel daran, dass er nicht aus Mitgefühl darauf verzichtete. »Und ich bin hier, um andere daran zu hindern, es zu tun. Du bist Emily Bones.«

Aus seinem Mund klang ihr Name wie das Rätsel in einem uralten Buch. Emily musste all ihre Kraft aufwenden, um ihrer Faszination nicht die Oberhand zu lassen. Sie nickte.

»Dein Mörder hat dein Leben gekostet«, fuhr Balthasar fort. »Er verlangt nach mehr. Und bis wir ihn gefasst haben, habe ich ein Auge auf deine Familie. Es ist nicht ungewöhnlich, dass die Scheusale aus dem Totenreich sich an den Angehörigen ihrer Opfer vergreifen, wenn sie erst mal auf den Geschmack gekommen sind.«

Das Entsetzen flutete Emilys Körper wie eisiges Wasser. Die Furcht vor ihrem Mörder war schlimm genug gewesen, aber die Vorstellung, dass er ihrer Familie etwas antun konnte, nahm ihr den Atem. Sie schaute zur Wohnung ihres Onkels hinauf, die sie durch das Blätterdickicht erahnen konnte. Nur mühsam konnte sie die Schreckensszenarien fortdrängen, die in ihr auftauchten.

»Auf den Geschmack gekommen«, wiederholte Emily und sah Balthasar an, um ihrer Angst keinen Raum zu geben. »Das klingt, als wären wir Eissorten in verschiedenen Geschmacksrichtungen.«

Der Vampir erwiderte ihren Blick regungslos. »Eis lässt sich künstlich herstellen. Für das Leben, über das ich spreche, gilt das nicht. Aber in der Tat – es gibt Kreaturen, für die besteht darin der einzige Unterschied zwischen Eis und Menschen. Du kannst es nicht wissen, doch jedes Leben schmeckt anders. Allerdings gibt es verschiedene Aromen, die sich innerhalb von Verwandtschaftsverhältnissen gleichen. Das ist wie bei Blut.«

Emily starrte ihn an. Da stand sie nun und diskutierte mit einem Vampir über die Geschmacksrichtungen menschlichen Blutes … einem Vampir, der vorgab, um das Haus ihrer Familie herumzuschleichen, um eben jene zu beschützen. Sie betrachtete ihn schweigend und er unterbrach ihren Blickwechsel nicht für einen Wimpernschlag.

Staring Contest mit einem Vampir, ging es ihr durch den Kopf. *Na großartig.* Seine Verachtung ihr gegenüber war schwer zu ertragen, aber sie fand in seinen Augen nicht einen Funken Lüge oder Verrat. Halb verwundert, halb unwillig stellte sie fest, dass sie ihm glaubte.

»Kümmerst du dich bei allen Mordopfern der Anderwelt um die Familien?«, fragte sie, darum bemüht, den misstrauischen Tonfall in ihrer Stimme noch nicht aufzugeben.

»Bei denen, die ich hätte retten können – ja.« Er sagte das so beiläufig, dass Emily den Sinn seiner Worte erst begriff, als er weitersprach. »Ich war es, der dich nach deinem Tod fand. Gemeinsam mit fünf anderen Kriegern überraschten wir deinen Mörder und konnten ihn dazu bringen, von dir abzulassen.« Er hielt inne. »Ich bin zu spät gekommen«, sagte er dann wie zu sich selbst. »Aber nicht gänzlich.«

Es war dieser Moment, in dem Emily sein wahres Alter spüren konnte: nicht aufgrund der Macht, die er ausstrahlte, oder durch das unendliche Blau seiner Augen. Sondern wegen der Müdigkeit, die auf einmal auf seinen Zügen lag, gepaart mit einer namenlosen Traurigkeit, die sie nicht verstand und die es ihr umso schwerer machte, ihre Abwehr ihm gegenüber aufrechtzuerhalten. Sie legte die Hand auf ihre Brust, dorthin, wo früher ihr Herzschlag gewesen war, und fühlte die schwache Glut, die nun darin war.

»Ich danke dir«, sagte sie. »Dafür, dass du meinen Mörder vertrieben hast, bevor er mir alles nehmen konnte. Und für deinen Schutz für meine Familie. Das meine ich ehrlich.«

Leiser Spott glomm durch Balthasars Augen, aber seine Stimme war fast freundlich, als er antwortete: »Mir ist nicht klar, wieso ihr Menschen – und so ganz zum Geist geworden bist du ja offenbar noch nicht – das ständig betonen müsst. Glaubt ihr etwa, dass jede Spezies so leicht zu täuschen ist wie ihr? Ich höre deine Gedanken, seit du dich dem Haus genähert hast. Ich weiß, dass du es ehrlich meinst.« Kurz ging etwas Sanftes über sein Gesicht – und verstärkte die Kälte seiner Züge umso mehr, als es gleich darauf wieder verschwand. »Und eines lass dir gesagt sein«, fuhr er fort, so eisig nun, dass Cosimo zurückwich. »Ich meine es auch ehrlich, wenn ich dir sage, dass du deinen knochigen Hintern jetzt sofort zurück zum Friedhof bewegen wirst. Hier draußen ist es gefährlich. Zu gefährlich für einen Pseudovampir wie dich.«

Emily seufzte, als er den Blick über ihre Kleidung schweifen ließ. »Ich bin ein Grufti. Außerdem ist das nur ein Kostüm, was man von deinem Aufzug wohl nicht behaupten kann.«

Ein Zucken ging durch seinen Mundwinkel. Emily war sich nicht sicher, ob er damit Zorn oder ein Lachen verbarg. »Es ist kein Kostüm, wenn man es nicht mehr ablegen kann, nicht wahr?«, gab er zurück. »Und jetzt wirst du …«

Das Geräusch war nicht mehr als ein Flüstern und doch brachte es Balthasar zum Verstummen. Der Vampir schaute in die Schatten jenseits der Eiche. Emily meinte, seine Anspannung als lähmenden Panzer auf ihrer Haut zu fühlen. Cosimo schwebte wie erstarrt in der Luft, während das Geräusch in ihr widerhallte. Es war als eisiger Hauch über ihren Nacken geglitten … wie in jener Nacht, als sie ihrem Mörder begegnet war. Sie lauschte angestrengt, aber der Ton wiederholte sich nicht und die Stille war beinahe noch schlimmer. Es kam Emily so vor, als würde alle Grausamkeit der Welt darin auf sie lauern.

Balthasars Gesicht war unbewegt wie zuvor, als er sich umdrehte, doch seine Augen hatten sich mit gnadenlosem Frost überzogen … dem Frost eines Kriegers, der bereit war zu töten. Kurz nur umfasste er Emily mit seinem Blick, als wollte er sie allein verantwortlich machen für das Geräusch, was auch immer es gewesen war. Dann sah er Cosimo an, der wie unter einem Hieb zusammenfuhr. »Schnell«, raunte der Vampir. »Schaff sie fort von hier.« Damit wandte er sich ab und verschwand in der Dunkelheit.

Es waren nur Sekunden, in denen Emily ebenso wie Cosimo auf die Stelle starrte, an der Balthasar gerade noch gestanden hatte. Aber es kam ihr vor wie eine Ewigkeit. Erst jetzt, da der Vampir verschwunden war, spürte sie die Kälte, die von ihm ausgegangen war und die nur langsam der wärmeren Luft wich. Und erst als Cosimo vor ihr Gesicht sauste, konnte sie den Blick von den Schatten abwenden.

»Du hast ihn gehört«, flüsterte der Irrwicht und schaute hektisch nach rechts und links. »Wir dürfen keine Zeit verlieren. Balthasar kann wirklich ungemütlich werden, wenn man sich seinen Anweisungen widersetzt. Und wer weiß, was dieses Geräusch gerade verursacht hat.«

Emily zweifelte keinen Augenblick an der Gnadenlosigkeit des Vampirs. Aber viel schlimmer war für sie das Geräusch, das sie nicht aus dem Kopf bekam – und dem sie sich nicht beugen würde. Nicht so kurz vor ihrem Ziel. Sie stieß die Luft aus.

»Nur damit das klar ist«, sagte sie und pikste Cosimo mit dem Finger vor die Brust, dass er ein Stück zurückflog. »Ich werde nach meiner Schwester sehen. Ich werde überprüfen, ob es ihr gut geht, gerade jetzt, wo vielleicht mein Mörder hier herumschleicht. Und niemand wird mich daran hindern. Kein Toter, kein Untotengericht und erst recht kein abgehalfterter Vampir, der womöglich noch in der Sonne glitzert!«

Cosimo warf einen Blick über die Schulter, als fürchtete er, dass Balthasar zurückkommen und Emily für diese Unverschämtheit den Kopf von den Schultern reißen würde. Dann sah er sie flehend an. »Sei doch vernünftig. Wenn es wirklich dein Mörder war, den wir gerade gehört haben …«

»… dann wird er mich sowieso bekommen, ob ich nun sofort vor ihm davonrenne oder nicht«, beendete sie seinen Satz. »Außerdem ist Dracula ja da, um uns zu beschützen, und ich verspreche, dass ich mich beeilen werde. Wenn es deine Familie wäre: Würdest du jetzt einfach gehen, ohne zu wissen, wie es ihnen geht?«

Cosimo hob die Schultern. »Du kennst meine Familie nicht«, seufzte er. »Sie haben mich nie besonders nett behandelt. Allerdings … möglicherweise würde ich auch wissen wollen, ob bei ihnen alles in Ordnung ist. Aber …«

»Kein Aber«, unterbrach Emily ihn. »Und keine Sorge: Wir werden weg sein, bevor uns jemand entdeckt.« Damit verließ sie den Schutz der Eiche und rannte, so schnell sie konnte, zum Balkon ihres Onkels im ersten Stock hinüber. Ein Kribbeln lief über Emilys Haut, als das goldene Licht aus dem angrenzenden Zimmer ihr Gesicht traf. Es war das Zimmer ihrer Schwester. Sie zögerte keinen Moment länger. Entschlossen griff sie nach dem Rankgitter – und spürte gleich darauf Cosimos abschätzigen Blick.

»Würdest du dein Geistsein akzeptieren, würde mir diese Peinlichkeit erspart bleiben.« Er sah kopfschüttelnd zu, wie sie sich mehr schlecht als recht an den metallenen Streben aufwärtszog. »Du meine Güte, hat dir denn nie jemand beigebracht, wie man klettert?«

Am liebsten hätte Emily den Irrwicht kopfüber in einen der Pflanztöpfe gestopft, aber sie brauchte beide Hände, um nicht den Halt zu verlieren. »Menschen klettern normalerweise nicht an irgendwelchen Häuserfassaden hoch«, gab sie zurück. Dann krallte sie die linke Hand ins Geländer und zog sich, so leise wie möglich, auf den Balkon.

Für einen Moment hockte sie einfach da, um wieder zu Atem zu kommen. Anschließend ließ sie sich zu Boden gleiten und schlich zur Tür hinüber. Zu ihrem Glück waren die Vorhänge nicht ganz geschlossen. Vermutlich hatte ihr Onkel sie ein wenig geöffnet, um das Licht der Stadt hereinzulassen. Vorsichtig spähte Emily durch den Spalt.

Das Zimmer war dämmrig, und Emily stellte mit Erleichterung fest, dass ihr Onkel wohlauf im Sessel neben der Tür schlief. Ihr Mörder hatte ihrer Familie also keinen Besuch abgestattet. Erst auf den zweiten Blick bemerkte sie die tiefen Augenringe ihres Onkels und dass sein Gesicht ausgezehrt und bleich wirkte. Ein Stich ging durch ihre Brust, als ihr klar wurde, dass es Trauer war, die Trauer um sie, die ihn gezeichnet hatte. Sie hätte nie gedacht, ihren stets so kühlen Onkel einmal so zu sehen, so sanft, so liebevoll … und so zerbrechlich.

Es kostete sie fast körperliche Überwindung, zum Bett hinüberzuschauen. Sie hatte erwartet, dass sie beim Anblick ihrer Schwester in Tränen ausbrechen würde. Doch als sie Sophie dort liegen sah, das strohblonde Haar wie immer in die Stirn gefallen und mit diesem leisen, bekümmerten Ausdruck auf dem Gesicht, da vermisste sie sie so sehr, als müsste sie zerspringen. Sophie war körperlich unversehrt, und Emily wusste, dass sie nun gehen musste, wie sie es Cosimo versprochen hatte. Aber sie konnte sich nicht abwenden. Sie wollte ihre kleine Schwester berühren, ein allerletztes Mal. Kaum hatte sie das gedacht, sah sie sich im Spiegelbild der Fensterscheibe die Hand ausstrecken. Kurz nur spürte sie Widerstand, als sie an das Glas fasste … und gleich darauf wurden ihre Finger durchscheinend.

Sie starrte auf ihre Hand. Im Augenwinkel nahm sie wahr, wie Cosimo erbleichte, doch sie hielt nicht inne. Vorsichtig streckte sie ihren Arm ins Zimmer, und da zog sich der unsichtbare Schleier über ihren Ellbogen und die Schulter hinauf, bis ihr gesamter Körper aussah wie ein Nebelstreif, ein Schemen, ein … Geist. Das Wort klang in ihren Gedanken nach, aber es trug keinen Schrecken in sich, und als Emily ins Zimmer trat, da war es, als würde sie schweben, so leicht fühlte sie sich.

Sie glitt über den Boden und schaute zu ihrem Onkel hinüber. Würde er sie sehen, wenn er in diesem Moment die Augen öffnete? Würde er froh sein, erschrocken, vielleicht sogar ängstlich? Emily konnte es nicht sagen, doch der Gedanke an Furcht in den Augen ihres Onkels ließ sie frösteln. Langsam bewegte sie sich vorwärts und bemerkte zu ihrer Erleichterung, dass er sich nicht rührte. Dann blieb sie vor Sophies Bett stehen.

Sie sah so klein aus. Emily konnte sich nur mit aller Kraft davon abhalten, sie aufzuwecken. Fern war der Gedanke, was Sophie sagen würde, wenn sie ihre große Schwester als Geist vor sich sehen würde, fern die Furcht davor, dass sie Emily ebenso blind anschauen würde wie all die Menschen auf ihrem Weg hierher. Alles, was Emily empfand, war die Sehnsucht nach Sophies Nähe … und die Erinnerung, die nun in ihr auftauchte. Sie hatte schon einmal auf diese Weise an ihrem Bett gestanden. Damals war sie von ihrer ersten Klassenfahrt zurückgekommen, und Sophie hatte den ganzen Tag auf sie gewartet. Erst spät in der Nacht war sie eingeschlafen, und ihr Vater hatte Emily in ihr Zimmer geführt, damit sie sie wecken konnte. Aber sie hatte es nicht getan. Sophie hatte so friedlich ausgesehen im Schlaf, und diesen Frieden hatte sie nicht stören wollen. Sie strich ihr das Haar zurück, so sacht, dass sie sie kaum berührte. Sophie lächelte, genauso wie sie es damals getan hatte, und da wusste Emily wie in jener Nacht, dass es einen neuen Tag für sie geben würde, einen Morgen, an dem ihre Schwester erwachen und sie ansehen würde. Und an diesem Morgen, bald schon, würde sie zu ihr zurückkehren.

Das Klopfen war leiser als der Wind, und doch brachte es Emily dazu, die Hand zurückzuziehen. Cosimo schwebte vor der Scheibe, so nah, dass seine Nase an dem Glas platt gedrückt wurde. Er fuchtelte aufgeregt mit den Händen und seine Lippen formten eine Folge von Buchstaben. D. R. A. C. U. L. A. Emily seufzte. Offenbar kehrte Balthasar auf seinen Posten zurück. Noch einmal schaute sie auf ihre Schwester hinab und erwiderte ihr Lächeln. Dann verließ sie das Zimmer.

Ihre Unsichtbarkeit verschwand ausgerechnet in dem Moment, da sie grazil über das Rankgitter abwärtskletterte. Gerade noch hatte sie die Streben kaum berühren müssen, doch nun kehrte die Schwere ihres einstigen Menschenkörpers zu ihr zurück. Sie schaffte es nicht, sich noch rechtzeitig festzuhalten, und plumpste so ungeschickt, dass es aus Cosimos Sicht an Peinlichkeit vermutlich kaum zu überbieten war, zu Boden.

Schnell rappelte sie sich auf und machte sich an der Seite des Irrwichts auf den Rückweg. Aber sie spürte ihre erneut aufgeschlagenen Knie kaum, und sie empfand auch keine unangenehme Hitze, als die Menschen auf den Straßen achtlos durch sie hindurchliefen. Alles, was sie fühlte, war die Wärme in ihrer Brust, die sich beim Anblick ihrer Schwester entfacht hatte. Emily musste lächeln, als sie die Hand auf die Glut legte. Sie fühlte sich fast so an wie ein Herzschlag.

7

»Verfluchter Irrwicht!«

Emily starrte auf das Toilettenhäuschen, das wie ein gotischer Miniaturscherz vor ihr in die Nacht ragte. Seine hohen Fenster schienen schadenfroh zu lachen. Über sie. Mit finsterer Miene sah sie zum wiederholten Mal auf den Zettel in ihrer Hand – diesen inzwischen schon halb zerrissenen Fetzen Papier, auf dem Cosimo die Gruftnummer des Todesjägers notiert hatte. Allerdings hatte der Irrwicht eine solche Sauklaue, dass Emily die Ziffern und Buchstaben mehr erraten musste, als dass sie sie lesen konnte. Eine gefühlte Ewigkeit war sie nun schon über den Friedhof gerannt und hatte sich vor leeren Gräbern, Wasserbecken und Wiesen wiedergefunden, nur um jetzt festzustellen, dass Cosimos Zettel sie erneut in die Irre geführt hatte. Ein Toilettenhäuschen! Sicher wohnte einer der mächtigsten Krieger der Anderwelt nicht in einem Klo!

Seufzend drehte sie den Zettel in ihrer Hand, wurde aber nicht klüger, egal, wie rum sie die Zeichen nun auch betrachtete. Zum ungezählten Mal schickte sie einen Fluch für Cosimo in die Nacht. Der Irrwicht hätte sie einfach begleiten sollen, wie er es ursprünglich vorgehabt hatte. Doch seit ihrem Ausflug in die Menschenwelt war er seltsam nervös, wenn es um ihre Ausbildung ging. Emily vermutete, dass er Angst vor der eigenen Courage hatte. Immerhin würden auch ihn Strafen erwarten, sollten sie erwischt werden. Schließlich hatte sie ihn trotzdem dazu bekommen, ihr die Gruftnummer zu geben. Aber als sie sich auf den Weg gemacht hatte, war Cosimo plötzlich ungeheuer beschäftigt gewesen – so sehr, dass seine Haare in alle Himmelsrichtungen abgestanden hatten.

»Bürokratie«, hatte er gesagt, als sie gefragt hatte, was er denn so Wichtiges vorhatte. Dabei hatte er ganz und gar mitleiderregend ausgesehen, und nach einem langen und aufgeregten Irrwicht-Monolog über die Verordnungen des *GdU* zur Registrierung und Einweisung neuer Bewohner hatte Emily beschlossen, allein zu dem Todesjäger zu gehen. Es lag ohnehin bei ihr, ihn zu überzeugen, ihre Ausbildung zu übernehmen. Und dabei konnte sie einen nervösen Irrwicht absolut nicht gebrauchen. Sie drehte den Zettel erneut in ihrer Hand. Sie hatte keine Zeit, um den ganzen Abend nach der Gruft zu suchen, immerhin musste sie noch …

Der Klang der Abendglocke fuhr ihr mit einer Wucht ins Mark, dass ihr der Atem stockte. Verdammt, war es schon so spät? Die Suche nach der Gruft hatte sie vollkommen die Zeit vergessen lassen. Gerade in diesem Moment begann ihre erste Gruppentherapiesitzung. Die Teilnahme war Pflicht, ein Nichterscheinen wurde mit doppelten Grabpflegeschichten geahndet. Emily stopfte den Zettel in ihre Tasche und rannte los. Sie hatte viel ertragen in den letzten Tagen. Ihren eigenen Tod. Den Anblick ihres Mörders. Die Sehnsucht nach ihrer Familie, die zumindest für den Moment unstillbar war. Aber wenn sie eines genau wusste, dann dies: Eine doppelte Portion Nepomuk würde sie nicht aushalten, um nichts in der Welt.

Sie lief quer über den Friedhof in Richtung des Mausoleums, in dem die Therapiestunden stattfanden. Mit jedem Schritt verschlechterte sich ihre Laune. Sie ahnte, was dort auf sie zukam. Zwar hatte sie noch nie an einer Gruppensitzung teilgenommen. Doch nach dem Tod ihres Vaters hatte ihr Onkel sie aufgrund von Schlafstörungen zum Psychologen geschickt. Und obwohl die Therapie nach einer Weile tatsächlich dazu geführt hatte, dass sie wieder besser schlafen konnte, erinnerte sie sich noch allzu genau an einen Satz, den er sie immer wieder gefragt hatte und der sie noch heute zusammenzucken ließ. Dieser Satz lautete: *Und was macht das mit dir?* Sie erinnerte sich ebenfalls noch ganz genau an das betroffene Gesicht des Therapeuten bei dieser Frage, und sie spürte dieselbe Frustration wie damals. Was zur Hölle sollte der Tod schon mit ihr gemacht haben? Als wäre er ein Zauberer, der jeden verwandelte, der ihn ansah. Dabei war er einfach nur der Tod. Nicht mehr und nicht weniger. Sie hatte diese Frage gehasst, sie tat es noch immer, und sie hatte nicht viel dafür übrig, ihr Innenleben vor Fremden auszubreiten. Und jetzt sollte sie in einer Gruppe voller Untoter darüber sprechen? Ganz und gar großartig.

Sie stolperte die Stufen des Mausoleums hinab. Der lange Flur, zu dessen Seiten schwere Holztüren abzweigten, erinnerte sie an ihre Schule, und sie überkam dasselbe Gefühl wie damals, wenn sie zu spät zum Unterricht gekommen war.

Emily riss die Tür am Ende des Ganges auf. Ihre Hoffnung, unbemerkt hineinschlüpfen und sich unter die Anwesenden mischen zu können, wurde sofort vernichtet. Kaum hatte sie das Zimmer betreten – eine ehemalige Gruft, mit flackernden Kerzen erhellt –, schaute etwa ein Dutzend Untote zu ihr herüber. Sie saßen in einem Stuhlkreis, und Emily überkam ein Gefühl der Erleichterung, als sie Raphael unter ihnen entdeckte. Der Draugr hob lächelnd die Hand, aber ehe sie die Geste erwidern oder etwas sagen konnte, sprang ein Mann mittleren Alters auf und eilte freudestrahlend auf sie zu. Er hatte winzige graue Löckchen, die bis auf seine Schultern hinabfielen, und trug ein langes Gewand, das an einen Kaftan erinnerte. Seine Füße steckten in Korklatschen, die bei jedem seiner Schritte *Flapp-Flapp* machten, und als er vor Emily stehen blieb und lachte, wippte die kleine runde Brille auf seiner Nase auf und ab. Fast wäre ihr die Wunde an seiner Schläfe gar nicht aufgefallen, durch die eine Schusswaffe seinem Leben offenbar ein Ende bereitet hatte.

»Emily!«, rief er fröhlich und griff so plötzlich nach ihren Händen, dass sie nicht zurückweichen konnte. Seine Finger waren warm, aber bei näherer Betrachtung bemerkte sie, dass er außergewöhnlich blass war. Sie verdrehte innerlich über sich selbst die Augen. Blässe war außergewöhnlich gewöhnlich für einen Geist. »Wie schön, dass du gekommen bist!«

Angesichts seiner Euphorie blieb ihr nichts anderes übrig, als sein Lächeln zu erwidern. »Es tut mir leid, dass ich zu spät komme, aber …«

»Ach was.« Der Lockenkopf wischte durch die Luft, als wäre Zeit etwas, das er schon lange hinter sich gelassen hatte. »Du bist ja noch neu. Jetzt bist du hier, und das ist die Hauptsache. Mein Name ist Merlin, ich bin der Gruppenleiter. Komm, ich stelle dich den anderen vor.« Er zog sie hinter sich her in den Sitzkreis. »Freunde«, sagte er feierlich. »Heute stößt jemand Neues zu unserer Gruppe, worüber ich mich sehr freue und ihr euch sicher auch. Das ist Emily.«

Der Applaus kam so plötzlich, dass Emily zusammenzuckte. Aber die anderen lachten nicht über sie, sondern nickten ihr zu ihrer Überraschung freundlich zu. Zum ersten Mal, seit sie auf dem Friedhof erwacht war, fühlte sie sich bei den anderen Untoten willkommen.

Merlin lächelte zu ihr herab. »Magst du dich kurz vorstellen?«

Emily schluckte. Sie hatte nicht sonderlich viel dafür übrig, vor einer fremden Gruppe zu sprechen. Doch dann dachte sie daran, dass sie sich bereits in der Kapelle vor sämtlichen Friedhofsbewohnern mit Sisterius herumgestritten hatte, und hob die Schultern. »Meinen Namen kennt ihr ja schon«, fing sie an. »Eigentlich gibt es gar nicht viel von mir zu erzählen. Vor Kurzem war ich noch ein ganz normales dreizehnjähriges Mädchen. Ich habe mit meiner Schwester bei meinem Onkel gelebt, nachdem mein Vater vor einigen Jahren gestorben ist, hatte eine beste Freundin namens Lisa und eine Vorliebe für unheimliche Geschichten. Dann wurde ich von einem Toten ermordet, und jetzt … nun ja. Jetzt bin ich hier.«

Sie hatte damit gerechnet, dass die Erwähnung ihres Mörders die Gesichter der anderen vor ihr verschließen würde. Aber sie schauten sie weiter freundlich an.

Ein Mann mit Vollbart und einer tiefen Narbe quer über den Hals nickte anerkennend. »Und du hast keine Angst davor, unserem Oberguru die Meinung zu sagen. Dein Aufstand in der Kapelle ist jetzt schon legendär. Meinen Respekt hast du!«

Die anderen lachten, während Emily sich auf Merlins Fingerzeig neben Raphael setzte. Der Draugr zwinkerte ihr zu, als wäre sie gerade rechtzeitig zu einer amüsanten Theatervorstellung gekommen.

»Vielen Dank, Emily«, sagte Merlin und ließ sich so schwungvoll auf seinen Platz fallen, dass seine Locken wie kleine fliegende Würmer durch die Luft tanzten. »Und auch dir, Rasmus, für deinen Einwurf, dem die meisten hier wohl zustimmen werden. Bevor wir mit der heutigen Sitzung beginnen, stellen wir uns Emily nun unsererseits vor, damit sie eine Ahnung davon bekommt, wohin sie hier geraten ist.«

»In die Vorhölle.« Rasmus grinste, wobei er eine Reihe goldener Zähne entblößte.

Emily lächelte. Ihm fehlte nur der Papagei auf der Schulter und das Holzbein, und er hätte einen prototypischen Piraten abgegeben.

Merlin warf ihm einen Blick zu. »Dann benimm dich besser anständig, damit du nicht eine Etage tiefer rutschst«, sagte er mit leisem Spott. Darauf wandte er sich an Emily. »In meinem früheren Leben war ich Psychologe, ein Beruf, der mir immer viel bedeutet hat. Leider haben meine Versuche, mich selbst zu therapieren, nicht gefruchtet. Wie man sieht, nun ja.« Er bewegte die Hand neben seiner Schläfe und verdrehte die Augen. »Jetzt bin ich jedenfalls hier, warum genau, habe ich noch nicht herausgefunden. Vielleicht, um mein Wissen an euch weiterzugeben – oder euch zumindest auf eurem Weg zu begleiten. Und es macht mir eine Menge Spaß.«

Die anderen applaudierten, und Rasmus ergriff das Wort. Tatsächlich war er in früheren Zeiten zur See gefahren, ehe er von Meuchelmördern in einer Gasse getötet und um all sein Geld gebracht worden war. Stolz präsentierte er seine Narbe am Hals – und die tiefen Schnitte an seinen Händen, mit denen er die Messer seiner Mörder umklammert hatte.

»Bis zuletzt habe ich mich gewehrt«, sagte er zufrieden. »Und daran hat sich nichts geändert. Heute wehre ich mich eben gegen stinkende Blumen auf meinem Grab – und gegen die Dummheit. Die gedeiht ja leider schlimmer als je zuvor und sie macht auch vor Untoten nicht halt.«

Emily fiel in sein Gelächter ein und hörte dann den anderen zu, die sich reihum vorstellten. Da war Smilla, die sich vor zweihundert Jahren in einem See ertränkt und seit ihrem Erwachen ständig nasse Haare hatte. Hubertus und Alfons, die beide von der Pest dahingerafft worden waren und sich auf dem Friedhof angefreundet hatten. Aurelie, deren Körper so durchscheinend war wie Nebel und deren Stimme wie der Nordwind klang. Maxime, die bei einem Feuer umgekommen war und mit ihrer verkohlten Haut und den leeren Augenhöhlen einfach fürchterlich aussah. Und Pippo, ein Junge von vielleicht zehn Jahren, der Emily mit seinen ausgebeulten Hosen und dem gold beknöpften Gehrock an Dodger aus *Oliver Twist* erinnerte. Offenbar war er fremdem Eigentum ebenso wenig abgeneigt, denn er war ein Dieb gewesen, ehe er vor langer Zeit in den Straßen der Stadt erfroren war.

Emily bemühte sich, die Namen aller Teilnehmer im Kopf zu behalten, auch wenn es bei der Vielzahl an neuen Gesichtern und Geschichten nicht leicht war. Schließlich klatschte Merlin voller Enthusiasmus in die Hände, sprang auf und kam mit einer Schale voller Äpfel wieder.

»Kommen wir zum Apfelexperiment«, sagte er, als er vor Emily stehen blieb. Die anderen begannen zu grinsen, als würden sie etwas wissen, das Emily noch verborgen blieb. Der leicht schadenfrohe Ausdruck auf Rasmus' Gesicht ließ sie unruhig höher rutschen. »Die Frage, die dich in den nächsten Wochen umtreiben wird, lautet: Was bedeutet es, ein Geist zu sein? Hast du vielleicht schon eine Antwort darauf gefunden?«

Emily hob die Achseln. »Unsichtbar sein zu können?«

Merlin nickte. »Unter anderem, ja, aber darauf will ich nicht hinaus. Meine Frage zielt auf das große Ganze, verstehst du?«

»Nein«, gab sie zu. »Nicht im Geringsten.«

Merlin schien das nicht zu bekümmern. »Ich veranschauliche das gern an einem Beispiel. Nimm dir einen Apfel. Probier ihn.« Er deutete auf die Schale mit den Früchten. Bislang hatte Emily weder Hunger noch Durst verspürt. Aber jetzt, da sie die knallroten Äpfel sah, überkam sie ein mächtiger Appetit. Sie griff nach einem besonders schönen Exemplar, biss hinein – und stieß ein würgendes Geräusch aus.

»Widerlich«, brachte sie hervor und spuckte den Bissen angeekelt in hohem Bogen wieder aus. Der Apfel hatte sich auf ihrer Zunge in bittere Asche verwandelt.

Die anderen seufzten mitfühlend, aber Merlin sah sie so befriedigt an, als hätte ihr Gesichtsausdruck auf seiner inneren Ekelskala die höchste Punktzahl erreicht.

»In der Tat. Jedenfalls, wenn du ihn wie ein Mensch betrachtest. Siehst du ihn aber als Geist, wirst du mehr schmecken als Asche. Er ist mehr als seine materielle Form, genauso wie du. Lass dich nicht von der Asche blenden. Fühle auf das hin, was darin liegt – achte auf das, was man nicht sehen kann.«

Emily seufzte. Das hatte ihr gerade noch gefehlt: Kostproben widerlicher Früchte im Sitzkreis und unter den Augen eines suizidalen Ex-Psychologen. Aber sie hatte keine Wahl. Sowohl Merlin als auch die anderen schauten sie mit solchem Interesse an, dass sie sicher war, den Raum nicht eher verlassen zu können, ehe sie deren Neugier Genüge getan hatte. Mit einigem Widerwillen probierte sie erneut ein Stück des Apfels. Dieses Mal ignorierte sie die abscheuliche Bitterkeit. Stattdessen konzentrierte sie sich darauf, die Asche nicht zu schmecken. Zuerst meinte sie, trotzdem nichts anderes auf der Zunge zu haben, so widerwärtig, dass ihr übel davon wurde. Aber sie zwang sich, nicht aufzugeben. Merlin beobachtete sie ganz genau, und sie würde sich keine Blöße geben vor einem Hippie mit Löckchen und … Mitten in ihre Gedanken hinein stellte sie fest, dass die Bitterkeit auf ihrer Zunge sich auflöste. Und auf einmal war da etwas anderes. Sie fühlte Sonnenstrahlen auf ihrer Haut, Regen, Wind und Wolkenschatten, sie hörte kleine Vögel dicht an ihrem Ohr vorbeifliegen und sie konnte ihn schmecken: den Sommer, der in dem Apfel steckte und der sich nun als samtene Wärme in ihr ausbreitete. Tief verblüfft blickte sie Merlin an.

»Dir wurde vieles genommen«, sagte er jetzt mit einem Lächeln. »Aber gleichzeitig hast du eine neue Welt geschenkt bekommen. Daran sollst du immer denken, wenn du in den nächsten Wochen an deine Grenzen stößt. Und das wirst du. Das kannst du mir glauben.«

Damit stellte er die Schale beiseite und begann, die anderen nach besonderen Erlebnissen seit der letzten Sitzung zu befragen.

Emily hörte eine Weile interessiert zu, noch ganz berauscht von dem Apfelerlebnis und dem Sommer auf ihrer Zunge. Doch nach einer Weile verflüchtigte sich der Geschmack und es fiel ihr immer schwerer, sich zu konzentrieren. Denn so spannend all die Geschichten waren … je länger die Sitzung dauerte, desto häufiger schweiften ihre Gedanken zu dem Zettel in ihrer Tasche ab. Verflucht noch eins, sie hatte viel Wichtigeres zu erledigen, als hier herumzusitzen, den Sommer zu schmecken und über ihr Innenleben zu reden. Sie musste den Todesjäger finden, ihn davon überzeugen, sie auszubilden, und anschließend einen Irrwicht zu Hackfleisch verarbeiten, der sie kreuz und quer über den Friedhof geschickt hatte. Seufzend schaute sie zur Tür hinüber und unterdrückte nur mühsam den Impuls, aufzuspringen und ihre Suche auf der Stelle fortzusetzen. Sie fühlte sich schuldig, weil die anderen in der Runde ihr so freundlich begegnet waren, aber dennoch wollte sie nur eines: so schnell wie möglich von hier verschwinden.

»Emily!«

Raphael stieß ihr in die Seite, und ihr Name zuckte als greller Blitz durch ihre Gedanken. Verwirrt sah sie auf und stellte fest, dass alle Blicke auf sie gerichtet waren.

Merlin lachte. »Wie mir scheint, haben wir dich gleich bei deinem ersten Besuch in Trance versetzt«, sagte er und grinste. »Ich habe gerade die Frage gestellt, was euch am Untotsein am meisten belastet. Willst du sie beantworten?«

Emily lag das *Nein* schon auf der Zunge, aber sie biss sich gerade noch rechtzeitig auf die Lippe. Emily wollte sich zumindest *bemühen*, die Gruppenmitglieder nicht vor den Kopf zu stoßen. Sie überlegte einen Moment.

»Dass ich ausgerechnet in diesen Klamotten das Zeitliche gesegnet habe.«

Rasmus lachte laut auf, und Maxime nickte verständnisvoll. »Das kann ich so gut nachvollziehen«, sagte sie im Brustton der Überzeugung. »Ich wünschte auch, ich hätte mir noch mal die Nägel lackiert, bevor es mich getroffen hat.«

Emily warf Raphael einen Blick zu. »Maxime weiß nicht, wie sie aussieht«, raunte er ihr zu, als Rasmus das Wort ergriff und niemand auf sie achtete. »Sie glaubt, sie wäre immer noch so schön wie zu Lebzeiten. Merlin versucht seit Jahren, sie an die Wahrheit heranzuführen, aber jedes Mal hält sie ihr Spiegelbild für einen Scherz.«

Emily erinnerte sich nur zu gut an ihr Entsetzen, als sie sich selbst im Glas der Grablaterne gesehen hatte – die

Augen grün leuchtend, die Haut silberblass. Sie konnte verstehen, dass Maxime vor der Wahrheit auf der Flucht war.

»Ich kenne das Problem«, sagte Smilla nun und nickte Emily zu. »Du glaubst ja gar nicht, wie sehr mir meine ewig nassen Haare auf die Nerven gehen. Aber tröste dich. Es soll zumindest Möglichkeiten geben, die Kleidung zu färben.«

Da schüttelte Pippo den Kopf. »Das ist ein Gerücht. Ich habe es versucht und mir dabei gehörig die Finger verbrannt. Nur sehr wenige, sehr mächtige Geister können sich irgendwann anders anziehen. Für die meisten von uns ist unser Aufzug leider endgültig, inklusive der Haare.« Er schaute bedauernd auf Emilys wilde Locken, doch da ergriff Maxime wieder das Wort.

»Du hast aber eine wirklich schöne Frisur. Einmalig!«

Emily lächelte höflich und war froh, dass Aurelie das Wort ergriff und über ihren Nebelkörper sprach.

Einmalig! Genau das hatte Sophie gesagt, als sie am Abend von Halloween den Lockenstab hatte sinken lassen. Emily sah sie so deutlich vor sich, dass sich ihre Kehle zusammenzog.

»Emily, ist alles in Ordnung?« Dieses Mal brauchte es nicht Raphaels Ellbogen, um sie in die Wirklichkeit zurückzuholen. Merlins Stimme war so sanft, dass sie wie von unsichtbaren Fäden gezogen den Kopf hob. »Du schaust auf einmal so ernst. An was denkst du gerade?«

Emily wollte lügen, um ihrer eigenen Traurigkeit zu entgehen. Aber Sophie stand ihr so deutlich vor Augen, dass ihr dafür die Kraft fehlte. »An meine Schwester«, sagte sie leise. »Sie hat mir die Haare eingedreht an dem

Abend, an dem ich …«, sie stockte. »Es war das letzte Mal, dass wir zusammen waren.«

Merlin nickte, und noch ehe die Worte aus seinem Mund kamen, wusste Emily, was er als Nächstes fragen würde. Sie hielt den Atem an. »Dieser Gedanke«, sagte Merlin langsam. »Was macht der mit dir?«

Emily stieß die Luft aus, so schneidend, dass Raphael neben ihr den Blick wandte. Sie hatte mindestens zwei Dutzend Antworten auf der Zunge, die diese dämliche Frage ein für alle Mal in eine andere Vorhölle schicken würden. Doch als sie den Mund öffnete, war ihre Stimme nicht wütend, wie sie es erwartet hatte. Irgendetwas war in Merlins Art, das ihren Zorn auflöste, und sie sagte: »Er macht mich glücklich.« Sie erschrak fast vor ihren eigenen Worten, so sehr überraschten sie sie.

Aber Merlin schaute sie unverwandt an. Es war, als führte er sie mit seinem ruhigen, freundlichen Blick über ein unsichtbares Seil. »Nur weiter«, sagte er.

Emily schaute auf ihre Hände, doch sie sah sie nicht. Sie sah nur Sophie. »Ich hatte Angst, dass sie meine Haare verbrennt«, fuhr sie fort. »Und das hat sie auch. Aber sie hatte so einen Spaß und sie fand mich wunderschön, als sie fertig war. Ich mochte ihre Haare immer viel lieber als meine, sie sind so weich und golden. Aber sie hat meine Haare geliebt, und wenn sie traurig oder verzweifelt war, habe ich ihr erlaubt, mir Zöpfe zu flechten. Das hat sie jedes Mal beruhigt.« Sie hielt inne. »Ich bin mir sicher, dass sie geweint hat, als sie von meinem Tod erfahren hat, und es macht mich fertig, wenn ich mir vorstelle, dass sie meinen Namen gerufen hat wie damals, als unser Vater gestorben ist, und ich sie nicht hören konnte. Aber ich glaube, wenn sie mich im Sarg gezeigt haben, auf meiner Beerdigung … dann hat Sophie bestimmt mein Haar berührt. Und ich hoffe, es hat sie getröstet.« Erst als ihre Träne auf ihre Finger fiel, merkte Emily, dass sie weinte. Die Träne zerbrach zu Scherben, und für einen Moment glaubte sie, dass auch sie selbst jeden Augenblick zerbersten würde, so als wäre sie ein angeschlagenes Gefäß mit viel zu dünnen Wänden, das all seine Risse nicht mehr ertragen konnte. Doch sie zerbrach nicht, und so holte sie tief Luft und fuhr sich über die Augen. Sie ahnte, wie die anderen sie ansahen: mit dieser Mischung aus lähmender Betroffenheit und Mitleid, die keine Hilfe war. Sie kannte diesen Ausdruck von der Zeit, als ihr Vater gestorben war. Er war wie eine Maske auf den Gesichtern der Leute, die nichts verstanden und nur eines wollten: der Trauer, die sich ihnen auf einmal genähert hatte, so schnell wie möglich wieder zu entkommen. Aber als sie den Kopf hob, lächelte Raphael ihr zu und die anderen sahen sie mit einer sanften Wärme an, als wüssten sie genau, welche Tore gerade in ihr geöffnet worden waren und welche Empfindungen dahinter warteten.

»Es ist gut, dass sie dir fehlt«, sagte Merlin in Emilys Erstaunen hinein. »Wir mögen gestorben sein. Aber alles haben wir nicht verloren, nicht wahr?«

Emily schluckte. Sie konnte sich nicht erinnern, wann sie zuletzt vor vollkommen Fremden geweint hatte, von Cosimo einmal abgesehen. Normalerweise hätte sie ihre Tränen verborgen. Aber in diesem Moment, da sie die Blicke der anderen erwiderte, empfand sie weder Verlegenheit noch Scham. Stattdessen fühlte sie zum ersten Mal seit sehr langer Zeit, wie gut es tat, nicht allein zu sein mit Dingen, die man vielleicht selbst nicht verstand … mit Dingen, die nur jene begreifen konnten, die sie selbst erlebt hatten. Seit sehr langer Zeit hatte sie sich nicht mehr so geborgen gefühlt wie in diesem Augenblick. »Nein«, sagte sie und erwiderte Merlins Lächeln. »Das haben wir nicht.«

Gerade setzte Rasmus sich vor, um etwas zu sagen, als die Tür aufgerissen wurde. Emily fuhr zusammen, so sehr erschreckte sie sich. Auch die anderen schauten wie aus einem Traum geweckt zur Tür hinüber. Emily folgte ihren Blicken, und mit einem Schlag war jede Geborgenheit dahin. In der Tür stand der Junge, der sie in der Versammlung beobachtet hatte – der Rebell mit den Silberaugen.

8

Sein Lächeln war so arrogant, als würde er jedem Einzelnen in der Runde am liebsten vor die Füße spucken.

»Valentin.« Obwohl Merlin noch immer lächelte, war die Freundlichkeit aus seiner Stimme verschwunden. »Du bist zu spät. Wie immer. Und im Gegensatz zu unserem Neuzugang Emily hattest du genug Zeit, dir die Regeln einzuprägen.«

Valentin ließ die Tür hinter sich ins Schloss fallen und kam auf die Gruppe zu. Er bewegte sich so geschmeidig wie ein Panther, der kein Geräusch verursachte und nie das Gleichgewicht verlor, auf welch unwegsamem Gelände er auch unterwegs war. Ohne die Lehne zu berühren sprang er über einen Stuhl und setzte sich, die Hände mit den silbernen Ringen lässig auf den Knien ruhend. »Aber ich bin da. Ist doch ein Fortschritt, oder nicht?«

Merlin seufzte ergeben. »Ich wünschte, ich könnte dir widersprechen. Dennoch wird es Zeit, dass du unsere Sitzungen ernst nimmst. Sonst kann ich dir keine erfolgreiche Teilnahme bescheinigen, und du weißt ja, was das bedeutet.«

Nur kurz glitt ein Schatten über Valentins Gesicht. »Oh ja«, sagte er dann gespielt ängstlich. »Dann muss ich vors Disziplinarkomitee. Moment …« Er verstärkte sein Lächeln. »Da muss ich doch sowieso bald hin. Vielleicht kann ich all meine Vergehen gleichzeitig verhandeln lassen und bekomme einen Strafrabatt, weil ich den Herrschaften Zeit spare.«

»Du bekommst eher einen weiteren Arrest im Kerker«, gab Merlin zurück. »Und selbst du wirst wissen, dass man seine Zeit besser verbringen kann als in ewiger Kälte und Finsternis.« Er wartete, bis seine Worte in Valentins Bewusstsein gedrungen waren und das Lächeln von dessen Lippen verschwand.

Emily musste daran denken, mit welchem Respekt Cosimo vom Kerker gesprochen hatte. Anscheinend hatte der Irrwicht endlich einmal nicht übertrieben. Laut Cosimo war Valentin dafür bekannt, mit seinen Freunden Unruhe zu stiften. Die Liste seiner Vergehen war lang, und jegliche Disziplinarmaßnahmen hatten bislang nicht dazu geführt, ihn auf den richtigen Weg zu bringen.

»Wie dem auch sei«, fuhr Merlin fort. »Wir waren zwar gerade mitten im Gespräch, aber aus Gründen der Höflichkeit möchte ich dich bitten, dich unserem Neuling Emily kurz vorzustellen, bevor wir weitermachen.«

Emily rechnete damit, dass Valentin gleichgültig in die Runde schauen würde, denn sie war nicht sicher, ob er sie schon bemerkt hatte. Aber er wandte den Blick und schaute sie direkt an, so plötzlich, dass sie auf ihrem Platz erstarrte. Sein Lächeln kehrte zu ihm zurück, und seine Augen wurden so silbrigkalt, dass es ihr schien, als würde sie sich darin spiegeln können.

»Valentin Lefèvre«, sagte er ohne einen Wimpernschlag. »Vor ein paar Jahren unvorsichtigerweise unangeschnallt mit dem Auto gefahren und unvorsichtigerweise dabei umgekommen. Mein Tod hat nicht viel Aufsehen erregt. Mein Vater war Alkoholiker und er war ein Arschloch. Meine Mutter hat ihn schon früh verlassen. Sie hat eine neue Familie, wie ich hörte. Gut für sie und gut für mich. Wer will schon heulende Menschen an seinem Grab stehen haben? Nun, du vermutlich, wenn ich an deinen Gefühlsausbruch vorhin denke. Sehr bewegend. Ganz ehrlich.«

Seine Stimme hatte sich bei all diesen Worten nicht verändert, aber zum Ende hin war eine ironische Grausamkeit in seinen Blick getreten, die Emily wie ein Hieb traf. Sie hatte schon den Mund geöffnet, um ihm sein Lächeln vom Gesicht zu schlagen. Doch da ergriff Raphael das Wort.

»Woher willst du wissen, wer dein Grab besucht?«, wandte sich dieser mit ungewohnter Kälte an Valentin. »Du hältst dich ja geflissentlich davon fern.«

Emily hätte es nicht für möglich gehalten, dass der Ausdruck in Valentins Augen noch kälter hätte werden können, bis dieser den Blick auf Raphael richtete. »Im Gegensatz zu dir, der Angst hat vor allem, was sich jenseits seiner Gruft abspielt«, gab er zurück. »Schlimm genug, dass du dich vor deinem eigenen Blut fürchtest. Aber du bekommst ja sogar Panik, wenn ein albernes Flugzeug über den Friedhof fliegt.«

»Wahrscheinlich ginge es dir nicht anders«, sagte Emily. »Jedenfalls nicht, wenn man dich vor zweihundert Jahren beim Juni-Aufstand erschossen hätte und du dein untotes Leben jetzt in einer modernen Metropole verbringen müsstest.«

Valentin zuckte die Achseln. »Ich bezweifle, dass ich mir wegen ein paar Blutflecken in die Hose machen würde … oder wegen eines heulenden Kleinkindes, das meinen Namen ruft.«

Da war es wieder, dieses grausame Blitzen in seinen Augen, das Emily scheinbar um jeden Preis dazu bringen wollte, ihm an die Gurgel zu springen.

»Wenn du von meiner Schwester sprichst: Sie ist kein Kleinkind. Sie ist neun Jahre alt und …«

»… und weint sich die Augen aus dem Kopf, weil ihre große Schwester fort ist? Wie gesagt: Das ist ungeheuer tragisch. Du brichst mir das Herz.« Er hatte eine Hand auf seine Brust gelegt, um seine Worte zu unterstreichen, und lächelte noch immer. Aber in seinen Augen lag gnadenloser Frost. Selten hatte Emily jemanden erlebt, der einen solchen Zorn in sich trug wie Valentin.

»In Ordnung.« Merlin zog die Blicke auf sich. »Valentin, wie immer bringst du Stimmung in die Runde, aber ich möchte dich und alle anderen bitten, fair und sachlich zu bleiben. Emily erzählte vorhin von ihrem letzten Zusammensein mit ihrer Schwester. Möchte noch jemand uns von seinen letzten schönen Erinnerungen an die lebendige Welt erzählen?«

Rasmus lachte rau auf. »Da gäbe es jede Menge, aber dafür müsste ich mir eure Ausweise zeigen lassen.«

Valentin stöhnte, doch er sagte nichts. Stattdessen rutschte er auf seinem Stuhl nach hinten, verschränkte die Arme vor der Brust und schloss die Augen. Emily schüttelte den Kopf angesichts seiner Dreistigkeit, sich mitten in der Runde schlafen zu legen, und stellte gleich darauf fest, dass sie es ihm gern nachgemacht hätte. Doch Schlaf war für sie unerreichbar, das wusste sie ja inzwischen, und abgesehen davon war es ihr unmöglich, den Schilderungen der anderen zu entkommen, die von ihren Erlebnissen in der Menschenwelt erzählten. Mit jedem Einzelnen hatte sie das Gefühl, ein Stück ihrer alten Welt zurückzubekommen. Erst als Maxime lang und breit über ein Häkelmuster berichtete, das sie an ihrem letzten Abend begonnen hatte, schweifte Emilys Blick zu Valentin zurück. Er saß noch immer regungslos und mit geschlossenen Augen, aber das Lächeln war von seinem Gesicht verschwunden und gab ihm die Sanftheit zurück, die Emily schon einmal bei ihm bemerkt hatte: in jener Nacht, da sie ihn zwischen den Gräbern gesehen hatte. Er sah fast aus wie ein Engel.

»Ihr habt recht«, sagte Merlin und holte sie in die Wirklichkeit zurück. »Es ist nicht leicht, mit diesen Erinnerungen umzugehen, so schön sie auch sein mögen. Deswegen ist es wichtig, dass wir uns unseren Gefühlen immer wieder stellen, denn nur so lernen wir, mit ihnen klarzukommen und sie vielleicht sogar für uns zu nutzen. Emily, vorhin hast du uns fühlen lassen, dass du deine Schwester vermisst. Kannst du das Gefühl näher beschreiben?«

Bei jedem anderen hätte Emily mit Spott reagiert, so wenig stand ihr normalerweise der Sinn danach, über ihre Empfindungen zu sprechen. Doch Merlin nickte ihr aufmunternd zu, und sie erinnerte sich zu gut an das Gefühl der Zusammengehörigkeit, um sich jetzt zu verweigern. »Sie fehlt mir«, fing sie an. »So wie früher, wenn ich auf Klassenfahrt war und wir uns vermisst haben. Es ist, als hätte ich einen Teil von mir selbst verloren, den nur sie mir wiedergeben kann.«

Da stieß Valentin die Luft aus. »So ein Schwachsinn.«

Kurz empfand Emily etwas wie Genugtuung. Er hatte also gar nicht geschlafen. Der Gedanke, dass auch er sich Nacht für Nacht mit Schlaflosigkeit herumquälte, ließ sie fast lächeln. Aber dann meldete sich ihr Zorn und sie sah ihn an – ihn, der immer noch mit geschlossenen Augen auf seinem Stuhl saß, als würde ihn nichts um ihn herum etwas angehen. »Wie bitte?«

Noch ehe sein Lächeln zurückkehrte, erwiderte er ihren Blick und wiederholte betont langsam: »So. Ein. Schwachsinn.«

Merlin öffnete den Mund, aber Emily ließ ihn nicht zu Wort kommen. »Du bist einfach unglaublich«, gab sie zurück. »Du hast doch gar keine Ahnung, was …«

»Ich habe keine Ahnung?« Valentin lehnte sich vor. »Das sagt ausgerechnet diejenige, die geschickterweise gleich als Einstand den Vorsitz des *GdU* beschimpft und dafür doppelt so viele Gruppentherapiesitzungen aufgebrummt gekriegt hat wie jeder andere?«

Sie schnaubte verächtlich. »Und darüber wundert sich derjenige, der wegen Randale auf der Galerie bei einer der letzten Mitgliederversammlungen jetzt vor den Disziplinarausschuss muss? Das glaube ich kaum.«

Cosimo hatte ihr ausgiebig von Valentins letzter Missetat erzählt, die dem Delinquenten reichlich Ärger eingehandelt hatte. Valentin schien das allerdings nicht das Geringste auszumachen.

»Wir haben überhaupt nichts gemeinsam«, erwiderte

er. »Du bist blind und taub für die Dinge, die offensichtlich sind, und du klammerst dich an etwas, das für dich verloren ist. Das würde mir nicht im Traum einfallen.«

Emily verschränkte ihre Arme. »Es interessiert mich einen Dreck, was dir einfallen würde oder nicht. Und darüber hinaus habe ich keine Ahnung, was du mir eigentlich sagen willst. Ist wahrscheinlich auch schwierig zu denken, wenn man die ganze Zeit darauf aus ist, so verdammt cool zu sein, nicht wahr?«

»Dir würde es jedenfalls nicht schaden, so langsam mal mit dem Denken anzufangen«, stellte er fest. »Falls es dir entgangen ist: Du bist gestorben. Zumindest nach allgemeiner Definition der Welt dort draußen. Das bedeutet: Deine Schwester heult jetzt vielleicht. Aber mit der Zeit wird sich das geben, denn sie ist am Leben. Und du sitzt hier für immer fest.«

Emily schüttelte den Kopf. »Und du bist noch dümmer, als du aussiehst, wenn du das wirklich glaubst. Du weißt doch gar nicht, wer ich bin. Und noch viel weniger weißt du über meine Schwester. Sieh dich nur an! Sitzt da wie ein Rockstar mit diesem arroganten Lächeln, dabei bist du nur …«

»Was denn?«, unterbrach er sie voller Spott. »Ehrlich?«

»Nein«, gab sie zurück. Sie suchte nach einem Wort, das ihn treffen würde, mitten hinein in die silberne Reglosigkeit seiner Augen, irgendetwas, das sein Lächeln von seinen Lippen fegen konnte. Mit pochenden Schläfen starrte sie ihn an und musste auf einmal daran denken, wie er auf dem Grabstein gesessen hatte, allein und …

»Verloren«, sagte sie.

Erst als sie es aussprach, begriff sie, dass sie ihr Ziel erreicht hatte. Valentin saß da wie erstarrt. Seine Augen wirkten nicht länger kalt, sondern von so zartem Silber wie ein fallender Stern, und sein Gesicht war wie eine offene Wunde … so verletzlich, wie es zwischen den Gräbern gewesen war. Dann neigte er unmerklich den Kopf. Die Kälte kehrte mit aller Macht zu ihm zurück und brannte jedes andere Bild von ihm aus Emilys Gedanken. Er kam auf die Beine, kraftvoll und zugleich so langsam wie ein Raubtier kurz vor dem tödlichen Sprung. Aus dem Augenwinkel sah Emily, wie Raphael sich aufrichtete und Merlin die Hand ausstreckte, aber Valentin beachtete sie nicht. Er bewegte nur die Finger der linken Hand und gleichzeitig erstarrte die Welt mitsamt all der anderen um Emily herum. Sie froren ein, als wären sie die Figuren in einem Film, den jemand gestoppt hatte. Wie zur Hölle hatte er das gemacht?

Emily kam auf die Beine, doch gleich darauf konnte auch sie sich nicht mehr bewegen. Nur ihr Atem ging rasend schnell und vereiste in der Luft, als Valentin dicht vor ihr stehen blieb. Ein eigentümlicher Wintergeruch ging von ihm aus, kalt, frisch und klar. Aus der Nähe war der Frost seiner Augen noch unerträglicher. Emily sah sich selbst darin, klein und verloren in einer erstarrten Welt aus Eis. Ohne ein Wort streckte Valentin die Hand aus und legte die Finger an ihre Schläfe. Sie begann zu zittern, so gnadenlos schloss sich seine Kälte um die Glut in ihrer Brust. Sie flackerte wie eine erstarrende Flamme.

»Du glaubst, du hast das Schlimmste hinter dir«, raunte Valentin, so nah bei ihr, dass seine Worte Eiskristalle auf ihre Wangen zeichneten. »Aber das ist nicht wahr. Das Schlimmste steht dir noch bevor, und es kommt nicht als Schreckgestalt oder Toter um die Ecke. Es passiert schleichend, Stück für Stück, ohne dass du es zuerst überhaupt merken wirst. Keiner hier wird dir das verraten, aber ich sage es dir. Du wirst das Leben verlieren, ganz gleich, wie sehr du dich jetzt noch daran klammerst, und zwar auf die grausamste Weise, die du dir nur vorstellen kannst. Die Welt dort draußen wird dich vergessen, und eines Tages wird es dir mit ihr genauso gehen. Stück für Stück wird sie dir entgleiten, denn ganz egal, wie sehr du es dir jetzt auch wünschen magst: Du gehörst nicht mehr zu ihr. *Du bist tot.* Eines Tages wirst du begreifen, was das bedeutet. Und dann bist du genauso *verloren* wie ich.«

Emily spürte, wie ihr Atem versagte, aber sie erwiderte seinen Blick. Niemals würde sie vor ihm den Kopf neigen, ganz gleich, was er ihr antun würde. Nicht, solange sie die Wärme in ihrer Brust noch spüren konnte. Und mit aller Kraft, die sie aufbieten konnte, dachte sie: *Du kennst mich nicht.*

Sie wusste, dass er ihren Gedanken gehört hatte, als er die Brauen hob. Für einen Moment stand er einfach da, und sie rechnete damit, dass er seine Kälte verstärken und sie in die Knie zwingen würde. Aber stattdessen ließ er die Hand sinken und langsam, ohne sich zu ihr umzudrehen, durchquerte er den Raum und ging zur Tür. Erst dort schaute er zu ihr zurück.

Ich kenne dich, sagte er in ihren Gedanken. *Besser, als du dir vorstellen kannst.*

Ein Schimmer ging durch seinen Blick, der in seinem Gesicht so fremd aussah, dass Emily einen Moment brauchte, um ihn zu erkennen. Es war Mitgefühl. Es schien ihr, als würde Valentin die Glut in ihr sehen können, die sich flackernd gegen seine Kälte wehrte ... wie ein Traum nach dem Erwachen, der nicht zerbrechen wollte. Dann verließ er den Raum und sein Zauber erlosch.

Knisternd fielen die Eiskristalle von Emilys Wangen, als sie sich über die Augen fuhr. Gleichzeitig kam Bewegung in die anderen.

Rasmus starrte mit deutlicher Verwirrung in den Raum. Dann ballte er die Hände zu Fäusten. »Dieser Mistkerl! Es ist doch immer dasselbe mit ihm! Er sollte Einzelstunden kriegen, damit wir uns nicht mehr mit ihm rumschlagen müssen!«

Merlin schüttelte sich den Raureif aus den Locken und nahm seine Brille ab, die beschlagen war. Kurzsichtig schaute er in die Runde. »Ihr wisst, dass wir schon Schlimmeres mit Valentin erlebt haben, und keiner hier kann von sich behaupten, noch nie Ärger gemacht zu haben. Also seid nachsichtig.«

»Aber wie hat er das hingekriegt?« Emily bewegte ihre steifen Glieder. »Er hat euch erstarren lassen, und ...«

»Hat er dir was getan?« Raphael sah sie besorgt an, und kurz überlegte sie, ob sie erzählen sollte, was Valentin zu ihr gesagt hatte. Doch dann schüttelte sie den Kopf.

»Nein. Er hat nur ... seinen Standpunkt klargemacht.«

Raphael seufzte. »Die Möglichkeit hat er, denn er ist sehr mächtig. Wir alle besitzen gewisse Kräfte, das wirst du noch herausfinden. Auch du. Aber nur wenige Geister sind so stark wie er. Leider nutzt er seine Macht in erster Linie, um Ärger zu machen.«

»So ist es.« Merlin kritzelte etwas auf einen kleinen abgenutzten Notizblock. »Und deswegen gibt es nun wieder mal ein paar Wochen Frustrationsschwellentraining für Valentin. Eigentlich hatte er sich in letzter Zeit ganz gut im Griff. Aber irgendetwas an dir scheint ihn zu provozieren.«

Emily stieß die Luft aus. »Das kann ich nur zurückgeben. Es gibt eigentlich kaum etwas, das mich an ihm nicht provoziert. Aber warum ist er so …«

»… ein Idiot?«, beendete Rasmus ihren Satz. »Idioten gibt es überall. Selbst auf Friedhöfen. Mach dir nichts draus. Vermutlich wird es einfach mal wieder Zeit, dass er einen kleinen Dämpfer bekommt.«

Merlin steckte seinen Block ein und kam auf die Beine. »Auch wenn unsere Sitzung auf diese Weise geendet ist, möchte ich mich für euer Kommen und eure Teilnahme bedanken. Ganz besonders bei dir, Emily. Ich bin froh, dass du uns von dir erzählt hast.«

Die anderen applaudierten, und auch Emily fiel in den Beifall ein. Dann stellten sie die Stühle an den Wänden zusammen und verließen den Raum.

Vor dem Mausoleum blieb Merlin noch kurz bei Emily stehen. »Bei aller Wut, die du auf Valentin haben magst, darfst du eines nicht vergessen: Wir haben alle Geheimnisse, die wir niemandem erzählen. Manchmal nicht einmal uns selbst. Es ist leichter, nicht wütend zu werden, wenn man sich das auch bei anderen bewusst macht.« Er lächelte ihr noch einmal zu und klopfte Raphael auf die Schulter, der neben ihr wartete. Dann verschwand er wie die anderen in der Nacht.

»Merlin macht seine Sache gut«, stellte Emily fest.

»Aber ehrlich gesagt fällt es mir nicht ganz so leicht, so gelassen zu bleiben.«

Raphael lachte. »Niemand ist so gelassen wie Merlin. Aber lass dir wegen Valentin keine grauen Haare wachsen. Er ist einfach ein düsterer Zeitgenosse, das war er schon immer. Was hast du jetzt noch vor?«

Emily seufzte und legte die Hand auf ihre Tasche. Der Zettel darin knisterte leise. »Einen … Bekannten besuchen.«

»Du bist erst seit ein paar Nächten hier und hast schon Bekannte unter den Untoten?« Raphael sah sie amüsiert an. »Nicht schlecht.«

»Eigentlich ist es ein Bekannter von Cosimo.« Emily stellte zu ihrer Erleichterung fest, dass das nicht einmal eine Lüge war. Normalerweise hatte sie kein Problem damit, in gewissen Situationen ein wenig zu flunkern. Aber neben Cosimo war Raphael ihr einziger wirklicher Vertrauter auf dem Friedhof. Und sie log nicht gern Leute an, die sie gernhatte. »Ich soll da … was für ihn abholen.« Sie wühlte in ihrer Tasche und holte den Zettel heraus. »Weißt du, wo das ist?«

Raphael drehte ihn einmal um die eigene Achse, dann kratzte er sich am Kopf. Gleich darauf hellte sich seine Miene auf und er schüttelte den Zettel heftig. Erstaunt sah Emily, wie Funken aufstoben – und als Raphael ihr den Zettel zeigte, standen die Zeichen in schönster Schrift auf dem Papier. »Irrwichte neigen dazu, ihre Stimmungen in alles einfließen zu lassen, was sie tun. Offenbar war Cosimo sehr aufgeregt, als er das hier geschrieben hat. Aber wie bei Lichtern mit Wackelkontakt hilft es manchmal, wenn man den betreffenden Irrwicht ordentlich schüttelt – oder das, was in Ordnung gebracht werden soll.«

Freudestrahlend nahm Emily den Zettel entgegen. »Das ist wunderbar, ich danke dir. Ich werde gleich hingehen.«

»Mit dieser Begeisterung hätte ich jetzt nicht gerechnet.« Raphael sah sie prüfend an. »Du weißt, wem diese Gruft gehört, oder nicht?«

»Nun ja …«, begann Emily. »Nicht so direkt.«

Raphael seufzte. »Wenn du dachtest, du hättest mit Valentin deine unfreundlichste Begegnung für heute hinter dir, hast du dich wohl getäuscht.«

Sie zog die Brauen zusammen. »Wieso?«

»Diese Gruft gehört Balthasar«, sagte er, und der Name ging wie ein eisiger Guss auf Emily nieder. »Dem Vampir.«

9

Mit angezogenen Schultern stand Emily unter der Kastanie und schaute zu dem Mausoleum auf der anderen Straßenseite hinüber. Sie hatte keine Ahnung, wie lange sie schon den eisigen Wind und die unheimlich knarzenden Zweige über sich ertrug, aber langsam wurden ihre Glieder steif. Also musste sie schon eine geraume Weile so dastehen, unfähig, sich von der Stelle zu rühren. Hätte ihr Haar nicht im Wind geflattert, hätte sie in ihrer Reglosigkeit glatt den Friedhofsengeln Konkurrenz machen können. Allerdings ging sie jede Wette ein, dass sich auf ihrem Gesicht keine kühle Überlegenheit zeigte. Im Gegenteil, vermutlich schaute sie ausgesprochen jämmerlich aus der Wäsche. Und beim Anblick des Mausoleums hatte sie für sich selbst das allergrößte Verständnis.

Das Gebäude sah aus wie der Schauplatz eines Horrorfilms. Spitze Türme ragten dolchgleich in den zerfetzten Nachthimmel, die Kuppel war halb eingestürzt und das Eingangsportal zwischen den marmornen Säulen so schwarz, dass Emilys Blick ins Unendliche stürzte, wenn sie hineinsah. Inmitten des von Stimmen und der Musik der Tavernen erfüllten Friedhofs lag diese Gruft da wie ein Ort lauernder Stille, ähnlich einer Spinne, die regungslos in ihrem zitternden Netz hockte und auf ein Opfer wartete. Die vergitterten Fenster jedoch spiegelten das Mondlicht, das durch die Wolken fiel, sodass Emily den Eindruck gewann, als würden tückische Augen sie beobachten ... Augen, die seit Jahrhunderten ohne Unterlass geöffnet waren und jeden ihrer Gedanken lesen konnten.

Sie verlagerte ihr Gewicht von einem Bein aufs andere. Jetzt war jedenfalls klar, wieso Cosimo auf einmal so beschäftigt gewesen war. Er hatte keine Angst vor der eigenen Courage, wie sie vermutet hatte. Er hatte die Hosen voll, weil der Todesjäger, der sie möglicherweise ausbilden würde, ausgerechnet *der mächtigste Krieger des Prinzen* war, der noch dazu in einem Mausoleum wohnte, das vermutlich sogar Dracula höchstselbst als zu unheimlich erachtet hätte.

Emily schauderte, als sie an ihr letztes Zusammentreffen mit Balthasar dachte und daran, mit welcher Leichtigkeit er ihre Gedanken zu Asche verwandelt hatte. Doch sie zwang sich, der Angst keinen Raum zu geben. Immerhin war es Balthasar gewesen, der den Weißen Krieger ausgebildet hatte. Und das war etwas Gutes. Der letzte Satz hätte glatt von Merlin stammen können. Emily sah ihren Therapeuten vor sich, wie er ihr aufmunternd und mit wippenden Locken zunickte. Sie hingegen war noch nie besonders gut im positiven Denken gewesen. Aber so oder so: Balthasar war ihre einzige Hoffnung. Und sollte er sie vierteilen, würde sie immerhin nur Phantomschmerzen erleiden. Das durfte sie nicht vergessen. Mit diesem Gedanken setzte sie sich in Bewegung.

Je näher sie dem Mausoleum kam, desto stärker befiel sie der Eindruck, als würde es wachsen. Hoch hinauf in den Himmel, bis es mit seinen Türmen den Mond aufspießte, und zu beiden Seiten, sodass Emily das Gefühl hatte, in eine andere Welt einzutreten – einen Kosmos der Schatten. Schritt für Schritt ging sie auf das Portal zu. Jetzt erkannte sie die schwarze Tür mit dem unheimlichen Dämonentürklopfer, der ihr aus glühenden Augen entgegenstarrte. Fast rechnete sie damit, dass er das Maul aufsperren und sie mit einem Fluch belegen würde, und sie überkam der überwältigende Drang, sich umzudrehen und davonzulaufen. Aber stattdessen ballte sie die Hände zu Fäusten. Wie oft zum Teufel hatte sie davon geträumt, einem Vampir zu begegnen? Und jetzt war sie tatsächlich auf dem Weg in seine Gruft. Möglicherweise beobachtete er sie schon längst aus einem der Fenster. Da durfte sie sich keine Blöße geben. Sie würde nicht wegrennen wie ein dummes Kind. Sie musste Haltung bewahren und …

Das Geräusch war leise und doch so durchdringend, dass es Emily ins Mark fuhr. Es klang wie das Huschen eines schweren Körpers im Unterholz. Sie schaute über die Schulter und stellte fest, dass die Schatten hinter ihr sich zusammengerottet hatten und kaum noch einen Blick zur Straße erlaubten. Emily wich zurück, als sie eine Bewegung darin wahrnahm, so als würde die Finsternis zu ihr herüberstarren. Sie kniff die Augen zusammen und wollte zugleich über sich selbst lachen, darüber, wie sie in die Dunkelheit glotzte, um Konturen auszumachen. Aber plötzlich erkannte sie einen Umriss, groß und mit struppigem Fell wie von einem Wolf. Und da hörte sie es deutlich: das Knurren, das aus untoter Kehle brach.

Im selben Moment war jeder Gedanke daran, einigermaßen kultiviert bei Balthasar aufzutauchen, dahin. Emily warf sich herum und rannte auf das Mausoleum zu, so schnell sie konnte. Der Wolf jagte ihr nach. Der Boden erzitterte unter der Wucht seines Körpers. Schon glaubte sie, seine Zähne im Nacken zu spüren, als sie das Portal erreichte. Ohne zu zögern warf sie sich gegen die Tür – und stolperte kopfüber in die Gruft. Sie landete in trübem Dämmerlicht am Boden und nahm nur eines wahr: das Klacken, als die Tür hinter ihr zufiel … leise, als wäre eine Falle zugeschnappt.

Benommen sah Emily zu, wie Staubflocken sich vor ihren Augen drehten. Sie war es eindeutig nicht gewohnt, per Salto in fremde Gräber einzufallen. Immerhin war das Knurren verstummt. Anscheinend hatte sie den Wolf mit ihrer kleinen Zirkuseinlage ausgesperrt. Aber der Triumph schmeckte nach Staub und schmerzenden Knochen, und Emily stellte fest, dass sie zurück war: diese rätselhafte Stille, die sie schon draußen wahrgenommen hatte und die ihr auch jetzt einen Schauer über den Rücken schickte … die Stille der lauernden Spinne. Emily holte tief Atem. Sie musste auf die Beine kommen. Sofort. Stöhnend rappelte sie sich auf – und erstarrte.

Sie wusste nicht genau, was sie im Inneren des Mausoleums erwartet hatte. Vielleicht eine modrige Gruft mit Spinnweben in den Ecken oder einen barocken Sarg, umgeben von einigen ausgesaugten Leichen. Eben irgendetwas, das einem echten Vampir in ihrer Vorstellung ein Gefühl von Behaglichkeit gegeben hätte. Was sie nun jedoch sah, war mit diesen Ideen überhaupt nicht in Einklang zu bringen.

Sie stand in einem achteckigen Raum, von dem verschiedene Türen abzweigten. Eine Wendeltreppe führte in einen unteren Bereich, und das gesamte Zimmer sah aus wie eine alte, gemütliche Bibliothek. Edle Teppiche bedeckten den Boden, an den Wänden standen Regale mit Büchern und sie lagen auch auf dem pechschwarzen Schreibtisch und den Ohrensesseln. Gegenüber der Tür erhob sich ein Kamin, und obwohl das Feuer darin erloschen war, konnte Emily sich lebhaft vorstellen, wie schön es sein musste, auf dem Teppich davor zu liegen und zu lesen, während die Flammen knisterten. Und überall waren Relikte aus lang vergangener Zeit zu sehen wie Sextanten, Stundengläser oder komplizierte Apparaturen, die Emily an ein uraltes Chemielabor erinnerten. Aber auch Marionetten gab es, die im leichten Windzug an ihren Fäden baumelten, Puppen mit halb abgerissenen Armen und unvollendete Gemälde. Es schien Emily, als wäre sie in ein Sammelsurium der vergessenen Dinge geraten, und als wäre dies nicht verwunschen genug gewesen, fächerte sich nun silbernes Licht über die Szene.

Emily legte den Kopf in den Nacken und über ihr, funkelnd wie ein Kaleidoskop, erhob sich eine gläserne Kuppel und ließ das Mondlicht herein. Sie war wie der gesamte Raum viel größer, als es von außen den Anschein machte, und ganz im Gegensatz zu der zerbrochenen Kuppel, die Emily draußen gesehen hatte, war diese hier völlig intakt. Offenbar ließ sie sich öffnen, denn darunter stand ein Teleskop auf einem Podest, mit dem man die Sterne beobachten konnte. Emily schüttelte den Kopf. Niemals hätte sie damit gerechnet, dass Balthasar gern in die Sterne schaute … oder Bücher las.

Sie ließ den Blick über die Regale schweifen. Einige Bücher schienen zu glühen, andere waren mit Ketten gesichert, als würden sich Ungeheuer in ihnen verbergen, und manche sahen so verheißungsvoll aus, dass Emily nicht anders konnte, als darauf zuzugehen. Sie musste sich bemerkbar machen, das war ihr klar. Sie musste Balthasar rufen und das Donnerwetter ertragen, das er aufgrund ihres unerlaubten Eingriffs in seine Privatsphäre garantiert über ihr entladen würde. Aber die Bücher sahen allesamt noch viel magischer aus als die Schriften in der Bibliothek des Friedhofs. Zu oft hatte Emily von solchen Schätzen geträumt, als dass sie nun riskieren konnte, gevierteilt zu werden, ohne sie auch nur einmal aus der Nähe betrachtet zu haben. Fasziniert blieb sie vor einem Buch stehen, das goldene Funken über seinen Einband schickte, kaum dass sie ihren Blick darauf richtete. Als Emily die Hand nach ihnen ausstreckte, sprangen sie über ihre Finger. Dann sanken sie in das Leder ein und Buchstaben hoben sich aus der Tiefe wie Luftblasen aus einem tiefen See.

Emily erschien auf dem Einband, und sie hielt den Atem an. *Emily … steht kopf.*

Kaum hatte sie das gelesen, ging ein Scharren über den Boden, und ehe sie wusste, wie ihr geschah, packte sie etwas am Knöchel und ihr wurden die Beine unter dem Körper weggerissen. Krachend schlug sie auf dem Boden auf, wurde quer durch den Raum gezerrt und hoch in die Luft gerissen. Sie schrie, so sehr erschrak sie, doch jede Gegenwehr war zwecklos. Binnen eines Wimpernschlags baumelte sie kopfüber an einem Seil von der Decke. Und im selben Moment fühlte sie die Nähe des Vampirs. Sie hatte ihn nicht bemerkt, die ganze Zeit über nicht, da sie mit dämlichem Lächeln in seinem Wohnzimmer gestanden hatte. Aber nun wusste sie, dass er da gewesen war und sie beobachtet hatte – er, der plötzlich so dicht neben ihr stand, dass sie die Kühle seiner Haut spüren konnte.

»Dummes kleines Mädchen«, raunte er dunkel. »Bist du dem Tod nicht schon nah genug gekommen? Musstest du unbedingt in die gefährlichste Gruft des Friedhofs einbrechen?«

Emily bemühte sich vergeblich, nicht wie ein wehrloses Stück Phantomfleisch im Kreis zu pendeln, während sie zu Balthasar aufsah. Die Wolken hatten den Himmel bezogen, sodass sie ihn nur schemenhaft erkennen konnte. Aber sie spürte seine Verachtung wie glühende Eisen auf ihrer Haut – und beschloss gleichzeitig, die verfluchte Angst in ihrer Kehle nicht zu zeigen.

»Die Tür war offen«, gab sie zurück. »Außerdem hätte ich nicht gedacht, dass ein unsterblicher Krieger des Prinzen seine Gruft in eine Falle verwandeln würde.«

Balthasar stieß einen Laut aus, der ebenso gut ein Husten wie ein Lachen hätte sein können. »Denken scheint nicht zu deinen Stärken zu gehören. Hättest du das Buch berührt, hätte das Seil dich schon längst losgelassen. Du wärest durch die Falltür gestürzt, die sich soeben unter dir geöffnet hat, geradewegs in die Dolche dort unten. Und glaube mir. Sie verletzen selbst einen Geist wie dich.«

Emily warf einen Blick hinunter und schauderte, als sie dort tatsächlich lange Dolche sah, die nun im Mondlicht zu ihr heraufblitzten. »Wie langweilig«, stellte sie fest und war selbst beeindruckt von ihrer schauspielerischen Leistung. »Ich hätte mindestens einen dreiköpfigen Höllenhund erwartet. Aber der hatte wohl keine Lust, in einer Gruft zu versauern.«

»Nein«, raunte der Vampir, so leise, dass seine Stimme nach einem Knurren klang. »Er sieht lieber zu, wie dumme Kinder vor ihm wegrennen, geradewegs herein zu mir.«

Emily hatte keine Ahnung, ob ein Geist erbleichen konnte – aber bei Balthasars Worten hatte sie das Gefühl, als würde sie endgültig dem Mondlicht Konkurrenz machen. Also war der Wolf vor der Gruft keine Einbildung gewesen. Er hatte sie wirklich gejagt … und sie war ihm tatsächlich nur im allerletzten Moment entkommen. Oder doch nicht? Sie bemerkte noch das amüsierte Blitzen in Balthasars Augen. Dann hob er den Arm, und ehe sie sich versah, durchtrennte er das Seil. Panisch riss sie die Arme vors Gesicht. Aber als sie schon meinte, die Dolche im Fleisch zu spüren, schloss sich die Luke. Mit voller Wucht knallte Emily zum dritten Mal auf Balthasars Fußboden und musste feststellen, dass sie sich noch nicht daran gewöhnt hatte. Es tat immer noch weh. Verdammt weh sogar.

Balthasar schaute in vollendeter Abfälligkeit auf sie herab. »Was hast du hier zu suchen?«

Emily kam auf die Beine. Sicher wusste er längst, warum sie gekommen war. Immerhin las er ja bevorzugt ihre Gedanken. Aber sie hielt es nicht für klug, ihn in der aktuellen Situation darauf hinzuweisen. Stattdessen strich sie sich das Haar aus der Stirn und sah ihn direkt an. »Ich brauche deine Hilfe.«

Der Vampir musterte sie von oben bis unten und steigerte ihr Gefühl, völlig derangiert auszusehen, ins Unerträgliche. »Ja«, stellte er fest. »Das ist offensichtlich.«

»Es tut mir leid, dass ich unangemeldet bei dir auftauche«, fuhr sie fort. »Und auch, dass ich einfach so reingekommen bin. Aber Cosimo hat gesagt ...«

Balthasars Stöhnen schnitt ihr das Wort ab. »Dieser verfluchte Irrwicht. Es kann nur übel enden, wenn ein Satz mit seinem Namen beginnt.«

Fast hätte Emily ihm zugestimmt, aber in Anbetracht der Situation hielt sie es für klüger, beim Thema zu bleiben. »Er hat mir von Dhragar erzählt. Von den Todesjägern. Und von dir.« Sie machte eine Pause, um Balthasar die Gelegenheit zu geben, etwas zu erwidern. Der Vampir schwieg, doch in seinen Blick war eine Kälte getreten, die es Emily nicht leicht machte weiterzusprechen. »Ich weiß, dass du ein Jäger bist«, fuhr sie dennoch fort. »Du hast den Weißen Krieger ausgebildet und ...«

»Der Weiße Krieger ist tot.« Seine Stimme schnitt die Luft in Fetzen. »Dhragar wurde aus dieser Welt vertrieben. Mehr gibt es nicht zu sagen. Und jetzt verschwinde. Mir steht nicht der Sinn danach, einem kleinen Mädchen Märchen zu erzählen.«

Emily biss die Zähne aufeinander. »Und ich bin nicht hier, um welche zu hören.«

»Warum bist du dann gekommen?«, fragte er eisig. »Um dich in Draculas Wohnung umzusehen?«

Ein leiser Schreck ging durch Emilys Leib, als ihr klar wurde, dass Balthasar sie vor dem Balkon ihres Onkels gehört hatte. Doch sie blickte ihn unverwandt an. »Dort draußen läuft mein Mörder mit meinem Leben herum. Ich will es zurück. Und du bist der Einzige, der mir dabei helfen kann. Ich bitte dich, mich auszubilden. Ich will eine Todesjägerin werden.«

Einen Augenblick lang schwieg Balthasar. Dann legte er den Kopf schief und betrachtete sie wie ein Straßenhündchen, das den Verstand verloren hatte. »Du willst deinen Mörder zur Strecke bringen?«

»Ich weiß, was jetzt kommt. Die Toten sind gefährlich, blablabla. Das habe ich alles schon gehört in dem hochwohlgeborenen *Gremium der Untoten* von Père Lachaise.«

»In Gremien welcher Art auch immer sitzen ausnahmslos die größten Dummköpfe«, murmelte Balthasar, mehr zu sich selbst als zu ihr. »Das trifft auf das *GdU* erst recht zu. Dessen Mitglieder sind allesamt Idioten.« Dann wurde ihm offenbar bewusst, dass Emily ihn mit großen Augen anstarrte. »Und dasselbe gilt auch für dich«, fügte er hinzu.

»Wieso? Mir wurde mein Leben gestohlen, ich will es mir wiederholen. Was ist falsch daran?«

»Dein Leben«, schnaubte Balthasar. »Woher willst du wissen, dass es überhaupt noch dein Leben ist? Niemand kann sagen, wie viel davon dein Mörder schon verbraucht hat und wie viel Tod jetzt in diesem Leben steckt. Vielleicht bist du nicht mehr du, selbst wenn du es zurückbekommen solltest.«

Emily senkte den Blick. Darüber hatte sie noch nie nachgedacht, und die Vorstellung ließ sie frösteln. Aber dann schüttelte sie den Kopf. »Jetzt bin ich doch auch nicht ich«, flüsterte sie.

»Ganz bei dir scheinst du in der Tat nicht zu sein«, erwiderte Balthasar ungerührt. »Stehst da und willst einen der mächtigsten Toten herausfordern, der mir je untergekommen ist. Hast du überhaupt eine Ahnung, mit wem du es zu tun hast?«

Überdeutlich blitzte das Gesicht ihres Mörders in Emily auf, und sie überkam wieder das Gefühl absoluter Hilflosigkeit, das sie in seiner Nähe empfunden hatte. »Er hat mich umgebracht«, gab sie zurück. »Ich glaube, ich weiß ganz gut, wer er ist.«

Aber Balthasar sah sie an, als hätte er selten etwas Einfältigeres gehört. »Du weißt nicht mal, wer du selbst bist, was typisch für euch Menschen ist. Wie solltest du da deinen Mörder kennen? Lass mich dir etwas erzählen über den, der dein Leben geraubt hat. Er ist nicht einfach nur ein Krieger Dhragars. Sein Name ist Asmaron Ifingur Hór, Reiter der Schwarzen Städte, Eroberer der Wüste aus Staub. Einst war er ein Mensch, auch wenn man es kaum noch glauben kann. Doch nun ist er Dhragars Geschöpf, ein Gefäß für dessen Bosheit und Verschlagenheit, und er hat in dieser Welt nur ein Ziel: das Leben zu vernichten, das er selbst vor langer Zeit verloren hat. Eines ist klar: Er gehört zu den mächtigsten Toten, die jemals die Schwelle unserer Welt überschritten haben. Anders als all die anderen Krieger Dhragars mit ihren albernen Rüstungen aus magischem Schwarzen Stahl braucht er keinen anderen Schutz als seine grausame Magie. Selbst wir, sechs mächtige Krieger des Prinzen, konnten ihn nur in einem Augenblick der Schwäche zurücktreiben, und wir hatten das Überraschungsmoment auf unserer Seite.«

»Und ich als dummer und schwacher Geist habe erst recht keine Chance, ist es das, was du mir sagen willst? Du klingst wie Sisterius! Dabei waren die Geister doch mal stark und mächtig, sie fürchteten nichts und niemanden. Ich habe gesehen, wie sie die Welt gegen die Toten verteidigten. Sie jagten sie sogar! Und der Weiße Krieger …«

Balthasar schüttelte den Kopf. »Du hast recht.« Seine Stimme strich wie ein Raunen der Vergangenheit durch den Raum. »Damals waren die Geister sogar die besseren Todesjäger, und Sisterius war ein großer Heerführer, der Seite an Seite mit meinem Prinzen kämpfte. Doch das ist lange her. Seither sind finstere Zeiten für die Jäger angebrochen. Ich war dort … in der Gilde, am Morgen nachdem Dhragar die mächtigsten Jäger erschlagen hatte. Nur durch Zufall war ich in jener Nacht auf der Jagd und entkam ihm. Aber die toten Gesichter meiner Gefährten begleiten mich bis heute. Und so glorreich die Zeiten vor dieser abscheulichen Tat auch gewesen sein mögen: Sie sind untergegangen, verblasst, vergessen … wie alles, was sterblich ist.«

Auf einmal lag ein Schatten in seinem Blick, so dunkel, dass er die Kälte von seinen Zügen vertrieb.

»Aber du bist noch da«, sagte Emily eindringlich. »Und ich auch. Ich weiß, dass die Ausbildung zur Todesjägerin hart und gefährlich ist. Aber wenn du mir zeigst, wie ich meine Kräfte richtig einsetze, könnte ich eine von euch werden.«

»Es gibt kein *euch.*« Ungeduld schwang in seinen Worten mit. »Hat der neunmalkluge Irrwicht dir das nicht erzählt? Die jetzigen Jäger sind Einzelgänger. Ich auch im Übrigen.«

»Allerdings nicht besonders erfolgreich.« Emily verbarg nicht den Spott in ihrer Stimme. »Du warst nicht nur beim Haus meines Onkels, um meine Familie zu beschützen, nicht wahr? Du hast gehofft, dass Asmaron dort auftaucht, damit du ihn stellen kannst, weil du als Jäger nicht anders kannst, wenn du mal eine Fährte aufgenommen und verloren hast. Du musst ihn fangen. Das verlangt doch sicher irgendein wichtiger Codex.«

»Codex«, murmelte Balthasar. »Wir sind keine alberne Bruderschaft.«

»Nein«, gab Emily zu. »Aber ihr habt Ehre und Gewissen, und wenn ihr einen Mörder einfach laufen lassen würdet, nur weil er außergewöhnlich stark ist – was wäret ihr dann für Wächter der Welt?« Sie sah das Muskelspiel in seinen Schläfen, so fest presste er die Zähne aufeinander, und nickte. »Ich habe recht«, fuhr sie fort. »Du warst deswegen bei unserer Wohnung. Du hast gehofft, dass Asmaron auftauchen würde. Und das bedeutet: Du hast bisher nicht die kleinste Spur.«

Balthasar sah sie reglos an, aber seine Augen glommen in unruhigem zornigem Feuer. »Und wenn das die Wahrheit ist: Glaubst du, dass ich in dieser Situation nichts Besseres zu tun habe, als mir die Ausbildung eines nervigen kleinen Mädchens ans Bein zu binden?«

»Ich bin kein kleines Mädchen«, sagte sie entschieden. »Und ich könnte dir bestimmt von Nutzen sein. Immerhin trägt Asmaron mein Leben in sich. Wenn wir zu ihm schon keine Spur haben – aber wenn jemand mein Leben finden kann, dann doch wohl ich selbst. Und wenn das nicht funktioniert, gibt es bestimmt eine andere Möglichkeit, wie ich behilflich sein könnte. Wenn alles nichts nützt, nun ja … dann wäre ich sicher auch ein guter Köder.«

Für einen winzigen Moment schaute der Vampir sie an, als wollte er lächeln, ohne Spott oder Verachtung, sondern mit fast so etwas wie Respekt. Aber dann schüttelte er den Kopf, und die Müdigkeit kehrte auf seine Züge zurück, die Emily schon unter der Eiche an ihm bemerkt hatte. »Was gäbe ich darum, noch einmal so ahnungslos zu sein«, sagte er. »Du stehst hier vor mir und willst mit allen Mitteln den letzten Rest Leben riskieren, den du noch in dir hast. Dabei weißt du gar nicht, was das bedeutet: der Tod. Wenn du durch Dhragars Schergen stirbst, und ich meine wirklich stirbst, bringst du damit nicht nur die Welt ein Stück weiter an den Rand des Abgrunds. Du trittst auch selbst darüber hinaus. Dann bist du verloren, denn du wirst fallen – für immer. Du hast keine Ahnung davon, wie es ist, kein Leben in sich zu tragen. Es ist ewige Finsternis, kleines Mädchen. Du würdest daran zerbrechen. Denn ganz egal, wie sehr du versuchst, es vor mir zu verbergen: Ich sehe die Wahrheit. Du bist fast besinnungslos vor Angst – Angst davor, dass es keinen Weg mehr hinaus gibt aus dem, was du für untot hältst. Und du irrst dich nicht. Es gibt keinen Weg mehr für dich, aber das ist immer noch besser als jede Alternative, um die du mich bittest. Du kannst mich gern hassen für das, was ich sage. Es ist mir einerlei. Und jetzt verschwinde.«

Seine letzten Worte waren nicht mehr als ein Flüstern und doch drangen sie wie Gift in Emilys Gedanken. Sie wusste nicht, ob es ein Zauber war oder schlicht die Resignation in seinem Blick. Aber auf einmal war sie zurück, die Verzweiflung, die sie am Boden der Kapelle empfunden hatte. Balthasar hatte recht. Sie *hatte* Angst, ganz entsetzliche Angst sogar, und je länger sie dastand und in diese eisblauen Augen schaute, desto mächtiger wurde dieses Gefühl in ihr.

Sie schwankte, als sie sich abwandte. Hastig ging sie zur Tür, doch sie konnte der Hoffnungslosigkeit nicht entkommen, die nun von ihr Besitz ergriff. Wie die Schatten vor der Gruft breitete sie sich in ihr aus … und umso heftiger fuhr sie zusammen, als ein sachtes Brennen durch ihre Finger lief. Sie blieb stehen und sah an sich hinab. Instinktiv hatte sie die Hand auf ihr Herz gelegt. Eine schwache, flüsternde Wärme pulste gegen ihre Finger und schickte goldenes Licht in die Dämmerung.

»Was ist mit *dir?*«, fragte sie, ohne sich umzudrehen. »Wovor hast *du* Angst?« Hinter ihr herrschte Schweigen, aber sie wusste, dass Balthasar sie ansah. Sie wandte den Blick zurück, und da erkannte sie ihn in den Schatten, halb nur vom Mondschein bekränzt.

»Wie kommst du darauf, dass ich Angst habe?«, fragte er ein wenig heiser.

Emily zuckte mit den Schultern. »Abgesehen davon, dass du als mächtigster Krieger des Prinzen sicher eine bessere Bleibe finden könntest als eine einsame Gruft fern deines eigenen Volkes und es Gründe haben wird, warum du ausgerechnet hier wohnst: Kein superstarker Vampir baut sein Haus zu einer Festung um, wenn er nicht entweder einen gehörigen Dachschaden hat oder Angst davor, was von draußen zu ihm hereinkommen könnte, ohne dass er es dazu aufgefordert hat.«

Sie konnte nicht erraten, was er dachte. Sein Gesicht war so reglos wie ein Antlitz aus Marmor. Er sagte kein einziges Wort.

»Du hast recht«, fuhr sie nach einem Moment der Stille fort. »Ich habe Angst. Davor, dass ich mein Leben niemals zurückbekomme. Davor, dass ich verliere, was ich beschützen konnte. Davor zu versagen. Aber in einem Punkt irrst du dich. Ich bin nicht schwach, und eins weiß ich ganz genau: Ich werde niemals aufgeben.« Sie holte tief Atem. Aus irgendeinem Grund fiel es ihr schwer, die nächsten Worte über die Lippen zu bringen. Vielleicht lag es an Balthasars Blick aus einer Finsternis, nach der sie sich schon gesehnt hatte, als sie zum allerersten Mal den Geschichten ihres Vaters von der Anderwelt gelauscht hatte … einer Dunkelheit, die immer unantastbar gewesen war. »Mein Vater war ein Schriftsteller«, sagte sie schließlich. »Er hat mir Geschichten erzählt, seit ich denken konnte, und ebenso lang habe ich davon geträumt, einmal einem richtigen Helden zu begegnen, einem Krieger wie aus einer der Geschichten. Aber jetzt …« Sie schüttelte den Kopf. »Ich hätte nie gedacht, dass ich nichts als Mitleid empfinden würde, wenn ich ihm dann tatsächlich begegne … dafür, dass er alles vergessen hat, was er in Wahrheit ist.«

Noch einmal schaute sie in seine Augen, die ebenso reglos waren wie zuvor. Dann wandte sie sich ab und ging zur Tür. Sie hatte schon die Hand auf die Klinke gelegt, als seine Stimme den Raum durchdrang.

»Ich habe es gewusst«, grollte er. »Vom ersten Moment an, da ich dich sah.«

Emily drehte sich um, ohne die Klinke loszulassen. »Was denn?«

Balthasar stand unverändert da, aber nun atmete er aus, langsam wie nach einem Kampf. »Dass du eine Nervensäge bist, die bevorzugt Flüche oder Widerreden über die Lippen bringt. Jeder Lehrer, der freiwillig deine Ausbildung übernimmt, muss verrückt sein.«

Unwillkürlich musste Emily an ihre Lehrer aus der Schule denken. *Aufsässig und frech.* Wie oft hatte das schon in ihren Zeugnissen gestanden. Doch der Gedanke verblasste, als sie das amüsierte Funkeln in Balthasars Augen erkannte. Nur mit Mühe konnte sie sich davon abhalten, auf ihn zuzutreten. »Nun«, sagte sie vorsichtig. »So ganz normal siehst du ja auch nicht aus.«

Seine Miene verfinsterte sich. »Und ich bin es wohl auch nicht.«

»Soll das heißen …«, fing Emily an und ließ die Klinke los. Hätte sie noch ein lebendiges Herz besessen, wäre es nun aus ihrer Brust gesprungen und wild durchs Zimmer gehüpft, daran zweifelte sie nicht.

»Das soll heißen, dass ich dich ausbilde«, sagte der Vampir. »Unter gewissen Voraussetzungen.«

Am liebsten wäre Emily ihm um den Hals gefallen. Nur im letzten Moment wurde ihr bewusst, dass das nicht nur vollkommen peinlich und unangemessen gewesen wäre, sondern womöglich für Balthasar auch ein Grund, seine Einwilligung umgehend zu widerrufen. Also beschränkte sie sich darauf, auf ihn zuzugehen, so gelassen, wie es ihr möglich war. »Die da wären?«

»Zunächst wirst du deine Flucherei einschränken. Sie verursacht mir Kopfschmerzen. Und dann muss das Ganze unter uns bleiben. Weder Vampire noch Geister dürfen davon erfahren, sonst sperren sie uns in Kerker, die ich nicht beschreiben kann, ohne dein Gehirn zum Platzen zu bringen, so entsetzlich sind sie.«

Emily verzog das Gesicht. »Ich bin mir sicher, dass du es sehr anschaulich rüberbringen würdest. Natürlich werde ich alles tun, damit niemand von unserer Vereinbarung erfährt. Außer Cosimo, denn er weiß ja praktisch schon Bescheid, und vor Raphael werde ich es wohl auch nicht geheim halten können. Aber ansonsten schweige ich wie … nun ja. Auf den Vergleich verzichte ich an dieser Stelle.«

Balthasar seufzte. »Es wird ein langer Weg, bis du Asmaron gegenübertreten kannst. Du wirst dich zunächst mit jeder Menge schwächerer Gegner herumschlagen müssen, und du wirst es so lange tun, bis ich denke, dass du bereit für den nächsten Schritt bist. Ich weiß, dass es dir schwerfallen wird. Deine Ungeduld sprüht aus deinen Augen. Aber du wirst es trotzdem tun.«

»Wenn es weiter nichts ist.«

»Das ist es allerdings«, gab er zurück. »Außerdem erscheinst du pünktlich zum Training. Du gehorchst meinen Anweisungen, ganz egal, wie absurd sie dir erscheinen mögen. Und du hörst auf, mich anzulügen.«

Emily zog die Brauen zusammen. »Aber ich …«

»Du bist letzte Nacht nicht auf den Friedhof zurückgekehrt«, unterbrach er sie. »Stattdessen bist du zu deiner Schwester gegangen, und du hättest es abgestritten, wenn ich dich jetzt danach gefragt hätte.«

Emily biss sich auf die Lippe, dann nickte sie zögernd. »Du hättest ja ohnehin schon Bescheid gewusst, so oft, wie du meine Gedanken liest.«

»Darum geht es nicht«, sagte er ungerührt. »Wenn ich dein Lehrer sein soll, müssen wir uns vertrauen. Sonst können wir das Ganze gleich sein lassen. Außerdem ist es überaus anstrengend, deine Gedanken zu lesen. Man stürzt von einem Chaos ins nächste. Ich habe keine Ahnung, wie du es die ganze Zeit in deinem eigenen Kopf aushältst.«

Emily lächelte. »Lebenslange Übung«, stellte sie fest, ehe sie wieder ernst wurde. »Ich weiß, dass es leichtsinnig war, sich deinen Anweisungen zu widersetzen. Aber ich musste meine Schwester sehen, ich musste mich mit eigenen Augen davon überzeugen, dass es ihr gut geht. Und ich würde es wieder tun. Allerdings würde ich es dir von jetzt an vorher sagen.«

Balthasar maß sie mit seinem Blick. Dann streckte er die Hand aus. »So gilt es also. Von nun an sind wir Gefährten und wir kämpfen gemeinsam – bis in den Tod.«

Emily entging nicht die Feierlichkeit in seiner Stimme. »Bis in den Tod«, wiederholte sie und ergriff seine Hand. Seine Finger waren warm. Unwillkürlich dachte sie daran, aus welchem Grund das so war. Er musste getrunken haben, er hatte getötet, um selbst zu überleben. Sie wusste, dass Balthasar ihr Leben wie einen Herzschlag spüren konnte, und als sie in seine Augen schaute, sah sie die Bestie in ihm, die sich nach diesem Leben verzehrte – und gleichzeitig den Vampir, der seinen gesamten Willen aufbot, um es vor Unheil zu bewahren. Erneut erschauerte sie unter der Macht, die er barg. Und da ging ein Bild durch ihre Gedanken, blitzlichtartig wie ein verblasster Traum. Sie sah Balthasar, der unter dem Balkon ihrer Schwester stand und mit sanfter Sehnsucht zu dem goldenen Licht aufsah. Und da begriff sie, dass der Vampir das Leben nicht verachtete, wie er vorgab. Er liebte es – und er würde alles tun, um es zu beschützen. Sie umfasste seine Hand fester und spürte sie in jeder Faser ihres Körpers: die pochende Verbindung zwischen Licht und Finsternis, die sie mit ihrem Pakt eingegangen waren. Eines wusste sie ohne jeden Zweifel: Es war diese Kraft, die Asmaron bezwingen würde.

Balthasar zog seine Hand zurück. »Ich muss Vorkehrungen treffen, bevor wir mit deiner Ausbildung beginnen können. Wenn alles bereit ist, melde ich mich bei dir. Und jetzt verschwinde.«

Seine Miene war unbewegt, aber er sagte das sanft, beinahe freundlich, und Emily tat, was sie versprochen hatte: Sie folgte seiner Anweisung.

Sie hatte die Tür fast erreicht, als er sie noch einmal zurückrief.

»Noch etwas«, sagte er dunkel. »Du meinst vielleicht, nicht mehr du zu sein. Aber das ist nicht wahr. Du bist es.«

Emily hob die Brauen. »Woher weißt du das?«

»Weil niemand so reden könnte, der sich selbst ganz verloren hat. Und außerdem siehst du aus wie du. Aufsässig und frech bis in die Haarspitzen.«

Der Schalk blitzte in Balthasars Augen auf, so deutlich, dass Emily lachen musste. Und zum ersten Mal, seit sie sich begegnet waren, lächelte er.

10

Der Nebel strich gespenstisch über den Friedhof und hüllte die Grabsteine in weiße Schleier. Alle Geräusche, die normalerweise zwischen den Totenhäusern widerklangen, wurden von den Schwaden gedämpft. Malerisch ragten die Kapellen und Gruften in diesem einsamen Bereich des Friedhofs aus dem Dunst, und fast hätte es friedlich sein können ... wäre da nicht das unheilvolle Knacken von Knochen gewesen, das die Harmonie immer wieder mit nervtötender Penetranz in Fetzen riss.

Emily blieb stehen und streckte sich, worauf ein wahres Krach-und-Knack-Konzert durch den Nebel tönte. Sie war auf dem Weg zum Grauen Dom, der sich in einiger Entfernung aus dem Nebel schob. Er befand sich im ältesten Bereich des Friedhofs und der war über alle Maßen unwegsam. Die Totenhäuser lehnten sich altersschwach aneinander, die Grabsteine steckten schief in der Erde und der Boden war so zerklüftet, dass Emily ständig das Gleichgewicht verlor. Und jedes Mal wenn sie strauchelte, knackten ihre Knochen laut wie

Reisig. Sie seufzte tief. Dass Geister nicht altern konnten, war eindeutig ein Gerücht. Sie fühlte sich wie eine Greisin. Und zu allem Überfluss war sie auch noch selbst schuld daran.

Mit finsterer Miene setzte sie ihren Weg fort. Die letzten paar Tage hatte sie vollen Einsatz in der Grabpflegekolonne gezeigt, um nicht Stunde für Stunde in ihrer Gruft zu hocken und auf Nachricht von Balthasar zu warten. Die Ablenkung hatte dank Nepomuk ganz hervorragend funktioniert. Denn er hatte keine Gelegenheit ausgelassen, Emily zu piesacken, und so war sie aus dem Blumenpflanzen, Erdsäckeschleppen und Unkrautjäten im Akkord gar nicht mehr herausgekommen. Die Quittung hatte sie kurz darauf in Form des schlimmsten Muskelkaters ihres Lebens bekommen. Und da half es überhaupt nicht, dass Cosimo mit *Phantommuskelkater* ein neues Lieblingswort entdeckt hatte, das er ihr nun bei jeder Gelegenheit um die Ohren schlug.

Sehnsüchtig schaute Emily zu den steinernen Engeln hinüber, die hingegeben auf manchen Gräbern lagen. Wie gern hätte sie es ihnen gleichgetan, ob sie nun schlafen konnte oder nicht. Glücklicherweise empfand sie ihren Mangel an Hunger oder Durst nicht als störend. Aber die Unfähigkeit zu schlafen setzte ihr doch ziemlich zu. Immerhin hatte Raphael ihr eine Entspannungsmethode gezeigt, die erstaunlich effektiv war.

Wir können nicht mehr schlafen, hatte er gesagt, als Emily sich nach ihrem ersten Hardcore-Kolonneneinsatz bei ihm ausgeweint hatte. *Aber träumen können wir noch immer.*

Zuerst hatte sie nicht verstanden, was er damit meinte.

Doch er hatte sie zu seinem Lieblingsplatz mitgenommen, einer alten Buche in der Nähe seiner Gruft, deren Wurzelwerk den Boden in gemütliche Mulden verwandelt hatte. Darin lag es sich wie in einer Koje, wie Emily feststellen durfte. Gemeinsam mit Raphael hatte sie zu den flüsternden Blättern aufgeschaut, und als er von den Wolken erzählte, die über sie hinweggeflogen waren, von den fernen Ländern, aus denen sie kamen, und all den Kreaturen, die sie gesehen hatten, da waren Emily die Augen zugefallen. Sie war nicht eingeschlafen, aber sie hatte die Wolken deutlich vor sich gesehen und mit ihnen all das, wovon Raphael erzählte, bis seine Stimme mit dem Wind verschmolzen war, mit dem Flüstern der Blätter und dem leisen Ächzen der Zweige. Es war wie eine erholsame Reise gewesen, während der sie jede Müdigkeit verloren hatte – bis Cosimo gekommen war, um sie an die nächste Schicht in der Kolonne zu erinnern.

Sie musste lächeln. Cosimo führte sich seit ihrem Paktschluss auf wie eine kleine leuchtende Mutter. Ständig sorgte er sich um sie und achtete genau darauf, dass sie die Regeln des Friedhofs zumindest dem Anschein nach befolgte, um keine Aufmerksamkeit auf sich zu ziehen. Nicht nur einmal hätte sie ihn deswegen bereits beinahe genervt gegen das nächstbeste Totenhäuschen gepfeffert. Aber gleichzeitig wuchs ihr der Irrwicht ebenso wie Raphael mit jedem Tag mehr ans Herz.

Sie mochte es, mit den beiden ausgedehnte Nachtwanderungen über den Friedhof zu unternehmen und darüber zu spekulieren, welche Schicksale sich wohl hinter den Namen auf den Grabsteinen verbargen. Sie wusste, dass sie mit ihren Sorgen zu ihnen kommen konnte und offene Ohren finden würde. Und mehr als alles andere liebte sie es, wenn sie gemeinsam eine Kinonacht abhielten – denn die Leidenschaft für menschliche Filme teilten sie alle drei. Dafür trafen sie sich in Raphaels Gruft, die nicht nur mit alten Kinosesseln, sondern auch mit einem Beamer ausgestattet war, und schauten sich aus Raphaels riesiger Sammlung alle möglichen Filme an. Sie bevorzugten das Gruselgenre, wobei Cosimo jedes Mal so tat, als würde er überhaupt keine Angst kennen, nur um sich dann bei jeder auch nur ansatzweise düsteren Szene vollkommen unehrenhaft hinter den Kissen zu verstecken.

Emily seufzte erneut. Wie gern hätte sie die kommenden Stunden zusammengerollt auf einem Sessel mit ihren Freunden verbracht und ihrem erschöpften Geisterkörper etwas Ruhe gegönnt. Aber an diesem Abend hatte sie anderes vor, und sosehr sie sich auch danach sehnte, einfach umzukehren: Sie würde nicht kneifen. Dafür war dieser Abend zu wichtig – und sie hatte viel zu lange darauf hingefiebert.

Sie war außer Atem, als sie den Grauen Dom erreichte, den einstigen Sitz der Gilde der Jäger. An diesem Ort hatte sich mehrfach das Schicksal der Welt entschieden. Hier hatte Dhragar die mächtigsten Jäger ermordet, hier war er selbst in sein Reich zurückgeschickt worden, hier hatte er den Weißen Krieger tödlich verwundet und damit das Ende der Todesjäger eingeleitet. Früher war ein magischer Wald um den Dom herum gewachsen, mit weiß glühenden Bäumen und wunderschönen Pflanzen, erfüllt vom magischen Feuer der Gilde. So hatte Cosimo es Emily erzählt. Allerdings war die bewegte Geschichte dieses Ortes zumindest optisch kaum noch zu erahnen. Kahle Bäume ragten wie verkohlte Knochen zwischen den Gräbern auf, die Totenhäuser sanken so tief in den Boden, als würden Klauen sie ins Erdreich ziehen, und der Dom selbst thronte wie ein Palast der Schatten inmitten der Trostlosigkeit und schaute aus leeren Fensteraugen zu Emily herab.

Beklommen zog sie die Schultern an. Es ging das Gerücht, dass der Graue Dom durch all die Geschehnisse zu einem Niemalsland geworden war, von einem unsichtbaren Riss durchzogen, der bis hinüber ins Totenreich verlief. Und ob das nun stimmte oder nicht: Kein Friedhofsbewohner bei Verstand kam diesem Ort zu nahe, aus Furcht davor, plötzlich einem Toten zu begegnen. Emily hatte diese Tatsache bisher erfolgreich verdrängt und die Untoten noch vor Kurzem als schreckliche Feiglinge bezeichnet. Doch jetzt, da sie den Blick des Doms erwiderte, konnte sie es ihnen nicht verdenken.

Es gab viele Plätze auf dem Friedhof, denen ein eigener dunkler Zauber innewohnte. Gruften, die magische Schätze beherbergten. Teiche, in denen Geisterfrauen nach männlichen Sterblichen riefen. Portale, die nicht so unscheinbar waren, wie sie wirkten. Und sogar einen magischen See, der wie so vieles andere für menschliche Augen nicht zu sehen war. Aber kein Ort war Emily bisher so finster erschienen wie dieser.

Der Graue Dom ist ein Ort ohne Zeit. Das hatte Cosimo zu ihr gesagt, und tatsächlich herrschte eine seltsame Atmosphäre auf dem Gräberfeld, so als würde es in unsichtbaren Ketten liegen … oder als bräuchte es nur die richtige Waffe, um seine Fesseln zu durchtrennen.

Emily straffte die Schultern. Sie war nicht hier, um über eine Ruine nachzudenken, verflucht noch eins. Sie war hier, um mit ihrem Training zu beginnen.

Sie stakste über den unebenen Boden auf den Eingang zu. Es war jedenfalls typisch, dass Balthasar sie für ihr erstes Training ausgerechnet an diesen düsteren Ort bestellte. Selbst der Nebel war hier dichter. Immer wieder formte er sich zu gespenstischen Gestalten, die Emily prüfend beäugten, nur um sich sofort aufzulösen, wenn sie ihre Blicke erwiderte. Nachdenklich zog sie die Brauen zusammen. Balthasar hatte sie tagelang warten lassen, bis er sie mittels eines altmodischen Briefes hierherbeordert hatte. Vermutlich hatte er das nicht nur getan, um sie auf die Folter zu spannen, sondern um Vorsichtsmaßnahmen zu treffen, die sie vor Entdeckung schützen konnten. Vielleicht war dieser Nebel ein Teil davon? Emily schaute noch einmal in den Dunst, aber als die Schleier sich erneut auflösten, wandte sie sich ab. Womöglich hatte Balthasar auch nur noch mal seinen Trenchcoat bügeln wollen, bevor er wieder als Krieger in den Ring trat. Der Gedanke an den Vampir mit einem Bügeleisen in der Hand ließ sie lächeln.

Sie passierte den Eingang mit dem mächtigen Rundfenster über dem Portal, durchquerte einen schieren Wald aus schlanken weißen Säulen und gelangte ins Hauptschiff. Kurz nur bemerkte sie den Marmor an den Wänden, so kunstvoll geschliffen, dass er aussah wie feinster Kristall, und den tiefen Riss, der sich durch den Mittelgang zog. Er hatte auch die Statue des Weißen Kriegers gespalten, die sich anstelle eines Altars in der Dämmerung erhob. Dann fiel ihr Blick auf die Gestalt, die dort am Ende des Ganges wartete. Und jedes Lächeln erstarb auf ihrem Gesicht.

Dort, wo nun das Mondlicht durch die halb eingestürzte Decke fiel, stand Balthasar. Aber von dem alten Trenchcoat war nichts mehr zu erahnen. Stattdessen trug der Vampir eine Rüstung aus schwarzem Leder. Silberne Zeichen liefen über seine Schultern und formten sich auf seiner Brust zum Kopf eines Raben. An seiner Hüfte hing ein Schwert, pechschwarz wie seine gesamte Erscheinung. Sein Haar, das ihm noch vor Kurzem wirr ins Gesicht gefallen war, hatte er im Nacken zusammengebunden, und seine Züge sahen aus wie aus Stein geschlagen, so aristokratisch und unnachgiebig wirkten sie.

Emily schluckte. Der heruntergekommene Vampir, der ihr vor dem Balkon ihres Onkels begegnet war, war verschwunden. Vor ihr stand Balthasar Alexandre de Montpellier. Und er sah aus wie der Krieger, der er war.

»Willst du da stehen bleiben und mich anglotzen?«, fragte er mit dem alten Spott in seiner Stimme. »Oder bewegst du endlich deine imaginären Knochen?«

Emily wandte den Blick nicht von ihm ab, als sie zu ihm hinüberging. Aus der Nähe war seine Rüstung noch beeindruckender. Der Rabe auf seiner Brust schien sie zu fixieren, und das Schwert verströmte einen eiskalten Dunst. »Du hättest mir sagen sollen, dass wir uns für das Training aufbrezeln«, stellte sie fest, um ihre Faszination zu verbergen. »Dann hätte ich mir noch ein goldenes Lasso besorgt.«

»Und dich damit selbst erdrosselt?«, fragte er höhnisch. »Nein, du brauchst keine Waffe. Wir werden lieber daran arbeiten, dass du selbst eine Waffe wirst.«

»Nicht dass ich was dagegen habe, eine Superninjakämpferin zu werden«, meinte sie. »Aber wenn schon der mächtigste Krieger des Prinzen ein Schwert mit sich herumschleppt, sollte ich dann nicht auch etwas zur Verteidigung bei mir haben? Immerhin werde ich leibhaftigen Toten gegenüberstehen.«

»Die jede Waffe in deinen Händen sofort gegen dich verwenden würden. Jedenfalls in deinem derzeitigen Zustand.«

Er sah sie genau so an wie ihr Sportlehrer, wenn sie wieder einmal anstelle eines Handstands eine mehr oder minder unelegante Rolle seitwärts hingelegt hatte. Es war eine Mischung aus Abfälligkeit und tief empfundenem Mitleid.

»Du tust so, als wäre ich ein Knochensack auf zwei Beinen«, stellte sie fest. »Aber keine Sorge. Bei meinem nächsten Tod werde ich darauf achten, vorher ordentlich trainiert zu sein. Immerhin weiß ich ja jetzt, dass man anschließend über Superkräfte verfügen muss, weil ein sturköpfiger Vampir alle Waffen für sich behält.«

Ein amüsiertes Funkeln ging durch Balthasars Augen. »Du bist wirklich die Letzte, die sich über Sturköpfigkeit beschweren sollte. Davon abgesehen dauert es bedeutend länger, erfolgreich eine Waffe zu führen, als die dir innewohnenden Fähigkeiten auszubilden. Sieh dir den Weißen Krieger an. Auch er hat keine Waffe geführt. Und willst du etwa behaupten, er wäre kein Held gewesen?«

Emily schaute zur Statue des Kriegers auf. Regen und Wind hatten ihr so zugesetzt, dass seine Konturen kaum noch zu erkennen waren. Aber seine Augen schienen in schwachem Glanz zu stehen, und ohne jede Frage war er ein Symbol für Hoffnung und Stärke, wie er als schneeweiße Lichtgestalt inmitten der Dämmerung verharrte.

»Ich will ja nur sagen, dass ich gegen ein Schwert nichts einzuwenden hätte«, stellte sie fest und betrachtete die dunkle Glut in Balthasars Waffe. »Vor allem, wenn es ein magisches Schwert wäre wie deins.«

»So beeindruckend mein Schwert dir erscheinen mag«, gab er zurück. »Ich habe keine andere Wahl, als es auf der Jagd bei mir zu haben. Denn wir Vampire tragen keine Magie in uns, und nur die wenigsten lernen im Laufe ihrer Ewigkeit, sich fremde Magie durch Zaubersprüche und dergleichen untertan zu machen. Deshalb nutzen wir mächtige Waffen, um den Toten zu begegnen und sie in ihre Welt zurückzuschicken. Ihr Geister allerdings habt für gewöhnlich magische Kräfte inne, die stärker sind als jedes Schwert. Jedenfalls wenn ihr sie richtig einsetzt.«

»Magie.« Das Wort prickelte auf Emilys Zunge. »Das klingt nach Gandalf und Hexenmeistern und wie aus einer anderen Welt.«

»Du *bist* jetzt in einer anderen Welt«, stellte er fest. »Das sagt schon ihr Name: die Anderwelt. In ihr ist Magie so selbstverständlich wie der Mond, und sie liegt in allem. Selbst in so unscheinbaren Dingen wie den Gemälden dort an den Wänden oder den Urnen da drüben. Sie bergen die Asche von einigen allerersten Todesjägern, die lange vor Dhragar und seinen Schrecken existierten. Man nennt sie auch die *Krieger der Ersten Stunde* oder die *Jäger von einst*. Sie waren zu mächtig, um nach einer endgültigen Niederlage ins Totenreich gezerrt zu werden. Deshalb wurden sie zu flüsternder Dunkelheit … zu Gedanken zwischen den Welten. Aber ihr Bund konnte nie zerbrochen werden, und noch immer bergen sie große magische Kraft.«

Emily betrachtete die Urnen, die jenseits des Mittelgangs standen und bläulichen Nebel verströmten, aber sie nahm sie nicht richtig wahr. Zu sehr kreisten ihre Gedanken um dieses kleine und gleichzeitig doch so riesige Wort *Magie*. »Genau wie so mancher Geist, dem ich begegnet bin«, sagte sie und sah Valentin so deutlich vor sich, dass sie glaubte, er würde sie gerade in diesem Moment mit seinem verfluchten Lächeln anschauen. »Aber es fällt mir schwer zu glauben, dass das auch für mich gilt. Ich meine … ich und Magie? Ehrlich gesagt habe ich davon noch nicht viel mitbekommen.«

Balthasar schnaubte verächtlich. »Natürlich nicht. Weil du blind und dumm bist wie alle, die zu lange als Mensch durch die Welt getaumelt sind. In Wahrheit hat sich deine Magie schon oft gezeigt. Was glaubst du, welche Kraft dir Augen aus grünem Feuer und einen Körper aus Mondlicht gegeben hat? Welche Macht lässt dich durch Wände gleiten, obwohl du keine Ahnung hast, wie das funktioniert? Und welche Stärke hat dich aus deinem eigenen Grab gehoben, ohne dass du wusstest, dass sie überhaupt existiert?«

»Vermutlich meine Magie«, gab Emily zurück. »Aber was ist das für eine Macht, wo kommt sie her? Und wenn das so ein Untoten-Gimmick ist: Wieso habt ihr Vampire sie dann nicht?«

Balthasars Miene war regungslos. »Wenn wir jetzt anfangen, über das Wesen der Magie zu philosophieren, können wir unser Training für die nächsten drei Jahre vergessen. Niemand weiß sicher, warum ihr Geister im Gegensatz zu etlichen anderen Kreaturen über Magie verfügt, geschweige denn, wer oder was sie euch geschenkt hat. Manche Alchemisten behaupten, sie wäre schon zu Lebzeiten ein Teil der Menschen, der auf Entfaltung wartet, und würde durch den Tod gewissermaßen erweckt. Sicher ist nur eines: Ohne deine Magie würdest du aufhören zu existieren. Du brauchst sie wie ich sterbliches Blut. Sie ist dein größter Schutz, und sie wird dich immer retten, wenn du ihr vertraust.«

»Aber warum fühle ich sie dann nicht? Ich merke immer erst hinterher, wenn ich etwas getan habe, das ich als Mensch niemals fertiggebracht hätte. Und auch dann kann ich es nicht wirklich begreifen. Es kommt mir jedes Mal vor wie ein Traum.«

»Das liegt daran, dass du keine Ahnung hast, was Magie bedeutet«, entgegnete er. »Und deswegen wird es Zeit, dass du sie kennenlernst. Streck die Hand aus.«

Emily folgte seiner Aufforderung und stellte zu ihrer Verlegenheit fest, dass ihre Finger zitterten. Wortlos drehte Balthasar ihre Handfläche nach oben und bewegte seine Finger in der Luft darüber. Ein kühler Hauch traf Emilys Haut und wie eine Antwort darauf strömte ein warmer Schauer durch ihre Glieder. Sie hielt den Atem an. Sie hatte diese Wärme schon früher gespürt: in jener Nacht, da sie ihrem Grab entkommen war, in der Kapelle, als sie die Glut in ihrer Brust gefühlt hatte, und zuletzt auf dem Balkon ihres Onkels, als sie durch die Tür gegangen war wie ein Nebelstreif. Nun ballte sich die Wärme unter Balthasars Ruf in ihr zusammen, glitt unter ihrer Haut entlang … und brach als goldene Flamme aus ihrer Handfläche.

Im ersten Moment erschrak sie. Aber die Flamme verbrannte sie nicht, im Gegenteil: Sie tanzte über Emilys Hand, so fröhlich, als hätte sie eine Ewigkeit darauf gewartet, ihr endlich zu begegnen. Emily lächelte, als die Flamme einen Kreis vollzog wie eine Eiskunstläuferin. Aber so spielerisch sie ihr erscheinen mochte, so deutlich spürte Emily auch die Kraft, die in ihr lag – und den Stolz, der sie bei diesem Anblick erfüllte.

»Sie ist wunderschön«, flüsterte sie, und Balthasar nickte.

»Man sieht es dir nicht an«, sagte er nicht lauter. »Doch deine Magie ist stark. Wenn du sie beherrschst, kann sie einen Toten in seine Welt zurückschicken, sobald du ihn berührst. Darauf hatte ich gehofft. Aber du musst vorsichtig sein. Denn in einem solchen Moment entsteht eine Verbindung zwischen dir und ihm. Sieh nicht in seinen Abgrund. Sonst magst du in Finsternisse blicken, die dich den Verstand kosten könnten.«

»Keine Sorge«, gab Emily zurück. »Ich will ja keine Jägerin werden, um die Seelen der Toten zu ergründen … wenn sie überhaupt welche haben. Aber wie soll ich meine Magie beherrschen? Und wie soll ich einem Toten so nah kommen, um ihn berühren zu können, ohne dass er mich vorher in Fetzen reißt? Das könnte er doch tun, oder nicht?«

»Und mehr als das«, erwiderte der Vampir. »Besonders gefährlich ist für uns das sogenannte Totengift – die Magie unserer Feinde, ausgesprochen konzentriert in ihrem Blut. Sie kann uns verwunden und sogar vernichten, wenn wir nicht aufpassen. Aber es gibt einen Weg, dich zu verteidigen. Du musst lernen, ein Geist zu werden.«

»Oh«, sagte Emily. »Ich dachte, das wäre ich schon.«

»Du dachtest«, murmelte Balthasar. »Am besten lässt du das sein, solange du dich mit mir im Training befindest. Wärst du bereits vollständig zum Geist geworden, müssten wir jetzt nicht hier stehen. Du bist zwar gestorben, aber du nutzt deinen Körper immer noch wie ein Mensch. Du kletterst wie ein verkleideter Sandsack an Rankgittern hoch, obwohl du fliegen könntest. Du gehst durch Türen, obwohl Mauern kein Hindernis mehr für dich sind. Und du fühlst Schmerz, wenn man dich vermeintlich verletzt. Du scheinst sogar zu bluten, so sehr hältst du dich an deiner ehemaligen Existenz fest. Das ist ein Problem, wenn all das ohne deinen Willen geschieht. Und nicht nur, weil du so nie deine wahren Kräfte wecken wirst. Die Toten können dich wittern, wenn du dich in deiner materiellen Gestalt in ihre Nähe wagst. Eines ist klar: Du bist kein Mensch mehr. Vor allem anderen ist es wichtig, dass du das begreifst.«

»Deswegen bin ich ja hier. Ein paarmal habe ich meine Magie doch sogar schon genutzt, ob nun bewusst oder unbewusst.«

»Genau da liegt der Unterschied«, stellte er fest. »Solange du deine Magie nicht kontrollieren kannst, nützt sie dir im Kampf rein gar nichts. Trotzdem hast du recht: Du hast sie bereits für deine Zwecke gebraucht. Jetzt musst du erkennen, wie du das zustande gebracht hast, und es das nächste Mal in vollem Bewusstsein tun. Kehren wir also auf den Balkon deines Onkels zurück. Als du durch die Wand in das Zimmer deiner Schwester gegangen bist: Was für ein Gefühl war das?«

Emily überlegte. »Ich habe mich frei gefühlt«, sagte sie dann.

»Dann konzentriere dich auf diese Freiheit«, forderte er sie auf. Rufe das Gefühl zurück, empfinde es noch einmal, steigere es, wenn du es kannst. Und sieh, was geschieht.«

Emily holte tief Luft und schaute auf die Flamme, doch sie sah sie nicht wirklich. Im Geist stand sie noch einmal vor dem erhellten Zimmer ihrer Schwester, setzte sich in Bewegung – und glitt mit demselben Kribbeln durch die Tür, das sie auch in jener Nacht empfunden hatte. Sie schloss die Augen und tauchte in diese Emotion ein. Aber es war mehr als ein Gefühl, das begriff sie nun. Es war wie der Beginn eines Abenteuers, die erste Seite eines spannenden Buches, der Anfang einer Geschichte, von der sie unbedingt erfahren musste, wie sie weiterging. Dieses Kribbeln war wie die Antwort auf eine Frage, nach der sie sich seit ewiger Zeit sehnte, und ehe sie sich versah, verwandelte es sich vor ihrem Blick zu einem Strom aus tausend goldenen Funken. Staunend flog sie im Geist mit ihm dahin, je tiefer sie in ihn eintauchte, desto gleißender wurde er. Rasch breitete er sich in ihrem ganzen Körper aus. Er nahm ihr jede Schwere, die sie gerade noch empfunden hatte – und gleich darauf loderte grelles Licht hinter ihren Lidern auf.

Emily öffnete die Augen. Direkt vor ihr stand die gerade noch winzige Flamme in loderndem Feuer und sie überkam ein überwältigendes Glücksgefühl. Sie war es gewesen, die diese Glut gerufen hatte – und sie hatte sie zu mächtigem Feuer entfacht! Dann glitt ihr Blick tiefer ... und heilloser Schreck erfasste sie. Ihr Körper war verschwunden. Ihre Hände, ihre Arme, auch ihr Oberkörper und ihre Beine waren nicht mehr zu sehen. Es war, als hätte sie sich gänzlich aufgelöst. In plötzlicher Panik rang sie nach Luft, und prompt begann die Flamme zu flackern. Binnen eines Wimpernschlags wurde sie kleiner, und so schnell, dass Emily kaum wusste, wie ihr geschah, fand sie sich in ihrem menschlichen Körper wieder. Schwer drückte die Last ihrer Glieder sie zu Boden und sie schwankte so heftig, dass Balthasar sie am Arm packte, um einen Sturz zu verhindern.

»Ich war verschwunden«, brachte Emily hervor. »Ganz und gar! Hast du das gesehen?«

Balthasar hielt sie noch immer fest, als fürchtete er, dass sie sonst wie bei ihrem missglückten Handstand eine Rolle seitwärts hinlegen würde. »Du warst unsichtbar, das ist alles. Je tiefer du in deine Magie eintauchst, desto stärker löst du dich von deiner materiellen Form. Je deutlicher du deinen Körper auflöst, desto schwerer wird es für einen Toten, deine Magie zu wittern. So einfach ist das.«

Emily seufzte. »Ja, total einfach. Das reinste Kinderspiel!«

»Es *ist* ein Spiel«, sagte Balthasar. Da war es wieder, das tückische Blitzen in seinen Augen, das seinen Zügen gleichzeitig Schalk und Grausamkeit verlieh. »Für mich. Vergiss nicht, dass deine Magie ein Teil von dir ist. Du herrschst über sie, nicht umgekehrt. Versuche es noch einmal. Aber dieses Mal mit offenen Augen.«

Emily brauchte einen Moment, um den prüfenden

Blick des Vampirs aus ihrem Bewusstsein zu drängen und sich auf die Flamme vor ihr einzulassen. Doch dann war er zurück, der goldene Strom in ihrem Inneren. Wieder tauchte sie in die Funken ein. Sie erschrak, als ihre Finger sich auflösten, kaum dass das Feuer heller wurde. Aber sie wandte sich nicht von der Flamme ab. Fasziniert beobachtete sie, dass der Strom heller wurde, sobald sie stärker in ihn hineinsank. Dann wurde ihr Körper so durchscheinend, dass sie ihn nicht mehr sehen konnte. Aber als sie sich im Geist ein wenig aus dem Strom zurückzog, verringerte sich sein Licht und die Umrisse ihrer Arme wurden wieder erkennbar. Ein Lächeln flog über Emilys Gesicht, als sie ihren Körper zwischen unsichtbar und sichtbar hin und her tanzen ließ, so schnell, dass ihr schwindlig wurde. Balthasar hatte recht. Ihre Magie war ein Teil von ihr und sie konnte sie beherrschen – so mühelos, wie sie ihren eigenen Atem regulierte.

»Gar nicht schlecht, oder?«, fragte sie, als sie in ihre menschliche Gestalt zurückkehrte und zu Balthasar aufsah.

»Es kommt mir vor, als wäre ich in der Disco gewesen«, sagte der Vampir ernüchternd unbeeindruckt. »Ansonsten scheinst du die Grundlagen verstanden zu haben. Also können wir jetzt anfangen.« Mit diesen Worten trat er an ihr vorbei in die Mitte des Ganges.

Emily bemerkte mit einer Mischung aus Faszination und Beklemmung, dass sie seine Schritte selbst auf dem mit feinen Steinsplittern bedeckten Boden nicht hören konnte. Er bewegte sich vollkommen lautlos. »Stell dir vor, ich wäre Asmaron. Komme mir nah, ohne dass ich es merke. Überrasche mich. Und schicke mich in meine Welt zurück. Letzteres ist natürlich nicht wörtlich gemeint. Es genügt, wenn du mich mit deiner Magie berührst.«

Emily starrte ihn ungläubig an. »Ist das dein Ernst?«

»Nein«, erwiderte er prompt. »In Wahrheit will ich, dass du mir weiter einfältige Fragen stellst. Alternativ kannst du auch deinen Namen tanzen. Beides ist ausgesprochen hilfreich, wenn es um die Jagd nach den Toten geht.«

»Ich soll gegen dich kämpfen?« Es war Emily völlig egal, dass auch diese Frage auf der Einfältigkeitsskala des Vampirs vermutlich einen ziemlich hohen Wert erreichte. »Wie bitte soll ich das hinkriegen? Und wenn ich mich dumm anstelle, enthauptest du mich mit deinem Schwert aus Eis?«

Mit gnadenloser Gelassenheit strich Balthasar über seine Waffe, worauf glühende Funken vom Heft zu Boden rieselten. »Nein«, sagte er ungerührt. »Einen wirklichen Kampf gegen mich würdest du selbstverständlich nicht überstehen. Aber ich halte nicht viel von theoretischem Gerede, das war noch nie anders. Du wirst nur lernen, was du tun sollst, wenn du in einer Situation bist, in der du es lernen kannst. Und was mein Schwert betrifft: Die Klinge besteht nicht aus Eis, sondern aus den letzten Atemzügen meiner Opfer. Doch keine Angst. Ich werde mich nicht mit meiner Waffe verteidigen. Noch nicht.«

Emily schluckte. Er würde sich nicht mit seiner *Waffe* verteidigen, schon klar – aber *verteidigen* würde er sich, daran ließ sein wachsamer Blick keinen Zweifel.

Sie fühlte sich wie vor einer wichtigen Prüfung in der Schule, für die sie überhaupt nicht gelernt hatte.

»Wir können unsere gesamte Ewigkeit hier stehen«, stellte Balthasar fest. »Bedenke nur, dass das für uns beide tatsächlich genau das bedeuten würde: die verfluchte *Ewigkeit* zwischen diesen Säulen. Oder du fängst jetzt endlich an.«

Emily musste sich auf die Zunge beißen, um keinen aufsässigen Kommentar von sich zu geben. Aber so spöttisch Balthasar sie auch behandelte: Er hatte recht. Und was sollte ihr schon passieren außer vielleicht ein paar phantommäßig gebrochenen Knochen? Ehe der Gedanke sich in ihr verbildlichen konnte, holte sie tief Atem. Noch einmal schaute sie Balthasar an, der mit reglosem Lächeln zu ihr herübersah. Dann kehrte sie in ihren goldenen Strom zurück und wurde unsichtbar.

Fast hätte sie gelacht, als der Blick des Vampirs plötzlich durch sie hindurchglitt. Aber kaum dass sie sich in Bewegung setzte, verschwand der Impuls. Nicht nur dass sie taumelte, weil sie ihre eigenen Füße nicht sehen konnte. Außerdem sank sie bei ihrem ersten Schritt in den Boden ein, nur um gleich darauf ein ganzes Stück weit hoch in die Luft zu schießen. Erschrocken wedelte sie mit den Armen und verlor ihre Magie aus den Augen. Nur für eine Sekunde zwar, doch das genügte, um sie in ihre menschliche Gestalt zurückzubringen. Sie landete auf dem Boden, strauchelte plump nach vorn und stieß dabei zu allem Übel auch noch gegen einen Kerzenständer, der scheppernd umkippte. Emily zuckte unter dem Geräusch zusammen, aber Balthasar drehte sich nicht einmal zu ihr um. Fast gelangweilt betrachtete er das Mondlicht, das auf den Riss zu seinen Füßen fiel, als hätte er genau diesen Radau erwartet.

»Dein Körper untersteht dir wie deine Magie«, sagte er in ihr verlegenes Schweigen hinein. »Er ist nicht verschwunden, auch wenn du ihn nicht sehen kannst. Sage ihm, was er tun soll, und er wird es tun, mit all seinen neu entdeckten Fähigkeiten. Und vergiss eines nicht: Die Unsichtbarkeit ist ein Refugium der Möglichkeiten, die nirgends sonst wahr werden können.«

Emily kehrte erneut in die Unsichtbarkeit zurück. *Ein Refugium der Möglichkeiten*, wiederholte sie in Gedanken. Es gab tatsächlich etwas, das sie sich immer wieder vorgestellt hatte, als sie noch ein Mensch gewesen war, und nun … nun war es zum Greifen nah. Wie von selbst breitete sie die Arme aus, als ihr Körper sich in die Luft erhob – und mit einer einzigen entschlossenen Bewegung glitt sie an den Säulen hinauf. Doch dieses Mal trudelte sie nicht hilflos durch die Luft, sondern sie schwamm in ihr wie in Wasser. Schneller und schneller flog Emily durch den Dom, durch das flirrende Mondlicht und die tiefsten Schatten, und sie wäre in ihrem Freudentaumel wohl auch noch zum Dach hinausgeschossen, hätte sie nicht zu Balthasar zurückgeschaut.

Er stand noch immer reglos da, den Kopf leicht geneigt, den Blick in die Finsternis gerichtet. Ein Lächeln stahl sich auf Emilys Gesicht. Er hatte offenbar keine Ahnung, wo sie sich befand. Das musste sie nutzen. Mit nicht mehr als einem Gedanken glitt sie auf ihn zu, im Zickzack um die Säulen herum, falls er doch aus irgendeinem Grund aufsehen und sie erkennen sollte … und merkte kaum wenige Armlängen von ihm entfernt, dass ihr innerer Funkenstrom flackerte. Schon wurde ihr Körper schwerer. Erschrocken sah sie, wie ihre Hände wieder sichtbar wurden. Im letzten Moment wollte sie kehrtmachen, aber es war schon zu spät. Dicht vor Balthasar schmolz ihre Magie zu einem schwachen Glimmen zusammen, ihr Körper verließ seinen Tarnmodus. Und ehe sie noch zurückweichen konnte, schnellte Balthasars Faust vor und traf sie an der Brust. Sie landete an einer Säule und sank daran abwärts wie … ein jämmerlicher Knochensack auf zwei Beinen.

»Du bist ein Geist«, mahnte Balthasar, der sich nicht von der Stelle gerührt hatte. »Doch deine Kräfte sind nicht grenzenlos. Nutze sie klug. Deine Magie ist wie ein Muskel, der stärker wird, wenn du ihn trainierst. Bis dahin übe dich in Geduld.«

Emily rappelte sich auf und presste die Hand auf die Brust. Sie hatte das Gefühl, als würden ihre Rippen sich in ihre Lunge bohren, aber noch ehe sie einen wütenden Kommentar von sich geben konnte, sah sie den Spott in Balthasars Augen. Sie hatte keine Lunge mehr, zur Hölle noch eins, und selbst wenn, war es vollkommen egal, ob sie durchstochen wurde oder nicht. Sie war ein Geist, kein Jammerlappen!

Mit zusammengepressten Lippen zog sie sich zwischen die Säulen zurück. Nicht nur ihr verräterischer Körper machte ihr zu schaffen. Auch der Strom in ihrem Inneren kehrte nur langsam zu alter Stärke zurück. Er würde Zeit brauchen, um sich vollständig zu regenerieren. Bis dahin musste sie ihre Kräfte genau einteilen. Wenn sie sich zu nah an den Vampir heranwagte, würde er sie wittern, es sei denn … Ein Lächeln flog über ihre Lippen.

Tarnen und täuschen, ging Cosimos Stimme durch ihre Gedanken. *Das ist der ganze Trick.*

So leise wie möglich schlich sie sich durch die Dämmerung, ohne Balthasar aus den Augen zu lassen. Seine Miene war so regungslos, dass sie nicht erahnen konnte, was er dachte. Aber seine Wachsamkeit schien nachzulassen. Offenbar rechnete er nicht damit, dass sie ihr Ziel erreichen würde. In seinem Rücken hastete sie auf ihn zu und ließ ihre Umrisse verschwimmen, je näher sie ihm kam. Fast glaubte sie, ihn mit einem beherzten Sprung erreichen zu können, als er den Blick halb über die Schulter wandte. Emily reagierte sofort. Schnell wich sie seitlich aus und glitt mitten hinein in eine der Urnen.

Die plötzliche Dunkelheit umgab sie wie eine Fessel, und sie musste die Luft anhalten, um inmitten der Asche nicht zu husten. Kurz schoss ihr der Gedanke durch den Kopf, was sie tun sollte, wenn der verstorbene Jäger just in diesem Moment zurückkehren und sie mit beherztem Tritt aus seiner letzten Ruhestätte befördern würde. Aber dieses Bild blieb blass angesichts ihres Erstaunens darüber, dass ihr Plan tatsächlich aufgegangen war: Sie befand sich in einer Urne, deren Magie ihre eigene Kraft verbarg … einer Urne, die gerade groß genug war für eine Katze. Sie spähte durch einen haarfeinen Riss nach draußen. Balthasar schaute über die Urnen hinweg. Zwischen seinen Brauen bildete sich ein Schatten. Emily lächelte. Sie konnte sich nicht erinnern, jemals angesichts einer Falte eine solche Genugtuung empfunden zu haben.

Das Flackern in ihrem Inneren war wie ein eisiger Schauer. Nur im letzten Moment unterdrückte sie einen

Fluch. Ihre Magie war noch zu schwach, um sie für längere Zeit als Schemen in einer Urne herumhocken zu lassen, das spürte sie deutlich. Aber was würde geschehen, wenn sie plötzlich inmitten dieses Behälters in ihre menschliche Gestalt zurückkehrte? Würde die Urne zerbrechen? Oder war deren Magie so stark, dass sie Emily in ein kompaktes Knochenpaket verwandeln würde, in bauchiger Form und mit dekorativem Aschemuster? Sie sah, wie Balthasar sich umdrehte, und zögerte nicht länger. Mit letzter Kraft glitt sie in die Unsichtbarkeit hinüber, schoss aus der Vase – und wurde von einer eisernen Faust erneut gegen eine Säule geschleudert. Keuchend landete Emily am Boden, die treulose Asche wirbelte um sie herum auf.

Balthasar schaute auf sie herab. »Deine Ungeduld ist deine Feindin. Behandle sie mit der stärksten Waffe, die du ihr entgegenbringen kannst: Ignoranz.«

Emily hustete. Eins war sicher: Die Asche verstorbener Magier war mit das Ekelhafteste, das sie je geschmeckt hatte. »Gilt das auch für gebrochene Rippen? Ich kann mich kaum noch bewegen.« Sie stöhnte, als sie vergeblich versuchte, sich aufzurichten.

Der Vampir bedachte sie mit einem Ausdruck, als würde er überlegen, sie an den Haaren zu packen und auf die Beine zu stellen, nur um ihr zum hundertsten Mal einzubläuen, dass sie keine Rippen mehr besaß. Aber dann kam er zu ihr herüber und betrachtete sie beinahe mitleidig.

»Du hast noch einen langen Weg vor dir«, sagte er, als er vor ihr stehen blieb. »Schau dich nur an. Du siehst aus wie der Knochensack, der du nicht sein willst. Du hast dich nicht schlecht geschlagen, doch jetzt ist es genug. Wir sollten für heute aufhören.«

Er hielt ihr die Hand hin, und Emily starrte darauf, als wollte sie sie am liebsten fortschlagen. Aber dann nickte sie ergeben.

»Vielleicht hast du recht«, gab sie zurück und ergriff seine Hand. Mühsam zog sie sich daran hoch … und schickte ein teuflisches Lächeln auf ihr Gesicht. »Immerhin bist du auch nicht mehr der Jüngste.«

Sie sah noch das Erstaunen in seinem Blick. Dann sprang sie auf die Beine, und ehe er vor ihr zurückweichen konnte, presste sie die Hand auf seine Brust. Ihre Magie schoss so grell aus ihren Fingern, dass sie selbst davon geblendet wurde. Flackernd spiegelte sich das Feuer auf Balthasars Gesicht … und da riss das Blau in seinen Augen auf.

Es war ein Abgrund aus Finsternis, der sich vor Emily öffnete. Sie wusste, dass sie sich abwenden musste, wie er es ihr geraten hatte. Aber das Bild, das nun in der Dunkelheit auftauchte, nahm sie gefangen. Es zeigte Balthasar an einem Ort, der so finster war, dass Emily keine Konturen ringsum ausmachen konnte. Alles, was sie sah, war der Vampir, der eine menschliche Gestalt in den Armen hielt. Auch sie war halb in den Schatten verborgen, doch Emily erkannte das Blut, das sich rasch unter dem leblosen Körper ausbreitete … und den Schmerz, der sich nun über Balthasars Gesicht zog. Tränen liefen über dessen Wangen, kristallen zersprangen sie am Boden, und Emily konnte nicht anders, als ihn mit tiefer Erschütterung anzusehen. Der Vampir weinte, und damit nicht genug. Er weinte … um einen Menschen.

Der Hieb war so heftig, dass Emily schwarz vor Augen wurde. Wie durch tausend Tücher spürte sie, dass sie durch die Luft flog und ein ganzes Stück über den Mittelgang schlitterte, bis sie rücklings liegen blieb. Sie schmeckte Blut, so hart hatte Balthasar sie getroffen, aber sie fühlte keinen Schmerz, als sie sich aufrichtete und ihm entgegensah. Mit schnellen Schritten kam er auf sie zu, und als er über ihr stehen blieb, das Gesicht eine Maske aus Frost, die dunkle Gestalt vom Silberschein des Mondes umkränzt, da schien es ihr, als wäre er ein Engel, der mit nichts als Zorn auf sie herabschaute ... oder ein Teufel.

»Man muss Flügel haben, wenn man den Abgrund liebt«, sagte er gefährlich leise. »Selten hat ein Mensch etwas Wahreres gesagt. Meine Dunkelheit wird dich verschlingen, wenn du ihr noch einmal zu nahe kommst, so viel kann ich dir versprechen. Du hast in meinen Erinnerungen nichts zu suchen, und ich warne dich: Überschreite diese Grenze niemals wieder.«

Das Blau seiner Augen verschloss den Riss, den Emily gerade noch darin erblickt hatte. Dann fuhr er herum, und ehe sie seinen Bewegungen hätte folgen können, war er verschwunden.

Emily blieb liegen, wo sie war. Sie war allein, aber sie sah noch immer den Vampir in der Dunkelheit: zusammengesunken mit einem sterbenden Menschen in seinen Armen. Schon bei ihrer ersten Begegnung hatte sie die Erschöpfung erahnt, die in diesem Bild lag, doch erst jetzt, am Boden des alten Doms jenseits des Mondlichts, konnte sie sie in ihrer ganzen Tragweite spüren: die haltlose Traurigkeit, die in Balthasar schwelte und die so grausam war, dass Emily sie kaum ertrug. In einem plötzlichen Impuls wäre sie ihm am liebsten gefolgt, ganz egal, ob er nun Engel oder Teufel war … ihm, der keinen Ausweg fand aus seiner eigenen Finsternis. Aber dann schüttelte sie über sich selbst den Kopf. Balthasar war ein Vampir, und ganz gleich, was dieses Bild zu bedeuten hatte: Ein aufsässiges Geistermädchen, das ihm hinterherdackelte, war garantiert das Letzte, das er brauchte. Abgesehen davon, dass auch sie ganz andere Sorgen hatte, als über einen Vampir nachzudenken.

Emily kam auf die Beine und streckte sich, worauf ein disharmonisches Knochenknacken im Dom widerklang. Was auch immer Balthasar vor ihr geheim hielt: Sie hatte ihn zurückgeschlagen, und wenn auch nur für einen Moment. Sie wischte sich das Blut ab, das als roter Staub zu Boden fiel, und lächelte über den Schmerz, der nun ihre Lippe durchzog. Balthasar hatte recht. Es lag noch ein langer Weg vor ihr, ein Weg der Anstrengungen und Schmerzen und Enttäuschungen. Aber sie trug goldenes Feuer in sich – und sie würde ihn gehen.

11

Die Schatten tanzten zwischen den Gräbern von Père Lachaise. Die nahende Dämmerung ließ sie rasch wachsen, bis sich nur noch die Kuppel der Großen Taverne der Finsternis widersetzte. Tagsüber sah das Gebäude aus wie ein ganz gewöhnliches Totenhäuschen, doch mit Toresschluss war es eines der ersten Bauwerke, das sich auf magische Weise verwandelte. Es wurde zu einem gläsernen Barockschlösschen mit allerlei Türmen und einer Kuppel, die weit über den anderen Dächern aufragte und unter der sich zu später Stunde zahlreiche Friedhofsbewohner trafen, um bei Musik und Tanz ihr untotes Leben zu genießen. Nun glühte sie in den letzten Sonnenstrahlen des Tages wie flüssiges Gold. Das Meer der Schatten rings herum kündigte den Triumph der Nacht an. Bald schon würde die Sonne hinter den Bäumen verschwunden sein. Dann würde die verwunschene Stille einkehren, die den Friedhof zu dieser Stunde stets erfüllte. Die anderen Gebäude würden dem Vorbild der Taverne folgen und ihre Masken abwerfen, und eine besondere Zeit würde anbrechen: die Zeit der Anderwesen, der Geister … und die Zeit der Jäger.

Emily stand auf einem Totenhäuschen in der Dunkelheit und sah unverwandt zu, wie das Gold der Kuppel schwächer wurde. Hätte ihr jemand vor ein paar Wochen gesagt, dass sie mal vollkommen regungslos auf einem Grab stehen und voller Hingabe beobachten würde, wie die Sonne unterging, hätte sie ihn für verrückt erklärt. Aber nun, da sie die Strahlen mit Geisteraugen sah, konnte sie sich kaum etwas Schöneres vorstellen. Sie beobachtete die unzähligen Nuancen von Gold und erinnerte sich an warme Sommertage, wenn sie mit Lisa und einer Eistüte in jeder Hand durch die Gassen von Montmartre geschlendert war, und an Sophie, die den Lichtreflexen im Park nachjagte, als wären sie Glühwürmchen. Sie musste an die steinerne Frau in der Toga denken, die sie bei ihrem Fluchtversuch vom Friedhof gesehen hatte und die ihren Körper der aufgehenden Sonne zugewandt hatte, als würde sie darauf warten, von ihren Strahlen berührt zu werden. Vielleicht tat sie das wirklich, ging es Emily nun durch den Kopf, und sie lächelte, als ihr bewusst wurde, dass Balthasar recht gehabt hatte. Magie lag in allem. Sie war nur zu blind gewesen, um das zu sehen.

Ihr Lächeln verschwand schnell, als sie an Balthasar dachte. Nach ihrem ersten Training hatte er drei Tage nichts von sich hören lassen, bis der nächste Brief gekommen war. Stunden vor ihrem Training war Emily schrecklich nervös gewesen, weil sie keine Ahnung gehabt hatte, ob der Vampir ihr den Blick in sein Innenleben grausam vergelten würde. Er hatte sie in seinen Keller bestellt, ein beeindruckendes Gewölbe mit allerhand

Waffen und Büchern und noch mehr Finsternis, die in den Nischen lauerte. Kaum dass sie ihm gegenüberstand, verflüchtigten sich ihre blutigen Befürchtungen. Er war kühler und einsilbiger als zuvor, doch er verlor kein Wort über den Vorfall im Grauen Dom. Aber dennoch fiel es Emily nicht leicht, mit der plötzlichen Distanz zwischen ihnen umzugehen. Nicht dass sie vorher beste Freunde gewesen wären … doch jetzt war es, als hätte der Vampir tausend Mauern um sich gezogen, die sie nicht durchdringen konnte. Nur manchmal sah er sie an, als würde sich etwas wie Stolz in ihm regen. Aber jedes Mal wenn sie seinen Blick in solchen Momenten erwiderte, behandelte er sie anschließend nur umso herablassender, und dann wurde sie traurig … so als hätte sie die Chance gehabt, einen Freund in ihm zu finden, und diese Möglichkeit durch Unwissenheit und Ignoranz selbst zerstört. Doch diese Gedanken führten sie nur im Kreis herum, und so hatte Emily nach einer Weile beschlossen, sich mit aller Kraft aufs Training zu konzentrieren. Und das war auch bitter nötig, wie sie schnell feststellen musste.

Denn Balthasar schonte sie nicht, im Gegenteil. Er war ein überaus strenger Lehrer, der keine Gelegenheit ausließ, sie an ihre Grenzen zu treiben. Sie konnte nicht mehr zählen, wie oft sie allein in den Mauern seines Gewölbes stecken geblieben war, weil sie ihre Kräfte falsch eingeschätzt hatte. Aber zu Emilys Überraschung weckte das keine Wut in ihr, sondern unbezähmbaren Ehrgeiz. Vielleicht lag das an Balthasars ruhiger, kompromissloser Art, die sie herausforderte. Oder an seinem undurchsichtigen Lächeln, mit dem er sie hin und wieder bedachte, so als könnte er sich bei aller Distanz zwischen ihnen nicht entscheiden, ob er über sie lachen oder sie loben sollte. Hätte sie einen solchen Lehrer in der Schule gehabt, hätte sie sich auch dort stärker engagiert, davon war sie überzeugt. Allerdings war Balthasars Lehrplan deutlich interessanter als Mathe oder Chemie.

So hatte er bereits bei ihrem ersten Treffen in seinen Gewölben düstere Schemen erschaffen, gegen die Emily sich verteidigen sollte, genau so, wie sie es später bei den Toten machen würde. Balthasar nannte diese Übung Schattentanz, und in der Tat kam Emily sich dabei jedes Mal wie auf dem Tanzparkett vor – allerdings eher wie eine Kuh auf Rollschuhen als wie die Kriegerin, die sie sein wollte. Doch Balthasar lehrte sie geduldig, sich vor seinen Schemen zu tarnen, ihre Magie ebenso vor ihnen zu verbergen wie ihre Gedanken und dafür auch die Stille in ihrem Inneren zu nutzen, die seit ihrem Ableben ein Teil von ihr war. Diesen Part des Trainings konnte Emily am allerwenigsten ausstehen, erinnerte er sie doch jedes Mal daran, dass auch sie den Tod in sich trug – diesen verfluchten Mistkerl, der keinen Herzschlag in seinem Schweigen duldete.

Aber Balthasar brachte ihr nicht nur bei, ihre magischen Kräfte auszubilden. Er zeigte ihr auch uralte Grimoires seiner Bibliothek, und hier war Emily Feuer und Flamme. Sie hatte schon ein paar Zaubersprüche gelernt, mit denen sie magische Fesseln um ihre späteren Jagdopfer schlingen oder Angriffe verhindern konnte, und waren ihre Bemühungen anfangs noch etwas holprig gewesen, hatte sie in den letzten Tagen große Fortschritte gemacht. Ihre Zunge gewöhnte sich an die Zauberformeln, sie konnte sich immer kontrollierter in ihrer Geistform bewegen und schaffte es auch ohne Panikattacken, sich in kleinen Gefäßen zu verbergen. Allerdings bereitete ihr die Krafteinteilung noch immer Probleme, und so hatte Balthasar ihr Hausaufgaben aufgegeben, an denen sie sich nun seit zwei Nächten abarbeitete.

Emily holte tief Atem, während sie zur Großen Taverne hinüberschaute. Ihre Aufgabe war es, die Kuppel zu erreichen, ohne auch nur ein Mal vollständig sichtbar zu werden. Hierfür hatte Balthasar stets andere Startpunkte gewählt, und jeder einzelne Weg zur Taverne hinüber war für Emily zum Desaster geworden. Einmal hatten sie mitten über dem See ihre Kräfte verlassen, woraufhin sie im eiskalten Wasser fast ertrunken wäre (Cosimo kommentierte das damit, dass er noch nie eine Pseudowasserleiche gesehen hätte, aber für jede neue Entdeckung offen wäre). Dann hatte sie sich rettungslos im Efeugewucher einer alten Grabstätte verheddert, nur weil sie ihre unsichtbare Größe falsch eingeschätzt hatte. Und als Krönung war sie wieder einmal in einer Wand stecken geblieben und hatte die blöden Blicke anderer Geister ertragen müssen, ehe sie wieder genug Kraft gesammelt hatte, um sich zu befreien. Jedenfalls hatte sie ihr Ziel noch nie erreicht, und auch jetzt würde es nicht leicht werden. Denn Emily war so weit von der Taverne entfernt, dass sie den Weg über die Dächer der Gruften und Totenhäuser nicht überblicken konnte. So war es unmöglich vorauszusehen, wie lange sie wirklich bis zur Kuppel brauchte. Sie stieß die Luft aus. Wenn sie auf eines absolut keine Lust mehr hatte, dann auf Balthasars eiskalte Miene, wenn sie ihm bei ihrem nächsten Training sagen musste, dass sie erneut versagt hatte. Sie fixierte die Kuppel mit aller

Entschlossenheit, zu der sie fähig war. Dieses Mal würde sie nicht scheitern.

Wie eine Antwort auf diesen Gedanken funkelte das Gold der Kuppel zu ihr herüber. Ein letztes Mal glitten die Sonnenstrahlen darüber hin. Dann wurden sie von den Schatten verschluckt, und Emily zögerte keine Sekunde. Ohne sich von ihrem Ziel abzuwenden, nahm sie ihrem Körper die Schwere und rannte los. Anfangs hatte sie versucht, sich in vollständiger Unsichtbarkeit zur Kuppel zu bewegen. Doch sie hatte schnell gemerkt, dass ihre Kräfte dafür noch nicht ausreichten. Also wählte sie inzwischen meist die Schemenform, die ihren Körper zwar leichter und schneller, aber nicht vollkommen durchlässig machte. So konnte sie zwar in rasender Geschwindigkeit über die Dächer springen und große Distanzen überwinden (wie oft hatte sie sich vorgestellt, ein Mal – nur *ein* Mal – mit diesen Kräften im Sportunterricht ihrer Schule aufzutauchen!), doch sie sparte auch Kraft und konnte sich außerdem noch mit den Füßen abstoßen.

Die Blätter der Bäume rauschten, wenn sie an ihnen vorüberglitt, und sie musste grinsen. Für menschliche Augen war sie höchstens ein leichtes Flackern in der Luft, das hatte Balthasar ihr erklärt – zu schwach, um tatsächlich wahrgenommen zu werden. Aber wie oft hatte sie selbst dem plötzlichen Wispern von Blättern gelauscht, als sie noch ein Mensch gewesen war, und sich ausgemalt, dass es von einem magischen Wesen herrührte? Und wie oft hatte sie damit vielleicht sogar recht gehabt? Schneller und schneller jagte Emily über die Dächer dahin, ohne ihr Ziel aus den Augen zu lassen. Bald konnte sie die kunstvollen Verzierungen auf der Kuppel erkennen und wilde Euphorie strömte durch ihre Glieder. Noch nie zuvor war sie der Taverne bei dieser Aufgabe so nah gekommen, noch nie …

Sie kam nicht dazu, ihren Gedanken zu beenden. Denn plötzlich klaffte nur wenige Schritte von ihr entfernt eine Lücke zwischen den Totenhäusern, viel zu groß, als dass sie sie überspringen konnte. Kurz überlegte sie, ob sie ihren Weg auf der Gasse fortsetzen sollte, verwarf die Idee aber sofort wieder. Ein Absinken und Aufsteigen kostete Zeit und Kraft, und der Weg über die Dächer war ohne Frage der kürzeste. Also blieb ihr keine Wahl. Sie hielt die Kuppel fest im Blick und wechselte in die Unsichtbarkeit.

Sofort verlor sie jeden Kontakt zur körperlichen Welt. Ihre Füße glitten durch die Dächer hindurch und sie erhob sich in die Luft und stob schnell wie ein Gedanke dahin. Es war immer noch merkwürdig für sie, wenn die Umgebung vor ihren Augen verschwamm, aber wie beim allerersten Mal überkam sie auch nun beim Fliegen ein Rausch, der mit nichts anderem vergleichbar war. Pfeilschnell schoss sie dahin, als wäre sie selbst einer der goldenen Funken im Strom ihrer Magie, durchstob Baumkronen und Fassaden und spürte ein überwältigendes Triumphgefühl, als die Kuppel nur noch wenige Gassen von ihr entfernt aufragte. Dieses Mal würde sie es schaffen, schoss es ihr durch den Kopf. Sie würde …

Es war nicht mehr als ein kurzes Flimmern tief in ihrem Inneren, und doch genügte es, um jeden Gedanken aus ihrem Schädel zu brennen. Sie versuchte noch, im letzten Moment aus der Unsichtbarkeit zurückzukehren und auf einem der Dächer zu landen. Aber es war schon zu spät. Mit leisem Knistern erlosch ihre Magie und zwang sie in ihren Körper zurück. Und schwer wie ein Zementsack krachte Emily mitten aus dem Flug aufs Pflaster einer Gasse.

Benommen schaute sie in die Baumkronen, die sich über ihr drehten. Dann kam sie auf die Beine und starrte so wütend zur Taverne hinüber, dass es sie nicht gewundert hätte, wenn Blitze aus ihren Augen geschossen wären. Verflucht noch eins, wie lange würde es noch dauern, bis sie stark genug war, um diesen Weg zu meistern? Wie oft musste sie noch wie eine Idiotin durch die Nacht rasen, nur um dann doch wieder dämlich aus der Wäsche glotzend auf irgendeinem ihrer zahlreichen Felder der Niederlagen aufzukommen? Sie schaute an sich hinab und verzog den Mund, als sie ihr linkes Knie sah. Sie blutete. Schon wieder. Seufzend schüttelte sie den Kopf. Immerhin hatte diese Aktion niemand mitbekommen. Sie konnte darauf verzichten, von den anderen Geistern ausgerechnet im Augenblick ihres Versagens beobachtet zu werden. Also hatte sie Glück im Unglück gehabt und …

»Was tust du da?«

Emilys ohnehin schon finstere Miene wurde kohlrabenschwarz. Langsam drehte sie sich um, und da war er: Valentin, der lässig an einem Totenhäuschen lehnte. Seit ihrer letzten Begegnung in der Gruppe hatte sie ihn nicht mehr gesehen, und noch immer weckte er wilde Kampfeslust in ihr, allein dadurch, dass er mit seinem überheblichen Lächeln dastand und sie ansah.

»Ich übe mich darin, ein Geist zu sein«, erwiderte sie und war froh, dass sie auf Cosimo, Raphael und Balthasar gehört hatte. Alle drei hatten sie immer wieder dazu gezwungen, sich unverfängliche Antworten zu überlegen, falls einer der Bewohner sie beim Training beobachten sollte, und diese so lange zu üben, bis sie ihr sicher über die Lippen kamen. »Das ist es doch, was ihr alle von mir erwartet, oder nicht?«

Valentin schaute auf ihr blutendes Knie. »Scheint nicht besonders gut zu funktionieren.«

»Ich bin beeindruckt von deiner Beobachtungsgabe. Leider kann ja nicht jeder Monsieur Supergeist sein so wie du.«

Er lächelte amüsiert. »An meinem Superheldennamen musst du wohl auch noch etwas arbeiten.«

»Ich habe jede Menge andere Namen für dich«, stellte sie fest. »Aber ich bezweifle, dass sie dir besser gefallen würden. Also entschuldige mich. Ich bin beschäftigt.«

Ohne weiter auf ihn zu achten, wechselte sie in ihre Schemengestalt und sprang auf eines der Dächer hinauf. Sie hatte ihr Ziel verfehlt, wieder einmal. Aber es kam nicht infrage aufzugeben. Sie würde üben, bis ihre verfluchte Magie stark genug war, und wenn sie dafür kreuz und quer über den ganzen Friedhof springen musste. Mit zusammengekniffenen Augen schaute Emily über die Dächer und suchte sich ein Mausoleum als neues Ziel. Doch als sie zum Sprung ansetzte, erklang erneut eine Stimme hinter ihr.

»So wird das nichts.«

Emily erschrak so heftig, dass sie aus Versehen wieder in ihre menschliche Gestalt wechselte. Sie taumelte vom Rand zurück und schnaubte, als sie Valentin entdeckte – auf der anderen Seite des Daches, die Hände in den Taschen vergraben, als hätte er schon die ganze Zeit dort gestanden.

»Was du nicht sagst.« Sie musste sich zwingen, ihren Zorn für sich zu behalten. »Das ist ja hochinteressant. Aber nur so als kleine Info am Rande: Du hast keine Ahnung, was ich vorhabe.«

Beinahe gelangweilt hob er die Brauen. »Du willst deine Kräfte trainieren. Dafür suchst du dir Ziele, die möglichst weit von dir entfernt liegen, um sie in Geistform zu erreichen. Tut mir leid, dich enttäuschen zu müssen, aber das ist offensichtlich. Genauso wie die Tatsache, dass du es so niemals schaffen wirst. Du verlierst zu viel Kraft, wenn du gleich am Anfang losrennst wie eine Verrückte, ob nun als Schemen oder nicht. Du musst deine Energie besser einteilen.«

Emily wusste nicht, was es war, doch Valentin hatte etwas an sich, das sie binnen eines Wimpernschlags auf die Palme bringen konnte und Aggressionen in ihr weckte, die sie nicht von sich kannte. Gerade jetzt hätte sie ihn für sein herablassendes Gerede am liebsten mit einem kräftigen Schubs vom Dach befördert. Aber zum einen erinnerte sie sich noch gut daran, wie mühelos er sie bei ihrer letzten Begegnung außer Gefecht gesetzt hatte. Und zum anderen bestand ja immerhin die Möglichkeit, dass er tatsächlich etwas wusste, das ihr weiterhelfen würde.

»Genau das versuche ich ja«, sagte sie deshalb. »Aber es überrascht mich nicht, dass du offenbar ein Naturtalent warst und alles von Anfang an konntest.«

Sie rechnete mit einer spöttischen Antwort, doch er schüttelte den Kopf. »So war es nicht. Als ich hier ankam, war ich wie du. Wütend, ungeduldig und voller Sehnsucht nach der Welt da draußen. Es kommt mir so vor, als wäre das tausend Jahre her.« Er lächelte immer noch, aber die Arroganz war aus seiner Stimme verschwunden. Stattdessen schwang etwas wie Bedauern darin mit, und gleich darauf Verwunderung darüber, dass er diese Worte laut ausgesprochen hatte. Er wandte sich halb ab, und kurz glaubte Emily, dass er einfach verschwinden würde ... so als würde irgendetwas tief in ihm ihn daran hindern wollen, weiter mit ihr zu sprechen. Doch dann schüttelte er den Kopf wie über sich selbst und holte tief Luft.

»Ich bin nicht gut darin, mich zu entschuldigen, okay?«, sagte er. »Aber ich habe es dir schwerer gemacht als nötig. Das hätte ich bleiben lassen können.«

Emily stand regungslos da, um ihre Überraschung nicht zu zeigen. Niemals hätte sie damit gerechnet, dass Valentin einmal so mit ihr sprechen würde ... ganz zu schweigen von seinem Blick, der jede Kälte und jeden Spott verloren hatte. »Das hättest du«, erwiderte sie. »Aber einfach kann ja jeder.«

»Auch wieder wahr«, stimmte er ihr zu. »Und immerhin habe ich dir für deine erste Gruppensitzung eine gute Show geboten.«

Der Schalk in seinem Blick blitzte auf, und Emily musste lächeln. »Ehrlich gesagt hätte ich darauf verzichten können. Aber ich nehme deine Entschuldigung an. Wobei mich schon interessiert, woher dein plötzlicher Sinneswandel kommt.«

»Merlin«, erwiderte Valentin seufzend, als wäre dieser Name Erklärung genug. »Du hast keine Ahnung, zu was er fähig ist. Ich rate dir: Lass dich nie auf Einzelsitzungen mit ihm ein. Er krempelt dich von innen nach außen, sodass du froh sein kannst, hinterher nicht mit seiner Frisur aufzuwachen.«

Emily musste lachen. »Mir genügt mein eigener täglicher Bad-Hair-Day, danke sehr.«

»Von Frisuren habe ich keine Ahnung. Aber falls du Hilfe beim Training brauchst … nun ja. Ich biete sie dir an. Als Wiedergutmachung, wenn du willst.«

Emily biss sich auf die Lippe. Sie musste vorsichtig sein. So freundlich Valentin ihr auch begegnete, er durfte keinesfalls erfahren, welchem wahren Zweck ihr Training diente. »Ich wüsste nicht, wie du mir helfen könntest. Ich muss eben besser werden. Das ist wie beim Joggen, anfangs ist man schon nach drei Metern aus der Puste und irgendwann rennt man ohne Probleme quer übers Marsfeld.«

»Ich wusste nicht, dass Geduld zu deinen Tugenden gehört«, erwiderte er mit leisem Lächeln. »Wenn das so ist – wunderbar. Mit der Zeit wirst du alles selbst herausfinden, da bin ich mir sicher. Andererseits kenne ich mich mit Magie ganz gut aus, wie du schon erfahren hast, und ich verrate nicht zu viel, wenn ich dir sage, dass es durchaus den einen oder anderen Trick gibt, um schneller voranzukommen. Aber wenn du deinen Weg lieber allein gehen willst, ist das auch okay. Ich verstehe das.« Er wandte sich zum Gehen.

Emily rang mit sich. Balthasar hatte ihr eingeschärft, niemanden in ihr Training einzuweihen, doch was schadete es, sich anzuhören, was Valentin wusste? Der mahnende Blick des Vampirs stand ihr vor Augen, aber dann rief sie Valentin doch nach: »Was für Tricks meinst du?«

Er sah zu ihr herüber, und da war es wieder – das arroganteste Lächeln der Welt. Valentin kam auf sie zu, so gelassen, als befände er sich auf einem Sonntagsspaziergang und nicht auf dem Dach einer Gruft. Dicht vor ihr blieb er stehen. Zum ersten Mal fiel ihr auf, wie silbern seine Augen wirklich waren. Silbern und freundlich.

»Es gibt uralte Grimoires«, sagte er, leise auf einmal, als befürchtete er, dass jemand sie belauschen könnte. »Zauberbücher, in denen mächtige Formeln stehen. Viele von ihnen sind schwer zu lesen, einige bannen die Kräfte anderer. Und manche können helfen, die eigenen zu steigern. Man nennt sie die Grimoires der Dunkelheit.«

Emily bemühte sich, ihre Aufregung nicht zu zeigen. Sie wusste genau, von welchen Büchern Valentin sprach. Es waren diejenigen, die in Balthasars Bibliothek in Ketten lagen und bei denen es ihr unter Androhung der schlimmsten Strafen verboten war, sie zu berühren. Manchmal bewegten sie sich, wenn sie zufällig an ihnen vorbeiging, oder rüttelten an ihren Ketten, als wollten sie sich befreien. Jedes Mal schaute Emily mit einer Mischung aus Furcht und Faszination zu ihnen hinüber. Von Anfang an hatten diese Bücher sie in der gesamten Bibliothek am allermeisten interessiert.

»Diese Bücher sind verboten«, hörte sie sich sagen und kam sich vor wie Cosimo, wenn er sie in den unpassendsten Situationen wieder einmal daran erinnerte, dass sie etwas überaus Leichtsinniges vorhatte. »Sie beinhalten Formeln für Blutmagie, dunkle Zauber und so weiter, und können sehr gefährlich sein.«

Valentins Lächeln verstärkte sich. »Nein«, gab er zurück. »Sie *sind* sehr gefährlich. Gerade deswegen hat sie kaum jemand gelesen. Ich aber habe es getan. Und ich könnte dir den einen oder anderen Spruch daraus verraten.«

Emilys Gedanken schossen durcheinander wie die Funken eines Feuerwerks. Sie erinnerte sich an Balthasars Schilderungen von Zauberern, die von fremder Magie gefressen wurden, weil sie eine Formel falsch betont hatten, und kurz meinte sie, noch einmal das Rasseln der Ketten zu hören, klirrend wie die Fesseln einer namenlosen Finsternis. Sie wusste ganz genau, was Balthasar in dieser Situation von ihr erwarten würde, von Cosimo und Raphael ganz zu schweigen, und sie hörte ebenso deutlich eine aufgeregte Stimme in ihrem Inneren, die sie mit wachsender Panik dazu bringen wollte, sich umzudrehen und zu verschwinden. Und doch war da noch etwas anderes tief in ihr, etwas, das ihr Herz zum Rasen gebracht hätte, wäre es noch lebendig gewesen … etwas wie das erste Wort einer Geschichte, die seit Ewigkeiten darauf wartete, von ihr gehört zu werden.

»Was ist?«, fragte Valentin in ihr Chaos hinein. »Willst du einen dunklen Zauber ausprobieren? Oder hast du Angst?«

Für einen Wimpernschlag noch sah Emily die strenge Miene Balthasars vor sich. Dann hob sie den Kopf und schaute direkt in Valentins Augen. »Ich habe vor gar nichts Angst.«

Kurz glomm der alte Schalk in seinem Blick auf. Gleich darauf streckte er die Hand nach ihr aus und berührte ihre Stirn. Emily spürte seine Finger kalt wie Marmor, als er sie in einem verschlungenen Zeichen über ihre Haut führte.

»*Amun Serphar*«, raunte Valentin, und ein leichtes Prickeln ging durch das Zeichen. Es fühlte sich an, als würden die Funken einer Wunderkerze Emilys Stirn treffen. »Wiederhole diese Worte, wenn du bereit bist. Und ich verspreche dir: Du wirst nur so über die Totenhäuser hinwegfliegen.«

Emilys Atem ging schneller, als sie an den Rand des Daches trat. Sie wechselte in ihre Schemengestalt und brachte den Zauber über die Lippen. Dann stieß sie sich ab, und kaum dass sie auf das Mausoleum zueilte, loderte das Zeichen auf ihrer Stirn in weißer Glut auf. Kühl wie ein Schneesturm fegte sie durch Emilys Glieder und erfüllte sie mit einer Macht, die jeden Anflug von Furcht im Keim erstickte. Wie zuvor stieß sie sich von den Dächern ab, doch jeder Sprung katapultierte sie nun so weit nach vorn, dass die Gassen nur so unter ihr dahinrasten. Ihre Umgebung wurde zu einem Tunnel aus Licht und Schatten. Noch nie zuvor hatte sie sich so schwerelos gefühlt wie in diesem Moment, da sie Schnee und Sturm in ihren Adern trug. Ausgelassen riss sie die Arme in die Luft, als das Mausoleum vor ihr auftauchte. Und gerade als sie darauf landen wollte, entfachte sich das Zeichen auf ihrer Stirn zu schwarzem Feuer. Übermächtige Hitze jagte durch ihren Schädel und erstickte ihren panischen Schrei. Das Feuer glitt über ihre Haut, sie hörte es in grausamen Stimmen flüstern, aber sie fühlte seine Bisse kaum. Denn in ihrem Inneren verwandelte sich der Schneesturm in einen Orkan aus schwarzen Flammen. Wie von Ferne merkte sie, dass ihr Körper Zweige durchschlug und wie willenlos durch die Luft geschleudert wurde. Ihre Augen brannten, als die Flammen aus den Höhlen schlugen, doch es war der Schmerz in ihrem Inneren, der sie fast besinnungslos machte. In tausend Scherben jagte er durch Emilys Adern, schnitt ihre Magie in Fetzen und brannte sich in ihre Gedanken, bis sie nichts mehr hörte und sah als ewiges schwarzes Feuer. Es gab nichts, das mächtiger war als diese Glut, die sie um den Verstand brachte, nichts, das …

Die Stimme war leise, und doch durchdrang sie Emily mit einer Wucht, dass sie zusammenfuhr. Balthasar war es, der aus den Tiefen ihrer zerrissenen Erinnerungen zu ihr sprach, und sie hörte seine Worte so deutlich, als flüsterte er sie ihr ins Ohr.

Deine Magie ist dein größter Schutz, sagte er wie bei ihrer ersten Trainingsstunde. *Sie wird dich immer retten, wenn du ihr vertraust.*

Als hätte der fremde Zauber diese Worte ebenfalls gehört, loderte das schwarze Feuer auf, so gnadenlos, dass Emily meinte, das Bewusstsein zu verlieren. Aber sie ließ Balthasars Worte nicht los, und als sie sich hineinstürzte in die Finsternis, achtete sie nicht länger auf den Schmerz. Alles, was sie wahrnahm, war das Licht, das noch immer durch jeden Schatten drang – golden wie die Kraft, die es geboren hatte. Emily spürte den Strom aus Funken, der nun durch die tödliche Schwärze brach, und mit einem Schrei, der die Luft in Fetzen riss, loderte ihre Magie in ihr auf. Grollend stürzte das goldene Feuer sich auf die schwarzen Flammen, brannte sie aus Emilys Adern und von ihrer Haut und löschte sie in ihren Augen aus, und am Ende zerbrach es das Zeichen auf ihrer Stirn, bis nichts mehr davon zurückblieb als Asche und prasselnde Funken, die unter ihr in die Nacht fielen.

Samtene Kühle breitete sich in Emily aus, als sie in ihre menschliche Gestalt zurückkehrte. Mit letzter Kraft landete sie auf einem Dach und fiel auf die Knie. Noch nie zuvor hatte sie eine solche Erschöpfung gespürt wie in diesem Augenblick, da die letzten Funken ihrer Magie in sie zurücksanken, wortlos wie Krieger nach der Schlacht. Sie fuhr sich über die Stirn. Ascheflocken blieben an ihren Fingern haften, und irgendetwas in ihr krampfte sich zusammen, als sie den Kopf hob. Vor ihr in den Schatten stand Valentin, und ein Blick in sein Gesicht genügte, um ihre Ahnung zu bestätigen. Seine Augen waren kalt wie Perlen aus Eis.

»Du hast mir eine Falle gestellt«, sagte sie heiser. Selbst ihre Stimme hörte sich an, als wäre sie von schwarzem Feuer verbrannt worden. »Deine Entschuldigung, dein nettes Gerede … das war alles gelogen. Wolltest du mich umbringen?«

»Du bist schon tot«, erwiderte er ohne eine Regung. »Und abgesehen davon bin ich vieles, aber kein Mörder. Also keine Sorge. Ich hätte das Feuer schon gelöscht, hättest du es nicht zufällig selbst geschafft. Aber ein kleiner Aufenthalt im Kerker wäre genau das Richtige für dich. Und der steht darauf, wenn man verbotenerweise dunkle Zauber benutzt. Schade nur, dass du nicht ein wenig länger durch die Luft geturnt bist. Ich kann Sisterius und seine Fänger schon hören. Kein Wunder bei dem Lärm, den du veranstaltet hast.«

Auch Emily hörte Sisterius in der Ferne. Für gewöhnlich machte er sich nichts aus den Vergnügungen in der

Großen Taverne, aber sie ging jede Wette ein, dass Valentin ihn an diesem Abend durch irgendeinen Trick in die Nähe gelockt hatte. Es würde nicht mehr lange dauern, dann würde er mitsamt seiner Laufburschen auftauchen und sie beide in Gewahrsam nehmen, das war ihr klar. Doch in diesem Moment kümmerte es sie nicht. »Ich wusste, dass du ein Idiot bist«, stieß sie aus. »Ein aufgeblasener Wichtigtuer, der den Rebell spielt und andere niedermacht, um sich selbst besser zu fühlen. Aber das hier, das ist krank! Was zur Hölle habe ich dir getan, dass du mich so hasst?«

Valentin lachte auf, hart und kalt. Es klang seltsam, so als hätte er seit einer Ewigkeit nicht mehr richtig gelacht. »Nimm dich bloß nicht so wichtig. Du bist mir völlig egal. Aber bilde dir nicht ein, dass ich nicht wüsste, was du vorhast. Ich warne dich: Für manche hier ist diese Enklave das Einzige, das sie noch haben, die einzige Familie, die noch zählt. Und ich werde nicht zulassen, dass du sie in Gefahr bringst. Du wirst die Welt da draußen vergessen – wie wir alle!«

Emily öffnete den Mund, aber sie brachte kein Wort über die Lippen. Sagte er die Wahrheit, wusste er wirklich, was sie vorhatte? Von ihrem Training bei Balthasar konnte er nichts ahnen, sonst hätte er sie beide längst beim *GdU* verraten. Doch in seinen Augen stand eine Gewissheit, die es ihr unmöglich machte, über seine Worte zu lachen. Er wusste, dass sie den Friedhof verlassen wollte, um sich ihr Leben zurückzuholen. Er wusste es seit dem Moment, da sie es in der Kapelle gesagt hatte. Und er wollte sie daran hindern. Mit allen Mitteln.

Valentin schaute auf sie herab, als betrachtete er ein zertretenswertes Insekt. Dann drehte er sich um und ohne ein Wort ging er über das Dach davon.

Später hätte Emily nicht mehr sagen können, aus welchem Grund sie plötzlich auf die Beine kam und ihm nachglitt, lautlos und unsichtbar. Vielleicht war es der Schmerz in ihren Gliedern, der sie dazu trieb, die Sprachlosigkeit, die sie aufgrund seiner Grausamkeit empfand. Oder der wilde Entschluss, dass das Bild von ihr auf Knien nicht das Letzte sein durfte, was er in dieser Nacht von ihr sah.

Er hatte gerade eine Ecke des Daches erreicht, als sie ihn einholte. Sie stob durch ihn hindurch. Noch nie war sie durch einen anderen Geist gefahren. Es fühlte sich an, als würden eisige Atemzüge über ihre Haut jagen. Valentin zuckte zusammen, aber sie ließ ihm keine Zeit für eine Reaktion. Direkt vor ihm kehrte sie in ihre menschliche Gestalt zurück und verpasste ihm eine schallende Ohrfeige. Im selben Moment kam der Bannzauber über ihre Lippen. Valentin taumelte mehr überrascht als schmerzerfüllt zurück, und Emily brauchte nur noch einen gezielten Schubs, um ihn über die Kante des Daches zu befördern.

Nichts als Genugtuung flutete ihren Leib, als sie hörte, wie sein menschlicher Körper die Zweige einer Eiche durchschlug, ehe er krachend unten aufkam. Sie trat an den Rand des Daches und sah, wie er auf die Beine kam, taumelnd und mit einem Gesichtsausdruck, als wäre er von einer Horde viel zu kleiner Gnome verprügelt worden. Wütend zerriss er den Bann, den sie über ihn gelegt hatte, und starrte zu ihr herauf.

Emily spürte den Schmerz kaum, der ihre Finger beim Brechen ihres Zaubers durchzuckte. Stattdessen sah sie Valentin an, der wie sie erstaunt die Brauen hob und sich an die Wange fuhr. Da stand er, der eiskalte Friedhofsengel, der über alles lachte, was lebendig war. Da stand er, ohne eine Spur seiner üblichen Arroganz – und er hatte einen blutigen Striemen an der Wange.

Die Stimme von Sisterius hallte durch die Nacht und zerriss den Moment. Valentin warf ihr noch einen Blick zu, dann verschwand er so schnell, dass es schien, als wäre er niemals da gewesen. Auch Emily setzte sich in Bewegung. Wenn sie eines an diesem Abend nicht gebrauchen konnte, dann war das eine Befragung durch Sisterius und seine Fänger.

Erst als sie ihre Gruft erreichte, hielt sie inne. Sie glitt durch die Tür und ließ sich auf dem Sarkophag nieder, dessen Kühle angenehm über ihre Haut strich. Noch immer spürte sie die Hitze der schwarzen Flammen, aber ihre Glut wurde vor ihrem inneren Auge von einem anderen Bild überdeckt. Sie sah Valentin vor sich, tief unter ihr am Boden – und sie sah nicht seinen Zorn aufgrund seiner Niederlage, sondern seinen erschrockenen Ausdruck angesichts der blutenden Wunde, die sie ihm geschlagen hatte. Es war ein Ausdruck, der selbst wie eine Wunde gewesen war, und sie hörte Balthasars Worte in sich widerklingen: *Du scheinst sogar zu bluten, so sehr hältst du dich an deiner ehemaligen Existenz fest.* Offenbar hatte Valentin mit seinem einstigen Leben weitaus weniger abgeschlossen, als er es nach außen erahnen ließ.

Emily fuhr sich über die Augen. Sie durfte jetzt kein

Mitgefühl mit diesem Kerl haben, verflucht noch eins. Denn was auch immer Valentin dazu trieb, mit diesen Mitteln gegen sie zu kämpfen: Er würde nicht nachgeben, das war ihr klar. Sie lächelte, als ein sanfter Goldschimmer hinter ihren Lidern aufflackerte. Genauso wenig wie sie.

12

Der Schatten des Werwolfs glitt pechschwarz über das geschlossene Friedhofstor. Er war beeindruckend unheimlich mit seiner enormen Größe und dem Rückenkamm aus struppigem Fell über den muskulösen Schultern. Aber mit dem dazugehörigen Körper, der nun vor das Tor trat, konnte er nicht mithalten. Leicht geduckt drehte Manfred seine Runde, die scharfen Krallen im Mondlicht funkelnd, und schaute immer wieder mit roten Augen in die Finsternis zwischen den Gräbern. Bei einem Wettbewerb namens *Die Furcht einflößendste Gestalt weit und breit* hätten er und sein Schatten mühelos die ersten Plätze belegt, und eines stand außer Zweifel: Kein Geist mit einem Funken Verstand wagte sich freiwillig in seine Nähe.

Mit einer Ausnahme.

Emily hockte hinter einem Stechginsterbusch und spähte zwischen Manfred und dem Tor hin und her. Sie hatte sich vorsichtshalber in ihre Schemengestalt gebracht, um zu verhindern, dass der Werwolf ihre Witterung aufnahm. Aber trotzdem erstarrte sie jedes Mal, wenn er in ihre Richtung sah. Dabei war sie ihm inzwischen mehrfach auf den Straßen des Friedhofs begegnet, ohne dass er sie gefressen hatte. Doch noch immer ließ seine Erscheinung ihre Knie schlottern, und für gewöhnlich zog sie es vor, sich nicht in seinem Dunstkreis aufzuhalten. Aber heute Nacht hatte sie keine andere Wahl. Denn jede Minute würde das Tor, das er bewachte, sich für sie öffnen. Für sie – und ihre allererste Jagd.

Allerdings erst wenn Balthasar auftauchte, um sie abzuholen. Sie seufzte leise. Inzwischen wartete sie schon eine Ewigkeit hinter diesem Busch, genau so, wie der Vampir es ihr aufgetragen hatte. Es war bereits weit nach der vereinbarten Zeit und er war immer noch nicht da. Vielleicht war ihm etwas zugestoßen? Sie ignorierte, dass sich ihr Magen bei dem Gedanken zusammenzog. Verflucht, sie hatte gar keinen Magen mehr. Einen Phantommagen höchstens, wie Cosimo immer sagte. Und der war nicht real. Sie sah Balthasar in ihren Gedanken höhnisch lächeln, wie er es immer tat, wenn sie von *Realität* und *Wirklichkeit* sprach und er ihr mit einem einzigen Blick klarmachte, dass sie nicht die geringste Ahnung hatte, wovon sie da eigentlich redete.

Sie seufzte noch einmal. Eigentlich konnte sie froh sein, wenn der Vampir sich überhaupt zu einem Lächeln hinreißen ließ. Denn noch immer war die Stimmung zwischen ihnen reichlich unterkühlt. Balthasar sprach nur das Nötigste mit ihr und hatte selbst bei ihrem Bericht von ihrer Auseinandersetzung mit Valentin kaum eine Regung gezeigt. Dabei hatte sie erwartet, dass er wütend werden würde. Immerhin hatte sie verbotenerweise einen dunklen Zauber verwendet, war einem Lügner auf den Leim gegangen und hatte obendrein noch die Beherrschung verloren. Aber der Vampir hatte nur verächtlich den Mund verzogen.

Blut und Schatten, hatte er gemurmelt. *Zauber mit diesen Kräften sind gefährlich. Niemand sollte sie verwenden, wenn es einen anderen Weg gibt.* Dann hatte er sie mit diesem undurchsichtigen Blick angesehen, der ihm seit dem Vorfall im Grauen Dom anhaftete wie eine Maske aus Eis, und nur eine einzige Frage gestellt. *Du hast es ihm also gezeigt?*

Ein wenig erstaunt hatte Emily genickt, und für einen winzigen Moment war ein Hauch von Anerkennung durch Balthasars Augen gegangen. Aber er war zu flüchtig gewesen, als dass sie sicher gewesen wäre, ihn tatsächlich gesehen zu haben, und gleich darauf war der Vampir zur Tagesordnung übergegangen. Nur eine Veränderung hatte es nach ihrem Geständnis gegeben: Balthasar war seither noch vorsichtiger, was ihr gemeinsames Training anging, und auch Emily achtete genau darauf, niemandem eine Angriffsfläche zu bieten. Inzwischen nahm das teilweise paranoide Züge an. Ständig drehte sie sich um, in der Angst, von Valentin oder einem seiner Freunde beobachtet und ans *GdU* verraten zu werden. Sollte Sisterius dahinterkommen, was sie trieb, wären all ihre Pläne gescheitert, von den Konsequenzen für Balthasar ganz zu schweigen. Sie durfte nicht riskieren, dass ihnen jemand auf die Schliche kam – schon gar nicht dieser miese Wichtigtuer Valentin.

Emily warf einen Blick über die Schulter und seufzte zum dritten Mal, als sie nichts als verwaiste Grabreihen erkannte. Unruhig schaute sie wieder zu Manfred hinüber, der sich gerade ausgiebig am Hintern kratzte. Es sah Balthasar nicht ähnlich, zu spät zu kommen. Sollte sie sich allein nach draußen wagen und nach ihm suchen? Aber Cosimos Geheimgänge waren schrecklich unwegsam, und vermutlich würde sie sich ohnehin verlaufen, zumal der Irrwicht in dieser Nacht keine Zeit hatte, sie zu begleiten. Und abgesehen von den Gefahren, die jenseits der Mauern lauerten: Wo sollte sie nach Balthasar suchen? Sie hatte nicht die geringste Ahnung, wo er sich aufhielt.

Dennoch ließ sie der Gedanke, den Friedhof auf eigene Faust zu verlassen, nicht los. Vielleicht würde es ihr gelingen, mit ihren neu erlernten Fähigkeiten an Manfred vorbeizukommen? Balthasar hatte ihr einen derartigen Versuch zwar verboten, doch als sie nun zum Werwolf hinübersah, machte ihre Fantasie sich selbstständig. Sie stellte sich vor, wie sie sich anschleichen würde, lautlos und unsichtbar, bis sie die Kälte seines Schattens spüren würde, und dann …

Der Werwolf schaute so plötzlich in ihre Richtung, dass Emily erstarrte. Seine Augen glühten auf wie angefachte Kohlen, und sie begriff, wie absurd ihr Gedankenspiel gewesen war. Manfred würde sie durch jede Unsichtbarkeit hindurch wittern, sollte sie sich auch nur einen Fingerbreit weiter vorwagen. Dann würden sich seine Klauen in ihren Leib graben und … Der Schatten tauchte so plötzlich hinter dem Werwolf auf, dass Emily erschrak. Blitzartig glitt er vor, und ehe sie wusste, was geschah, brach Manfred zusammen. Sie starrte auf seinen großen reglosen Körper, bevor sie den

Blick hob. Und hinter dem struppigen Leib des Werwolfs stand Balthasar.

Er trug wieder seinen Trenchcoat und verschmolz fast vollständig mit der Finsternis. Aber seine Augen funkelten im Mondschein und es brauchte nicht mehr als ein Nicken, um Emily auf die Beine zu ziehen. Schnell rannte sie auf den Vampir zu, vorbei an dem Werwolf, der leise schnarchte. Sie schaute gebannt auf die beeindruckenden Reißzähne, die unter den Lefzen vorragten. Zu gern hätte sie sie berührt und getestet, wie scharf sie wirklich waren.

Balthasar warf ihr einen missbilligenden Blick zu, aber er sagte kein Wort. Stattdessen öffnete er die Tür der Anderwesen, die im Tor eingelassen war, und Emily folgte ihm in die Welt der Lebenden.

»Du warst mehr als unvorsichtig«, stellte er fest, kaum dass sich die Tür hinter ihnen geschlossen hatte. Trotz des alten Trenchcoats hatte sich seine Erscheinung im Gegensatz zu ihrer ersten Begegnung verändert. Sein Haar war ordentlich gebunden, und Emily schien sein Aufzug wie eine Verkleidung des Jägers, den er verbarg. »Wie oft habe ich dir erklärt, dass Manfreds Sinne überragend sind, und was machst du? Hockst hinter einem Busch und fabrizierst eine Seufzersonate, die Beethoven eifersüchtig gemacht hätte. Du kannst von Glück reden, dass der Wind auf deiner Seite war, sonst wärst du den *beeindruckenden* Zähnen noch ein ganzes Stück näher gekommen.«

Damit setzte er sich in Bewegung. Er ging so schnell, dass Emily Mühe hatte, in ihrer menschlichen Gestalt mit ihm Schritt zu halten. Fasziniert stellte sie fest, dass die Passanten ihm auswichen, als würde ein Magnet sie von dem Vampir forttreiben. Selten war sie auf den Straßen von Paris so mühelos vorangekommen.

»Du bist zu spät«, gab sie zurück. »Wärst du pünktlich gewesen, hätte ich nicht stundenlang hinter dem Busch sitzen müssen. Ich wusste nicht, ob dir was passiert ist oder ...«

»Hast du dir etwa Sorgen gemacht?« Der Spott in seiner Stimme brachte Emily dazu, die Augen zu verdrehen.

»Das dürfte keine Überraschung für dich sein«, erwiderte sie. »Immerhin hängt meine Mission maßgeblich von dir ab.«

Er warf ihr einen Blick zu, und wieder einmal wünschte sie sich, dass sie ihre Gefühle ebenso hinter einer Maske aus Eis hätte verbergen können, wie er es tat. Denn ihre Worte waren nur die halbe Wahrheit. Immer wieder tauchte das Bild von ihm in ihren Gedanken auf: der mächtige Vampir weinend in der Dunkelheit, den leblosen Körper eines Menschen in den Armen. Dieses Bild hatte sie berührt, und ob sie es nun wollte oder nicht: Sie sorgte sich um Balthasar, und zwar unabhängig von ihrem gemeinsamen Ziel. Sie seufzte innerlich, als sie merkte, dass er sie immer noch ansah. Sie ging jede Wette ein, dass er wieder einmal jeden ihrer Gedanken gelesen hatte.

»Also«, sagte sie, um wenigstens die Reste einer würdevollen Fassade aufrechtzuerhalten. »Warum bist du so spät gekommen? Musstest du erst deinen schicken Trenchcoat aus der Reinigung holen? Oder ist das wieder mal geheim?«

Das war ein weiterer Punkt, der ihre Zusammenarbeit für Emily überaus schwierig machte. Denn während sie ständig das Gefühl hatte, vollkommen gläsern vor ihm zu stehen, war Balthasar für sie noch immer eine verschlossene Truhe voller Rätsel. Nur selten gewährte er ihr einen Einblick in seine Welt, und wenn er es tat, war sie meist nicht schlauer als vorher, so kryptisch waren seine Antworten. Umso überraschter war sie nun, da er fast gleichgültig mit den Schultern zuckte.

»Ich war beim Prinzen«, erwiderte er. »Er erwartete meinen wöchentlichen Bericht zur Lage der Anderwelt und hat mich länger festgehalten als erwartet. Und was meinen Trenchcoat betrifft: Er kann mehr, als du ahnst. Zum Beispiel schützt er mich ebenso wie mein Schwert vor der Witterung durch die Toten. Und er überdeckt ganz hervorragend den Geruch meiner menschlichen Opfer.«

Emily beschloss, nicht auf Balthasars blutige Zwischenspiele einzugehen, die er jenseits ihres Trainings zweifelsfrei veranstaltete. Stattdessen konzentrierte sie sich auf das, was er noch gesagt hatte. Denn kaum hatte er den Prinzen erwähnt, war sein Ton um einige Grad abgekühlt. Emily sah ihn neugierig von der Seite an. »Du scheinst den Prinzen nicht zu mögen.«

»Den Prinzen der Vampire hat man nicht zu mögen«, gab er zurück. »Man muss ihn respektieren. Und damit habe ich nie aufgehört.«

»Mit dem Mögen also schon?«

Er seufzte. »Dieser verfluchte Irrwicht lehrt dich Spitzfindigkeit, eine Eigenschaft, die überaus nervtötend sein kann. Am besten stellst du das so schnell wie möglich wieder ab. Und was den Prinzen betrifft: Möglicherweise wirst du ihm eines Tages begegnen. Dadurch wirst du mehr lernen als durch jedes meiner Worte, das verspreche ich dir.«

Damit ging er die Treppe zur Métro-Station hinab. Emily konnte sich nicht entscheiden, ob seine Worte wie ein Versprechen klangen oder wie eine Drohung. Erst als die warme Luft der Tunnel ihr entgegenwehte, verlor sich ihr Gedanke an den Prinzen der Vampire und sie kehrte in die Welt der Menschen zurück.

Wie oft war sie durch diese Gänge gelaufen, wie oft an den Sitzbänken vorbeigeeilt, wie oft im Bauch der Stadt herumgefahren? Und doch kam es ihr nun, da sie hinter Balthasar in die Métro stieg, seltsam fremd vor, so als täte sie all das zum ersten Mal. Vielleicht lag das daran, dass keiner der Mitfahrenden sie sehen konnte, an der Hitze, die sie in der Nähe der Menschen empfand … oder an dem Werwolf, der einige Reihen weiter bei Balthasars Anblick in sich zusammensank. Wäre sie noch ein Mensch gewesen, hätte er für sie ausgesehen wie ein etwas verlotterter Jugendlicher. Aber nun erkannte sie seine wahre Gestalt und sie musste lächeln. Hätte die ältere Dame ihm gegenüber geahnt, welche Klauen er in den Ärmeln seines Kapuzenpullis verbarg, hätte sie ihn bestimmt nicht so abfällig angeschaut.

Doch während der Werwolf in der Menge der Menschen beinahe unterging, zog Balthasar deren Aufmerksamkeit wie durch Zauberhand auf sich. Zuerst sahen die Leute nur verstohlen zu ihm hinüber, dann wechselte ihre Vorsicht zu unverhohlener Faszination, gepaart mit einer Ahnungslosigkeit, die Emily bekannt vorkam.

Wie oft hatte sie selbst auf diese Weise in die Schatten geschaut, immer in der Hoffnung, ein Wunder möge ihren Blick erwidern?

Das Wunder neben ihr hatte allerdings nicht das geringste Interesse an den Menschen rings herum. Balthasar starrte sich selbst im Spiegel der Scheibe an, ohne seinen Bewunderern auch nur eine Sekunde lang seine Beachtung zu schenken. Aber Emily spürte sie noch immer, die tiefverwurzelte Sehnsucht nach der Anderwelt, die so viele Rätsel und Möglichkeiten barg, und ihr Lächeln verstärkte sich. Da stand sie nun also neben einem Vampir und in Sichtweite eines Werwolfs in der Métro und hatte ein Bein in beiden Welten … ein Geist mit der Sehnsucht eines Menschen.

Zu Emilys Überraschung verließen sie die Métro auf der Île de la Cité. Sie war davon ausgegangen, dass sie in irgendeinem Industriegebiet auf die Jagd gehen würden, abseits der Menschen und unentdeckt von unliebsamen Blicken.

»Wohin gehen wir?«, fragte sie, als sie nebeneinander die Treppe hinaufliefen. »Du hast noch kein Wort dazu gesagt.«

Balthasar trieb ein paar Jugendliche mit seiner bloßen Anwesenheit auseinander. Sie hüpften vor ihm zurück wie Knallfrösche, um ihm dann mit reichlich beschränktem Gesichtsausdruck hinterherzuglotzen. »Was du nicht sagst. Was wäre das für eine erste Jagd, wenn du von Anfang an wüsstest, was passieren wird?«

Emily hatte gerade zu einer Antwort angesetzt, als sie das Ende der Treppe erreichten. Vor ihnen lag die Rue de la Cité, und selbst zu dieser späten Stunde brauste der Verkehr laut und dicht gedrängt an ihnen vorüber. Instinktiv schaute Emily nach der nächsten Ampel, doch Balthasar verlangsamte seine Schritte nicht. Zügig ging er auf die Straße zu – und lief mitten durch den rauschenden Verkehr hindurch. Er schaute weder nach rechts noch nach links, und dennoch passte er genau die Lücken zwischen den Autos ab, um unbeschadet auf die andere Seite zu kommen. Emily rannte ihm nach und trat ihm fast in die Hacken, so dicht hielt sie sich bei ihm. Die Erfahrung, von einem Auto erfasst zu werden, wollte sie sich ersparen, ganz egal, ob sie nun ein Geist war oder nicht.

»Das also hast du dir unter meiner ersten Jagd vorgestellt«, sagte sie atemlos, als sie die andere Straßenseite erreichten. »Emily auf der Flucht vor Blechmonstern auf vier Reifen. Ich dachte, ich würde nach Toten Ausschau halten und nicht wie ein Kaninchen zwischen fahrenden Autos durchrennen.«

»Für ein Kaninchen bist du nicht schnell genug.« Balthasars Gesicht war noch ebenso gelassen wie zuvor. Er sah aus, als wären sie gerade über blühende Wiesen gegangen.

Emily stieß die Luft aus. »Trotzdem könntest du langsam mal erzählen, wohin wir gehen.«

»Das wirst du schon merken. Ziemlich genau … jetzt.«

Sie folgte seinem Blick und jede Antwort zerbrach auf ihrer Zunge. Wieder einmal behielt dieser verfluchte Vampir recht. Vor ihnen erhob sich die Kathedrale von Notre Dame. Und Balthasar steuerte direkt darauf zu.

»Was wollen wir denn hier?«, fragte Emily und versuchte, mit ihm Schritt zu halten. »Die Toten werden sich doch wohl nicht in einer Kirche versammeln, oder etwa doch?«

»Niemand kann voraussagen, was die Toten tun. Aber keine Sorge: Du wirst dich ihnen nicht sofort stellen müssen. Die Kathedrale selbst ist frei von ihnen. Allerdings gab es in den vergangenen Stunden erhöhte Aktivität rings um Notre Dame, ideal für uns, um Fährten aufzunehmen. Und daher werden wir unsere Jagd hier beginnen. Genauer gesagt dort oben auf dem Nordturm. Leider sind die Türme ausgesprochen gut geschützt, daher können wir nicht den gewöhnlichen Weg nehmen. Aber es gibt Portale im Inneren. Und die werden wir nutzen.«

Um diese Zeit war die Kathedrale geschlossen, wurde aber wie alle Wahrzeichen von Paris von bewaffneten Polizisten bewacht. Emily zog die Arme um den Körper, als sie die Maschinenpistolen sah. »Ich weiß nicht, wie du das siehst«, flüsterte sie, als Balthasar auf dem Vorplatz stehen blieb. »Aber ich kann darauf verzichten, von Kugeln durchsiebt zu werden, ob ich nun daran sterben kann oder nicht. Wie zur Hölle willst du an den Polizisten vorbei in die Kirche kommen, ohne dass sie dich bemerken? Das sind keine Werwölfe.«

»Nein«, raunte Balthasar. Mit regloser Miene schaute er zu den drei Polizisten hinüber, die sich direkt vor dem Eingang der Kathedrale aufgebaut hatten. »Das sind sie nicht. Sie sind viel einfältiger. Ihre Gedanken sind so leicht zu verdrehen wie Arme und Beine einer Gliederpuppe.«

Emily folgte seinem Blick und sah zu ihrer Faszination, wie derselbe kalte Glanz, der in Balthasars Augen stand, plötzlich über die Züge eines der Polizisten glitt.

Kurz starrte er ins Leere, als hätte er eine Betäubungsspritze bekommen. Dann sagte er etwas zu seinen Begleitern, ja, er brachte sogar ein Lächeln zustande, das dem des Vampirs ähnelte. Es war ein unheimlicher, marionettenhafter Anblick. Aber seine Kollegen schienen keine Auffälligkeit zu erkennen, und als er sich in Richtung des Südturms entfernte, folgten sie ihm, ohne einen Blick zurückzuwerfen.

Balthasar zögerte keine Sekunde. Blitzschnell eilte er auf das Eingangsportal zu und öffnete es mit einer leichten Drehung seiner Hand. Erst als Emily sich im Inneren gegen die Tür lehnte, beruhigte sich ihr Atem.

»Diesen Trick muss ich lernen«, sagte sie und strich sich das Haar zurück. »Ich würde Nepomuk zu gern dazu bringen, ein Tänzchen über den Gräbern hinzulegen, einen Blumentopf in jeder Hand. Ganz zu schweigen von Valentin und …«

Doch Balthasar schnitt ihr mit einer Handbewegung das Wort ab. »Gedankenlesen ist eine hohe Kunst, von tatsächlicher Beeinflussung ganz zu schweigen. Nur die wenigsten Geister beherrschen sie, und dann auch erst nach jahrzehntelanger Übung. Und jetzt sei leise. Es mag keine Toten in dieser Kirche geben. Aber verlassen ist sie nicht.«

Diese Worte genügten, um jedes Wort in Emilys Kehle zu ersticken. Sie war fest entschlossen, den Blick nicht in die Schatten zu richten, nur um dort womöglich irgendwelche Ungeheuer zu entdecken, die sie zu peinlichen Aktionen treiben könnten. Doch kaum dass sie das Hauptschiff betraten, waren alle guten Vorsätze vergessen.

Emily hatte die Kathedrale gemocht, seit sie zum ersten Mal mit ihrem Vater hier gewesen war. Vereinzelte Kerzen durchbrachen die Finsternis und das Licht der Stadt fächerte die Farben der Bleiglasfenster über Säulen und Bänke, dass es ihr so vorkam, als wäre sie in ein Kaleidoskop hineingeraten. Diese Kirche war immer schon ein Refugium aus Dämmerung und Farben in der lauten pulsierenden Stadt gewesen. Aber in der mystischen Stille der Nacht wirkte sie wie ein geheimer Ort in einer anderen Welt, der jede Menge Rätsel barg. Und plötzlich glühten Augenpaare zwischen den Säulen auf.

Sie erloschen so schnell wieder, dass Emily nicht erkennen konnte, was für Kreaturen sie beobachteten. Doch gleich darauf sah sie Schatten über die Balustraden huschen, lautlos wie Katzen. Edelsteingleich leuchteten erneut Augen in der Finsternis auf, und als Emily neben Balthasar den Mittelgang hinunterlief, ging ein Rauschen durch die Luft wie von großen Flügeln. Sie wartete darauf, zumindest ein klitzekleines bisschen Angst zu bekommen. Aber vergeblich. Stattdessen erinnerte sie sich an früher, als sie mit ihrem Vater in alten Kirchen gewesen war und sie sich gegenseitig von den Wesen erzählt hatten, die möglicherweise im Verborgenen lebten. Sie musste lächeln. So lange hatte sie von einem solchen Ort geträumt. Und nun wusste sie, dass es ihn wirklich gab.

Die Kreaturen der Kathedrale hielten Abstand, wer immer sie sein mochten … jedenfalls bis Emily und Balthasar fast den Altar erreicht hatten. Gerade tauchten sie in die Dämmerung des Seitenschiffs ein, als ganz in ihrer Nähe eine Gestalt zwischen den Säulen erschien, so plötzlich, dass Emily zusammenfuhr. Sie sah noch ein bleiches Gesicht mit großen dunklen Augen. Dann glitt Balthasar vor, und ehe ihr Gegenüber auch nur einen Ton von sich geben konnte, hatte der Vampir ihn an der Kehle gepackt. Balthasar presste ihn gegen eine Säule, und jetzt erkannte Emily, dass es ein Pfarrer war, nicht sonderlich groß und ausgesprochen mager. Er röchelte, aber zu ihrem Erstaunen hörte Emily keine Panik in seiner Stimme. Stattdessen formten seine Lippen einen Namen, den sie nur zu gut kannte.

»Balthasar …«

Im selben Moment zog der Vampir seine Hand zurück. Der Pfarrer landete unsanft auf den Füßen und stützte sich hustend an der Säule ab, ohne Balthasar aus den Augen zu lassen. Noch immer zeigte er nicht das geringste Anzeichen von Furcht. Das Einzige, das Emily in seinem Blick fand, war so irritierend, dass sie die Brauen zusammenzog. Der Pfarrer schien sich zu freuen, den Vampir zu sehen.

»Etienne«, murmelte Balthasar nun und bestätigte Emilys Vermutung: Die beiden kannten sich. Doch seine Miene war wie versteinert. Offenbar erwiderte er die Freude des Pfarrers nicht im Geringsten. »Was tust du hier um diese Zeit?«

Etienne richtete sich amüsiert auf. »Was ist seltsamer: ein Pfarrer, der nachts in einer Kirche herumläuft – oder ein Vampir in Begleitung eines Geistermädchens? Also muss es doch wohl eher umgekehrt lauten: Was tust *du* hier?«

Emily hielt den Atem an. Etienne war ohne Zweifel ein Mensch – und er konnte sie sehen. Aber das schien ihn nicht zu überraschen, und als er ihr zuzwinkerte, erwiderte sie sein Lächeln. Er hatte etwas an sich, das ihr gefiel. Vielleicht waren es seine Haare, die wie bei einem kleinen Jungen in alle Himmelsrichtungen abstanden, die freundliche Art, mit der er sie ansah, als wäre sie noch immer ein Mensch … oder aber es war der leicht aufsässige Ton, in dem er mit Balthasar sprach und der ihr ziemlich vertraut war.

»Manche Dinge ändern sich nie«, murmelte der Vampir. »Wie oft willst du mir noch diese Frage stellen, ohne dass du eine Antwort bekommst?«

Etienne lachte leise. »Bis du es leid wirst, dir Ausreden auszudenken, und mich endlich einweihst in all deine streng geheimen Vampirgeschichten.«

Balthasar schnaubte verächtlich. »Du kannst froh sein, dass ich dir nichts verrate. Täte ich es, müsste ich dich hinterher umbringen.«

»Das wäre wirklich schade«, erwiderte Etienne mit ansteckender Heiterkeit. »Vor allem nach all dem Aufwand, den du betrieben hast, um meine knochige Gestalt noch etwas länger unter den Lebenden herumspringen zu lassen.«

Emily sah Balthasar erstaunt an. »Soll das heißen …«

Die Miene des Vampirs verfinsterte sich, doch er war es nicht, der ihr antwortete.

»Allerdings«, sagte Etienne und nickte. »Er hat mir das Leben gerettet. Und nicht nur einmal. Weißt du, ich kann sie sehen … die Anderwesen. Normalerweise steht auf diese, nun ja, nennen wir es Gabe, auch wenn sie mir oft wie ein Fluch vorgekommen ist, in der Anderwelt der Tod. Das wusste ich natürlich nicht, bis ich Balthasar begegnete. Eigentlich hätte er mich auf der

Stelle umbringen sollen. Aber er ließ mich ziehen und setzte sich am Hof des Prinzen für mich ein. Im Gegenzug beherberge ich immer wieder ein paar Gestrandete der Anderwelt in meinen Kirchen und helfe den Vampiren so, die Straßen sauber zu halten. Doch eines ist sicher: Selbst durch alle Wohltätigkeit der Welt könnte ich nie wiedergutmachen, was dieser Vampir hier für mich getan hat.«

Balthasar wischte mit der Hand durch die Luft, als könnte er Etienne so zum Schweigen bringen. »Ich habe nur getan, was für mich in der Situation am besten gewesen ist. Hätte ich dich umgebracht, wäre das ein Heidenpapierkram gewesen, ganz abgesehen davon, dass du uns von Nutzen bist, wie du selbst gesagt hast. Das ist alles. Also lass es gut sein.«

Doch Etienne warf Emily einen Blick zu. »Glaub ihm kein Wort. Balthasar war noch nie jemand, der freiwillig den einfachen Weg geht, wenn es auch einen Pfad voller Gefahren und Stolpersteine gibt. Er ist ein Außenseiter unter den Vampiren, das war er immer schon. Denn der Prinz schätzt es gar nicht, wenn seine Untergebenen andere Völker über das seine stellen … oder auch nur auf dieselbe Stufe.«

»Und damit hat er recht«, sagte Balthasar mit dunkler Miene. »Kein Volk ist den Vampiren ebenbürtig.«

Etienne schob leicht das Kinn vor. »Eines gibt es zumindest, das scheinbar ebenbürtig genug ist, damit du es immer wieder rettest und vor deinem eigenen Volk beschützt.« Ehe Balthasar etwas erwidern konnte, wandte der Pfarrer sich wieder an Emily: »Weißt du, was er mir einmal sagte über meinesgleichen? *Kein Volk ist so zer-*

brechlich, so böse und so gut wie das Volk der Menschen. Wie jeder andere Vampir sehe ich ihre Fehler, ihre Schwächen, und wie jeder andere Vampir lache ich über sie. Aber ich habe es nie über mich bringen können, sie zu verachten.«

Die Worte klangen zwischen den Säulen wider, und Emily schien es, als würde sie tatsächlich Balthasars Stimme hören … so warm und sanft, dass sie ihr ganz fremd vorkam. Reglos stand der Vampir da, den Blick in die Schatten gerichtet, als hätte auch er diesen Ton gehört. Dann schüttelte er den Kopf. »Das ist lange her.«

»Das mag sein.« Etienne hob die Schultern. »Aber geändert hat sich an diesen Worten nichts. Du kämpfst noch immer für uns Menschen. Und du tust es mit deiner ganzen Kraft.«

Da sah Balthasar ihn an. Emily schien es, als würde sich grauer Stein über seine Wangen ziehen, so deutlich konnte sie sein wahres Alter spüren. »Ihr Menschen seid blind«, sagte er beinahe sanft. »Ihr seht nur, was ihr sehen wollt.«

Etienne rührte sich nicht. Er stand nur da mit seinem zerzausten Haar und schaute dem uralten Vampir ins Gesicht wie das Kind, das er in dessen Spiegel war. »Nicht alle von uns«, erwiderte er leise. »Manche von uns sehen das, was wirklich da ist, und so schmerzhaft das für mich bisweilen ist, so einsam es mich macht und so verzweifelt … Es tut mir gut, dich anzusehen, alter Freund. Es tut gut zu sehen, dass die Vergangenheit dich nicht besiegt hat.«

Balthasar sagte kein Wort, als er die Hand hob und sie auf Etiennes Schulter legte. Aber Emily erkannte es genau, das Lächeln, das nun in seine Augen trat. Da standen sie, ein Vampir und ein Mensch, die unterschiedlicher nicht hätten sein können … und sie schauten einander an, als hätten sie ein Wunder gesehen.

Schließlich zog Balthasar seine Hand zurück, und der alte Spott kehrte auf seine Züge zurück. »Wenn wir noch länger hier herumstehen, benutzen uns deine schattenhaften Mieter als Kletterhilfen und Landeplätze. Also verschwinde jetzt, damit ich mich wieder meinen geheimen Plänen widmen kann. Und lass dir nicht einfallen zu lauschen. Sonst muss ich dich schlafen legen wie das letzte Mal, als du nicht auf mich gehört hast.«

»Das letzte Mal?«, fragte Etienne und ein schelmisches Funkeln ging durch seinen Blick. »Du meinst das letzte Mal, als du mich erwischt hast.« Spielerisch wich er vor dem Vampir zurück, als fürchtete er einen Angriff. Dann neigte er vor Emily den Kopf. »Hat mich gefreut, dich kennenzulernen«, sagte er höflich und deutete mit dem Daumen auf Balthasar. »Er ist einer von den Guten, ob er das nun will oder nicht, und er besteht aus mehr als Grausamkeit und Kälte. Erinnere ihn daran, wenn er das wieder einmal vergisst.« Erneut neigte er den Kopf, dieses Mal vor Balthasar, und ein Lächeln trat auf seine Lippen, als er dessen reglosen Blick erwiderte. Dann drehte er sich um, und ebenso lautlos, wie er gekommen war, tauchte er in den Schatten zwischen den Säulen unter.

»Gottes Diener«, murmelte Balthasar, und seine Stimme hielt die perfekte Balance zwischen Herablassung und Zärtlichkeit. »Er hat immer schon mehr gesehen, als gut für ihn war.«

Emily schaute an die Stelle, wo Etienne verschwunden war. »Gibt es viele Menschen mit seiner Gabe?«, fragte sie nachdenklich. »Menschen mit Wunderaugen, die die Anderwelt und ihre Bewohner sehen können?«

»Früher gab es mehr von ihnen«, sagte Balthasar. »Heute sind sie vom Aussterben bedroht wie alle Geheimnisse der Menschen. Etienne ist einer der wenigen, der einen Weg gefunden hat, mit seiner Gabe zu leben, ohne daran zugrunde zu gehen.« Er hielt inne und schüttelte dann den Kopf. »Und das ist nicht immer ein Geschenk. Ich kann gar nicht mehr zählen, wie oft er plötzlich aus dem Nichts aufgetaucht ist und meine Pläne an den Rand des Scheiterns brachte, ohne überhaupt etwas davon zu ahnen.«

Emily sah ihn von der Seite an. »Ich habe mich ganz schön erschreckt, als er plötzlich neben uns stand. Aber du hättest ihn doch hören müssen, lange bevor er uns erreicht hat, oder nicht? Immerhin ist er ein Mensch. Warum hast du ihn nicht gewittert?«

»Gottes Diener«, wiederholte Balthasar, und dieses Mal klang seine Stimme kühl. »Manche von ihnen werden von Kräften beschützt, gegen die selbst ich nichts ausrichten kann.« Kurz schaute er noch in die Schatten, den Blick verhangen und beinahe sehnsuchtsvoll. Dann wandte er sich ab. »Wir haben wertvolle Zeit verloren. Lass uns gehen.«

Emily beeilte sich, ihm zu folgen. Mit lautloser Geste öffnete er ein geheimes Portal in einer der Säulen, aber ehe sie es betrat, drehte sie sich noch einmal um. Das Kirchenschiff lag scheinbar verlassen da. Doch manchmal durchzogen Schwingenschläge die Stille, Schemen huschten über Säulen und Balustraden, und als Emily in die Schatten sah, da wusste sie, dass ihr Lächeln erwidert wurde, von glühenden Augen … und den Lippen eines Menschen. Dann drehte sie sich um und eilte hinter Balthasar die Stufen des Portals hinauf.

13

Der Wind stob Emily eiskalt entgegen. Fröstelnd zog sie die Arme um den Körper, doch kaum dass sie neben Balthasar an den Rand des Turms trat, empfand sie keine Kälte mehr. Stattdessen überkam sie dieselbe Atemlosigkeit wie damals, als sie zum ersten Mal hier oben gewesen war: dasselbe aufregende Kribbeln in der Magengegend, das sie auch auf dem Arm ihres Vaters empfunden hatte. Nun aber gab es kein schützendes Metallgitter wie in der Welt der Menschen mehr für sie. Mit nicht mehr als einem Fingerzeig hatte Balthasar es aufgelöst. Jetzt thronte der Nachthimmel über ihnen, und unter ihnen, funkelnd wie ein Glitzermeer, lag die Stadt des Lichts.

Die Straßen pulsierten wie Lebensadern und eine ehrfürchtige Stimmung breitete sich in Emily aus. Wer hätte sich träumen lassen, dass sie einmal mitten in der Nacht hier oben stehen würde, als Geist und Seite an Seite mit einem Vampir, kurz vor ihrem ersten Einsatz als Todesjägerin? Sie überkam der Drang, durch die Luft zu jagen und an den Fenstern der schlafenden Kinder vorbeizufliegen, um ihre Träume auf der Haut zu spüren. Aber wie immer verstand Balthasar sich hervorragend als Stimmungskiller.

»Du bist ein Geist«, erklärte er ihr, als hätte sie das immer noch nicht begriffen. »Und nicht die Schneekönigin.«

»Ach nein?«, fragte sie in gespieltem Erstaunen. »Und ich dachte, ich hätte meine Eiskrone irgendwo verlegt. Danke, dass du mich aufgeklärt hast.«

Er sah sie von der Seite an. »Für deine erste Jagd bist du erstaunlich gelassen.«

»Ein möglicherweise anwesender Vampir hat mir geraten, mich nicht von meiner Angst leiten zu lassen. Also ignoriere ich sie, wenn sie mich nicht weiterbringt. Derselbe Vampir hat mir übrigens auch beigebracht, meine wahren Gefühle für mich zu behalten. Er ist da ein ziemlich gutes Vorbild.«

Balthasar schaute wieder zu den Lichtern hinab. »Die erste Jagd ist ein großer Schritt in der Entwicklung eines Jägers«, sagte er ernst. »Zum ersten Mal wirst du dich hier draußen behaupten und dabei große Gefahren in Kauf nehmen. Du verlässt den geschützten Raum, in dem du bisher trainiert hast. Du erhöhst das Risiko, als Novizin entdeckt zu werden. Und du wirst erstmals denen im Kampf gegenübertreten, die das Ziel deiner Jagd sind: die Toten, die nach deinem Leben gieren. Zum ersten Mal seit dem Beginn deines Trainings hast du wirklich etwas zu verlieren, um nicht zu sagen: alles.«

»Wenn das eine Motivationsrede werden soll, musst du noch daran arbeiten«, stellte Emily fest. »Willst du mich in letzter Sekunde zum Zweifeln bringen?«

»Wenn meine Worte dich zweifeln lassen, sollten wir lieber umkehren. Du musst dir sicher sein, diesen Schritt wirklich gehen zu wollen. Also: Bist du bereit? Genug geübt hast du immerhin.«

Das stimmte allerdings. Emily dachte daran, wie sie in Balthasars Gewölben gelernt hatte, die Fährten von Toten aufzuspüren. Der Vampir hatte diese Spuren selbst erschaffen und Emily wieder und wieder daran üben lassen, bis er schließlich täuschend echt wirkende Tote aus der Dunkelheit geformt hatte. Wie die Schemen in seinem Schattentanz waren auch sie nicht mehr als Illusionen gewesen, aber schnell und tückisch wie Gedanken. Anfangs hatte Emily keine Chance gehabt, ihnen auch nur nah zu kommen. Doch mit der Zeit war sie an ihrer Aufgabe gewachsen, und sie erinnerte sich noch genau an das Gefühl, als sie erstmals ihre Magie in einen dieser Körper geschickt hatte. Er war aufgeglüht und dann zerbröselt wie verkohltes Papier in plötzlichem Sturm … ebenso wie all die anderen Pseudototen, denen Emily von da an entgegengetreten war.

»Ja«, sagte sie und nickte. »Ich bin bereit.«

Daraufhin breitete Balthasar langsam die Hand über die Stadt aus. »Dann finde eine Fährte.«

Emily lauschte in sich hinein, wie Balthasar es sie gelehrt hatte, und als die goldene Flamme auf ihrer Hand auftauchte, spürte sie die Stille, die nun dort lag, wo sonst ihr Herzschlag gewesen war. Kühl war diese Stille, und kaum dass Emily sie durch ihren Körper fließen ließ, färbte sie die Flamme auf ihrer Hand weiß. Kurz flackerte sie im Wind. Dann hauchte Emily sie an und die Flamme glitt über ihre Finger und den Turm hinab.

Als winziges Glühen flog sie zur Stadt hinunter, als wäre sie ein Wolf, der Witterung aufnahm, und verschwand in der Dunkelheit.

Atemlos stand Emily da, den Blick so angestrengt auf die Stadt gerichtet, dass sie einen stechenden Schmerz in den Schläfen spürte. Und da glomm eine feine Linie vor ihr auf, die quer über den Platz führte und in einiger Entfernung im Häusermeer verschwand. Unzählige blasse Verästelungen zweigten von ihr ab. Sie selbst war zart wie aus glimmenden Eisblumen gezogen. Emily trat so nah an den Rand des Turms heran, wie es möglich war, ohne abzustürzen. Nur sie und ihr Lehrer neben ihr konnten diese Spur sehen, die ihre Magie sichtbar gemacht hatte, und Emily erfüllte ein enormes Glücksgefühl. Da war sie, die Fährte, der sie in dieser Nacht folgen würde – die Fährte des Toten, der darauf wartete, in seine Welt zurückgeschickt zu werden.

»Nun«, sagte Balthasar. »Worauf warten wir noch?«

Angesichts der glühenden Fährte fiel es Emily schwer, nicht sofort in ihre Geisterform zu wechseln und auf direktem Weg den Turm hinabzufliegen. Aber sie zwang sich, die Ruhe zu bewahren. Zu oft hatte sie während des Trainings erfahren, welche Konsequenzen es haben konnte, wenn sie ihre Kräfte leichtfertig einsetzte. Also wählte sie den Weg durch die Kathedrale und erst als sie den Vorplatz erreichten, glitt sie in ihre Schemenform hinüber.

Die Fährte breitete sich wie ein silbriger Nebelstreif vor ihr aus, und kaum dass Emily ihr folgte, spürte sie erneut die Stille, die darin lag. Lange hatte sie sich vor dieser Stille gefürchtet. Immer wieder war sie im Schattentanz gescheitert aus Abscheu davor, in diese Stille einzutauchen … so lange, bis Balthasar mit ihr darüber gesprochen hatte.

Diese Stille ist ein Zauberer, hatte der Vampir gesagt. *Er spricht alle Sprachen, die je erdacht wurden, und kennt alle Tränen und jeden Traum der Welt. Seine Macht ist grenzenlos. Er urteilt nicht und ist doch der einzige Richter, vor dem tatsächlich alle gleich sind. Sein Kuss ist samtene Dunkelheit, sein Atem lindernde Ruhe, und nichts kennt solchen Trost wie die Kühle seiner Umarmung. Er ist der Anfang und das Ende. Es gibt keinen größeren Magier als ihn.*

Es war Emily nicht leichtgefallen, den Tod auf diese Weise zu betrachten, war er es doch, der sie von ihrem bisherigen Leben trennte. Sie erinnerte sich nur zu gut daran, wie abgeklärt sie noch kurz vor ihrer ersten Therapiesitzung bei Merlin über den Tod nachgedacht hatte. Aber dann war sie der Stille gefolgt, die in ihrem Inneren ihren Namen flüsterte, und ihr war bewusst geworden, wie recht Balthasar hatte. Der Tod behielt den Schrecken, den Emily immer schon mit ihm verbunden hatte. Doch er wurde auch ihr Vertrauter, der sie die Anderwelt sehen ließ, ihr Freund, der sie daran erinnerte, wie kostbar das Leben war – und ihr Wegweiser inmitten der Dunkelheit.

Die Stadt verschmolz vor Emilys Blick, als sie durch die Nacht glitt. Balthasar folgte ihr schattenschnell, aber sie sah ihn nur aus dem Augenwinkel, denn ihre gesamte Aufmerksamkeit lag auf der Fährte, die sie über Plätze und Straßen führte, bis sie ein Wohngebiet erreichten. Die Geräusche der Stadt wurden leiser. Und im selben Moment, da sie die hellen Straßen hinter sich ließen, nahm die Kälte in der Fährte zu.

Emily wechselte in die Unsichtbarkeit und setzte ihren Weg fort, langsamer nun und noch wachsamer als zuvor. Seite an Seite mit Balthasar gelangte sie in einen verwinkelten Innenhof. Nur schwach erhellte das Licht einzelner Wohnungen die Dunkelheit, doch Emilys Augen wussten inzwischen, wie sie die Schatten durchdringen konnten. In einer Häusernische hielt sie inne und spähte in die gegenüberliegende Ecke des Hofs, wo die Finsternis am tiefsten war. Und dort, so reglos, als wäre er eine Figur aus Stein, stand der Tote.

Tote konnten genauso wenig schlafen wie Geister, und mit erholsamen Träumereien hatten sie nicht viel am Hut. Deshalb fielen sie stattdessen in eine Art Koma und standen irgendwo in verlassenen Ecken herum wie Zombies, die Augäpfel zu weißem Licht entflammt, bis sie sich von den Strapazen der lebendigen Welt erholt hatten. All das wusste Emily – in der Theorie. Aber dennoch konnte sie sich nicht gegen den Schauer wehren, der sie beim Anblick des Toten überkam.

Er sah aus wie ein junger Mann von etwa zwanzig Jahren, gekleidet in die typische schwarze Kleidung der Toten, die wirkte, als hätte man sie aus Aschefetzen zusammengenäht. Sein eingefallenes Gesicht und die wachsbleiche Farbe seiner Haut hätten auch durch eine Krankheit erklärbar sein können. Aber seine Reglosigkeit und das Glühen seiner Augen wischten jeden Anschein von Menschlichkeit fort. Hier gab es kein Leben mehr, das fühlte Emily in jeder Faser ihres unsichtbaren Körpers. Hier gab es nur noch Kälte und Stille.

Mit aller Kraft drängte Emily ihre Beklommenheit zurück. Sie war gekommen, um diesen Toten in seine Welt zurückzuschicken, und genau das würde sie jetzt tun. Der Zeitpunkt war ideal. Er war in Trance, was bedeutete, dass sie ihn überraschen konnte. Vielleicht würde es ihr gelingen, schnell genug bei ihm zu sein, um ihn ohne Gegenwehr berühren zu können. Aber sie durfte nicht länger zögern. Jede Minute konnte er aus dem Koma erwachen, und dann …

Warte.

Erst als Balthasars Stimme durch ihren Kopf hallte, merkte Emily, dass sie auf den Toten zugetreten war. Schnell wich sie in die Nische zurück. Sie musste sich zusammenreißen, verflucht noch mal. Eine unbedachte Bewegung, und der Tote würde sie bemerken. Allerdings nahm ihre Kraft ab, je länger sie wartete. Sie sah Balthasar fragend an. Er fixierte den Toten, aber seine Züge waren die des Jägers, der seine Sinne gleichzeitig in alle Richtungen schickte. Eine steile Falte hatte sich zwischen seinen Brauen gebildet, und Emily zog unruhig die Schultern an. Irgendetwas schien dem Vampir zu missfallen. Der Eindruck verstärkte sich, als er die Hand auf sein Schwert legte.

Bleib, wo du bist, raunte er in ihrem Kopf. *Ich bin gleich zurück.*

Kurz nur streifte er sie mit einem Blick, dessen Strenge nicht zu überbieten war. Dann fuhr er herum, und ehe sie noch etwas hätte erwidern können, war er verschwunden. Das war mal wieder typisch für Balthasar. Doch ihr Ärger hielt nicht lange an. Was war los, dass der Vampir sie ausgerechnet jetzt einfach stehen ließ? Vielleicht war einer seiner Kollegen in der Nähe und er musste ihn ablenken, um sie vor Entdeckung zu schützen? Vielleicht war es ein Anderwesen, das ebenfalls nichts mitbekommen durfte? Oder es war … Asmaron?

Emily sog die Luft ein. Wie oft hatten Schreckensbilder dieser Art sie in den Gewölben überfallen und ihr den Sieg über die Pseudototen vermasselt. Aber inzwischen wusste sie mit ihnen umzugehen. Entschlossen drängte sie das Bild ihres Mörders beiseite und konzentrierte sich auf den Strom ihrer Magie. Die Unsichtbarkeit zehrte an ihm, aber noch durchzog er ihre Adern ruhig und gleichmäßig, ein goldener Fluss, viel kraftvoller als er noch vor wenigen Wochen gewesen war, nur darauf wartend …

Es war nicht mehr als eine Ahnung, aber sofort war Emilys mühsam aufgebaute Gelassenheit dahin. Sie schaute zum Toten hinüber. Er stand noch immer reglos. Hatte sie sich getäuscht? War es nur eine Ratte gewesen, die am Rand ihres Bewusstseins vorbeigehuscht war? Sie kam sich vor, als würde sie ein Raubtier beobachten, kurz bevor es aus dem Dickicht auf sein Opfer zusprang … und da bewegte der Tote die Finger. Emily stieß einen lautlosen Fluch aus. Der Tote erwachte.

Sie drehte sich um, doch von Balthasar war weit und breit nichts zu sehen. Sein Befehl hallte scharf in ihr wider. Aber deutlicher noch nahm sie die Bewegungen des Toten wahr, der nun mit der Schulter zuckte. Er würde nicht mehr lange in diesem wehrlosen Zustand sein, so viel war sicher. Mit jeder Sekunde kehrten seine Kräfte stärker zu ihm zurück, während sie selbst immer schwächer wurde. Wenn sie noch länger wartete, würde er ihr entwischen – der erste Tote, den sie in freier Wildbahn gefunden und der sich ihr praktisch auf dem Silbertablett präsentiert hatte. Das durfte sie nicht riskieren. Sie warf noch einen letzten Blick über die Schulter. Dann heftete sie ihre Aufmerksamkeit auf den Toten und schlich auf ihn zu.

Am liebsten hätte sie sich einfach auf ihn gestürzt. Aber sie musste vorsichtig sein. Je schneller sie sich bewegte, desto größer war das Risiko, dass sie versehentlich auf sich aufmerksam machte. Immer wieder war ihr das in den Gewölben so gegangen, durch selbst verursachte Luftzüge beispielsweise, oder weil sie in ihrer Aufregung in ihre Menschengestalt zurückgekehrt war. Eine unbedachte Bewegung genügte, jeden taktischen Vorteil zu vernichten. Und so bezwang sie ihre Ungeduld und näherte sich in elender Langsamkeit ihrem Feind.

Sie war nur noch wenige Armlängen von ihm entfernt, als sie seinen Geruch wahrnahm, diese Mischung aus Asche und verbrannter Erde, die allen Toten anhaftete und immer ein wenig nach verlorenen Hoffnungen roch. Für Emily jedoch war sie ein Duft des Triumphs geworden. Sie glitt weiter vor, bis sie nur noch eine Armlänge voneinander trennte. Sie war ihm jetzt nah – nah genug. Doch ehe sie die Hand nach ihm ausstrecken konnte, ging ein Zittern durch seinen Leib. Und im nächsten Moment entfachten sich seine Augen in dunklem Feuer. Der Tote war erwacht.

Vor Schreck flackerte Emilys Tarnung, und der Tote reagierte sofort. Sein rechter Arm schnellte vor und traf sie vor die Brust. Emily flog rücklings gegen einen Müllcontainer. Erst der Schmerz in ihrem Rücken machte ihr bewusst, dass sie in ihre menschliche Gestalt zurückgekehrt war. Aber er blieb seltsam dumpf. Zu entsetzlich war der Anblick, der sich ihr bot. Der Tote stand noch immer einfach da, doch nun flog ein grausames Lächeln über seine Lippen. Er war nicht in Trance gewesen, das begriff Emily plötzlich. Er hatte auf sie gewartet.

Kaum hatte sie das gedacht, ging ein Geräusch durch die Nacht, leise zuerst, dann zunehmend stärker. Es hörte sich an, als würde sie auf einer Eisdecke stehen, die jeden Augenblick zu bersten drohte. Emily spürte noch den Frost, der auf einmal die Luft erfüllte. Und dann wurden sie sichtbar, überall um sie herum, auf dem Boden, an den Wänden, selbst schwebend in der Luft: die Fährten weiterer Toter, die dunkle Magie vor ihr verborgen hatte. Fassungslos sah Emily, wie hinter ihrem scheinbaren Opfer schwarze Augenpaare aufglühten, mindestens ein halbes Dutzend, und sie hörte auch das Zischen hinter sich. Sie war umzingelt.

Die Panik erfasste sie mit eisigem Griff und ließ sie unkontrolliert zittern, als der Tote auf sie zutrat. Langsam tat er das, als wollte er die letzten Momente ihrer Existenz so qualvoll wie möglich gestalten. Emily presste sich mit dem Rücken gegen den Container, und zu ihrer Schande musste sie feststellen, dass der Tote damit Erfolg hatte. Sie konnte die Gier rings um sie spüren, und sie konnte sie sehen: in den Augen des Toten, der sie nun fast erreicht hatte. Das letzte Leben, das er in dieser Welt gestohlen hatte, war kaum noch vorhanden. Er brauchte mehr und er würde es sich nehmen.

Aber nicht von ihr.

Der Gedanke schoss so gleißend durch ihre Angst, dass es sich anfühlte, als wäre sie plötzlich von hellem Licht erfüllt. Mit aufkeimendem Zorn starrte sie den Toten an. Mochte er sie getäuscht haben, mochte sie dumm und unerfahren sein und noch dazu in der Unterzahl. Aber sie würde nicht an einen Container gepresst dasitzen und darauf warten, dass sie das Kostbarste verlor, das sie besaß.

Emily sah noch, wie der Tote zum Schlag ausholte. Dann glitt sie in die Unsichtbarkeit hinüber. Der Luftzug seines Hiebs berührte ihre Wange, doch sie war auf den Beinen, ehe er noch merkte, dass sie nicht mehr da war. Sie raste an ihm vorbei, mitten durch zwei weitere Tote, die keuchend zusammenfuhren. Emily schmeckte Ascheflocken, aber sie achtete nicht darauf. Stattdessen landete sie hinter einem Toten, der ein wenig abseits zu den anderen hinüberstarrte, wechselte in ihre Menschengestalt und presste die Hand gegen seinen Rücken. Das Gold ihrer Magie strömte in seinen Körper wie Wasser in porösen Fels.

Er riss mit kehligem Schrei die Arme zurück, doch es war schon zu spät. Binnen weniger Augenblicke erfüllte das Licht seine Glieder und ließ sie grell erstrahlen. Gleich darauf war er verschwunden. Nichts blieb von ihm zurück als ein erlöschendes Glühen, umgeben von Wirbeln aus Asche.

Emilys Euphorie verschwand, kaum dass sie den Blick wandte. Denn vor ihr flackerte die Dunkelheit des Innenhofs vor schwarz glühenden Augen. Und sie alle waren auf sie gerichtet. Emily blieb noch Zeit, um Atem zu holen. Dann setzten die ersten Toten zum Sprung an und im selben Moment kehrte sie in die Unsichtbarkeit zurück. Sie duckte sich gerade noch rechtzeitig, um zwei ihrer Gegner mit den Köpfen zusammenschlagen zu lassen. Rasch schoss sie durch die Menge, ignorierte die Kälte, die sich bei jedem Flug durch einen toten Körper stärker in ihr ausbreitete, und brachte ihre Gegner immer wieder zu Fall, indem sie plötzlich in ihre menschliche Gestalt hinüberwechselte und ihnen Hiebe und Tritte verpasste. Mehrfach gelang es ihr, einzelne von der Menge zu isolieren und in ihre Welt zurückzuschicken, doch mit jedem Angriff verringerten sich ihre Kräfte, und mit jedem Aufglühen ihrer Magie nahm der Glanz des goldenen Stroms ab. Sie brauchte eine Pause, um ihre Stärke zurückzugewinnen, das wusste sie … aber noch nicht. Emily fixierte den Toten, der sie in die Falle gelockt hatte. Seinetwegen war sie in diese Finsternis hinabgestiegen – und sie würde nicht ohne ihn wieder gehen.

Der Tote stand am Rand des Innenhofs. Ein kräftiger Schubs würde ihr ausreichend Zeit verschaffen, um ihn ihre Magie spüren zu lassen. Im Zickzack glitt Emily auf ihn zu. Dicht vor ihm zog sie die Arme an den Körper, und dann stob sie durch seinen Leib, heftig genug, um ihn ein ganzes Stück weit zurückzutreiben. Sie fühlte, wie er taumelte, und wechselte, noch ehe sie den Boden erreichte, in ihre menschliche Gestalt. Sie fuhr herum … und griff sich keuchend an den Hals. Es war, als hätte sich eine unsichtbare Schlinge darum gezogen. Emily erinnerte sich selbst daran, dass sie nicht atmen musste, doch es half nichts. Heftiger Schwindel schoss in ihre Schläfen, ihre Umgebung drehte sich rasend schnell. Undeutlich sah sie, dass der Tote sich zu ihr umdrehte, langsam, als hätte er gewusst, was geschehen würde. Das Grinsen war ihm vergangen, aber nun stand ein Zorn in seinem Blick, der nicht weniger grausam war. An seinen Lippen klebte das schwarze Blut der Toten.

Vergiftet, schoss es ihr durch den Kopf. *Er hat mich vergiftet.*

Im nächsten Moment ballte der Tote die Faust und schlug ihr in den Magen. Keuchend krümmte Emily sich zusammen. Der Schmerz explodierte in ihrem Leib und hinderte sie daran, in die Unsichtbarkeit zu wechseln. Verdammt, sie durfte sich nicht lähmen lassen von Phantomwehwehchen, nicht jetzt, wo … Doch ehe sie den Gedanken beenden konnte, packte der Tote ihren Arm. Tiefschwarzer Frost jagte durch ihre Glieder, so gnadenlos, dass sie meinte, er würde jeden ihrer Gedanken in Eis verwandeln. Sie kehrte in ihren Menschenleib zurück, aber sie merkte es kaum. Alles, was sie deutlich wahrnahm, war die Kraft des Totenreichs, die nun mit aller Macht durch ihre Adern schoss. Zitternd wie ein wehrloses Bündel fiel Emily zu Boden. Sie wollte aufstehen, doch ihr Körper gehorchte ihr nicht. Alles um sie herum bestand aus Schatten und glühenden Augen …

… und einem Schwert, das die Nacht in zwei Hälften teilte.

Namenlose Hitze schoss durch Emilys Körper, als der Tote sie losließ. Benommen hob sie den Kopf, und da sah sie den Krieger, der vor sie gesprungen war. Sein Mantel wehte im Wind, sein Schwert glomm in eisigem Dunst – und so schnell, dass sie seinen Bewegungen kaum folgen konnte, schnitt er den Toten mitten entzwei. Kurz nur kniete er über dem leblosen Leib und ließ ihn in silbernem Feuer aufleuchten, als er ihn ins Reich der Toten schickte. Dann hob er den Blick, und ein Lächeln flog über seine Lippen, als er in die Horde der Toten schaute, die wie erstarrt auf ihn niedersah – er, Balthasar Alexandre de Montpellier, der gekommen war, um sie zu jagen.

Er sprang so schnell auf die Beine, dass nichts als ein Schemen seines Körpers in der Luft zurückblieb. Schattengleich glitt er durch die Menge der Toten und schickte sie zurück in ihre Welt, so gnadenlos, dass es Emily schien, als würde der gesamte Boden rings um sie in silberner Glut erstrahlen. In grausamen Nadelstichen jagte das Gift des Totenreichs durch ihren Leib, aber sie wandte sich nicht von dem Jäger ab, der durch die Reihen seiner Feinde pflügte. Nie zuvor hatte sie jemanden so kämpfen sehen, wie er es tat … so hingegeben und kraftvoll und so wunderschön.

Schließlich war es still. Balthasar ließ das Schwert sinken, und wie er so dastand, den Kopf leicht geneigt, den Blick auf die tanzende Asche seiner Feinde gerichtet, hielt Emily den Atem an. Sie hatte von einem solchen Bild geträumt, hatte es sich vorgestellt, jedes Mal wenn ihr Vater ihr seine Geschichten von mutigen Kriegern und tapferen Rittern erzählt hatte, und sie hatte geglaubt, eine Vorstellung im Kopf zu haben, die durch die Wirklichkeit nicht übertroffen werden konnte. Doch nun, da sie zu Balthasar aufsah, begriff sie erneut, wie dumm sie gewesen war. Dieser Krieger war gebrochen, er war grausam und jenseits allen Lichts. Und dennoch war er das Einzige, das der Finsternis um ihn herum begegnen konnte. Er war ein Held, wie er sein musste.

Der Schemen tauchte so plötzlich hinter ihm auf, dass Emily erschrak, und doch kam ihr alles auf einmal vor wie in Zeitlupe. Ein letzter Toter sprang aus den Schatten, die Klauen nach Balthasar ausgestreckt. Der Vampir umfasste sein Schwert, er wusste, was hinter ihm war, und auch, dass die Gefahr schon zu nah gekommen war. Sein Blick traf Emily, seine Stimme brauste durch ihre Gedanken, all die Ermahnungen, niemals verwundet zu kämpfen. Sie sah ihn direkt an – und zögerte keinen Augenblick. Sie war vielleicht keine Heldin oder so mächtig wie ein uralter Vampir mit einem Schwert aus Eis. Aber sie war eine Kämpferin. Und kein Gift der Welt würde daran etwas ändern.

Sie sprang vor, glitt durch den Vampir hindurch und presste die Hand gegen den Leib des Toten. Golden fraß sich ihre Magie in ihn hinein. Emily sah, wie der Riss durch seine Augen ging, und die Dunkelheit darin ließ sie schwanken. Schwindel pochte hinter ihrer Stirn, gepaart mit der plötzlichen Überzeugung, allein in dieser Dunkelheit zur Ruhe kommen zu können. Nur eine Winzigkeit und sie würde mitten hineinstürzen, das fühlte sie deutlich. Doch sie hielt dem Blick des Toten stand. Denn noch etwas spürte sie ohne jeden Zweifel: Es war diese Dunkelheit, die in Asmaron nach ihrem Leben gierte, diese Dunkelheit, die sie beraubt hatte – diese Dunkelheit, gegen die sie sich wehren würde mit allem, was sie war. Regungslos starrte sie dem Toten ins Gesicht. Und erst als er verschwunden war, sank sie inmitten der Asche zu Boden.

Sie spürte dumpf, dass Balthasar sie aufhob. Er trug sie, als wöge sie nicht mehr als eine Feder. Sie öffnete die Augen beim Geräusch flüsternder Blätter und fand sich unter einer Eiche in irgendeinem Park wieder. Balthasar saß neben ihr, das silberne Licht seiner Finger floss über ihre Haut und trieb das Gift des Toten aus ihren Gliedern. Noch immer pochte der Schwindel hinter ihrer Stirn, doch der Vampir schien kein Mitgefühl zu haben.

»Dummes kleines Mädchen«, sagte er nun. »Was habe ich dir gesagt? Du solltest warten.«

»Habe ich ja.« Ihre Zunge klebte wie ein trockener Zwieback an ihrem Gaumen. »Du hast nicht gesagt wie lange.«

Er sah sie mit bohrender Kälte an. »Und du sollst nicht kämpfen, wenn du verwundet wurdest.«

»Mein Gefühl hat was anderes gesagt. Und es hatte recht. Ach, und dass ich dir das Leben gerettet habe, das du ja eigentlich gar nicht mehr besitzt: Gern geschehen.«

Er betrachtete sie so reglos, dass sie nicht sicher war, ob er ihr in einem Anflug von Grausamkeit den Kopf von den Schultern reißen würde. »Ebenso«, sagte er dann. »Allerdings hätte ich erwartet, dass du zumindest den Fallensteller zur Strecke bringen würdest, ehe ich dich retten muss.«

Emily brauchte einen Moment, um seine Worte zu begreifen. »Du hast es gewusst?« Sie schüttelte fassungslos den Kopf. »Du hast gewusst, dass sie uns eine Falle stellen?«

»Und dass du mitten hineinläufst?« Er zuckte fast gleichgültig mit den Schultern. »Natürlich. Du hättest die dunkle Magie zwar fühlen können, wärest du nicht so abgelenkt gewesen, aber das war dann doch etwas viel verlangt für die allererste Jagd.«

Sie starrte ihn an. »Du hast es gewusst und mich mitten hineinlaufen lassen?«

»Selbstverständlich«, erwiderte er ungerührt. »Das war der einzige Weg herauszufinden, ob du wirklich bereit für diesen Kampf bist. In der Theorie klingen Rachefeldzüge und Vergeltung immer wunderbar, aber wenn man dann tatsächlich mit dem eigenen Ende konfrontiert wird, ist ganz schnell Schluss mit dem Heldenmut. Du aber hast dir deine Entschlossenheit bewahrt, sie ist angesichts der Gefahr sogar noch größer geworden. Du fürchtest dich davor, dein Leben zu verlieren, aber du lässt dich von der Angst nicht beherrschen, im Gegenteil: Du lernst, sie dir zunutze zu machen. Alles in allem hast du deine Sache also ganz passabel gemacht.«

»Und wenn ich es nicht geschafft hätte?«, stieß sie aus. »Wenn ich das große Zittern bekommen hätte angesichts all der Toten und sie mich umgebracht hätten?«

Balthasar schien ein Gähnen zu unterdrücken. »Ein nutzloser Jammergeist mehr oder weniger in dieser Welt. Was macht das schon?«

Emily hatte einen ganzen Schwall von Antworten auf der Zunge, die sie gefährlich nah an eine Existenz ohne Kopf herangeführt hätten. Aber am Ende blieb nur ein Satz übrig: »Du bist unglaublich!«

Kurz glomm der Schalk in Balthasars Augen auf. Dann neigte er den Kopf, und ein Ernst trat in seinen Blick, den Emily noch nie zuvor bei ihm gesehen hatte. »Ja«, sagte er leise. »Du auch.«

Emily wusste nicht, was es war, das auf einmal in seiner Stimme mitschwang. Doch sie spürte, dass die Mauer, die seit dem Vorfall im Grauen Dom zwischen ihnen gestanden hatte, in sich zusammenfiel, und für einen winzigen Moment war es, als bräuchte sie nur die

Hand nach Balthasar auszustrecken, um jede Grenze zu überschreiten. Aber sie tat es nicht, und eines fühlte sie mit Gewissheit: Sie würde es auch in Zukunft nie wieder tun, wenn er sie nicht dazu aufforderte. Ein Lächeln glitt über Balthasars Gesicht, fern von Kälte und Spott. Und die eisige Maske der vergangenen Tage verschwand.

In der Ferne erklangen Glocken. Doch erst als Balthasar sich aufrichtete, erkannte Emily sie wieder. Es waren die Glocken der Kapelle von Père Lachaise, die das Ende der Nacht ankündigten. Es wurde Zeit, zum Friedhof zurückzukehren.

Ohne ein Wort half Balthasar ihr auf die Beine, und sie sprachen nicht mehr miteinander, während sie durch die Dämmerung liefen. Aber kurz bevor sie den Friedhof erreichten, sahen sie sich noch einmal an. Lächelnd und zum ersten Mal als das, was sie von nun an waren: Verbündete jenseits aller Welten, die einander das Leben gerettet hatten.

14

Das Gräberfeld war ein Meer aus Blüten. In einem Strom aus Blau und Violett ergossen sich die Blumen über den zerklüfteten Boden, rankten sich an Totenhäusern empor und umfassten längst verblasste Grabinschriften wie die Worte eines Zauberspruchs. Schon für menschliche Augen musste dieser Teil des Friedhofs verwunschen aussehen. Aber für die Einsatzkräfte der Grabpflegekolonne, die all die Pflanzen in ihrer anderweltlichen Gestalt wahrnahmen, war es ein Platz voller Zauber. Tagelang hatten sie sich um jeden glitzernden Halm und jede glühende Blüte gekümmert, und nun war die Arbeit endlich getan. Wie bei einem abendlichen Picknick saßen sie zwischen den Gräbern, zur Abwechslung einmal nicht mit Erde und Glitzerstaub bedeckt. Und mitten unter ihnen, auf dem Kopf einen Kranz aus glimmenden Blumen, die Arme in großer Geste ausgebreitet, stand Nepomuk und sprach ergriffen über die Schönheit der Natur.

Seit geschlagenen drei Stunden.

Emily unterdrückte ein Gähnen. Sie hockte

auf einem lockeren Grabstein, kippelte vor und zurück und wäre am liebsten mit einer schnellen Rückwärtsrolle in die Unsichtbarkeit verschwunden. Zugegeben, das Gräberfeld war wirklich hübsch geworden. Aber es war ihr erster freier Abend seit Tagen und den wollte sie mit Raphael und Cosimo verbringen und nicht auf einer Blumenwiese, ganz egal, wie *pittoresk* sie aussehen mochte.

Sie warf ihren Freunden einen Blick zu, die ganz in der Nähe an einem Totenhäuschen lehnten und auf sie warteten. Raphael schien wie sie selbst von einer lähmenden Müdigkeit ergriffen worden zu sein, die stärker wurde, je länger er Nepomuk zuhörte. Doch Cosimo hatte die Hände vor der Brust verschränkt, so ergriffen lauschte er der Rede, und nun, da Nepomuk einen seiner Mitarbeiter zu sich rief, um ihm feierlich für seinen Einsatz zu danken, seufzte der Irrwicht beseelt. Emily grinste. Es war ungewohnt, Cosimo so entspannt zu erleben. In letzter Zeit hatte sein Gesichtsausdruck ständig zwischen *besorgt, vollkommen fassungslos* und *zu Tode erschrocken* gewechselt, jedenfalls wenn Emily in der Nähe gewesen war. Und sie konnte es ihm nicht verdenken.

Denn die Gefahr, der sie während des Trainings ausgesetzt war, wuchs. Balthasar führte sie während ihrer auswärtigen Lektionen Schritt für Schritt an mächtigere Gegner heran und das war alles andere als ein Spaziergang. Immer wieder musste Emily sich mit all ihrer Kraft verteidigen, und sie erinnerte sich noch gut daran, wie blass Cosimo geworden war, als sie nach ihrer ersten Fährtensuche zum Friedhof zurückgekehrt war. Aber trotz aller Blessuren, die sie während ihrer Kämpfe davontrug, spürte sie mit jedem Mal, dass sie stärker wurde. Und das nutzte ihr nicht nur für ihre Feinde außerhalb des Friedhofs.

Ihre Miene verfinsterte sich, als sie an Valentin dachte. Hatte sie anfangs nur die Vermutung gehabt, dass er sie beobachtete, war aus dem Verdacht bald Gewissheit geworden. Ständig schlich er selbst oder einer seiner Freunde in ihrer Nähe herum, als würde er nur darauf warten, sie allein zu erwischen und all seine magische Kunstfertigkeit gegen sie aufzubringen. Doch darum ging es ihm nicht, das war ihr klar. Er wollte sie dabei ertappen, wie sie gegen die Regeln des Friedhofs verstieß, um sie ans *GdU* zu verraten und sie im tiefsten Kerker verschimmeln zu sehen. Aber so einfach machte sie es ihm nicht. Balthasar hatte ihr einige Tricks gezeigt, die ihr in Konfrontation mit Valentins Spitzeln bereits gute Dienste geleistet hatten. Für gewöhnlich schaffte sie es inzwischen, die Herrschaften abzuhängen, und hin und wieder stellte sie ihnen auch eine kleine Falle, um sie daran zu erinnern, dass sie nicht so dumm war, wie ihre Frisur möglicherweise aussah. Emily lächelte dunkel, als sie daran dachte, wie zwei von Valentins Anhängern in einem frisch ausgehobenen Grab voller Jauche gelandet waren, nachdem Emily sie gebannt und mit Cosimos Hilfe in die Irre geführt hatte. Tagelang hatten die beiden gestunken. Valentins Gesicht war Gold wert gewesen.

Von den billigen Plätzen hörte sie ein leises Seufzen. Sie wusste, dass es Raphael war, der zunehmend genervt die Arme vor der Brust verschränkte, und sie wiederholte sein Seufzen. Verflucht noch mal, wie lange wollte Nepomuk denn noch über die Blumen reden, die sie gepflanzt hatten? Er hatte doch nun wirklich jedes einzelne Blättchen gewürdigt und all seine Lieblingsmitarbeiter nach vorn gerufen. So langsam musste er …

»Emily!«

Ihr Name hallte mit der üblichen Strenge über die Köpfe und ließ sie zusammenzucken. Trotzdem begriff sie erst nach einem Moment, dass Nepomuk sie tatsächlich nach vorn gerufen hatte. Er schaute zu ihr herüber, mit diesem Blick, den er immer hatte, wenn er sie ins Visier nahm: leicht vorwurfsvoll, auf dem direkten Weg zum Tadel. Die anderen drehten sich zu ihr um, und so blieb ihr nichts anderes übrig, als von ihrem Grabstein zu rutschen und nach vorn zu gehen. Eigentlich hatte sie in letzter Zeit den Eindruck gehabt, ganz gut mit Nepomuk zurechtzukommen. Sicher, er war noch immer ein schrecklicher Pedant, aber seit der Sache mit der Furchtbaren Helene behandelte er sie beinahe respektvoll.

Emily biss sich auf die Lippe, um bei dem Gedanken nicht zu grinsen. Die Furchtbare Helene war eine pinkfarbene Rankpflanze, die Nepomuk in mühevoller Kleinarbeit vor Urzeiten gezüchtet hatte. Sie hatte beeindruckende Blüten, verfügte allerdings über die Angewohnheit, Knochen zu verspeisen, wenn sie schlecht gelaunt war – für ein Skelett wie Nepomuk naturgemäß eine gefährliche Sache. Nicht nur einmal war es bereits vorgekommen, dass Helene sich in seinem Arm verbissen hatte, und trotzdem hatte Emily nicht übel gestaunt, als sie vor einiger Zeit die Hilferufe ihres Vorarbeiters gehört und ihn bis zum Hals eingerankt in der Pflanze gefunden hatte. Helene hatte schon eine ihrer Fressblüten halb über seinen Kopf gestülpt, sodass es aussah, als trüge er einen extravaganten Hut. Er hatte keine Ahnung, wie er sich von der Teufelsranke befreien sollte, und so wandte Emily einen Trick an, den sie schon häufiger bei anderen aufsässigen Pflanzen benutzt hatte: Sie erzählte der Furchtbaren Helene eine Geschichte. Die pinkfarbene Todesranke schien an ihren Worten Gefallen zu finden. Ihr Griff lockerte sich, und schließlich hatte Nepomuk stolpernd und schwankend aus ihrem Geflecht entkommen können.

Kein Wort hatte er daraufhin zu Emily gesagt, sondern sie nur auf seltsame Weise angesehen. Aber seitdem schien er sie mit anderen Augen zu betrachten. Er nörgelte nicht mehr so oft an ihr herum, und hin und wieder hatte er sogar mit einem Anflug von Anerkennung auf ihre Beete geschaut. Sie seufzte innerlich. Wahrscheinlich war das alles Taktik gewesen, um sie in Sicherheit zu wiegen. Nepomuk hatte sich den Rüffel des Abends vermutlich einfach bis zum Schluss aufgehoben und sich schon die ganze Zeit darauf gefreut, sie vor versammelter Mannschaft für irgendeine Kleinigkeit niederzumachen, die für ihn natürlich ungeheuer weltbewegend war.

»Emily«, wiederholte er, als sie vor ihm stehen blieb. Die Glut seiner Augenhöhlen knisterte, und wie früher, wenn sie seinen Blick erwidert hatte, hatte sie auch nun wieder das Gefühl, als wollte er am liebsten alle Hitze der Welt über ihr ausschütten. »Du bist neu in unsere Gruppe gekommen und ich muss wirklich sagen: Du hast es mir nicht leicht gemacht.«

Emily unterdrückte ein Stöhnen. Sie hatte es gewusst. Jetzt würde er eine Tirade über ihre Verfehlungen loslassen, die sich gewaschen hatte, und sie konnte nichts tun als dazustehen und sich vor ihren Freunden lächerlich machen zu lassen.

»Deine ständigen Widerreden«, fuhr Nepomuk fort. »Deine Arbeitseinstellung, die man gerade zu Beginn nur als absolute Verweigerung bezeichnen konnte …«

Emily war heilfroh um die Maske aus Eis, die sie sich von Balthasar abgeschaut hatte und mit der sie nun ihre Wut verbarg. Die Genugtuung, dass sie sich über seine Worte ärgerte, würde sie dem Skelett nicht gönnen. Aber eines war sicher: Sie würde mit ihren Freunden in dieser Nacht einen besonders blutigen Horrorfilm anschauen, und jedes qualvoll dahingemetzelte Opfer würde sie umtaufen in *Nepomuk*.

»Nun ja«, sagte er und seufzte so tief, als hätte sie die Last der Welt auf seine Schultern geladen. »Fassen wir zusammen: Es war eine harte Zeit. Für uns beide. Und jetzt ist sie vorbei.«

Emily zog die Brauen zusammen. Was hatte er vor? Wollte er sie umgedreht in die Erde pflanzen und sehen, ob sie zu einer schönen Pflanze wurde, jenseits von Aufsässigkeit und Widerworten? Sie sah sich selbst schon mit dem Kopf nach unten inmitten des Gräberfeldes stecken, als sie etwas in Nepomuks Blick bemerkte … etwas, das bei ihm so fremd erschien, dass sie einen Moment brauchte, um zu erfassen, was es war. Das Skelett lächelte.

»Du hast dich hervorragend entwickelt.« Nepomuks Stimme verlor die Strenge, die sie gerade noch erfüllt hatte. »Der Anfang war schwer, aber du hast dich auf die Arbeit hier auf dem Friedhof eingelassen, auf die Schönheit der Natur, auf die Anderwelt. Und ob du das nun bewusst oder unbewusst getan hast: Dafür verdienst du mein Lob und meinen Respekt.«

Emily starrte ihn einigermaßen beschränkt an. Sie hätte nicht erwartet, jemals solche Worte von ihm zu hören. »Ich äh«, begann sie und hob die Schultern. »Danke. Aber ich habe nur gemacht, was mir gesagt wurde.«

Das entsprach nicht ganz der Wahrheit. Wann immer es möglich gewesen war, hatte Emily ihr eigenes Ding durchgezogen, angefangen bei der Zusammenstellung der Pflanzen für die Gräber über geheime Zauber, mit denen sie verbotenerweise die Grabsteine gesäubert hatte, bis hin zur Beherzigung von Cosimos Ratschlägen zur Blumenaufzucht (*Spinnenpupu ist das Zauberwort, ich sage es dir von einem grünen Daumen zum anderen!*). Es waren nur winzige Verstöße gegen Nepomuks Regeln, mehr ließ sein wachsamer Blick nicht zu. Aber Emily hatte das einfach tun müssen. Sonst wäre sie in dem Korsett aus Geringschätzung und starren Vorgaben erstickt. Nepomuk hatte nie etwas davon mitbekommen … jedenfalls hatte sie das bisher gedacht. Nun jedoch, da er mit leisem Spott auf sie niedersah, war sie sich da auf einmal gar nicht mehr so sicher.

»Du hast dabei im Umgang mit den Pflanzen ein erstaunliches Geschick entwickelt«, fuhr er fort. Kurz glaubte sie, er würde von dem Vorfall mit der Furchtbaren Helene berichten, aber offensichtlich behielt er dieses Kapitel lieber für sich. »Ein Beispiel ist das Totenhaus dort drüben, das du ganz allein in einen wunderschönen Glanz gehüllt hast.«

Er deutete auf die Gruft, die in leuchtendem Kotzgrün zu ihnen herüberstrahlte. Emily hörte ein Grunzen hinter sich und wusste, dass es Cosimo war, der ein Lachen unterdrückte. Die Arbeit an dem Totenhaus war eine der ersten größeren Anstrengungen gewesen, die sie in der Kolonne unternommen hatte. Sie hatte damit begonnen, nachdem sie sich wieder einmal über Nepomuk geärgert hatte, und mit voller Absicht eine der schrecklichsten Farben ausgewählt, in der Hoffnung, dem Skelett einen pulverisierenden Herzinfarkt zu bescheren. Niemals hätte sie erwartet, dass ihr die Arbeit daran Freude bereiten würde … oder dass Nepomuk ausgerechnet dieses Machwerk mögen könnte.

»Ich weiß nicht, woher du auf einmal die Energie hattest, diese Blüten zu erschaffen«, sagte er, ohne auch nur für eine Sekunde das spöttische Blitzen seines Blicks zu verlieren. »Und es ist mir auch einerlei. Fest steht, dass du seither mit Begeisterung bei der Sache bist. Das freut mich sehr. Und daher habe ich etwas für dich. Nimm dies als Zeichen meiner Wertschätzung für deine Arbeit – und deinen Sinn für Farben.«

Damit hielt er ihr eine Pflanzenknolle entgegen, die aussah wie eine schrumpelige Alraune mit drei kümmerlichen Haaren auf dem Kopf. Doch als Emily sie in die Hand nahm, wurde sie zu einer schwarzsilbernen Blume mit gezwirbelten Blättern. Emily staunte nicht schlecht. Schwarz wie ihr Haar, silbern wie ihre Haut und … kaum hatte sie das gedacht, entfaltete die Blume leuchtende Blüten, strahlend grün wie ihre Augen.

»Es hat lange gedauert«, sagte Nepomuk, und zum ersten Mal, seit sie sich begegnet waren, lag Wärme in seiner Stimme. »Aber nun heiße ich dich willkommen. Willkommen bei uns, Emily. Willkommen zwischen den

Welten. Ich bin sicher, dass du den richtigen Platz für diese Pflanze finden wirst.«

Erneut fand Emily etwas in seinem Blick, das fremd wirkte. Es war ein Prasseln inmitten der Glut, als hätte er ihr ein Geheimnis anvertraut … oder als würde er nicht nur von der Blume reden.

»Danke«, sagte sie und meinte es ehrlich. »Ich werde mir alle Mühe geben.«

Kurz legte Nepomuk seine knochige Hand auf ihre Schulter. Die Berührung war leicht, als hätte sie ein welkes Blatt gestreift.

»Und damit entlasse ich euch in den Abend«, wandte er sich dann an alle. »In ein paar Tagen erwarte ich euch in alter Frische für unsere nächste große Aufgabe. Und bis dahin könnt ihr zu Recht stolz auf euch sein!« Er verneigte sich, und unter dem Beifall der Anwesenden löste sich die Zusammenkunft auf.

Cosimo empfing Emily mit einem breiten Grinsen und Raphael deutete eine Verbeugung an.

»Eure Durchlaucht Grüner Daumen«, sagte er betont demütig. »Es ist mir eine Ehre.«

Emily musste lachen. »Das will ich auch hoffen. Immerhin habe ich immer noch Erde und Glitzerstaub in den Haaren, weil ich geschuftet habe wie eine Verrückte. Da muss mir wenigstens die Bewunderung meiner Freunde sicher sein.«

»Oh, wir sind nicht die Einzigen, wie man sieht.« Cosimo schaute auf die Pflanze in ihren Händen. »Das ist ein sehr seltenes Exemplar, so viel kann ich sagen. Nepomuk scheint dich inzwischen ins Herz geschlossen zu haben.«

»So weit würde ich nicht gehen«, gab Emily zurück. »Er will mich vielleicht nicht mehr in meine Einzelteile zerlegen, wie ich es anfangs bei ihm gemacht habe, und er findet meine Arbeit offenbar ganz in Ordnung. Aber das war es dann auch.«

Raphael berührte eines der Blütenblätter, worauf glitzernde Funken über seine Finger stoben. »Du solltest dieses Prachtstück schnell einpflanzen, damit das so bleibt.«

Emily seufzte. »Am besten mache ich es gleich. Sonst vergesse ich es, und ich will mir nicht ausmalen, wie viele Erdsäcke Nepomuk mich schleppen lassen wird, wenn das gute Stück in meiner Obhut verkümmert. Streitet euch doch schon mal über einen Film. Ich komme, wenn ihr euch geeinigt habt. So in fünf Stunden.«

»Cosimo hat ja heute schon sein Lieblingsprogramm gehabt«, sagte Raphael. »So begeistert, wie er Nepomuk zugehört hat.«

Der Irrwicht schnaubte empört. »Ich war nur höflich, das ist alles.«

»Natürlich«, gab Raphael zurück. »Deswegen hast du vor Rührung auch fast angefangen zu heulen. Aber mach dir nichts draus. Hat niemand gesehen außer mir, und ich werde dich nur … warte … die nächsten dreihundert Jahre damit aufziehen.«

»Ich fange besser nicht an aufzuzählen, bei welchen Peinlichkeiten ich *dich* schon gesehen habe«, meinte Cosimo vielsagend.

»In der Tat ist das besser.« Raphael hob drohend den Finger vor Cosimos Brust. »Ich kann eine Waffe bedienen und ich habe jede Menge Bruce-Lee-Filme gesehen. Vergiss das nicht, wenn du mich herausforderst.« Er wandte sich zum Gehen, und der Irrwicht flog ihm nach, so schnell, dass sein Körper eine glühende Linie in der Luft hinterließ. Emily hörte Cosimos Stimme nur noch leise, kaum dass die beiden sich entfernten.

»Ach übrigens«, sagte Raphael über die Schulter hinweg. »Nepomuk hat recht. Die Pflanzen sind ewig nicht mehr so gut gewachsen, wie seit du dich um sie kümmerst.«

Emily sah noch das Lächeln, mit dem er sie bedachte. Dann bogen die zwei um die Ecke und sie war allein. Seufzend drehte sie sich um und ging in die andere Richtung. Sie hatte keine Ahnung, wo sie der Pflanze ein neues Zuhause geben sollte, aber sie hatte in den letzten Wochen gelernt, dass es bei magischen Wesen keinen Sinn machte, sich darüber den Kopf zu zerbrechen. Sie wussten selbst am besten, wohin sie wollten. Die ganze Kunst bestand darin, das im richtigen Moment zu erkennen.

Es war ein kühler Abend und die Gassen waren fast menschenleer, auch wenn die Zeit der Untoten noch nicht begonnen hatte. Nur vereinzelt bemerkte Emily eine reglose Gestalt an einem der Gräber, einen Menschen aus der Welt der Lebenden, der gekommen war, um zu trauern. Sie erinnerte sich noch gut daran, wie sie in ihrer Anfangszeit darauf geachtet hatte, den Menschen aus dem Weg zu gehen. Zu groß war ihre Sorge gewesen, dieselbe Hitze zu empfinden wie bei ihrem ersten Ausflug in die Welt dort draußen, zu groß ihre Angst, vor Heimweh umzukommen, wenn sie den Touristen zusah, wie sie Erinnerungsfotos schossen und lachten. Doch mit der Zeit hatte sie Gefallen daran gefunden,

den Menschen wieder näher zu kommen, sie zu beobachten, ihren Gesprächen zuzuhören, neben ihnen zu stehen, wenn sie an einem der Gräber weinten … und mitunter die Hand auf ihre Schulter zu legen. Meist bemerkten die Trauernden nichts davon. Aber manchmal war es vorgekommen, dass die Menschen mitten in ihrer Verzweiflung den Blick gehoben und staunend in Emilys Richtung geschaut hatten. Natürlich hatte keiner von ihnen sie gesehen. Doch etwas in ihren Gesichtern hatte sich verändert, als sie am Ende gegangen waren. So als wären sie durch einen lautlosen Zauber getröstet worden.

Ein Funkenregen fiel um Emily nieder, als sie zwischen zwei Totenhäusern hindurchging. Darüber rankte sich eine glühende Rose und gab den Blick frei auf eine von etlichen weiteren Blumen gesäumte Gasse. Emily hatte an diesem Wegesstück mitgearbeitet, und sie musste zugeben, dass Raphael gar nicht so unrecht hatte. Sie hatte seit ihrem Ableben tatsächlich einen grünen Daumen entwickelt. Es machte ihr Freude, wenn die Blüten ihre magischen Kräfte entfalteten, sie lernte gern mehr über deren Fähigkeiten, und ganz allgemein gediehen die Pflanzen bei ihr hervorragend. *Wie durch Geisterhand eben.* Haha. Die Distanz, die die anderen Untoten anfangs zu ihr gehalten hatten, schien auch mit jeder glimmenden Blüte stärker zu verschwinden, und mehrfach hatte sie sogar außerhalb ihrer Kolonnenzeiten weitergearbeitet und beispielsweise eine gold glühende Blume ins Haar der steinernen Togafrau gesteckt, um ihr ein Stück der Sonne zu schenken. Dabei sagte sie sich immer wieder, dass es ihr doch eigentlich herzlich egal sein konnte, ob der Friedhof auf magische Weise erleuchtet wurde oder ob irgendein Gewächs an der Friedhofsmauer nachts Funken rieseln ließ oder nicht. Immerhin konnten menschliche Augen diese Wunder normalerweise nicht sehen, und wenn sie ihr Leben erst zurückhatte, würde dasselbe für sie gelten. Sie seufzte. Aber es war ihr nicht egal. Jedes Mal wenn sie das goldene Licht auf den Flügeln der Togafrau sah, musste sie lächeln, und sie genoss die magische Schönheit rings herum, wie sie früher die Geschichten ihres Vaters genossen hatte. Es kam ihr so vor, als läge in alldem eine Kraft, die sie tief im Inneren heilte, ohne dass sie überhaupt gewusst hatte, krank zu sein. Und sosehr sie sich auch darüber gewundert hatte, sie ausgerechnet von Nepomuk zu bekommen: Sie freute sich über die Pflanze in ihren Händen, dieses kleine glühende Ding, das zwischen den Welten wuchs … genau wie sie.

Emily sah den Grabstein erst, als sie fast direkt davorstand. Noch immer lag er halb zwischen zwei Bäumen verborgen, und doch genügte ein einziger Blick auf ihn, um sie innehalten zu lassen. Wie lange war es her, dass sie hier an ihrem eigenen Grab gestanden hatte? Es kam ihr vor wie hundert Jahre. Sie erinnerte sich gut an die Panik, die sie damals befallen hatte. Aber jetzt fühlte sie nichts dergleichen. Auch ihr eigenes Gesicht in der Grablaterne jagte ihr keinen Schrecken mehr ein. Zu oft hatte sie es inzwischen im Spiegel des Sees gesehen, in der Klinge von Balthasars Schwert und in den winzigen zerbrochenen Scherben, die sie im Inneren ihrer Gruft in Form eines Feuer speienden Drachen an die Wände geklebt hatte. Die Blume in ihrer Hand glomm auf, als sie sie vorsichtig neben den Grabstein pflanzte.

Grün flammte der Schein darüber hin, und Emily stellte mit leisem Erstaunen fest, dass selbst ihr Name auf dem Stein ihr keinen Schreck mehr einjagte. Er sah fast aus wie der Name auf einem Buchrücken, hinter dem sich eine düstere Geschichte verbarg.

Das Knacken war so ohrenbetäubend laut, dass Emily in die Höhe fuhr. Gleich darauf zeigte sich wieder einmal, dass sich das Training bei Balthasar auszahlte. Instinktiv wechselte sie in die Unsichtbarkeit und glitt ins Unterholz. Erst dort drehte sie sich um und schaute den Weg entlang, dorthin, woher das Geräusch gekommen war. Es waren Schritte, viel lauter als bei einem Untoten. Ein Mensch näherte sich.

Erleichtert stieß Emily die Luft aus. Ihre Sinne ließen sie Geräusche inzwischen so intensiv wahrnehmen, dass sie sich manchmal ganz schön von ihnen ins Bockshorn jagen ließ. Die Erfahrungen der letzten Wochen hatten sie gelehrt, ständig auf der Hut zu sein, und auch wenn sie die Toten hier an ihrem Grab nicht fürchten musste, waren da doch immer noch Valentin und seine Freunde, die nur darauf warteten, ihr an den Karren zu fahren.

Emily überlegte kurz, ob sie sich wieder vor ihren Grabstein setzen sollte, um der Blume beim Anwachsen zuzusehen. Selbst wenn der Mensch an ihr vorbeigehen sollte, würde er sie nicht bemerken. Das taten die Menschen nie.

Sie hatte gerade beschlossen, das Unterholz zu verlassen, als ihr ein Duft in die Nase stieg … so vertraut, dass sie wie ein erschrockenes Tier noch weiter zwischen die Bäume zurückwich. Dieser Duft hatte sie in der Trauer um ihren Vater umgeben wie ein Schutzwall und er war da gewesen, wann immer sie sich einsam und verlassen gefühlt hatte. Dieser Duft war wie ein Zuhause.

Mit weit aufgerissenen Augen sah sie ihrem Onkel entgegen. Er trug den schwarzen Wollmantel, mit dem er zu wichtigen Geschäftsgesprächen ging, und den roten Schal, den Emily ihm mal zu Weihnachten geschenkt hatte. Er wirkte, als hätte er nie zusammengesunken auf einem Sessel neben dem Bett seiner Nichte geschlafen, das Gesicht von Trauer gezeichnet. Er schritt schnell aus, wie er es immer tat, und Emily bemerkte den entschiedenen Zug um seinen Mund, der ähnlich wie die Eismaske Balthasars dazu führte, dass niemand erahnen konnte, was wirklich in ihm vorging. Aber dann schaute er auf ihr Grab. Und im selben Moment wurde er langsamer.

Er schwankte, als er näher kam, so als würde er dem Boden unter sich auf einmal nicht mehr trauen. Sein Blick war auf den Grabstein gerichtet wie auf einen entsetzlichen Unfall, von dem er sich am liebsten abgewandt hätte und es doch nicht konnte. Er war seit ihrer Beerdigung nicht mehr hier gewesen, das begriff Emily, als seine Schritte in ihr widerklangen wie früher ihr Herzschlag, und sie konnte den Ausdruck auf seinem Gesicht kaum ertragen, als er vor ihrem Grab stehen blieb.

Er stand vollkommen regungslos, aber die Traurigkeit, die plötzlich in seinen Augen aufbrach, zog die Härte von seinen Zügen. Mit jedem seiner Atemzüge splitterte etwas von der Fassung, um die er in den letzten Wochen gerungen hatte, von ihm ab. Es war, als würde er sich vor ihr verwandeln, und als er die Hände vor die Augen schlug und weinte, da wollte sie nur noch eines: zu ihm hinübergehen, die Hand nach ihm ausstrecken und ihm zeigen, dass sie noch da war, dass es ihr gut ging, mehr oder weniger jedenfalls, und dass es keinen Grund für seine Tränen gab.

Sie wusste, dass sie das nicht tun durfte. Keinem Untoten war es gestattet, sich einem Menschen zu zeigen, und tat er es doch, erwarteten ihn hohe Strafen. Aber nun, da ihr Onkel an ihrem Grab stand und weinte, kümmerte sie das nicht. Er war für sie da gewesen, in jedem verzweifelten Moment ihres Lebens, seit ihr Vater gestorben war. Sie ertrug es nicht, ihn so leiden zu sehen.

Emily merkte kaum, dass sie in ihre menschliche Gestalt zurückkehrte. Langsam trat sie einen Schritt vor – und blieb abrupt stehen, als ihr Onkel den Blick hob. Sie befand sich noch immer zwischen den Bäumen, in den Schatten verborgen. Doch er schaute in ihre Richtung, und kurz wollte sie einfach den letzten Schritt auf ihn zutun, darauf hoffen, dass er sie sehen konnte, ihm in die Arme fallen und noch einmal diesen Duft riechen, der immer schon die Gabe gehabt hatte, ihr jede Angst zu nehmen. Aber etwas in den Augen ihres Onkels ließ sie innehalten. Er zog die Brauen zusammen, als hätte er in den Schatten etwas erkannt, von dem er nicht sicher war, ob es wirklich da war. Etwas, das seinen Verstand überstieg. Emily konnte sehen, wie er schwankte, tief im Inneren, wie er gegen etwas ankämpfte … und dann einen Schritt zurücktrat.

Er tat es wie aus einem Reflex heraus, und doch genügte es, um Emily wie versteinert zwischen den Bäumen stehen zu lassen. Sie konnte die Kälte spüren, die von ihr ausging, aber sie nahm sie nicht mehr als den sanften Hauch wahr wie in den letzten Wochen. Jetzt fühlte sie den Frost des Todes genau so, wie ihr Onkel ihn wahrnahm. Es war nicht die Angst vor dem Tod, die die Menschen vor den Untoten zurücktrieb, das begriff sie nun mit gnadenloser Sicherheit. Es war die Furcht vor dem, was sie nicht verstanden. Und das war tausendmal schlimmer.

Ihr Onkel taumelte rückwärts. Erst auf dem Weg fand er sein Gleichgewicht wieder, und er schaute zum Grab zurück, ungläubig, als wäre er aus einem seltsamen Traum erwacht. Verzweiflung und Traurigkeit kehrten zu ihm zurück, ebenso wie die Härte, die sich langsam über seine Züge zog. Aber das Letzte, das Emily sah, ehe er sich zum Gehen wandte, war die Angst. Die Angst ihres Onkels vor dem, was sie geworden war.

Lautlos trat sie aus den Schatten. Sie kniete sich vor ihren Grabstein, an die Stelle, an der ihr Onkel gerade noch gestanden hatte. Das Gras war niedergetreten, doch seine Wärme war schon verflogen, und der Duft, der sie noch immer umgab, brachte ihr Übelkeit. Grün flammten die Lichter ihrer Blume über ihr Gesicht. Sie war so wunderschön, und ihr Onkel hatte sie nicht einmal angesehen.

In meinem Volk sagt man, dass die Menschen mit ihrem Glauben an uns auch sich selbst verloren haben, ging Cosimos Stimme durch ihre Gedanken. Und plötzlich kamen ihr die Tränen.

Sie versuchte, sich zu beherrschen, aber es war zwecklos. Emily weinte lautlos. Nur das Brechen ihrer gläsernen Tränen störte die Stille, und sie wischte sie fort, so ärgerlich, dass sie sich an ihnen schnitt. Mit aufkeimender Wut schaute sie auf das Blut an ihren Fingern, das nicht echt war … und sah gleich darauf den Schatten, der hinter den Bäumen vortrat. Es war Valentin.

Emily sprang auf, und ohne genau zu wissen, was sie tat, stürzte sie sich auf ihn. Sie schlug ihm ins Gesicht, so hart sie nur konnte, sie musste irgendwo hin mit ihrer Wut. Und entgegen jeder Erwartung verteidigte er sich nicht. Er wehrte sie nur ab, und als sie nach einem letzten missglückten Schlag zu Boden fiel, schaute er ohne Spott auf sie herab.

»Ich habe es dir gesagt«, meinte er leise. »Die Menschen sind blind. Sie haben Angst vor dem, was sie nicht begreifen. Und irgendwann fangen sie an, es zu hassen. Ich weiß, dass du das nicht hören willst, erst recht nicht von mir. Aber trotzdem ist es wahr geworden, früher als erwartet: Du bist verloren. Genau wie ich.«

Emily wollte ihn erneut schlagen für diese Worte, wollte deren Grausamkeit zersplittern lassen wie die Tränen in ihrer Hand, und wusste gleichzeitig, dass es zwecklos war. Valentin mochte ein Lügner sein. Aber in diesem einen Punkt war jedes seiner Worte wahr. Emily hatte sie selbst gefühlt, gerade eben, als ihr Onkel in die Dunkelheit geblickt hatte und sein Gesicht das eines Fremden geworden war: die Grenze zwischen ihr, dem Geistermädchen, und der lebenden Welt dort draußen. Und sie war eisiger als jede Kälte, in die Valentin sie je gehüllt hatte.

Emily merkte nicht, dass er sie allein ließ. Erst als er in einiger Entfernung zwischen den Gräbern entlangging, begriff sie es. Und zum ersten Mal seit Langem empfand sie keinen Zorn. Er hatte sie in Ruhe gelassen, ausgerechnet jetzt, da es für ihn ein Leichtes gewesen wäre, sie fertigzumachen. Vielleicht hatte er kein Interesse daran, ein verletztes Tier zu erlegen, vielleicht war er gelangweilt von ihrem Geheule oder vielleicht … der Gedanke schimmerte wie das Licht ihrer Pflanze. Oder vielleicht ließ er sie in Frieden, weil auch er sie kannte: die Sehnsucht nach einer Welt, die sich selbst verloren hatte.

15

Emily verfluchte den Regen. Früher, als sie noch lebendig gewesen war, da war er ihr Freund gewesen. Ein Zauberer, der sie nachts in den Schlaf lullte, wenn er sacht gegen ihr Fenster schlug, und der auf ihren Wangen prickelte, wenn sie sich ausgelassen im Kreis drehte. Sie hatte geglaubt, dass diese Freundschaft als Geist andauern würde, so wie es sich auch mit den anderen Wetterphänomenen verhielt. Der Wind sprach in tausend Stimmen und erfüllte sie mit unbändiger Kraft, wenn sie in ihre Geistform wechselte, die Sonne ließ ihre Strahlen wie flüssiges Gold durch sie hindurchgleiten, und der Nebel berührte sie so zärtlich wie ein Flüstern. Der Regen jedoch war ein verfluchter Sadist. Nun, da sie in ihrer Schemengestalt neben Balthasar durch die nächtlichen Straßen von Paris lief, schnitt er wie tausend winzige Messer durch ihren Leib.

»Verdammter Regen«, stieß sie aus, als sie dem Vampir um eine Ecke folgte und eine volle Tropfenladung durch sie hindurchschoss. »Er fühlt sich an wie pures Feuer!«

Nach Balthasars Gesichtsausdruck zu schließen hatte auch er nicht besonders viel für dieses Wetter übrig. Aber jetzt, da er Emily einen Blick zuwarf, spiegelte sich Spott in seinen Augen. »Das ist er auch«, gab er zurück. »In ihm steckt mehr Leben als in jedem Menschen, und was ist das Leben anderes als Feuer? Manche von euch fühlen das schon zu Lebzeiten. Und andere … nun ja. Andere brauchen eben ein bisschen länger.«

Emily schnaubte. »Hätte ich das vorher gewusst, wäre ich in meiner Gruft geblieben. Seit einer Ewigkeit hetzt du mich jetzt durch die Gegend, ohne dass ich weiß, wohin wir gehen, und jeder verdammte Tropfen brennt Glutbahnen in meinen Körper. Das ist kein Vergnügen, so viel kann ich dir verraten.«

»Du bist auch nicht zu deinem Vergnügen hier. Also hör auf zu nörgeln wie ein Mensch. Du bist keiner mehr.«

Emily presste die Zähne aufeinander. Daran hätte er sie nicht erinnern müssen, und auch der Regen nicht. Sie fühlte es jedes Mal schmerzhaft deutlich, wenn sie an den Besuch ihres Onkels an ihrem Grab dachte. Und jedes Mal spürte sie wieder die Kälte, die zwischen ihr und der lebendigen Welt lag und die womöglich nie mehr zu überwinden war. Denn selbst wenn sie in die Welt der Menschen zurückkehrte, wusste sie doch, dass sie selbst immer mehr in den Schatten sehen würde als die anderen um sie herum … all die Wunder, die sie umgaben und in deren Reich alles möglich war.

»Das hast du immer schon getan«, sagte Balthasar mitten in ihre Gedanken hinein. »Der einzige Unterschied besteht darin, dass du jetzt Gewissheit erlangt hast. Und Wissen bedeutet Einsamkeit. Das sollte dir klar sein.«

Emily seufzte. Sie empörte sich schon längst nicht mehr darüber, wenn er ihre Gedanken las. Zum einen, weil es schlicht zwecklos war. Und zum anderen, weil er seine Gabe noch nie gegen sie verwendet hatte. »Du hast leicht reden. Die Vampire sind ja auch nicht so blind wie die Menschen.«

»Nein«, stimmte er ihr zu. »Aber die Vampire sehen alles und das ist auch nicht besser. Vergiss eines nicht: Es waren seit jeher die Menschen, die zwischen den Welten wechseln konnten, ob sie sich dessen nun bewusst waren oder nicht. So wie es eure Geschichtenerzähler tun, die Tore öffnen, die kein Zauber je aufschließen könnte, und so beide Welten heilen. Hat dein Vater es dir nicht vorgelebt? War er es nicht, der dich den Blick in die Schatten lehrte? Und hat er dir auf diese Weise neben der Sehnsucht nicht auch die Hoffnung geschenkt?«

Emily zuckte mit den Schultern. »Aber ich bin kein Geschichtenerzähler. Ich bin nur …«

»Lass das sein«, unterbrach er sie streng. »Du bist lange genug meine Schülerin, um nie einen Satz wie diesen auszusprechen. Du bist eine Kriegerin, die niemals aufgibt, ganz gleich, was sich dir entgegenstellt, und das mit einer Beharrlichkeit, die sogar mich in Erstaunen versetzt. Niemand weiß, welche Wege du noch gehen wirst, am allerwenigsten du selbst, und dein Wissen über die Anderwelt ist ein Fluch, das bestreite ich nicht. Aber es ist auch ein Geschenk, das nur wenigen zuteil wird. Und wenn es bei jemandem in guten Händen ist, dann doch wohl bei einem verfluchten Sturkopf wie dir.«

Emily konnte nicht anders, als sein Lächeln zu erwidern. Oft genug schimpfte sie über Balthasars Strenge, seinen Dickschädel und seine Härte immer ausgerechnet dann, wenn sie ohnehin schon am Ende ihrer Kräfte war. Aber gleichzeitig gab es Momente wie diesen, in denen er es mit wenigen Worten schaffte, ihre dunklen Gedanken zu zerstreuen und ihr die Zuversicht zurückzugeben. So mühelos war das bisher nur ihrem Vater gelungen. Hätte ihr jemand bei ihrer ersten Begegnung erzählt, dass sie einmal so über diesen mürrischen Vampir denken würde, hätte sie ihn für verrückt erklärt.

»Ich muss wohl tatsächlich ein ganz gehöriger Sturkopf sein«, sagte sie nun. »Sonst würde ich kaum einem Vampir in die finstersten Ecken von Paris folgen.«

In der Tat hatten sie inzwischen die belebten Straßen hinter sich gelassen und befanden sich in einer heruntergekommenen Wohngegend. Die Gebäude waren mit Graffitis beschmiert, nur vereinzelt schien Licht aus den Wohnungen. In den unteren Etagen waren Fenster eingeschlagen.

»Das Böse braucht die Dunkelheit nicht«, entgegnete Balthasar. »Die grausamsten Taten geschehen bei hellem Licht.« Ohne ein weiteres Wort bog er in eine Gasse ein und blieb in einem finsteren Hinterhof stehen.

Emily zog die Arme um den Körper, als sie in ihre menschliche Gestalt zurückkehrte. Die schwarzen Fensterscheiben ringsum glotzten auf sie nieder wie Totenaugen.

»Wo zur Hölle sind wir hier?«, fragte sie, und da sah Balthasar sie an. Er schwieg, als wäre er überrascht. Dann neigte er den Kopf, eine Geste, die die Eindringlichkeit seines Blicks stets noch verstärkte.

»Weißt du das wirklich nicht?«

Leise fragte er das und so ernst, dass Emily sich noch einmal in dem Hof umsah. Rechts von ihr standen übervolle Mülltonnen. Davor lagen Plastiksäcke, der Boden war mit Bierverschlüssen und zerrissenen Zeitungen bedeckt. Der Regen floss in trübem Rinnsal in einen Kanaldeckel. Das andere Ende des Hofs konnte Emily kaum erkennen, so dunkel war es dort und seltsam … reglos …

Sie kniff die Augen zusammen, und als ihr Blick in diese merkwürdige Finsternis stürzte, durchzuckte sie eine Erinnerung. Sie hatte diese Dunkelheit schon einmal gesehen. Damals hatte sie sich zu einem mannsgroßen Schemen geformt und war auf Emily zugetreten. In plötzlicher Panik wich sie zurück, während das Bild Asmarons vor ihrem inneren Auge zerbrach. Balthasar hatte sie an den Ort ihres Todes geführt.

»Was soll das?« Ihre Knie begannen zu zittern, ohne dass sie etwas dagegen tun konnte.

Balthasar hingegen stand noch immer reglos da, und sein Blick umfasste sie wie eine Umarmung. Ohne ein Wort brachte er sie dazu stehen zu bleiben. »So lange hast du auf diesen Moment hingefiebert«, sagte er ruhig. »So hart hast du trainiert, um ihn zu erreichen. Und jetzt läufst du davon?«

Emily schluckte. »Du meinst … dass ich bereit bin für die Konfrontation mit Asmaron?«

»Wenn du es jetzt nicht bist, wird kein Training der Welt daran etwas ändern. Asmaron versteht sich darauf, seine Spuren zu verwischen, das haben wir in den letzten Wochen immer wieder festgestellt. Selbst den Besten meiner Leute ist es nicht gelungen, ihn aufzuspüren. Aber auch er hat eine Fährte. Und der können wir folgen.«

Es kostete Emily Überwindung, auf ihn zuzutreten, zurück in die Finsternis des Hinterhofs, in dem sie gestorben war. Doch als sie neben Balthasar stehen blieb, zitterten ihre Knie nicht mehr. »Und wir wollen ausgerechnet hier nach ihr suchen? Seit jener Nacht ist so viel Zeit vergangen. Ich glaube nicht, dass wir an diesem Ort noch irgendetwas von ihm finden werden, das ich wiedererkennen könnte.«

»Wir suchen nicht nach einer gewöhnlichen Fährte«, erwiderte Balthasar. »Die hat Asmaron nicht hinterlassen, sonst hätten wir ihn längst gefunden, und auch dein Leben hat er so weit in sich verschlossen, dass wir es nicht aufspüren können. Nein, wir suchen nach etwas, das jeder Kreatur anhaftet und das sie nicht verbergen kann: den Geruch ihres tiefsten Inneren.«

»Klingt appetitlich«, murmelte Emily. »Nach Methan. Und faulenden Eingeweiden.«

Balthasar seufzte. »Manchmal würde ein bisschen weniger prosaische Eindeutigkeit dir guttun. Ich spreche nicht von sterblichen Körpern. Ich spreche von dem, was ewig ist. Manche nennen es Seele, manche Essenz oder das Ich. Aber ganz gleich, welchen Namen man ihm gibt: Es ist das, was uns wirklich ausmacht und begründet. Doch es ist schwer aufzuspüren. Gerade wenn derjenige alles daransetzt, um es zu verschleiern, und das tut Asmaron ganz sicher. Nicht grundlos habe ich mit meinen Leuten bisher ohne Erfolg nach ihm gesucht. Du jedoch kannst seine Spur finden … denn du bist ihm nah gekommen.«

»So würde ich das nicht sagen. Er hat mich umgebracht. Von Nähe habe ich da ehrlich gesagt nicht viel gespürt.«

»Der eigene Tod kann die Wahrnehmung beeinflussen. Besonders bei euch Menschen. Aber ich weiß, wie es sich anfühlt, jemanden zu töten. Eines sage ich dir: Jedes meiner Opfer ist mir ebenso nah gekommen wie ich ihm. Auf der Schwelle zwischen Leben und Tod begegnen wir einander, und was wir da sehen, lässt sich durch keinen Schleier und keinen Zauber verstecken. Es ähnelt dem Moment, in dem du einen Toten in seine Welt zurückschickst, nur tausendfach so stark.«

Emily zuckte mit den Schultern. »Das mag ja sein, aber ich erinnere mich nicht an so einen Moment.«

»Und deswegen sind wir hier«, erwiderte Balthasar. »Dieser Ort ist mehr als nur der Platz, an dem du gestorben bist. Hier bist du Asmaron begegnet, hier hast du ihn angesehen, ob du es noch weißt oder nicht. Und deswegen wird dieser Ort kein Ende für dich sein, sondern ein neuer Anfang. Ich werde dich mit einem Zauber in deine Erinnerung zurückschicken und dich im Geist begleiten. Und dort wirst du finden, was wir suchen.«

Emily überkam ein Schaudern. »Dir ist schon klar, dass Sisterius genau dasselbe getan hat, damals bei der Versammlung vor dem *GdU?* Es war schlimm, meinen eigenen Tod noch einmal erleben zu müssen. Alles, was ich empfunden habe, war Entsetzen und Angst.«

»Genau darauf hatte Sisterius es auch abgesehen«, erwiderte der Vampir. »Vergiss nicht: Hinter all seinen Masken ist er noch immer der Jäger von einst. Und dennoch irrst du dich. Denn trotz deiner Panik hast du in der Konfrontation mit Asmaron eine Stärke in dir entdeckt, die du vorher vermutlich nicht für möglich gehalten hast. Du hast das Leben verteidigt, das du noch in dir hast. Mit Erfolg. Und seither hat sich viel getan. Du wurdest in Magie und Kampfkunst unterwiesen, konntest deine Fähigkeiten ausbilden und hast gelernt, auf Zwischentöne zu hören. Darauf, was wirklich da ist, hinter Masken und Dunkelheit. Damals hat Sisterius dich all das erleben lassen, um dir Angst zu machen. Jetzt hast du ein Ziel.«

Emily konnte sich jede Menge Dinge vorstellen, die sie lieber getan hätte, als noch einmal ihren eigenen Tod zu erleben. Sie fröstelte, als sie daran dachte, dass sie auf diesem Asphalt zusammengebrochen war, ein lebloser Körper in den Händen Asmarons. Aber sie war einen harten Weg gegangen bis zu diesem Punkt, und sie würde nicht zurückweichen, ausgerechnet jetzt, wo sie so kurz davor stand, endlich eine Spur zu ihrem Mörder zu finden. Zur Hölle mit der Angst. Die hatte keinen Platz mehr an diesem Ort.

Balthasar stand ruhig da, bis Emily nickte. Dann hob er die Hand. Sein Zauber setzte seine Finger in silbernes Feuer. Sacht strich er über Emilys Stirn. Im nächsten Moment wurde ihr schwarz vor Augen.

Das Erste, das sie wahrnahm, war die Schwere ihres Körpers. Das Blut rauschte in ihren Ohren und sie schwankte, als sie den Wind auf ihrer Haut spürte, so kalt, als wären all die Stimmen in ihm nichts als Illusionen. Mit dumpfem Pochen schlug ihr Herz in ihrer Brust. Sie war wieder ein Mensch. Mit angehaltenem Atem öffnete sie die Augen.

Sie war fest davon überzeugt, sich im Hinterhof zu befinden, gerade so, wie es gewesen war, als Sisterius sie in ihre Erinnerung zurückgeschickt hatte. Doch als sich die Finsternis lichtete, fand Emily sich auf einem Bahnsteig wieder. Sie konnte Balthasar nicht sehen, auch wenn sie seine Nähe spürte. Menschen drängten sich an ihr vorbei, viele davon für Halloween verkleidet. Stimmengewirr erfüllte die Luft. Aber es war nicht irgendein Bahnsteig. Es war derselbe, auf dem sie Lisa in jener Nacht im Gedränge aus den Augen verloren hatte. Emily stellte sich auf die Zehenspitzen, doch ihre beste Freundin war verschwunden. Für einen Moment überkam sie wie damals eine unerträgliche Furcht: dass sie einander zum letzten Mal gesehen hatten … zum allerletzten Mal.

Gleichzeitig traf sie ein eisiger Hauch, sacht wie ein Atemzug. Wie in jener Nacht rieselte er ihren Nacken hinab und ließ ihr Herz schneller schlagen. Dieser Hauch war leise wie ein Flüstern in einer fremden Sprache und ging doch urgewaltig wie ein Riss durch ihre Welt. Emily schien es, als wäre ihre Realität von einem Moment zum anderen nichts als ein Trugbild … so als hätte dieser Hauch ausgereicht, um ihr zu beweisen, dass wahr war, was sie immer schon geglaubt und gehofft hatte: dass es mehr in der Welt gab, als die gewöhnlichen Menschen für möglich hielten.

Sie wusste, was kommen würde, als sie sich umdrehte. Sie hatte es schon einmal erlebt, und dennoch folgte sie dem eiskalten Hauch auch dieses Mal mit klopfendem Herzen. Wie magisch angezogen drängte sie sich an den Menschen vorbei, die Treppe des Bahnsteigs hinauf, über Boulevards und an erleuchteten Geschäften vorüber, bis sie das heruntergekommene Wohngebiet erreichte. Wie damals schauderte sie angesichts der finsteren Gegend, und ihr Herz zog sich zusammen, als sie den Hinterhof erreichte. Instinktiv schaute sie in die Dunkelheit an dessen Ende und wusste, dass ihr Blick erwidert wurde. Ein Frösteln lief über ihren Leib, als sie eine grausame Erkenntnis überkam. Bisher hatte sie geglaubt, Asmaron hätte ihr aufgelauert. Aber das hatte er nicht getan. Er hatte sie gerufen. Und sie war seinem Ruf gefolgt.

Emily musste ihre gesamte Kraft aufwenden, um nicht gegen Balthasars Zauber anzukämpfen, als Asmaron aus den Schatten trat. Aber der Vampir war bei ihr, und er blieb an ihrer Seite, während sie noch einmal ihren eigenen Tod erlebte: die Schönheit Asmarons, das Nichts seiner Augen, ihre Gedanken, die sich unter seinem Griff auflösten wie Asche im Sturm, und ihren festen Willen, sich an dem letzten Lebensrest tief in ihrem Inneren festzuklammern. Wieder spürte sie das Entsetzen, das nach ihr griff. Doch sie ließ sich nicht davon lähmen. Zur Hölle noch eins: Diese Erinnerung gehörte ihr. Und sie allein bestimmte, was sie darin erlebte und was nicht. Mit diesem Gedanken schaute sie Asmaron ins Gesicht.

Er war ihr so nah, dass sie seinen Atem auf der Haut gespürt hätte, hätte er einen Herzschlag gehabt. Auch aus der Nähe sah er schmerzhaft schön aus mit seiner makellosen weißen Haut und dem sanft geschwungenen Mund, und selbst die Grausamkeit seiner Augen tat dem keinen Abbruch. Sie wirkten tiefschwarz. Es war die Kälte seiner Welt, die Emily darin sah, das wusste sie, die Gnadenlosigkeit des Totenreichs, die ihr das Leben aus dem Leib zog, mühelos, als wäre all das nichts als ein Spiel. In Gedanken ballte sie die Hände zu Fäusten. Selbst wenn es ein Spiel war: Aufgeben würde sie nicht.

Wie eine Antwort auf diesen Gedanken krampfte sich ihr Körper zusammen. Das letzte Mal hatte ihre Angst den Schmerz gemildert. Nun jedoch spürte sie in jeder Faser, wie Asmarons Kraft ihr Herz umfasste und es zum Stillstand brachte. Der Schmerz war wie eine Welle aus tiefblauem Licht, erstickend und Erlösung versprechend, wenn sie sich ihm nur ergeben würde. Aber sie kämpfte gegen die Ohnmacht an – und fand plötzlich das Blau in Asmarons Augen gespiegelt. Mit einigem Erstaunen starrte sie ihn an. Es war, als würde er ebenfalls Schmerz empfinden, tausendfach so stark wie der ihre. Schmerz darüber, dass das Leben in ihr erlosch … oder über etwas anderes, das tief in ihm selbst verborgen lag.

Emily schaute mitten hinein in dieses Licht, das wie ein Tor war zu seinem Inneren. Die Kälte wurde so übermächtig, dass sie anfing zu zittern. Ihre Augen schlossen sich ohne ihr Zutun, nur durch ihre Lider sah sie noch das flackernde blaue Licht. Aber sie ließ es nicht los, ebenso wenig wie den Schmerz, der sie bei Bewusstsein hielt. Und gleich darauf nahm sie inmitten des typischen Totengeruchs von Asche und verbrannter Erde erneut den schwachen Duft wahr, so zärtlich, dass er jeden Schrecken in ihr erstickte. Er war wie ein Frühlingsahnen mitten im tiefsten Winter, ein Duft voller Freude und Zuversicht. Und dieses Mal erkannte sie ihn. Hyazinthen.

Asmaron fuhr so heftig zusammen, dass Emily die Lider öffnete. Er starrte sie an, ohne jedes Lächeln, die Augen zwei zerbrochene Spiegel aus blauem Eis. Kurz schien es ihr, als würde er sie durch all die Kälte hindurch wirklich ansehen – als wäre er mehr als eine Erinnerung. Dann drang Lärm durch die Nacht. Emily erkannte Balthasars Stimme in der Ferne, sie näherte sich rasch. Schon glitten mehrere dunkle Gestalten durch die Finsternis. Noch einmal schaute sie in die gesprungenen Spiegelaugen ihres Mörders. Dann ließ er sie fallen, und ehe sie noch am Boden aufschlug, kehrte sie in die Wirklichkeit zurück.

Emily lag tatsächlich auf dem Asphalt. Ein Kronkorken klebte an ihrer Wange, als sie sich aufrichtete, und landete viel zu laut am Boden. Dann packte Balthasar ihren Arm und zog sie gänzlich auf die Beine. Sie schwankte. Der Hof flackerte vor ihr, und für einen Moment sah sie noch Asmarons Gesicht vor sich, so erschrocken, als hätte sie ihn verwundet.

Es war Balthasars Hand, die den Schwindel in ihrem Schädel vertrieb. Sacht strich er über ihre Stirn, und ein Blick in seine Augen genügte, um sie lächeln zu lassen. Langsam sog sie die Luft ein und sah zu, wie Asmarons Bild in ihren Gedanken zerbrach. Mochte dieser Kerl noch so viele Geheimnisse mit sich herumtragen – nun hatte sie seine Spur gefunden. Und nichts würde sie daran hindern, sich ihr Leben zurückzuholen.

16

Aurelies Stimme klang wie der Nordwind über die Pfade des Friedhofs. Sie ließ die Blätter der Bäume wispern, als wären sie ein Gespensterchor, und wenn sie die höheren Tonlagen erreichte, schienen die Schatten zwischen den Totenhäusern ergriffen innezuhalten. Emily konnte es ihnen nicht verdenken. Zu oft hatte sie Aurelies Gesang in der Großen Taverne zugehört, um nicht zu wissen, welche Faszination er entfalten konnte. Er war viel mehr als Klang und Töne. Er war die reinste Form der Magie. Trotzdem schaute sie nicht zurück, als sie nun die erleuchteten Straßen des Friedhofs hinter sich ließ und den Hügel hinaufeilte. In dieser Nacht hatte sie keine Zeit, um sich von überirdischem Gesang verzaubern zu lassen. In dieser Nacht wartete die Stille auf sie.

Wie üblich begrüßte sie Emily bereits am Ende der Gasse, die zu Balthasars Gruft führte. Schritt für Schritt drängte sie Licht und Fröhlichkeit zurück, und wie jedes Mal, wenn Emily diesen Weg entlangkam, zwang sie das Schweigen ringsum, langsamer zu gehen. Aber nie war es ihr so schwergefallen wie jetzt, sich Balthasars Gruft einigermaßen gesittet zu nähern. Dafür hatte er sie einfach viel zu lange hingehalten.

Du stehst auf einem Drahtseil, hatte er erwidert, als sie ihn noch im Hinterhof gefragt hatte, wann sie auf die Jagd nach Asmaron gehen würden. *Ein vorschneller Schritt wird dich in die Tiefe führen und sonst nirgendwohin. Für die Schlacht, die uns bevorsteht, müssen wir uns wappnen. Und nichts anderes werden wir tun. Mit Ruhe. Und mit Geduld.*

Emily hatte keine Ahnung gehabt, was er damit genau gemeint hatte. Immerhin hatte sie doch alles getan, was für die Konfrontation mit Asmaron nötig war. Balthasar selbst hatte genau das gesagt. Aber ein Hinweis darauf hatte nur dazu geführt, dass sich sein Gesicht verschlossen hatte, und nachdem all ihre Nachfragen ins Leere gegangen waren, hatte sie es aufgegeben. Es war sinnlos, mit dem Vampir zu diskutieren, wenn er seine Pläne bereits beschlossen hatte. Und so war ihr nichts anderes übrig geblieben, als geschlagene zwei Tage lang die Trainingsaufgaben zu erledigen, die er ihr erteilt hatte, und ansonsten ihre Unruhe mit Abenden in der Großen Taverne zu bekämpfen.

Cosimo und Raphael hatten ihr Bestes getan, um sie abzulenken, und Rasmus und die anderen hatten ebenso mit ihren üblichen Gesangs- und Schauspieleinlagen auf der kleinen Bühne ihren Teil dazu beigetragen. Eigentlich hatte Emily auch in dieser Nacht wieder mit ihren Freunden zusammensitzen wollen. Aber als sie vom Training in ihre Gruft gekommen war, hatte sie der lang ersehnte Brief von Balthasar erwartet. Und nun, da sie seine Behausung erreichte, war sie endgültig zurück: die Aufregung, die sie in den vergangenen Tagen so mühsam zurückgedrängt hatte.

Sie rannte fast die letzten Meter bis zur Tür, die lautlos vor ihr aufschwang, und durchquerte die düstere Bibliothek des Vampirs. Eilig lief Emily die Treppe hinab und rechnete damit, Balthasar an seinem Schreibtisch zu finden, wie es immer gewesen war, wenn sie die nächsten Schritte zur Ergreifung Asmarons besprochen hatten. Sie wirbelte die letzten Stufen hinunter – und blieb wie angewurzelt stehen.

All die Möbel, die Waffenständer, selbst die Kerzenhalter, die den Vorraum zu den Gewölben normalerweise schmückten, waren verschwunden. Stattdessen zogen sich glühende Symbole über die Buchrücken, und dort, wo sonst der Schreibtisch gestanden hatte, prangte ein riesiger Drudenfuß. Seine sorgsam gezeichneten Linien bedeckten fast den gesamten Boden, und sie bestanden aus … Blut. Der Geruch ließ Emily schlucken. Der Raum sah aus wie bei einer verfluchten schwarzen Messe. Und wo zur Hölle war Balthasar?

»Hier«, raunte er direkt neben ihrem Ohr.

Emily erschrak so heftig, dass sie einen Satz zurücksprang. Balthasar hingegen rührte sich überhaupt nicht. Vermutlich hatte er die ganze Zeit über in den Schatten seiner Treppe gestanden und nur darauf gewartet, sie in Panik zu versetzen.

»Verdammt noch mal!« Sie funkelte ihn wütend an. »Was glaubst du, wer du bist? Batman?«

Er zuckte mit den Schultern. »Zu sterblich. Aber seine Höhle ist gar nicht so übel.«

Emily schnaubte. Jedes Mal erschreckte er sie, wenn sie nicht genug auf ihre Umgebung achtete. Und jedes Mal wurde sie das Gefühl nicht los, dass es ihm ein teuflisches Vergnügen bereitete.

Mit finsterer Miene schaute sie sich um. »Hast du mich deswegen tagelang auf eine Nachricht warten lassen? Weil du unter die Teufelsmaler gegangen bist?«

Balthasar trat auf den Drudenfuß zu. Knisternd glommen die Symbole auf, kaum dass er an ihnen vorüberging. Vor dem Pentagramm blieb er stehen. »Das sind uralte Siglen. Zeichen, die große magische Kraft in sich tragen. Es dauert seine Zeit, sie zu erwecken und zu einem Ritual zusammenzustellen, das seinen Zweck erfüllt.«

»Und was für ein Ritual soll das sein?«

»So oft hast du davon gelesen«, sagte er und schüttelte den Kopf. »Und jetzt stellst du mir dennoch diese Frage? Das, was du hier siehst, ist eine Tradition aus lang vergangener Zeit. Dies ist das Ritual der Todesjäger.«

Kaum hatte er geendet, entfachten sich die Linien des Pentagramms zu silbernem Feuer. Im selben Moment wich jedes Lächeln von Emilys Gesicht, und das nicht nur wegen der Hitze, die auf einmal ihre Wangen streifte. Sie erinnerte sich daran, was sie über dieses Ritual gelesen hatte, erinnerte sich an die Bilder, die sie in Balthasars Büchern dazu gesehen hatte, und an die Siglen, die vor ihrem geistigen Auge entstanden waren, als der Vampir ihr von diesem Ritual erzählt hatte. In früheren Zeiten diente es dazu, dem Krieger zu helfen, sich auf seine wahre Stärke zu besinnen und sie gegen seinen Gegner einzusetzen, und sie hatte geglaubt, dass es mit dem Zerbrechen der Gilde untergegangen war. Doch da hatte Emily sich offenbar getäuscht. Sie ließ den Blick über die Siglen schweifen. Da stand sie nun also inmitten der Zeichen, die die Todesjäger entzündet hatten, bevor sie in eine entscheidende Schlacht gezogen waren, eine Schlacht, die alles oder nichts bedeutete – eine Schlacht auf Leben und Tod.

»Bist du nervös?«, fragte Balthasar.

»Nein«, erwiderte sie schnell und kam sich sofort lächerlich vor. »Doch«, gab sie zu und seufzte. »Immerhin gibt es bald kein Zurück mehr. Ich werde Asmaron jagen, ich werde ihn herausfordern. Und ich werde erfahren, ob ich genug gelernt habe, um ihm standzuhalten.«

»Das hast du«, sagte der Vampir. »Und du darfst nicht vergessen, dass du auch ansonsten alles mitbringst, um siegreich zu sein.«

Emily sah ihn an. »Ach ja? Davon hast du mir nie was erzählt. Im Gegenteil. Anfangs musste ich dich ganz schön überreden, bis du meiner Ausbildung zugestimmt hast. Du hast es mir echt nicht leicht gemacht.«

»Nein«, gab er zurück. »Und ich kann jedem nur raten, dasselbe zu tun, bevor er sich auf einen Deal mit dir einlässt.«

Sie musste lächeln, als sie das amüsierte Blitzen in seinen Augen sah. »Warum glaubst du, dass ich es schaffen kann, Asmaron zu bezwingen?«

»Zuallererst hast du mich an deiner Seite«, stellte er fest. »Außerdem bist du ein Geist und verfügst über große magische Kraft. Damit bist du selbst meinen erfahrensten Kriegern im Kampf gegen die Toten überlegen. Dann kann niemand außer dir Asmarons Spur ausmachen, denn nur du bist ihm nah genug gekommen. Und zu guter Letzt kann niemand das gestohlene Leben so unbeschadet aus ihm herausholen wie du. Es ist nämlich noch immer ein Teil von dir, nicht von ihm. Man könnte also behaupten: Du hast gute Voraussetzungen, um dein Ziel zu erreichen.«

»Das klingt ja fast wie ein Lob.« Emily musste sich ein Grinsen verkneifen.

»Ich stelle nur Tatsachen fest«, entgegnete er spöttisch. »Und zu denen gehört auch, dass all das, was ich gerade aufgezählt habe, dir nicht helfen wird, wenn du deine innere Stärke aus den Augen verlierst. Sie ist es, die dich durch jeden Kampf führen wird, und sie wird dich schützen, wenn jede andere Kraft versagt. Diesem Zweck dient das Ritual. Es soll dich an diese Stärke erinnern, in die du dich flüchten kannst, ganz egal, wie finster es um dich herum werden mag. Seit jeher verbringen die Jäger die letzte Nacht vor einer großen Schlacht in diesem Feuer. Doch eines muss dir klar sein: Ist das Ritual im Morgengrauen beendet, wird es keinen Aufschub mehr geben. Dann werden wir uns rüsten, und die Jagd beginnt.«

Emily schaute in die Flammen. Da war sie wieder, die kleine ängstliche Stimme in ihr, die sie mit aller Kraft dazu überreden wollte, doch lieber in die Taverne zu gehen und schönen Liedern zuzuhören, anstatt sich in irgendwelche saugefährlichen Schlachten zu stürzen. Aber ein Knistern des Feuers genügte, um sie zum Schweigen zu bringen, und Emily straffte die Schultern. Lange genug hatte sie auf diesen Moment hingearbeitet. Jetzt würde sie nicht zögern.

»Ich bin so weit«, sagte sie und hob den Blick. »Fangen wir an.«

Ohne ein Wort trat Balthasar durch die Linien ins Innere des Pentagramms und bedeutete Emily, es ihm gleichzutun. Die Flammen prasselten über ihre Beine, aber die Hitze war wie warmes Wasser, und als sie sich Balthasar gegenübersetzte, fühlte sich der Widerschein angenehm auf ihrer Haut an. Beinahe sanft griff der Vampir nach ihrer linken Hand – und führte ein Messer quer durch ihr Fleisch.

»Zur Hölle, was …«, rief Emily und wollte die Hand zurückziehen.

Doch Balthasar warf ihr einen strengen Blick zu. »Was bist du?«, fragte er mit einem Anflug seiner alten Verachtung. »Ein kreischendes Mädchen – oder eine Jägerin?«

Darauf erwiderte Emily nichts mehr und sah zu, wie sich das Blut auf ihrer Handfläche in roten Staub verwandelte. Wortlos führte Balthasar ihre Hand in die Flammen. Sofort glitten unzählige Flämmchen heran und leckten über ihre Haut. Es fühlte sich an wie raue Katzenzungen. Als das Blut verzehrt war, zog Emily ihre Hand zurück. Der Schnitt war nicht mehr zu sehen, doch ihr blieb keine Zeit, sich darüber zu wundern. Denn gleich darauf brachen Funken aus mehreren Siglen rings herum und ein dunkles Raunen erfüllte die Luft.

»Was passiert jetzt?«, fragte Emily aufgeregt.

Doch Balthasar zeigte sich wie gewöhnlich gänzlich unbeeindruckt von der Magie, die sich um ihn entfaltete. »Die Zeichen studieren dein Blut … nun, oder das, was davon übrig ist. Sie verinnerlichen dich, bis sie dein

Spiegel geworden sind. Dann können wir in den Flammen lesen.«

Emily seufzte. »Kannst du das so formulieren, dass es auch Nicht-Vampire verstehen können?«

»Nicht-Vampire verstehen selten etwas, egal, wie einfach man es erklärt«, gab er zurück, doch seine Augen blitzten amüsiert. »Wir werden jetzt warten, bis die Magie des Zaubers bereit ist. Und dann werden wir deine Stärke in den Flammen suchen.«

Emily schaute ins Feuer. »Meine Stärke«, murmelte sie nachdenklich. »Was soll das sein? Mein Humor?«

»Natürlich. Bringe deinen Mörder zum Lachen und du wirst ihn besiegen. Nein, deine wahre Kraft ist etwas, das den Tod überdauert. Etwas, das du schon als Mensch besessen hast … ein Teil des Ichs, wie du es bei Asmaron aufgespürt hast.«

»Etwas, das ich schon als Mensch besessen habe«, wiederholte Emily. »Dir ist schon klar, dass du gerade zugegeben hast, dass Menschen über große Kräfte verfügen, oder?«

Balthasar hob die Schultern. »Das habe ich nie bestritten. Die meisten Menschen sind schwach, im Leben wie im Tod, und dumm sind sie obendrein. Aber einige sind stark, stärker, als ich erwartet hätte, um ehrlich zu sein. So wie du. Und dann gibt es einige wenige, deren Fähigkeiten mächtiger sind als alles, was ich kenne … und die meine Welt ins Wanken bringen, wenn sie sie mir zeigen.« Sein Blick war ins Feuer geglitten bei seinen letzten Worten, und er hatte leise gesprochen, so als redete er über ein lang gehütetes Geheimnis, das wie von selbst auf seine Zunge gesprungen war.

»Und bist du einem davon mal begegnet?« Emily rechnete nicht damit, dass er ihre Frage beantwortete. Für gewöhnlich zog er sich in Momenten wie diesen in eisiges Schweigen zurück, und dann konnte sie nichts weiter tun, als seine Stille zu ertragen und wieder einmal zu begreifen, dass sie eine Grenze überschritten hatte, von der sie nichts gewusst hatte. Umso erstaunter war sie, als er nun langsam nickte.

»Ja«, sagte er. »Vor langer Zeit. Ich traf ihn in einer Regennacht. Er war allein unterwegs und ich war müde und hungrig wie seit Wochen schon. Normalerweise bevorzugte ich frische Jünglinge oder schöne Frauen, aber in dieser Nacht war es mir einerlei. Ich wollte spüren, wie etwas unter meinen Händen stirbt, um mich lebendig zu fühlen. Und als er die Straße hinabkam und mit glänzenden Augen den Mond betrachtete, wusste ich, dass er es sein würde. Ich beobachtete ihn eine Weile, bis er begann, mich zu langweilen. Normalerweise machte ich mir einen Spaß daraus, die Gedanken meiner Opfer zu lesen, aber seine waren so wirr, dass es mich bald ermüdete. Also folgte ich ihm in eine einsame Seitenstraße, und als er stehen blieb, um zu den erleuchteten Fenstern aufzuschauen, tauchte ich aus den Schatten. Für gewöhnlich erschrecken die Menschen vor mir, selbst die, von denen man es nie erwarten würde. Ich habe schon Sterbliche in meiner Hand zittern sehen, die Stunden zuvor das Leben anderer Menschen ohne jeden Skrupel und auf entsetzlichste Weise in den Ruin getrieben haben. Und selbst die Kühnsten meiner Opfer erbleichten, wenn sie erkannten, was ich bin. Ausnahmslos alle hatten Angst – aber er nicht. Meine Nägel krallten sich in sein Fleisch, seine Füße baumelten einen halben Meter über dem Boden. Doch er sah mich nur an, als wäre ich das Schönste, das er je gesehen hatte. Und dabei hatte er keine Wunderaugen wie Etienne. Er konnte nicht *sehen*, was ich war. Aber er hat es *gefühlt* – und er fürchtete sich nicht. Ich ließ ihn fallen, so fassungslos machte er mich. Doch ich konnte ihn nicht mehr töten, ihn nicht einmal verletzen. Er hat mich besiegt mit nicht mehr als einem Blick.«

Emily erinnerte sich nicht, dass Balthasar jemals so mit ihr gesprochen hatte. Er schaute noch immer in die Flammen, aber ein Lächeln lag nun auf seinen Lippen, und sein Gesicht war so sanft, dass es fast menschlich wirkte. Nie zuvor war der Vampir ihr so vollkommen erschienen wie in diesem Augenblick. »Was ist aus ihm geworden?«, fragte sie, als er nicht weitersprach.

»Ich ließ ihn gehen in jener Nacht«, sagte er, ohne aufzusehen. »Aber ich verlor ihn nie ganz aus den Augen. Ich war wie ein Schatten auf seinem Weg. Manchmal glaubte ich, er würde mich erkennen, irgendwo in der Finsternis. Er wurde älter, und eines Tages … ist er gestorben. So wie Menschen es tun.«

Sein Lächeln verschwand, und da war sie wieder, die Traurigkeit, die er in sich trug und die Emily schon damals beim Blick hinter seine Maske empfunden hatte. Kurz flammte es in ihren Gedanken auf, das Bild, das sie in Balthasars Erinnerungen gefunden hatte, und sie fragte sich, ob der Fremde aus der Gasse jener Mensch gewesen war, den der Vampir in den Armen gehalten hatte, als er gestorben war. Aber sie wusste, dass sie ihn nicht danach fragen durfte.

»Menschen verlieren ihr Leben«, sagte sie. »Aber sie verschwinden nicht. Sie bleiben ein Teil von denen, die sich an sie erinnern. Und in deinem Fall bedeutet das Unsterblichkeit.«

Balthasar schaute weiter in die Flammen, so als würde er einen Augenblick brauchen, um ihre Worte zu begreifen. Dann sah er sie an und ein Lächeln flog über sein Gesicht. Kaum merklich, und doch genügte es, um jede Traurigkeit von seinen Zügen zu brennen. »Was für ein Schicksal«, entgegnete er. »Post mortem auf direktem Weg in meine Ewigkeit. Ich weiß nicht, ob das für einen Menschen tatsächlich ein Trost ist.«

»Nicht für jeden vermutlich«, erwiderte Emily und grinste. »Aber immerhin sprechen wir auch nicht über einen x-beliebigen Menschen, sondern über einen, der einen uralten Vampirkrieger und Jäger mit einem einzigen Blick besiegt hat. Nur mal so zum Vergleich: Ich glaube nicht, dass ich es hinkriege, Asmaron auf dieselbe Weise zur Strecke zu bringen. Auch wenn ich es mir wünschen würde.«

Balthasar schaute sie mit leicht geneigtem Kopf an. Wie immer hatte sie das Gefühl, dass sein Blick sich tief in ihr Fleisch brannte, so eindringlich war er. »Du besiegst ihn mit dem, was du bist. Und das ist mehr als genug.«

Kurz glaubte Emily, dass er noch etwas sagen würde – etwas, das schon viel zu lange unausgesprochen auf seiner Zunge lag. Aber gerade als er den Mund öffnete, prasselten Funken um sie auf. Sie schossen kaskadengleich aus den Siglen, und die Flammen, die gerade noch silbern gewesen waren, färbten sich golden. Emily musste nicht zu Balthasar hinüberschauen, um zu begreifen, dass der Zauber bereit war.

»Eins ist sicher«, murmelte sie. »Wenn ich noch ein Mensch wäre, hätte ich allein heute Abend schon drei Mal einen Herzinfarkt bekommen. Mindestens.«

»Wenn du noch ein Mensch wärest, hättest du zuallererst den Verstand verloren. Und nach dem ersten Herzinfarkt hätte der gute Cosimo sich mit einem weiteren durchgedrehten Geist herumschlagen dürfen.«

»Was bin ich doch für ein Glückspilz«, erwiderte Emily. »Ich darf mich jetzt im Vollbesitz meiner geistigen Kräfte ins Feuer eines uralten Zaubers begeben. Oder wie funktioniert das Ritual sonst?«

»Weit weniger martialisch, als du denkst«, gab Balthasar zurück. »Sieh in das Feuer und warte, was passiert.«

Emily holte tief Atem, ehe sie seiner Aufforderung folgte. Zuerst sah sie nur die Flammen, die sich ineinanderschoben. Dann stiegen schemenhafte Schleier aus der Glut. Sie sahen aus wie brennende Nebelfetzen, aber Emily erkannte Bilder darin. Ihren Onkel wie erstarrt am Küchentisch kurz nach dem Tod ihres Vaters, gleich darauf sich selbst, die Kehle zugeschnürt, ihre Schwester in den Armen wiegend, dann das schneebedeckte schottische Hochland. Sie erinnerte sich, dort war sie langgelaufen, ganz allein, nachdem sie die Asche ihres Vaters im Wind verstreut hatten, genau so, wie er es gewollt hatte. Blitzlichtartig tauchten immer weitere Bilder auf. Lisa, die ihr selbst gebackene Kekse brachte und dabei weinte. Möbelpacker, die ihre Sachen zusammenräumten und dabei ein Bild fallen ließen, das lachende Gesicht ihres Vaters von Scherben bedeckt am Boden. Sie selbst mit rasendem Herzen, wie sie nach Albträumen erwachte und begriff: Sie waren alle wahr. Sophie, die sich vor dem leeren Bett ihres Vaters am Boden zusammenrollte und sich nicht von ihr trösten ließ. Hilflos schüttelte Emily den Kopf, als sie ihre Schwester dort im Feuer weinen hörte. Aber erst als Balthasar die Hand auf ihre Schulter legte, konnte sie sich von dem Bild abwenden.

Mit ruhigem Blick sah der Vampir sie an. Ihr schien es, als würde er sie über einem endlosen Abgrund halten.

»Der Schmerz ist nicht dein Feind«, sagte er leise. »Und auch die Trauer nicht. All deine Gefühle, all die Erinnerungen machen dich zu der, die nun in diesem Feuer sitzt. Sie lassen dich leiden, aber sie machen dich stärker. Jedes einzelne Bild ist ein Stück des Mosaiks, das du bist. Nur wenn du es zerschlägst, wirst du verwundet.«

Emily brauchte einen Moment, um seine Worte zu begreifen. Dann nickte sie und fixierte den Boden direkt vor sich, bis ihr Atem sich beruhigt hatte. Balthasar zog seine Hand fort, und als sie erneut in die Flammen sah, ließ sie die Bilder vorbeiziehen wie die Wolken, die sie mit Raphael beobachtet hatte. Mit jedem einzelnen drang sie tiefer in die Glut ein. Es war, als würde sie in ein Bergwerk verlorener Gedanken hinabgleiten, so dunkel waren die meisten Bilder. Umso erstaunter war sie, als sie plötzlich goldenes Licht spürte. Es kam aus dem Bild, das nun vor ihr erschien, so strahlend hell, dass es alle anderen rings herum verblassen ließ.

Emily sah sich selbst, wie sie mitten in der Nacht von Trauer getrieben zum Arbeitszimmer ihres Vaters lief, und glitt im Geist in die Erinnerung hinein. Im Zimmer war es stockfinster, nur die einfallenden Lichter der Stadt spendeten etwas Helligkeit. Emily schaute zu dem Sessel hinüber, in dem ihr Vater früher so oft gesessen und mit ihr gemeinsam in die Nacht hinausgeblickt hatte, um nach Fantasiewesen Ausschau zu halten. Sie nahm seinen Duft wahr: nach Lakritz und ein wenig nach Lavendel, weil ihm der Geruch beim Denken half, wie er immer sagte. Er hatte dieses Zimmer das Refugium der Schatten genannt, ein Kosmos voller Wunder, und sie hatte sich immer so sicher und beschützt gefühlt in diesem Raum und auf diesem Sessel, in dem er nie wieder sitzen würde. Sie spürte wie damals, dass sich ihre Kehle bei dem Anblick zusammenzog … und ihr Erstaunen, als sie näher trat und ihre Schwester auf dem Sessel sitzend fand.

Sophie sah mit großen Augen zu ihr auf und rutschte beiseite, und dann schauten sie gemeinsam in die Nacht, genau so, wie sie es mit ihrem Vater getan hatten. Emily erinnerte sich daran, wie sie sich ausgemalt hatten, welche Fabelwesen dort draußen gerade herumliefen – all die Kreaturen, von denen ihr Vater ihnen so oft erzählt hatte, dass sie ihnen vollkommen real erschienen waren. Sie hörte Sophie leise lachen. In einer stillen Nacht war das gewesen, nach einem weiteren verzweifelten Tag, an dem Sophie geweint und sie selbst wie erstarrt dagesessen hatte. Mitten in der Nacht war sie aufgewacht wie früher, als die Welt noch heil gewesen war, mit diesem Gefühl im Herzen, dass alles gut werden würde, und in gewisser Weise war es das auch geworden … für diese eine Nacht. Später war Sophie in ihren Armen eingeschlafen, aber Emily hatte weiter in die Dunkelheit geschaut. Sie hatte diese Szene fast vergessen, doch jetzt erinnerte sie sich an jede Kleinigkeit, vor allem an dies: Sie hatte sich unverwundbar gefühlt.

Emily merkte kaum, dass sie in die Mitte des Pentagramms zurückkehrte. Wortlos streckte Balthasar die Hand aus und strich mit goldener Glut über ihre Stirn. Zärtlich flog die Wärme des Feuers über sie hinweg. Es war ein Schutz, der sich über sie legte, und während das Bild vor ihr zerbrach, fühlte sie sich genau wie damals: so geborgen, wie sie dort am Fenster gewesen war, in jener Nacht im Arbeitszimmer ihres Vaters, in der alles möglich gewesen war.

Das Bild erlosch mit leisem Knistern und das Feuer ringsum wurde wieder ruhig und stetig. Kurz nur erwiderte Balthasar Emilys Blick und er nickte, als hätte er nicht für eine Sekunde daran gezweifelt, dass sie ihr Bild finden würde. Dann richtete er seine Aufmerksamkeit in die Glut und sein Schweigen legte sich wie eine beruhigende Decke über Emilys Schultern. Sie wusste, sie würden bis zum Morgengrauen so zusammensitzen, so lange, bis das Feuer erloschen war und ihre Jagd beginnen würde.

Noch immer lag das Lächeln auf ihren Lippen, als sie in die Flammen schaute. Dumpf pochte die Aufregung in ihr, aber sie hielt dem Bild nicht stand, das Emily nun darin erkannte. Sie sah Sophie inmitten des Feuers, schlafend in ihrem Bett, wie Emily sie zuletzt gesehen hatte, und ein Schauer aus Zärtlichkeit erfasste sie. Bald würde sie zu ihr zurückkehren, und dann waren sie wieder zusammen … geborgen und beschützt in ihrem Refugium der Schatten.

17

Das siebte Arrondissement glühte im Schein der Morgensonne. Blassgolden glitten die Lichtstrahlen über die Dächer, ließen den Tau auf dem Marsfeld glitzern und tauchten das Viertel in einen fast märchenhaften Glanz. Es war ein friedliches Bild ... allerdings nicht für jeden. Denn hoch oben auf der Spitze des Eiffelturms, unsichtbar für Menschen und Anderwelt, stand ein Geistermädchen und suchte nach ihrem Mörder.

Emily ließ den Blick über die Stadt schweifen. Mit Anbruch der Dämmerung hatte sie sich an Balthasars Seite auf die Jagd begeben, und seither durchstreifte sie Viertel um Viertel, um Asmarons Fährte aufzuspüren. Der Hyazinthenduft erfüllte sie neben seinen ständigen Begleitern Asche und verbrannte Erde mit solcher Macht, dass er ihr Übelkeit erregte. Aber bisher hatte sie keine Antwort auf ihn in der äußeren Welt gefunden, und auch ihr Abstecher zum Eiffelturm brachte nicht den gewünschten Erfolg. Seufzend ließ sie sich nach vorn fallen und jagte auf die Erde zu.

Noch immer versetzte sie ein Sturz aus solcher Höhe in einen Rausch zwischen Euphorie und Panik. Ihre Magie war ruhig und stark, und doch stellte sie sich bei jedem dieser Flüge vor, was geschehen würde, sollte sie plötzlich unfreiwillig in ihren menschlichen Körper zurückkehren und abstürzen – mitten aufs Marsfeld oder auf eines der Wahrzeichen der Stadt. Würden die Menschen sie dann trotz all ihrer Blindheit sehen? Oder würden sie ihre Überreste zusammenkehren wie zerrissene Zeitungen, woraufhin Raphael sie dann wieder zusammensetzte?

Bei diesem Gedanken musste sie lächeln. Vermutlich würde Raphael ihr den Kopf verkehrt herum auf die Schultern setzen zur Strafe, weil sie nicht besser aufgepasst hatte. Und Cosimo würde ihm unter Garantie volle Rückendeckung geben. Emily tauchte in das dicht besiedelte fünfzehnte Arrondissement ein, und während sie an den Wohnungen der Menschen vorüberflog, in denen nun langsam das Leben erwachte, dachte sie daran, wie sie sich vor wenigen Stunden von ihren Freunden verabschiedet hatte. Sie hatte nicht viel Aufhebens darum gemacht. Zum einen, um keine Aufmerksamkeit auf sich zu lenken, zum anderen, um ihre eigene Nervosität nicht auf Raphael und Cosimo zu übertragen. Es war schon schlimm genug, dass sie nun auf die Jagd nach einer der gefährlichsten Kreaturen der Anderwelt gehen würde, mit allen Hoffnungen und Risiken, die das eben mit sich brachte. Da wollte sie ihre Freunde nicht noch zusätzlich belasten. Doch wie immer war es zwecklos gewesen, ihre Gefühle vor den beiden verbergen zu wollen. Sie hatten kein Wort gesagt, aber sie hatten sie so fest gedrückt, dass sie jeden verfluchten Pseudoknochen in ihrem Phantomkörper gefühlt hatte, und kurz hatte sie geglaubt, ein verräterisches Glitzern in Cosimos Augen bemerkt zu haben.

Hey, hatte sie gesagt. *Asmaron hat mich einmal umgebracht. Noch mal wird ihm das nicht gelingen.*

Darauf hatte Raphael gelächelt, und Cosimo hatte ein schiefes Grinsen zustandegebracht. Aber Emily war ihre Betroffenheit nicht entgangen. Auch wenn keiner von ihnen darüber sprach, wusste sie doch, was in ihnen vorging. Es würde nicht der letzte Abschied sein, der ihnen bevorstand. Immerhin forderte sie Asmaron nicht grundlos heraus. Sie wollte ihr Leben zurück, sie würde es sich holen. Und dann würde sie die Anderwelt hinter sich lassen.

Du wirst es schaffen, hatte Cosimo gesagt, mitten in ihre Gedanken hinein. *Ich habe es im Gefühl. Und du weißt doch: Mein Gefühl trügt mich nie.*

Emily hatte gelacht, aber ihr Hals war wie zugeschnürt gewesen, umso mehr, als Raphael sie angesehen hatte.

Ich habe keine Ahnung, was dich da draußen erwarten wird, hatte er gesagt. *Doch eines weiß ich: Ich würde mit dir gehen, wenn du mich darum bitten würdest. Du tust es nicht, und das weiß ich wiederum zu schätzen. Aber eins steht fest: Wir glauben an dich. Ganz egal, was passiert.*

Darauf hatte Emily nichts mehr erwidern können, sonst wäre sie in Tränen ausgebrochen. Sie hatten sich noch einmal umarmt, dann war sie gegangen. Aber das Vertrauen ihrer Freunde begleitete sie nun, da sie durch die Dämmerung flog – mitten durch die Welt der Menschen, die so viel Anderwelt in sich barg. All die Kreaturen, die unbemerkt von den Menschen doch Tür an Tür mit ihnen lebten. Oder die Katakomben, über deren offiziellen Eingang Emily gerade hinwegflog. Sie dachte daran, wie sie hinter Cosimo durch die Gänge gestolpert war und Angst vor jedem Schatten gehabt hatte. Inzwischen fürchtete sie sich nicht mehr vor dem, was sie nicht gleich erkannte. Die Stadt hatte ihre Maske gelüftet, und Emily würde nicht vergessen, was darunterlag. Dafür war es viel zu …

Sie hatte gerade das Observatorium erreicht, als sie ein Geruch anflog. Er war so zart, dass er fast nicht wahrzunehmen war. Aber Emily traf er wie ein Schlag. Taumelnd landete sie auf der Kuppel des Gebäudes und fürchtete, nur einer Illusion aufgesessen zu sein. Sie holte tief Luft. Asche und verbrannte Erde stiegen in ihre Nase, und da war es wieder: das Frühlingsahnen mitten im tiefsten Winter. Hyazinthen.

Sie zögerte keine Sekunde. So schnell sie konnte, jagte sie die Straße hinab, geradewegs auf den Jardin du Luxembourg zu. Um diese Tageszeit war er verlassen, abgesehen von einigen Werwölfen, die in der Nähe des Eingangs herumlungerten. Emily stob über die breiten Wege und erreichte endlich die Statue des Maskenhändlers. Sie bemerkte die dunkle Gestalt ganz in der Nähe sofort. Ohne jedes Geräusch landete sie direkt neben ihr und kehrte in ihren menschlichen Körper zurück.

»Verflucht noch eins«, stieß Balthasar aus und wich vor ihr zurück.

Emily kicherte. »Hast mich wohl nicht kommen sehen, was? Ich hätte nicht gedacht, dass es so befriedigend sein kann, jemanden zu erschrecken.«

Mit finsterer Miene schaute der Vampir auf sie herab. »Um ein Haar hätte ich dir den Kopf von den Schultern gerissen.«

Sie zuckte die Achseln. »Dann wäre ich das kopflose Gespenst, das wäre ja immerhin stilecht. Allerdings nicht mehr lange. Es ist so weit.« Sie fühlte die Bedeutung dieser Worte schwer auf ihrer Zunge. »Ich habe die Fährte gefunden.«

Balthasar stand so reglos da wie die Statue hinter ihm. Es war, als würden Emilys Worte in ihm einen Hebel umlegen, der binnen eines Wimpernschlags aus ihrem Lehrer den Jäger machte, der er mit jeder Faser seines Körpers war. Namenlose Kälte zog sich über sein Gesicht, aber seine Augen glühten, als er gefährlich langsam den Kopf neigte.

»Gut«, sagte er und legte die Hand auf sein Schwert. »Lass uns gehen.«

Sie bewegten sich so schnell, dass die Blätter der Bäume anfingen zu wispern, als sie vorbeieilten. Die Werwölfe wichen knurrend vor ihnen zurück und sie tauchten in die erwachenden Gassen der Stadt ein. Emily war in ihre Schemengestalt zurückgekehrt, um Kräfte zu sparen. Sie spürte den Boden unter ihren Füßen, immer wenn sie sich für einen weiteren Sprung abstieß, und rechnete fest damit, dass ihre Nervosität ins Unermessliche steigen würde, wenn sie erneut den Duft Asmarons riechen würde. Aber kaum fand sie seine Fährte auf Höhe der Église du Val-de-Grace wieder, wich ihre Aufregung der kühlen Konzentration der Jägerin, die jedes Gefühl beiseitedrängte bis auf eines: Wachsamkeit.

Balthasar blieb dicht bei ihr. Vereinzelt zuckten die

Menschen zusammen, wenn er an ihnen vorüberglitt, und Emily hätte über ihre verwirrten Gesichter gelacht, wenn sie sich umgedreht hätte. Doch sie hielt den Blick nach vorn gerichtet, denn mit jedem ihrer Schritte wurde der Geruch der Hyazinthen stärker. Die Fährte führte in Richtung der Ménagerie. Überrascht stellte sie fest, dass sie ihren Lauf beschleunigte. Emily sah Balthasar in ihrem Augenwinkel lächeln, und sie wusste, was er dachte. Noch vor wenigen Wochen wäre ihr nicht in den Sinn gekommen, voller Euphorie auf Asmaron zuzurennen. Aber sie war nicht mehr das Geistermädchen, das angesichts ihres eigenen Todes ängstlich über den Friedhof gestolpert war. Sie war eine Jägerin. Und ihre Beute war nah.

Das Knistern war nicht mehr als ein leises Raunen und doch fuhr es Emily ins Mark. Im letzten Moment fing sie einen weiteren Sprung ab und zog sich mit Balthasar in eine Häusernische zurück. Der Vampir lauschte konzentriert. Gleich darauf hörte Emily es erneut: dieses durchdringende Knistern wie dickes Eis kurz vor dem Bersten. Ihr Gesicht verfinsterte sich. Oft genug hatte sie es in den letzten Wochen gehört, um zu wissen, was es bedeutete: Irgendwelche verfluchten Toten hatten beschlossen, ihnen auf den Wecker zu gehen. Normalerweise hatte Emily nichts dagegen, ihnen dafür eine Lektion zu erteilen. Aber an diesem Morgen hatte sie andere Pläne, als sich mit nervtötenden Schwächlingen herumzuschlagen. Allerdings wusste sie, dass Balthasar und ihr nur zwei Möglichkeiten blieben: Entweder ließen sie von Asmarons Fährte ab, um ihren Verfolgern zu entkommen. Oder sie stellten sich ihnen entgegen. Seufzend erwiderte sie Balthasars Blick. Der Vampir musste kein Wort sagen. Weglaufen war noch nie die erste Option gewesen.

Sie brauchten nicht lange, um ihre Verfolger nahe einer belebten Kreuzung aufzuspüren. Sie waren zu fünft, heruntergekommene Gestalten wie die meisten Toten, die mehr oder minder versehentlich in die Welt der Menschen gestolpert waren und nun glaubten, Jagd auf diejenigen machen zu können, die noch etwas lebendiger waren als sie selbst. Kurz rechnete Emily damit, dass Balthasar sie für diese Frechheit umgehend herausfordern würde. Aber noch hatten die Toten sie nicht bemerkt, und da ein Kampf immer die Gefahr barg, unerwünschte Aufmerksamkeit auf sich zu ziehen, war es meist klüger, ihn an einem unbelebteren Ort auszutragen. Und so wunderte sie sich nicht, als Balthasar sie ins Sichtfeld der Toten zog, gerade lange genug, damit diese sie entdeckten, nur um dann mit ihr die Straße hinabzugehen, betont langsam, als hätten sie ihre Verfolger noch gar nicht bemerkt.

Erst als sie um eine Ecke bogen, beschleunigten sie ihre Schritte. Emily konnte die Luft hinter ihnen knistern hören, so schnell eilten die Toten ihnen nach. Doch sie ließ sich nicht aus der Ruhe bringen. Ohne sich umzudrehen folgte sie Balthasar zur Arena von Lutetia. Um diese Zeit war das kleine römische Amphitheater noch nicht geöffnet, aber davon ließen sie sich nicht aufhalten. Mühelos setzte Balthasar über das Tor hinweg und Emily glitt mitten hindurch. Sie musste lächeln, als sie dem Vampir in die Mitte der Arena nachging. Wie oft hatte sie hier mit Sophie gespielt, wie oft mit Lisa auf den steinernen Reihen gesessen und geflucht, wenn das Theater abends geschlossen hatte. Mochten sich tausend Mauern um sie errichtet haben, seit sie gestorben war … aber die Grenzen der Menschen galten für sie nicht mehr.

Sie verbargen sich im Schatten einiger Bäume und beobachteten, wie die Toten in die Arena kamen. Zuerst gingen sie zügig, doch dann wurden ihre Schritte langsamer, und schließlich blieben sie in der Mitte stehen und sahen sich um wie Gladiatoren, die erwarteten, dass jeden Moment ein Tiger aus dem Sand vor ihnen springen und sich auf sie stürzen würde. Emily spürte das aufregende Kribbeln wie immer kurz vor dem Kampf. Aber als sie vortreten wollte, hielt Balthasar sie zurück.

»Nein«, sagte er kaum hörbar. »Du brauchst deine Kräfte heute noch. Das erledige ich allein.«

Kurz nur maß er seine Gegner mit seinem Blick. Dann setzte er zum Sprung an, und ehe sie wussten, wie ihnen geschah, landete er direkt vor ihnen. Wie verschreckte Tiere wichen sie zurück. Balthasar riss sein Schwert in die Luft und traf zwei von ihnen vor die Brust. Sofort begannen ihre Körper zu verkohlen. Silberne Flammen glitten über ihre Glieder und Emily beugte sich im Schatten der Bäume vor. Sie hätte gern an Balthasars Seite gekämpft, aber gleichzeitig war es immer wieder eine Freude, ihn in der Schlacht zu beobachten. Mühelos wich er den Hieben der Toten aus, und als er schließlich zwischen seinen verkohlten Feinden innehielt, sah er nicht länger aus wie ein Vampir. Er erinnerte Emily an ein Wesen, das mächtiger war als jede Kreatur der Anderwelt, die sie kannte. Majestätisch wie ein gefallener Engel stand er da, ein

Engel mit Augen aus Eis ... und einem grausamen Lächeln auf den Lippen.

Die Toten hingegen standen um ihn herum wie all jene, die er in den vergangenen Wochen in Emilys Beisein erledigt hatte: Figuren aus Asche, erstarrt in ihren Bewegungen. Nun ballte Balthasar die Faust. Silbernes Licht brach zwischen seinen Fingern hindurch, und als er einem der Toten die Hand auf die Brust legte, floss der Glanz in feinen Adern über dessen Leib. Die Magie sprang auf die anderen über, auch sie erstrahlten, als würden sie im Inneren auseinanderbrechen. Emily wusste, dass genau das geschehen würde. Sie würden verschwinden, kaum dass Balthasars Licht aufleuchtete, und nichts als Asche zurücklassen. Atemlos erwartete sie dieses beeindruckende Schauspiel und kniff die Augen zu, als das Licht hell wurde. Doch der Glanz erlosch, und die Toten waren nicht verschwunden. Ganz im Gegenteil.

Das silberne Licht verglühte in ihren Leibern wie eine erstickende Flamme, und als es gänzlich verschwunden war, hoben die Toten abrupt die Köpfe. Die Asche fiel von ihren Körpern und darunter trugen sie Rüstungen aus Schwarzem Stahl. Emily erschrak. Das waren keine gewöhnlichen Toten. Das waren Krieger ... die mächtigsten des Totenreichs.

Balthasar bewegte sich so schnell, dass Emily ihn nur als Schatten wahrnahm. Eisiger Wind schlug ihr entgegen, als er auf sie zuschoss. »Schnell«, raunte er und packte ihren Arm. »Verschwinden wir!«

Emily blieb keine Zeit, noch einen Blick auf die Krieger zu werfen. Die Luft hinter ihr knisterte vor Kälte, als die Toten ihnen nachjagten, und obwohl sie sofort in ihre Geistergestalt hinüberglitt, schien es ihr, als würde sie an unsichtbaren Fäden zu ihren Verfolgern zurückgerissen. Die Straßen verschwammen zu einem schwarzen Tunnel. Schon meinte sie, eisige Luft in ihrer Lunge zu fühlen, so gnadenlos, dass sie sie in ihren Menschenleib zwingen konnte. Sie hustete, und da spürte sie Balthasars Hand an ihrem Arm. Der Vampir riss sie mit sich die Straße hinab, bis ein Gebäude vor ihnen auftauchte. Erleichterung flutete Emilys Leib. Es war die Kirche Saint Étienne du Mont. Ein Schutzraum für Geister und Untote – und nicht zu betreten von den Schergen ihres Feindes.

In Windeseile hetzten sie auf das Portal zu und stoben ins Innere der Kirche. Aber erst als die Tür hinter ihnen zuflog, konnte Emily Atem holen. Um sie herum herrschte samtene Stille. Der Lettner, der als kunstvolles Gebilde aus weißem Marmor den Chor vom Langhaus trennte, erhob sich vor den Stuhlreihen, und der Blick auf die hölzerne Kanzel schickte ein vertrautes Gefühl in ihre Brust. Früher hatte sie oft mit ihrem Vater davorgestanden, die Kardinaltugenden betrachtet und bewundernde Blicke auf Samson geworfen, der die Kanzel auf seinen Schultern trug. Nun jedoch hatte sie dafür keinen Raum, denn plötzlich schlug etwas von außen gegen die Tür, dicht gefolgt von leisem Knistern. Emily wich vor dem Portal zurück.

»Wir sind hier sicher«, flüsterte sie. »Das sind wir doch?«

Der Vampir fixierte die Tür, die er gerade zugeschlagen hatte, die Tür, die jeden Toten fernhalten musste, so war es seit langer Zeit, so versicherte es jedes verfluchte

Zauberbuch, das Emily gelesen hatte, so war es Gesetz im Reich der Untoten und der Magie. Und doch sagte der Ausdruck auf Balthasars Gesicht etwas ganz anderes. Sie folgte seinem Blick, und da sah sie ihn auch: den Kältehauch, der jetzt durch den Spalt in der Tür drang. Er glitt über das Holz, das unter seinem Griff zerbrach, und sie starrten beide darauf, als könnten sie nicht glauben, dass das wirklich geschah. Dann traten die Toten durch die Tür.

Emily bemerkte nur aus dem Augenwinkel, dass Balthasar sein Schwert zog. Ihre ganze Aufmerksamkeit lag auf den Kriegern, die nun näher kamen, langsam, als würden sie wissen, dass sie den Kampf bereits gewonnen hatten. Sie erschienen ihr wie Gestalten aus einem Traum. Und das nicht nur weil sie sich nicht erklären konnte, wieso sie überhaupt einen verfluchten Fuß in diese Kirche setzen konnten. Sondern auch weil sie alle von erhabener Schönheit waren. Ihre bleichen, scharf geschnittenen Gesichter waren makellos und wie aus Eis geschlagen, und eine der Toten erinnerte Emily mit ihrem stolzen Blick an eine Amazonenkriegerin. Aber sie alle trugen die Kälte Asmarons in den Augen – die Kälte Dhragars, der die Welt vernichten wollte. Und es bestand kein Zweifel daran, dass sie genau dasselbe Ziel hatten.

Balthasar schob Emily hinter sich und im selben Moment begann der Kampf. Emily sah noch, wie zwei Krieger vorsprangen. Dann riss Balthasar das Schwert in die Luft. Er erwischte einen der Toten am Arm, doch die Waffe prallte zurück, als hätte sie Felsen getroffen. Funken sprühten auf und mit einem Tritt stieß der Tote Balthasar in die Stuhlreihen. Der Vampir wehrte einen Hieb seines Gegners ab, während ein weiterer Krieger hinter ihn trat. Gerade wollte Emily ihm beistehen, als die übrigen beiden Toten auf sie zukamen.

Die Amazone lächelte, aber nicht länger stolz und erhaben, sondern so, als hätte sie seit Monaten Diät gehalten und nun ein All-you-can-eat-Buffet gefunden. Sie legte die Hand auf ihre Hüfte, und ihr Lächeln verstärkte sich, als Emily rückwärts gegen eine Säule stieß. Dann zog die Amazone ihr Messer von ihrem Gürtel und stürzte vor. Blitzschnell glitt Emily in die Säule hinein und schoss darin aufwärts.

Die Toten aber eilten ihr nach. Sie krallten die Nägel in den Stein der Säule und hielten Emily im Blick, als würden sie genau wissen, wo sie sich befand. So schnell sie konnte, jagte sie über die Balustraden hinweg, immer den Hieben ihrer Verfolger ausweichend, die mit bloßen Fäusten in den Stein stießen und Emily mehrfach nur knapp verfehlten. Weit unter ihr wurde Balthasar gegen eine Säule geschleudert und sie stieß einen Fluch aus. Sie wusste, dass sie diese Krieger niemals besiegen konnten. Sie waren in der Überzahl, sie waren zu mächtig. Aber eines war sicher: Eine Flucht kam nicht infrage. Emily ballte die Hände zu Fäusten. Sie war eine Kriegerin, zur Hölle noch eins. Sie würde kämpfen!

Sie fuhr so schnell herum, dass einer ihrer Verfolger überrascht innehielt. Doch sie achtete kaum darauf. Stattdessen schoss sie hoch zu einem der Leuchter, durchtrennte mit raschem Hieb die Kette und ließ sie auf die Toten niederfallen. Die Amazone wich gerade noch rechtzeitig aus, aber ihr Kumpan brach unter der Last zusammen und rührte sich nicht mehr. Und ehe die Amazone ihr Gleichgewicht wiedergefunden hatte, stob Emily durch deren Leib. Der Frost des toten Körpers raubte ihr fast die Besinnung, aber sie sah zu ihrer Befriedigung, wie ihre Feindin strauchelte. In winzigen Äderchen floss Emilys goldenes Licht über deren Glieder. Doch gerade als sie meinte, ihre Magie in dem reglosen Körper aufbrechen zu sehen, drehte die Amazone sich um. Und das Gold erlosch, als wäre es nie mehr gewesen als eine Illusion.

Emily hörte, wie der Tote unter dem Lüster wieder auf die Beine kam. Aber sie konnte sich nicht von der Amazone abwenden, die nun die letzten Funken ihrer Magie im Frost ihrer Augen erstickte. Jedes Lächeln war von ihren Lippen gewichen, und als sie sich in Bewegung setzte, zweifelte Emily nicht daran, dass das Spiel jetzt ein Ende finden würde. Schon hob die Amazone ihr Messer – und im selben Moment hallte Balthasars Stimme durch Emilys Gedanken.

Zur Kanzel!, brüllte der Vampir. *Sofort!*

Emily duckte sich unter dem Hieb der Toten und schoss auf die Kanzel zu. Samson kniete dort wie eh und je, und kurz wünschte sie sich, er möge seine verdammte Last auf ihre Verfolger werfen. Doch gleich darauf ging ein Zischen hinter ihr durch die Luft. Das Geräusch schlug ihr wie ein Hieb in den Magen und zwang sie in Menschengestalt zurück. Sie sah gerade noch das Messer der Amazone, das direkt auf sie zuraste. Mit dem letzten Flackern ihrer Magie wich Emily ihm aus, doch es war schon zu spät. Die Waffe folgte ihrem Manöver, drang knapp über der Schulter durch ihr Kleid und nagelte sie direkt an die Tugend der Tapferkeit. Hilflos baumelte sie von der Kanzel und sie erkannte mit Entsetzen, dass alle fünf Krieger nun auf sie zukamen. Sie sah ihn deutlich, den hungrigen Glanz in deren Augen, der schlimmer war als jede Überheblichkeit zuvor. Und nur ein einziger Gedanke schoss ihr durch den Kopf: Wo zur Hölle war Balthasar?

Eins ist sicher, raunte da seine Stimme in ihrem Kopf. *Deine Flüche bringen mich um den Verstand.*

Der Vampir war nicht mehr als der Schatten eines Schattens, aber jetzt bemerkte Emily ihn an der Säule vor den Sitzreihen. Er stand an der Grabtafel von Jean Racine. Emily kannte diese Tafel, weil ihr Vater sie bei jedem ihrer Besuche dorthin geschleift und von dem Schriftsteller geschwärmt hatte. Balthasar legte die Hand auf die Tafel, und gleich darauf hatte sie nichts mehr mit der unscheinbaren Platte gemein, die Emily vertraut war. Denn plötzlich brach Silberlicht aus den Lettern. Lanzengleich traf es die Toten, die schmerzerfüllt zusammenfuhren. Emily sah noch, wie ihre Haut zu verkohlen begann. Dann griff sie nach dem Messer.

Sie konnte von Glück reden, dass es ihre Schulter verfehlt hatte. Aber dennoch verbrannte sie sich an der Klinge, als sie es aus dem Holz der Kanzel zog. Klirrend ließ sie es fallen, kaum dass sie befreit auf dem Boden landete. Emily wollte sich auf die Toten stürzen, doch als sie vortrat, hielt Balthasar sie zurück. Er brauchte nicht mehr als einen einzigen Blick dafür – einen Blick aus Augen wie Eis. Wie in der Arena von Lutetia sah er auch nun aus wie ein gefallener Engel, aber Emily begriff, dass sie dort nur einen Bruchteil seiner Macht gesehen hatte. Denn erst jetzt spannte dieser Engel seine Flügel auf.

Ohne jedes Geräusch sprang Balthasar mitten unter die Toten und riss sein Schwert in die Höhe, und da strömte das Licht aus dem Grab in seine Klinge. Emily meinte, erblinden zu müssen, so hell wurde es, aber sie konnte sich nicht davon abwenden. Dieses Licht durchdrang den Stein der Kirche ebenso wie die Körper von Balthasar und den Toten, und auch sie selbst hatte das Gefühl, von reinstem Glanz erfüllt zu werden. Es war wie früher, wenn sie in eine Geschichte ihres Vaters eingetaucht war, so tief, dass sie geglaubt hatte, ein Teil von ihr zu werden – und auf wundersame Weise war sie verändert in die äußere Welt zurückgekehrt. Sie sah, wie die Toten die Köpfe drehten, ihre Augen waren weit aufgerissen, als hätten sie noch nie zuvor in solche Helligkeit geblickt. Ihre makellosen Gesichter erschienen wie die von Kindern.

Dann wirbelte Balthasar herum. Seine Magie schoss in seine Waffe und die Klinge traf die Toten so mühelos, als wären sie nie mehr gewesen als Figuren aus Staub. Das Licht verbrannte ihre Körper, gleißend schoss es aus ihren Augen und sank dann in sie zurück, so lautlos wie ein Stein, der in einen tiefen Brunnen fällt. Für einen Moment standen sie da und sahen Balthasar an, noch immer mit dem haltlosen Staunen auf den Zügen. Dann zerbrachen ihre Körper und mit dem Flüstern von Asche und Wind fielen sie in sich zusammen.

Emily blinzelte in die plötzliche Dunkelheit. Nur die Buchstaben auf der Grabtafel spendeten noch etwas Licht … und Balthasars Klinge, die er nun inmitten der wehenden Asche sinken ließ.

»Was zur …«, begann sie, ließ ihren Fluch aber unausgesprochen, als er sie anschaute. »Ich wusste, dass du ein Krieger bist«, sagte sie stattdessen. »Aber so etwas wie eben habe ich noch nie gesehen, nicht einmal in deinen Büchern. Was war das?«

Balthasar wischte sein Schwert an seinem Mantel ab und schob es zurück an seinen Gürtel. Dann schaute er zur Grabtafel hinüber. Auf seinen Zügen lag dieselbe Hochachtung, die auch immer im Blick ihres Vaters gelegen hatte. »Racine war ein Genie«, sagte er. »Manche Menschen haben mehr Magie in ihren Knochen als andere in ihrer ganzen armseligen Existenz, ohne dass sie jemals auch nur einen Zauberspruch gewirkt hätten. Und dieser Poet gehört dazu.«

Balthasar hatte Emily von geheimen Magiereserven in der Stadt erzählt. Sie hätte allerdings niemals erwartet, dass sie einen solchen Hintergrund haben würden. »Aber die Toten«, sagte sie. »Wie sind sie in die Kirche gekommen? Überall steht, dass Räume wie Friedhöfe und Kirchen den Untoten gehören, dass sie dort in Sicherheit sind. Wie ist es möglich, dass diese Krieger hier hereinspazieren konnten, als wäre es gar nichts?«

»Alles ist möglich«, erwiderte der Vampir. »Die Toten können die Räume der Untoten nicht betreten, das ist richtig. Es sei denn, jemand lässt sie herein.«

»Aber wer zum Teufel sollte …« Emily brach ab, als sie das Funkeln in Balthasars Augen bemerkte. Es schmolz die Maske des Jägers von seinen Zügen und schickte eine brennende Erkenntnis in ihren Schädel. »Du«, brachte sie hervor. »Du hast den Schutzzauber unterbrochen?«

Der Vampir nickte, als hätte sie ihn gefragt, ob er sich von Blut ernährte. »Allerdings. Diese Kirche beherbergt keine Untoten, also schadet ein solcher Eingriff niemandem. Ich habe in der ganzen Stadt Stützpunkte wie diesen. Das ist mitunter sehr nützlich, wie man eben gesehen hat.«

Damit kam er auf sie zu und griff nach ihrer verbrannten Hand. Emily schnaubte, als er mit dem Finger über ihre Haut strich und diese binnen weniger Wimpernschläge heilte. »Du hättest mich einweihen können. Mir ist fast das Herz stehen geblieben, als die Toten durch die Tür getreten sind!«

»Dein Herz steht schon still, meine Liebe«, erwiderte Balthasar. »Und abgesehen davon war deine Angst nötig. Sonst wären sie uns niemals in diese Kirche gefolgt.«

»Ich hatte keine Angst.« Emily verzog den Mund, als sie merkte, dass das meilenweit von der Wahrheit entfernt war. »Ich war vielleicht … überrascht. Ja, das schon. Aber Angst, wo denkst du hin. Die liegt mir völlig fern.«

Balthasar lächelte. »Angst ist keine Schande. Ignoranz ist es. Und ehrlich gesagt hätte es mich gewundert, wenn du bei diesen Kriegern vollkommen ruhig geblieben wärest.«

Er ließ ihre Hand los, und Emily schaute nachdenklich auf die Stelle, wo gerade noch die Wunde gewesen war. »Das waren Krieger Dhragars. Fünf an der Zahl. Das waren echt viele, jedenfalls für meine Begriffe.«

Balthasar nickte. »Für gewöhnlich kommen sie nicht in dieser Anzahl in unsere Welt … es sei denn, sie werden geschickt.«

Emily schluckte. »Von Dhragar.« Der Name klang wie ein unheimliches Flüstern durch die Kirche. »Aber aus welchem Grund?«

»Das werden wir gleich wissen.« Balthasar streifte seinen Mantel zur Seite, und Emily erschrak, als sie die Kratzspuren sah, die seine Brust bedeckten. Die Krieger hatten ihn verwundet, und nun, da er die Finger über den Striemen bewegte, sah sie das schwarze Gift, das sie in seinen Leib geschickt hatten. Balthasar hingegen zuckte nicht mit der Wimper, als er die Hand fest gegen die Wunde presste. Das Gift strömte über seine Finger, während er die Kratzer verschloss. Dann hob er die Hand mit dem Totengift und sog die Luft ein. Emily erschien es wie eine Ewigkeit, bis er endlich den Arm sinken ließ, und als sie seinen Blick erwiderte, wünschte sie sich fast, er hätte es nicht getan. Sein Gesicht war so ernst, dass sie schauderte.

»Sie sind auf der Jagd«, sagte er dunkel. »Nach uns.«

18

Die Farben der Bleiglasfenster glitten wie Flammen über Emilys Gesicht. Sie stand hoch oben auf der Brüstung und versuchte angestrengt, dort draußen etwas zu erkennen. Aber es war zwecklos. Alles, was sie sah, war der verlassene Platz vor der Kirche. Sie beugte sich vor, um die Straße hinaufzuschauen – und erschrak heftig, als plötzlich eine Taube mit kräftigem Flügelschlag direkt vor dem Fenster davonstob.

Emily stieß die Luft aus, in die Stille der Kirche hinein. Was kam als Nächstes? Panikattacken wegen einer Maus? Sie musste sich zusammenreißen. Balthasar war erst ein paar Minuten fort und schon zuckte sie wegen jeder Kleinigkeit zusammen. Dabei hätte sie alles darum gegeben, jetzt an seiner Seite zu sein. Sie wollte sich mit eigenen Augen davon überzeugen, ob sich noch mehr der toten Krieger dort draußen herumtrieben, und sie wollte dabei sein, wenn die Entscheidung fiel, ob sie die Suche nach Asmaron fortsetzen würden oder nicht. Aber Balthasar hatte jeden Versuch, ihn zu begleiten, im Keim erstickt, und vermutlich hatte er damit sogar recht gehabt. Immerhin konnte niemand wissen, wie viele dieser Kreaturen gerade in diesem Moment in der Nähe herumlungerten. Und Emily war schon einmal von ihnen an ihre Grenzen gebracht worden.

Sie bewegte die Hand, an der sie noch die Auswirkungen des Totenmessers fühlte. Sie hatte so viel trainiert und trotzdem hatte sie gegen die fünf Krieger keine Chance gehabt. Ganz davon abgesehen, dass kein Training der Welt sie davon abgehalten hatte, sich als Novizin zu offenbaren. Mit finsterer Miene wandte sie sich vom Fenster ab. Das war das Allerschlimmste: Sie hatte selbst dafür gesorgt, dass Dhragars Schergen ihr auf die Schliche gekommen waren. Dabei war sie so vorsichtig gewesen, jedes Mal, wenn sie einen Toten herausgefordert hatte. Wirklich *immer*. Bis auf ein Mal.

Emily ging die Treppe zum Mittelschiff hinunter und dachte daran, wie sie Asmarons Fährte gefunden hatte, an die Erinnerung, in die Balthasar sie geschickt hatte, an das Gesicht desjenigen, der ihr das Leben genommen hatte – und daran, wie sie den Eindruck gehabt hatte, Asmaron wirklich anzusehen. Nicht nur in ihrer Erinnerung, sondern so, als würde er ihren Blick tatsächlich erwidern. Jetzt wusste sie, dass er genau das getan hatte. Er hatte die magische Verbindung, die sie zu ihm aufgebaut hatte, genutzt und sie im selben Moment erkannt, da sie ihn und seinen verfluchten Duft gefunden hatte. Sie ging jede Wette ein, dass er sofort begriffen hatte, dass sie eine Novizin geworden war. Und er hatte sie an seinen Herrn verraten.

Der Schatten glitt so plötzlich über Emily hinweg,

dass sie instinktiv zur Seite sprang. Mit angehaltenem Atem stand sie da, nah bei der Wand, obwohl sie sofort in ihre Schemengestalt gewechselt war. Dann stieß sie einen Fluch aus. Wolken. Sie waren der Schatten gewesen, verfluchte Wolken, die draußen über den Himmel zogen. Emily kehrte in ihre menschliche Gestalt zurück und atmete langsam ein und aus, während sie an den kleinen Kapellen der Kirche vorüberging. Balthasar hatte den Schutz dieses Gebäudes längst erneuert. Sie war ganz allein hier zwischen den Heiligenbildern und Sarkophagen. Niemand würde sie überfallen. Und sosehr es sie ärgerte, dass sie als Jägerin entdeckt worden war: Sie hätte nichts dagegen tun können, und außergewöhnlich war es auch nicht, das hatte Balthasar ihr oft genug gesagt.

Wir jagen die Toten, klang seine Stimme in ihr wider. *Die Toten jagen uns, und die Novizen sind ihre leichteste Beute. Das ist immer schon so gewesen und kein Grund zur Panik.*

Emily seufzte. Einfacher wurde es dadurch aber auch nicht. Sie war nicht zu ihrer Jagd aufgebrochen, um zur Beute zu werden. Und sosehr sie wusste, dass Balthasar recht hatte, so deutlich merkte sie auch, dass die beschwichtigenden Gedanken ihr nicht halfen. Denn ob ihre Entdeckung nun normal war oder nicht: Es war verflucht noch eins mehr als beunruhigend zu wissen, dass der Fürst des Totenreichs gleich fünf seiner Jäger auf ihre Fersen geschickt hatte. Selbst Balthasar schien das bewusst zu sein, denn seine Gelassenheit bekam so langsam Risse. Und das war noch nicht alles.

Nachdenklich betrachtete Emily die umgefallenen Stühle vor der Kanzel. Dort hatte Balthasar gestanden, nachdem sich die Asche der Krieger gelegt hatte, und auf das Blut an seinen Fingern gestarrt, als würde er mehr darin erkennen, als er Emily verraten hatte. Und kurz bevor er, ohne ein Wort zu sagen, aufgebrochen war, hatte er den Kopf gehoben und sie angesehen. Er hatte angespannt gewirkt und selbst für seine Verhältnisse so ernst, wie sie ihn noch nie erlebt hatte. Als würde ihm etwas auf der Seele brennen, das er ihr doch nicht sagen konnte.

Emily verdrehte über sich selbst die Augen. Es war nicht gut für sie, untätig hier herumzustehen und zum Warten verdammt zu sein. Jetzt fing sie schon an, sich Verschwörungstheorien auszudenken, weil ihr die verfluchte Stille aufs Gemüt schlug. Dabei hatte sie …

Sie wusste nicht, was ihren Gedanken so abrupt unterbrach, dass sie sich binnen eines Wimpernschlags nicht mehr an ihn erinnern konnte. Zuerst glaubte sie, dass es ein Geräusch gewesen war, und sie wollte schon über sich selbst lachen. Was mochte es dieses Mal sein? Eine Eule? Eine Panik auslösende Maus? Sie lächelte noch über diese Gedanken, als sie eine Bewegung im Augenwinkel bemerkte, die jeden Spott aus ihren Gliedern brannte. Diese Bewegung war es gewesen, die sie gesehen hatte, und sie rührte weder von Wolken noch von fliegenden Vögeln vor der Kirche her. Sie war ganz nah.

Emily schaute zum Lettner hinauf, dorthin, wo der Engel über dem Torbogen saß. Er hockte dort noch immer, aber sie sah ihn kaum. Denn neben ihm, makelloser und erhabener als jede Statue, stand ein anderer Engel. Es war ein Engel mit schneeweißer Haut und Augen aus Sternenlicht und er schaute reglos zu ihr herab.

Kurz nur glitt das Lächeln über Valentins Lippen. Dann hob er die Hand, und im selben Moment, da er zum Sprung ansetzte, schoss sein Bannzauber als knisternde Frostkugel auf Emily zu. Sie duckte sich gerade noch rechtzeitig. Krachend schlug der Zauber hinter ihr in eine Säule ein und überzog sie mit Eis. Emily wechselte in ihre Geistform, hüllte ein gesplittertes Stuhlbein in Flammen, wie Balthasar es sie gelehrt hatte, und schleuderte es Valentin entgegen. Das Geschoss schnitt die Luft in Fetzen, so schnell jagte es dahin. Valentin wich aus, aber die Flammen trafen seine Schulter und erfüllten die Luft mit dem Geruch verbrannter Haut.

Emily überkam glühender Triumph. Während Valentin sich mit herrlich beschränktem Gesichtsausdruck an die Schulter griff, stob sie an ihm vorbei auf ein weiteres Stuhlbein zu. Doch kaum dass sie danach griff, zog sich Raureif darüber. Emily riss noch die Hand zurück, aber es war schon zu spät. Der Frost schnellte vom Holzstück auf sie zu, schleuderte sie gegen die nächste Säule und schlang sich in eiskristallenen Fesseln um ihren Leib. Emily spürte, wie der Frost in ihre Glieder drang, während Valentin langsam an den zerbrochenen Stühlen vorüberging. Sie erinnerte sich nur zu gut, was für ein Gefühl es war, die eigenen Gedanken unter seinem Griff zerbrechen zu fühlen, und dieses Mal lag deutlich mehr Kraft in seinem Zauber als damals in der Gruppe. Die Kirche verwandelte sich unter seinen Schritten. Glitzernde Adern zogen sich über Boden und Wände und Emilys Atem vereiste, als Valentins Zauber sie vollends in ihren menschlichen Körper zurückzwang. Aber sie empfand keine Angst. Alles, was sie fühlte, als sie ihm entgegenstarrte, war namenloser Zorn.

»Du bist wirklich naiv«, sagte Valentin und lehnte sich gegen den Treppenaufgang des Lettners. »Hast du tatsächlich geglaubt, ich wüsste nicht, was du vorhast?«

Emily stieß die Luft aus, dass Eispartikel von ihren Lippen flogen. »Du begreifst doch auch sonst nicht allzu viel. Warum also hätte ich etwas anderes denken sollen?«

Wenn er sich über ihre Worte ärgerte, zeigte er es zumindest nicht. »Ich bin dir gefolgt«, fuhr er fort, als hätte sie überhaupt nichts gesagt. »In beinahe jeder verfluchten Nacht, in der du dich vom Friedhof geschlichen hast. Jedes Mal hätte ich dich am liebsten eigenhändig in den Kerker geworfen dafür, dass du uns alle einer solchen Gefahr aussetzt. Aber ich hatte ein Ziel und dafür musste ich mich in Geduld üben. Also hielt ich Abstand, und das Warten hat sich gelohnt. Hier bist du nun ohne deinen schweigsamen Beschützer – und du trägst das Mal der Toten an deiner Hand.«

Kaum hatte er das gesagt, spürte Emily die Schmerzen durch das Totenmesser erneut. »Du tust so, als wärst du der große Rächer der Enterbten«, gab sie zurück. »Dabei bist du nichts als ein Verräter! Wo sind die Fänger des *GdU*? Hast du sie nicht gleich mitgebracht?«

Beinahe gelangweilt schüttelte Valentin den Kopf. »Ich lege keinen Wert darauf, in ihre Hände zu geraten, indem ich mich außerhalb der Friedhofsmauern zeige. Aber keine Sorge. Ich werde bei dir bleiben, bis sie hier sind, und aus sicherer Entfernung beobachten, wie sie dich mitnehmen. Lange müssen wir nicht mehr warten.

Sie sind schon ganz nah. Und was dann geschieht, wissen wir beide.«

Emily schluckte. Das wusste sie allerdings. Oft genug hatte Balthasar den Kerker der Untoten in den finstersten Farben ausgemalt, als dass es anders hätte sein können. »Der Kerker muss dir ja eine Heidenangst einjagen, wenn du dich lieber in den Schatten versteckst, statt deinen Triumph auszukosten. Aber was erwarte ich von jemandem, der sich vor einem Vampir in die Hose macht. Deswegen hast du doch bisher Abstand gehalten – weil du Angst hattest, dass Balthasar dich windelweich haut!«

Mit Genugtuung sah sie die Wut, die in seinen Augen aufflammte. »Du weißt gar nicht, wovon du redest. Niemand lässt sich mit einem uralten Vampir ein, der so unberechenbar ist wie Balthasar. Nun, niemand außer dir natürlich. Aber eines sage ich dir: Du solltest ihm nicht zu sehr vertrauen. Das mussten schon andere erfahren.«

Emily zog die Brauen zusammen. »Was willst du damit sagen?«

»Du hast keine Ahnung, worauf du dich eingelassen hast«, erwiderte er kalt. »Wenn du das noch nicht selbst begriffen hast, ist dir nicht mehr zu helfen. Und was den Kerker betrifft: Ich kann fühlen, welche Angst du vor seiner Leere hast. Würde mein Zauber dich nicht zittern lassen, würde das der Gedanke an den Kerker erledigen. Aber bei all seinen Schrecken kann er durchaus heilsam sein, und vielleicht wirst du dort endlich lernen, was du auf anderen Wegen nicht begreifen wolltest.«

»Was denn?« Emily konnte nicht verhindern, dass ihre Zähne vor Kälte aufeinanderschlugen. »Dass du ein verfluchter Bastard bist? Das habe ich schon vor langer Zeit begriffen!« Sie rechnete damit, dass er ihrem Angriff mit Schärfe begegnen würde. Aber stattdessen stieß er sich von der Treppe ab und kam auf sie zu.

»Nein«, sagte er. »Dass die Welt dort draußen für dich verloren ist.« Sie wollte widersprechen, doch er ließ sie nicht zu Wort kommen. »Du wirst es nie schaffen, dir dein Leben zurückzuholen. Und selbst wenn doch: Du kannst nicht in dein altes Leben zurückkehren, ganz egal, welche Tricks du dazu aufwendest. Du weißt, dass ich recht habe, ich sehe es in deinen Augen. Du erinnerst dich daran, wie dein Onkel dich angesehen hat. Oder besser, wie er dich nicht gesehen hat. Du bist gestorben, für ihn und für die Welt dort draußen. Und selbst wenn dein Freund Balthasar dir hilft und dich mit seinen vampirischen Kräften in die menschliche Gesellschaft zurückführt – sie ist dumm, sie lässt sich nur zu gern täuschen, das weiß ich –, du wirst den Blick deines Onkels nicht vergessen. Und du wirst wissen, dass ihr voneinander getrennt seid. Für immer.« Er blieb dicht vor Emily stehen. »Du kannst die Grenze zwischen euch nicht einreißen. Nie mehr.«

Seine Worte hatten das Gesicht ihres Onkels mit Macht vor Emilys Augen gehoben. Noch einmal spürte sie die Kälte wie in jenem Moment an ihrem Grab … und weigerte sich gleich darauf, ihr nachzugeben. »Grenzen sind dafür da, um überwunden zu werden«, gab sie zurück. »Ich weiß nicht, ob ich das schaffe, aber ich werde es zumindest versuchen – weil ich kein Feigling bin!«

Valentin schnaubte. »Wenn du das wirklich glaubst, bist du noch dümmer, als du aussiehst.«

»Apropos dümmer«, flüsterte Emily. »Nur ein dummer Krieger nähert sich seiner Feindin mehr als nötig, ehe sie geschlagen ist!« Sie sah noch das Erstaunen in seinen Augen. Dann stieß sie die Hand vor. Ihr goldenes Feuer zerriss den Bannzauber über ihr. Valentin prallte von der Hitze zurück. Emily setzte ihm nach, und kaum dass er rücklings gegen den Lettner stieß, presste sie ihre brennende Hand auf seine Brust. Sie spürte, wie ihre Magie durch seinen Leib schoss. Es war, als würde sie selbst auf den Flügeln ihres Feuers durch eisblaue Gletscher gleiten. Rings herum drangen ihre Flammen in die vereiste Kirche ein. Knisternde Risse gingen hindurch, Schneeflocken wehten durch den Raum. Aber Emily achtete kaum darauf. Sie wandte sich nicht von Valentin ab, wie sie es bei jedem anderen Gegner getan hätte. Sie wollte sehen, wie ihre Magie den Spott von seinen Zügen brannte. Schwer atmend erwiderte er ihren Blick, und dann, mit leisem Prasseln, brach ihr Feuer in seinen Augen auf. Es zerschlug das Silberlicht, und dahinter lag ein Blau wie der Ozean und der Himmel, ein Blau, wie man es nur träumen konnte, weil es so vollkommen war. Es war ein Blau, das Emily nach vorn riss. Und ehe sie zurückweichen konnte, stürzte sie mitten hinein in Valentins Abgrund.

Es war wie ein Flug durch tiefblaue Nacht. Undeutlich nur nahm Emily noch die Kälte wahr, die in der äußeren Welt gegen ihr Feuer kämpfte. Schneller und schneller ging es dahin, bis sie sich auf einem der Totenhäuser von Père Lachaise wiederfand. Aber sie war nicht in ihrem eigenen Körper. Die Hände, auf die sie nun hinabsah, waren schneeweiß und größer als ihre eigenen, und die Ringe an den Fingern hätte sie überall wiedererkannt. Es war Valentins Körper, in dem sie sich auf dem Häuserdach aufrichtete, und sie konnte die Aufregung nur mühsam kleinhalten, als sie begriff, dass sie den tiefsten Punkt seines Abgrunds erreicht hatte. Sie war in seinen Gedanken, seinen Erinnerungen … den verborgensten, die er besaß.

Das Dach des Totenhauses war noch warm von den Strahlen der Sonne. Es roch nach Frühling, so intensiv, dass Emily am liebsten tief eingeatmet hätte. Doch es war Valentin, mit dessen Augen sie in die anbrechende Nacht schaute, und er schien keinen Sinn für all die Wunder zu haben, die seine Fähigkeiten als Geist ihm offenbarten. Reglos stand er da und starrte auf das Grab, das schräg unter dem Totenhaus lag. Emily konnte die Erde riechen, sie war noch frisch, und das Kreuz auf dem Grab bestand aus Holz – beides Zeichen dafür, dass hier erst vor Kurzem jemand bestattet worden war. Rings herum lagen Blumen und eine schneeweiße Rose ruhte ganz oben auf dem Kreuz. Normalerweise hätte Emily sich vorbeugen müssen, um erkennen zu können, was auf dem Grab stand. Aber Valentins Augen waren besser als ihre, und als er den Blick hob, blieb kein Zweifel mehr. Es war sein Name auf dem Kreuz.

Emily rechnete damit, Unglauben oder Verzweiflung zu spüren, als Valentin seinen Namen las, wieder und wieder. Doch alles, was sie wahrnahm, war ein zäher, pochender Trotz hinter seiner Stirn. Das war typisch für ihn. Jeder normale Geist wäre angesichts der eigenen Grabstätte zumindest ein klein wenig erschüttert gewesen, aber Monsieur Superstolz fühlte nur eines: bebenden Zorn aufgrund der Tatsache, dass auch er sich dem Tod nicht hatte entziehen können.

Erst als sich Schritte näherten, erwachte Valentin aus seiner Starre, doch er tat es nicht mit der ihm üblichen Kälte und Überlegenheit. Zu Emilys Erstaunen fuhr er regelrecht zusammen, und als die Schritte am Totenhaus vorbeisteuerten, kniete er sich nieder, als wäre er ein gejagtes Tier. Emily spürte, wie er gegen den Drang ankämpfte, noch einmal zum Grab hinabzusehen. Schließlich presste er die Hände gegen das Dach und gab dem Impuls nach.

An seinem Grab stand ein Mädchen von etwa elf Jahren. Ihr langes blondes Haar fiel auf ihren Rücken hinab, während sie auf das Kreuz starrte, gerade so, wie Valentin es eben noch getan hatte. Sie war eigentümlich schön, herb und stolz und zugleich verwundbar, und als Emily in ihre hellen Augen sah, begriff sie, dass es Valentins Schwester war. Nun nahm sie die verblühende Rose vom Kreuz und legte eine neue an dieselbe Stelle. Emily wusste auf einmal, dass sie das jeden Tag getan hatte bisher, und sie schauderte, als die Blütenblätter der welkenden Rose sacht auf das Grab niederfielen. Sie spürte die Trauer dieses Mädchens, gerade weil nicht eine einzige Träne über deren Wangen rann. Auch sie hatte bei der Beisetzung ihres Vaters nicht weinen können,aber sie kannte die Verzweiflung, die jetzt in Valentins Schwester wütete.

Langsam richtete Valentin sich auf. Emily wusste nicht, ob es sein Bedürfnis war oder das ihre, das sie spürte: den Drang, die Hand nach dem Mädchen auszustrecken und sie zu trösten, und wenn auch nur durch einen Windhauch an ihrer Wange. Schon tat Valentin einen Schritt nach vorn – und erstarrte, kaum dass seine Schwester den Kopf in seine Richtung wandte. Suchend schaute sie durch die Dämmerung, als hätte sie die Berührung bereits gespürt, die er gerade nur gedacht hatte. Emily kannte das Gefühl, das jetzt in ihm aufstieg. Sie hatte es an ihrem eigenen Grab gespürt, als ihr Onkel blind in die Schatten geblickt hatte, und sie hielt den Atem an, als es nun tausendfach so stark in Valentin aufbrach. Furcht war es, so übermächtig, dass sie glaubte, unter der plötzlichen Gewalt auf die Knie zu fallen – die namenlose Angst davor, dass unter der Sehnsucht nach dem Leben nichts als Schmerz wartete.

Schnell wie ein Schatten fuhr Valentin herum und jagte durch die Dämmerung davon. Emily wurde schwindlig, so rasant schoss er durch Bäume und Totenhäuser, und als er auf einem verwaisten Gräberfeld zusammenbrach, kehrte die Sehnsucht nach seiner Schwester mit aller Macht zu ihm zurück. Gleißend wie Feuer jagte sie durch seine Adern und seine Gedanken, und Emily spürte den Schmerz, als Valentin die Finger in die Erde und durch scharfe Steine grub. Sie wusste, dass es nur eines gab, das Valentin seiner Verzweiflung entgegensetzen konnte: namenlose Kälte.

Er schürte den Frost in sich, den sie so gut kannte. Er wuchs aus dem tiefsten Punkt seiner Verzweiflung und jagte grausam hell durch Valentins Adern. Emily wich vor dieser Kälte zurück, die wie Gift auf sie zuraste. Gleich darauf fand sie sich in der Kirche wieder. Valentin war wie sie auf die Knie gesunken, aber er sah sie nicht mehr. Wie in seinen Gedanken saß er schwer atmend da. Im selben Moment, da seine Augen sich gleißend silbern färbten, erlosch Emilys Magie auf seinem Leib. Valentin riss die Arme zurück, und mit seinem gellenden Schrei zerbrachen ihre ineinander verschlungenen Zauber in einem Crescendo aus Feuer und Eis.

Emily wurde von der Druckwelle erfasst. Sie schlug am Boden auf, hart genug, um sich auf die Lippe zu beißen. Blut rann ihre Kehle hinab, doch sie fühlte keinen Schmerz. Schwankend ging sie zu Valentin hinüber, der inmitten glitzernder Scherben ohnmächtig zusammengebrochen war, und schaute auf ihn hinab. In all der Zeit hatte er nicht gegen sie gekämpft, wie sie geglaubt hatte, jedenfalls nicht nur. In Wahrheit kämpfte er in jeder Sekunde seines Daseins gegen sich selbst.

»Das tust du also, wenn ich dich aus den Augen lasse«, sagte eine Stimme hinter ihr.

Der Schreck blieb seltsam dumpf. Noch während sie sich umdrehte, begriff sie, wer da mit ihr sprach, aber sie erkannte Balthasar erst, als er aus den Schatten trat. Die Eisscherben knirschten unter seinen Füßen, und kurz erinnerte er Emily an einen mächtigen König aus einer Welt aus Frost, von der sie irgendwann einmal gelesen hatte. Sein Blick jedoch war warm, kurz meinte sie sogar, etwas wie Stolz darin zu erkennen. Erst als er Valentin ins Auge fasste, kehrte die übliche Verachtung auf seine Züge zurück.

»Du legst die schönste Kirche von Paris in Schutt und Asche«, murmelte er. »Und schlägst dich mit Schwachköpfen herum.«

»Er ist kein Schwachkopf«, sagte Emily und konnte selbst kaum glauben, dass sie gerade allen Ernstes Valentin verteidigte. »Jedenfalls nicht nur.«

»Er ist es genug, um mir das Leben schwerer zu machen. Jäger habe ich keine mehr entdeckt, aber dafür waren Fänger des *GdU* ganz in der Nähe. Ich musste all meine Kunstfertigkeit aufwenden, um sie an der Nase herumzuführen. Dieser Mistkerl da hat ganze Arbeit geleistet. Gut, dass er nun in seiner eigenen Falle liegt. Lass uns gehen. Wir haben Asmaron lang genug warten lassen.«

Emilys Atem ging schneller angesichts der Tatsache, dass sie ihre Jagd fortsetzen konnten. Doch sie wandte sich nicht von Valentin ab. Balthasar hatte recht, er war ein Mistkerl. Es wäre eine Genugtuung, ihn liegen zu lassen und dafür zu sorgen, dass die Aufpasser des *GdU* ihn finden würden. Zweifellos hätte er an ihrer Stelle genau das getan. Aber sie war nicht wie er. Er war verloren. Und Verlorene verriet man nicht.

Sie brauchte kein Wort zu sagen. Wie so oft hatte Balthasar ihre Gedanken gelesen, und nun starrte er sie an, das Gesicht in einer Mischung aus Abscheu und Fassungslosigkeit verzogen. Schließlich schüttelte er den Kopf und seufzte so tief, als müsste er Felsbrocken von seinem Brustkorb sprengen. »Menschen«, murmelte er nur.

Dann packte er Valentin unter den Schultern und schleppte ihn wie einen Zementsack zum Beichtstuhl. Kaum lehnte dieser in dem kleinen Raum an der Wand, wich Balthasar aus dem Beichtstuhl zurück, als würde er darin all die furchtbar faden Sünden hören, die die Menschen je gestanden hatten. Emily schaute auf Valentin hinab. Er sah fast friedlich aus, während er schlief. Sie strich ihm das Haar aus der Stirn, und da lächelte er … als hätte ein Blütenblatt sein Gesicht gestreift.

Dann zog sie den Vorhang zu und im selben Moment verschwand jede Sanftheit von ihren Zügen. Sie hatte keine Zeit, um schlafende Engel anzustarren. In dieser Nacht hatte sie anderes vor.

19

»Verfluchter Koboldmist!«

Emily riss ihren Fuß in die Höhe und starrte wütend auf die neongrüne Masse, die unter ihrer Sohle klebte. Der Schleim sah aus, als hätte er gerade eine Abenteuerreise durch den Darmtrakt eines ausgewachsenen Werwolfs hinter sich gebracht, und schlimmer noch als die Optik war der Gestank. Emily musste sich zusammenreißen, um ihren Phantommagen zu beruhigen. Balthasar hingegen sah ihr mit einer Mischung aus Ekel und Interesse dabei zu, wie sie ihren Fuß auf einem Bein hüpfend an der Wand der Katakomben abstreifte.

»Kobolde hinterlassen kleine bunte Kügelchen«, erklärte er, als würde sie das wirklich interessieren. »Sie leuchten im Dunkeln, aber sie riechen nach gar nichts. Das an deinem Fuß stammt wohl eher von einem Dunkelgnom. Sie fressen ungeheuer viel. Und was reingeht, muss eben irgendwann auch wieder raus.«

»Es ist mir völlig egal, woher das stammt«, entfuhr es Emily. »Ich weiß nur, dass das mindestens der zehnte Haufen war, in den ich getreten bin, seit du uns in diese Kloake geführt hast!«

Der Vampir erwiderte ihren zornigen Blick vollkommen unbeeindruckt. »Wir sind noch immer in den Katakomben von Paris. Und wenn du mehr auf deine Füße achten würdest und weniger auf die Gänge ringsum, hättest du auch keine Probleme mit stinkendem Schleim.«

Damit setzte er seinen Weg fort. Emily blieb nichts anderes übrig, als ihm zu folgen. Seit einer gefühlten Ewigkeit liefen sie nun durch diesen Teil der Katakomben, und ihre Euphorie darüber, die Jagd auf Asmaron fortsetzen zu können, hatte genau bis zu ihrem dritten Schleimhaufen gehalten. Seither purzelte ihre Laune beständig dem Tiefpunkt entgegen. Nur die Fährte vor ihnen verschaffte ihr etwas Genugtuung. Wenigstens konnte sie sicher sein, dass auch Asmaron durch diese abscheulichen Tunnel gegangen war. Sie stellte sich gerade vor, wie er in all seiner erhabenen Schönheit in einen riesigen grünen Schleimhaufen gefallen war, als Balthasar abrupt stehen blieb. Fast wäre sie ihm in die Hacken getreten.

»Zur Hölle, was …«, begann sie, aber er brachte sie mit einer Handbewegung zum Schweigen und deutete nach vorn. Sie bemerkte zu ihrer Erleichterung, dass die verrotteten Tunnel sich in einiger Entfernung in beinahe herrschaftliche Gänge verwandelten. Fluoreszierende Pflanzen spendeten warmes Licht, der Boden war trocken und mit steinernen Platten gepflastert, und die Wände bestanden aus Marmor, so kunstvoll geschliffen, dass er aussah wie feinster Kristall. Emily kannte diesen Marmor. Er bedeckte auch die Wände des Grauen Doms, und sie erinnerte sich daran, wie Balthasar ihr erzählt hatte, dass dieser kostbare Stein sämtliche Krypten der einstigen Gilde verkleidete ... ebenso wie die weitverzweigten Katakomben, die sich rings herum in der Erde verbargen. Sie ließ den Blick über die Wände schweifen. Immerhin wusste sie jetzt, dass sie sich ganz in der Nähe des Grauen Doms befand. Aber was zum Teufel hatte Asmaron dort zu suchen?

»Der Graue Dom ist Niemalsland«, erwiderte Balthasar, als hätte sie die Frage laut gestellt. »In der Anderwelt gefürchtet und selbst von den meisten Jägern gemieden, wie du weißt. Dort muss Asmaron keine plötzliche Entdeckung durch seine Feinde fürchten wie in den Straßen von Paris. Und abgesehen davon weiden sich Dhragar und all seine Schergen gern an ihrem Triumph.«

Emily hielt mit ihm Schritt, als Balthasar sich wieder in Bewegung setzte. »Welchem Triumph?«, fragte sie verständnislos. »Der Weiße Krieger hat doch im Grauen Dom den Sieg davongetragen. Er hat Dhragar in seine Welt zurückgeschickt. Ich wüsste nicht, was es da für den Fürsten der Toten zu feiern gibt.«

»Im Grauen Dom stürzte Dhragar in die Finsternis«, sagte Balthasar dunkel. »Dort erschlug er seine einstigen Gefährten und eignete sich deren Macht an, und dort tötete er auch den Weißen Krieger, der ihn in die Knie gezwungen hatte. Für dich mag der Dom ein Ort der Jäger sein, aber das gilt nicht für Dhragar. Der Fürst der Toten hat seine ganz eigene Wahrheit.«

Auf einmal musste Emily an Valentin denken, daran, wie erbittert er gegen sie gekämpft hatte ... und an die Worte, die er über Balthasar verloren hatte. »Nicht nur er«, murmelte sie und merkte erst nach einem Moment, dass sie ihren Gedanken laut ausgesprochen hatte.

Prompt sah Balthasar sie prüfend an. »Was meinst du damit?«

Emily seufzte innerlich. Sie hatte sich fest vorgenommen, nicht mit dem Thema anzufangen, schon gar nicht jetzt, da sie kurz davor standen, Asmaron herauszufordern. Aber Balthasars Blick bohrte sich in ihren Schädel, und sie wusste genau, dass es viel zu spät war, um eine Notlüge auch nur zu versuchen. »Valentin lebt ebenfalls in seiner eigenen kleinen Welt«, fing sie an. »Er durchschaut jeden, nur bei ihm selbst scheint das nicht so richtig hinzuhauen. Und, na ja …« Sie holte tief Atem. »Er hat auch was über dich gesagt.«

Der Vampir schnaubte verächtlich. »Was du nicht sagst. Wollte er wissen, wie genau ich ihm die Kehle herausreiße?«

Emily schluckte. Balthasar schaffte es doch immer wieder, die schlimmsten Dinge so klingen zu lassen, als wären sie sein bevorzugtes Hobby. »Nein«, erwiderte sie. »Er riet mir, dir nicht zu sehr zu vertrauen, weil schon andere erfahren hätten, dass das keine gute Idee wäre.«

»Ich wusste es«, seufzte er. »Schon als ich ihn zum ersten Mal sah, war mir klar, dass der Bursche ein Unruhestifter ist.«

Verstohlen schaute Emily ihn von der Seite an, aber bis auf einen harten Zug um den Mund zeigte er keine Regung. »Dann hat er also Unsinn geredet?«

Es war ein Wunder, dass sie Balthasars Schritte noch immer nicht hören konnte, so heftig wie er die Absätze in den Boden rammte. Mit finsterer Miene ging er neben ihr her und schwieg so lange, bis Emily dachte, er hätte ihre Frage überhört. Doch dann blieb er stehen, so plötzlich, dass sie noch einige Schritte ohne ihn weiterlief, und schüttelte den Kopf.

»Nein«, sagte er leise. »Er hat recht.«

Emily ging zu ihm zurück. Er fixierte den Boden, als würde er dort etwas sehen, das all seine Aufmerksamkeit benötigte. »Was soll das bedeuten?«

Der Vampir hob den Blick, mühsam, als kostete es ihn enorme Anstrengung. »Ich wünschte, ich könnte es dir erklären«, sagte er mit rauer Stimme. »Aber das kann ich nicht … noch nicht. Doch eines musst du dir merken: Vertraue dir selbst und verlasse dich nie auf jemanden, wenn du es vermeiden kannst. Auch nicht auf mich. Ich tauge nicht als Held. So viel ist sicher.«

Der harte Zug um seinen Mund war verschwunden. An seine Stelle war ein seltsamer Ausdruck getreten, der ihm eine bestürzende Verletzlichkeit gab. Emily überkam das Bedürfnis, die Hand zu heben und seine Worte fortzuwischen, wie sie es so oft mit seinen spöttischen Bemerkungen getan hatte, und auf einmal musste sie an Etienne denken und daran, was er ihr in der Kathedrale gesagt hatte.

»Du bist einer von den Guten«, sagte sie leise. »Ob du es nun willst oder nicht, und du bestehst aus mehr als Grausamkeit und Kälte. Daran sollte ich dich erinnern, wenn du es wieder einmal vergisst.«

»Ihr Menschen seid blind«, sagte Balthasar mit derselben Sanftheit, die er in der Kirche in der Stimme getragen hatte. »Ihr seht nur, was ihr sehen wollt.«

»Gut möglich«, erwiderte Emily. »Aber eins ist mal sicher: Damit sind wir nicht allein.«

Balthasars Lächeln war nicht mehr als ein Schimmer weit hinten in seinen Augen aus Eis, und doch wärmte es Emily mehr, als jeder Zauber es gekonnt hätte. Er öffnete den Mund, als wollte er noch etwas sagen. Aber im selben Moment ging ein Geräusch durch die Stille. Es war ein Knirschen, leise nur ... doch begleitet von durchdringender Kälte.

Alarmiert packte Balthasar Emilys Arm und zog sie in eine Nische in der Wand. Binnen eines Wimpernschlags hatte er jede Verwundbarkeit abgelegt und war wieder der Krieger, der sie in die Schlacht begleitete. Mit kalter Konzentration spähte er durch einen Mauerriss den Gang hinab, und sie tat es ihm gleich. Sie hörte es noch immer, dieses fast lautlose Knirschen. Es kam näher, genauso wie der Frost, der Emily schaudern ließ. Sie wusste, was jede Minute dort hinten um die Ecke biegen würde. Und doch erschrak sie, als sie den Krieger Dhragars sah, der gleich darauf in den Gang trat.

Er bewegte sich langsam, fast gemächlich. Seine Hand jedoch lag auf einem Messer an seinem Gürtel, und sein finsterer Blick ließ keinen Zweifel daran, dass er nicht zu seinem Vergnügen hier war. Er war auf der Jagd, genau wie seine fünf Kollegen aus der Kirche. Und auch er war nicht allein. Emily biss sich auf die Lippe, als sie zwei weitere Krieger bemerkte, die hinter ihm den Gang passierten.

Sie wurde unsichtbar, als der Krieger an ihnen vorüberging. Balthasar war mit den Schatten verschmolzen, so vollkommen, als wäre er tatsächlich zu einem der ihren geworden. Emily spürte den Frost, der von dem Krieger ausging, und sie zog die Schultern an, als er um die nächste Ecke bog und sie in ihre menschliche Gestalt zurückkehrte. Am Ende des Ganges liefen drei weitere Krieger durch ihr Blickfeld, bewaffnet wie die anderen … gerade dort, wohin die Fährte Asmarons sie führte.

»Lass uns umkehren«, raunte Balthasar. »Es sind zu viele.«

Emily schüttelte den Kopf, ohne sich von den Kriegern abzuwenden. »Kommt nicht infrage. Du kennst diese Gänge doch. Ich kann nicht mehr zählen, wie oft du mir von all ihren düsteren Geheimnissen erzählt hast. Können wir nicht eins davon gegen diese Krieger wenden?«

»Vielleicht«, sagte der Vampir. »Aber niemand weiß, ob das zum Erfolg führt, und ich werde dich nicht in eine Schlacht begleiten, die du nicht gewinnen kannst. Wir haben die Fährte Asmarons einmal gefunden, wir werden es wieder schaffen. Aber jetzt müssen wir von hier verschwinden. Es ist zu gefährlich.«

Eine Stimme tief in Emily flüsterte ihr zu, dass er recht hatte. Sie hatten beide einen anstrengenden Kampf hinter sich, noch eine Auseinandersetzung war mehr als riskant, vor allem bei so vielen Toten, wie sie hier herumliefen. Und dennoch schüttelte Emily ein zweites Mal den Kopf. »Nein«, sagte sie, und als sie es aussprach, wusste sie, dass das die richtige Entscheidung war. »Ich bin nicht so weit gegangen, um jetzt umzukehren. Du hast mir beigebracht, dass ich niemals vor einer Schlacht weglaufen soll, wenn ich fest daran glaube, nicht zu scheitern. Das tue ich.«

Balthasar schaute mit einigem Spott auf sie herab. »Weil du ahnungslos bist, das ist alles.«

»Das ist nicht wahr. Ich weiß, was uns bei diesen Kriegern erwartet. Wie sollte ich das nicht nach den Ereignissen in der Kirche? Aber gerade hast du mir gesagt, dass ich mir selbst vertrauen muss, stärker als allen anderen. Und muss ich dich wirklich an einen deiner Leitsprüche erinnern, mit denen du mir die letzten Wochen auf den Wecker gefallen bist? Wir sind die Jäger – nicht die Beute!«

Balthasar sah sie an wie immer, wenn er kurz davor war, ihr etwas abzuschlagen: kühl und unerreichbar wie der uralte Vampir, der er war. Doch dann blitzte der Stolz in seinen Augen auf, den Emily in letzter Zeit häufiger bei ihm gesehen hatte.

»Ahnungslos oder nicht«, sagte er kaum hörbar. »Aber du hast gelernt, dich zu behaupten, so viel ist sicher. Also gehen wir. Doch ich warne dich: Die Wege, die nun vor uns liegen, sind nichts für ungeübte Augen. Sie werden dir nicht zusagen, zumindest zuerst nicht. Gut möglich, dass du dich noch nach dem grünen Schleim zurücksehnst.«

Er spähte erneut den Gang hinab, und als die Luft rein war, lief er in die Richtung, aus der sie gekommen waren.

Emily beeilte sich, ihm zu folgen. Bereits nach wenigen Schritten grub er die Finger in eine unscheinbare Kerbe in der Wand und öffnete lautlos einen schmalen Spalt. Kurz nur wechselte Emily mit ihm einen Blick. Dann glitten sie in die Dunkelheit des geheimen Tunnels hinein.

Balthasar hatte nicht übertrieben: In der Tat sagten

Emily die Gänge, die sie nun betreten hatten, ganz und gar nicht zu. Zwar roch es nicht so unangenehm, wie sie erwartet hatte. Aber es war so verflucht dunkel, dass sie mehrfach fast auf dem rutschigen Boden ausgeglitten und der Länge nach in feuchten Matsch gefallen wäre. Immer wieder wich sie gerade noch rechtzeitig einem Stalaktiten aus, der wie ein tückisches Grinsen vor ihr aus der Dunkelheit tauchte. Balthasar eilte so schnell wie vorher durch ein Gewirr aus schmalen Gängen, doch Emilys Schritte waren unsicher, als liefe sie über Falltüren, die sich jederzeit öffnen konnten. Sie wollte gerade anfangen, dieses Labyrinth tatsächlich noch mehr zu verabscheuen als die schleimigen Korridore zuvor, als sie winzige Augenpaare in der Finsternis aufglühen sah.

Binnen eines Moments war jede Abscheu vergessen. Emily hatte noch immer das Gefühl, auf Falltüren zu laufen, mehr noch: Sie wusste auf einmal, dass es so war. Aber sie fürchtete einen Sturz nicht länger. Denn um sie herum, auf Felsvorsprüngen, in Mauernischen und selbst an der Decke saßen, hingen und flogen kleine, schwach leuchtende Kreaturen, die aussahen wie aus einem ihrer dunklen Träume. Auf den ersten Blick wirkten ihre Körper entstellt. Einige hatten drei Arme oder verkrüppelte Beine, anderen wuchs ein einzelnes Auge aus der Stirn oder ihre Nasen und Münder saßen an ungewohnter Stelle in ihrem Gesicht. Doch entgegen jeder Erwartung empfand Emily sie nicht als hässlich. Im Gegenteil erinnerten die zarten Flügel und die wehenden Seidenhaare sie an Feen, ihre Kleider sahen aus wie aus dem Papier verbrannter Geschichten gefertigt und ihre Augen waren so sanft, als wären sie aus Mondlicht erschaffen worden. Emily musste lächeln, als sie die neugierigen Blicke der Wesen erwiderte. Sie hatte keine Ahnung, was das für Kreaturen waren, aber eines war sicher: Die Anderwelt war viel größer, als sie es sich je hätte vorstellen können. Und gerade hier, in ihren unbekanntesten Gebieten, war sie am schönsten … für geübte Augen.

Es war die Kälte, die Emilys Verzauberung auflöste. Sie drang durch die Wände wie unsichtbares Gift, und nach und nach sorgte sie dafür, dass immer weniger der wundersamen Kreaturen die Gänge bevölkerten. Schließlich war sie wieder vollkommen, die Finsternis des Labyrinths, und Emily achtete sehr genau darauf, nicht versehentlich mit dem Fuß gegen einen Felsvorsprung zu stoßen und einen Heidenkrach zu machen. Denn die Kälte war nicht das Einzige, das nun ihre Schritte begleitete. Sie konnte auch die Bewegungen der Toten auf der anderen Seite der Wände hören. Emily schien es, als wären sie nur durch hauchzartes Pergament von ihr getrennt, und als Balthasar schließlich stehen blieb und die Hände gegen die Wand legte, hielt sie den Atem an.

Sie hörte Stimmen. Mehrere Krieger mussten sich direkt auf der anderen Seite der Wand aufhalten. Balthasar würde doch nicht … Aber ehe sie den Gedanken beendet hatte, bedeutete er ihr, keinen Laut von sich zu geben. Emily seufzte innerlich. Balthasar *würde* … Wie hatte sie auch etwas anderes hoffen können? Wortlos glitt sie in ihre Geistform hinüber, und der Vampir öffnete einen weiteren Spalt in der Mauer.

Schwaches Licht fiel von der anderen Seite in den Gang. Dieses Mal brauchte Emily einen Moment, um Balthasar durch den Riss zu folgen, und fand sich gleich darauf in einer halb geschlossenen Nische am Rand eines riesigen Saals wieder. Er sah aus wie eine gewaltige Gruft mit seinen grob behauenen Säulen, der niedrigen Decke und den Gräbern, die mit mächtigen Steintoren in die Wände eingelassen worden waren. Doch Emily hatte kaum einen Blick für die düstere Schönheit des Saals. Denn zwischen den Säulen standen Krieger der Totenwelt, so viele, dass Emily sie nicht zählen konnte. Mit weit aufgerissenen Augen sah sie sich zu Balthasar um, aber der schaute ungerührt durch sie hindurch.

Du hast es so gewollt, sagte er in ihren Gedanken, als hätte er seit einer Ewigkeit darauf gewartet, diesen Satz von sich geben zu können. *Ich habe nur dein Flehen erhört.*

Ich habe nicht gefleht. Sie musste sich anstrengen, nicht laut die Luft auszustoßen. *Und abgesehen davon hast du mir wohl nicht richtig zugehört. Ich wollte einen Weg an den Kriegern vorbei finden – nicht mitten unter sie!*

Da wurde Balthasars Blick so eindringlich, als würde er sie trotz ihrer Unsichtbarkeit ganz genau erkennen. *Siehst du das Grab dort hinten? Das große mit den Kerben auf dem Tor?* Er wartete, bis Emily nickte. *Öffne es. Dann wirst du sehen, welche Wege es noch in diesen Katakomben gibt … und welche Geheimnisse.*

Und was wartet darin auf mich?, fragte Emily mit leisem Spott. *Godzilla?*

Ja. Und King Kong hat er auch gleich mitgebracht.

Emily verdrehte die Augen, doch als sie zum Tor hinüberspähte, schauderte sie. Es lag so weit wie nur irgend möglich von ihr entfernt am anderen Ende des Saals, und davor hatte sich eine ganze Armee ihrer Feinde postiert.

Ich weiß nicht, ob ich es bis dorthin schaffe. Vielleicht sollte ich sie ablenken und du …

Aber Balthasar schüttelte den Kopf. *Der Sitz der Gilde wurde von Geistern errichtet. Das weißt du. Sie sind die Hüter der Geheimnisse dieser Gänge und die Einzigen, die sie befreien können. Und ob du es nun willst oder nicht: Du* bist *ein Geist. Damit hast du die Möglichkeit, dir selbst den Weg zu bereiten. Du musst nichts weiter tun, als deine Magie in dieses Tor zu schicken.*

Emily funkelte ihn eisig an. *Nichts weiter, schon klar. Soll ich dir vielleicht nebenher noch einen kleinen Blutcocktail mixen, damit du die Show besser genießen kannst? Bei der Kleinigkeit, die ich vorhabe, ist das doch kein Problem.*

Für gewöhnlich half ihr der Spott, ihre Anspannung kleinzuhalten. Doch nicht dieses Mal. Allein der Gedanke an all die Toten, die hinter ihr herumliefen und nur darauf warteten, sie bei der kleinsten Unachtsamkeit zu packen, schnürte ihr die verfluchte Phantomkehle zu.

Balthasar aber sah sie ruhig an, und als er den Kopf neigte, da war es, als breitete er eine warme Decke über ihre Schultern. *Fürchte dich nicht,* raunte er. *Du hast mich daran erinnert, dass nur wir darüber entscheiden, in welche Schlacht wir ziehen wollen und in welche nicht. Du hast dich entschieden, und du hast es aus einer Sicherheit heraus getan, die noch immer in dir ist. Hab keine Angst vor dem Weg, der vor dir liegt. Du hast ihn gesucht, jetzt hast du ihn gefunden. Und ich weiß, dass du ihn gehen kannst.*

Selten hatte er so mit ihr gesprochen, und wie auch immer er es geschafft hatte, diese Wärme in seine Stimme zu legen – sie verfehlte ihr Ziel nicht. Mühelos knebelte sie den Kobold namens Angst, der gerade noch in Emily herumgesprungen war, und erinnerte sie daran, dass sie eine Kämpferin war. Kein Angsthase. Sie holte Atem, lautlos, wie Balthasar es ihr beigebracht hatte. Dann trat sie in den Saal.

Das Erste, das sie wahrnahm, war das Stimmengewirr. In der Nische war es dumpf gewesen und beinahe menschlich. Nun jedoch, da keine Wand mehr den Schall unterbrach, hörte Emily den wahren Klang der toten Stimmen. Sie waren wie das Schlagen von Rabenflügeln über brach liegenden Feldern und das schrille, hysterische Weinen eines Kindes, das allein im Dunkeln saß. In Wellen gingen sie durch den Raum und zerbrachen an den Wänden, und bei jedem berstenden Ton hatte Emily das Gefühl, von tausend Nadeln getroffen zu werden. Aber sie zwang sich, nicht darauf zu achten. Mit aller Konzentration fixierte sie das Tor und setzte sich in Bewegung.

Sie hatte den Schattentanz tausendfach geübt. Wieder und wieder hatte Balthasar sie in seinen Gewölben herumturnen lassen, anfangs in menschlicher Gestalt, dann als Schemen mit verbundenen Augen und schließlich als Geist, gerade so, wie sie sich jetzt durch die Menge der Krieger bewegte. Aber anders als im geschützten Raum ihres Trainings gab es hier keine Chance auf Wiederholung. Also bewegte sie sich durch die Menge der Krieger, wie Balthasar es sie gelehrt hatte: ähnlich einer Tänzerin, die ein Messer in ihrem Kleid versteckt hielt. Sie wich den Toten aus, wenn sie an ihr vorbeiliefen, glitt an ihnen vorüber, gerade noch rechtzeitig, ehe sie den Arm hoben oder zur Seite traten, und sie blieb stehen, wenn ein gefahrloses Vorankommen unmöglich war. Immer wieder kämpfte sie den Fluchtimpuls nieder, der stärker wurde, je gnadenloser der Frost sie umgab. Sie hatte ungefähr die Mitte des Saals erreicht, als zwei breitschultrige Krieger sich ihr in den Weg schoben und ihr die Sicht auf das Tor versperrten – und sie hinderte sich selbst zu spät daran, ihnen in die Gesichter zu schauen.

Auf den ersten Blick sahen sie aus wie Menschen. Ungewöhnlich blass vielleicht und mit besonders stechenden Augen, aber doch noch immer menschlich, so wie Vampire menschlich aussahen, wenn man nicht so genau hinschaute. Tat man es aber, merkte man schnell, dass jede Menschlichkeit nichts als eine Maske war. Und sie verbarg das Grauen.

Emily starrte den Kriegern ins Gesicht und konnte nicht verhindern, dass ihr Blick tiefer drang, durch die blassen Wangen hindurch bis zu der Finsternis, die unter der eisigen Haut lag – dieser reglosen Schwärze, die wie ein nur hauchdünn zugefrorener See auf ihre Opfer lauerte. Nirgends gab es solche Kälte wie in dieser Dunkelheit, nirgends solche Grausamkeit und solche Leere, das wusste Emily. Es war dieselbe Finsternis, die auch in ihr wartete, sollte sie das winzige Lebenslicht verlieren, das sie noch in sich trug. Schwach nur war der Schreck bei diesem Gedanken, und doch wich sie eine Winzigkeit zu spät zurück, als die Krieger an ihr vorbeigingen. Im letzten Moment riss sie die Arme beiseite, um sie nicht zu berühren – und streifte den Toten hinter ihr.

Die Berührung war nicht mehr als ein Windzug an seinem Arm. Ohne sich umzudrehen glitt Emily vor, durch die Reihen ihrer Feinde, ehe sie vor einer Säule innehielt. Sie hoffte inständig, dass ihr Fehler unbemerkt geblieben war, und schaute zurück zu dem Krieger, den sie gestreift hatte. Er wirkte wie ein Mann mit grauem kurzem Haar und kantigem Gesicht, doch seine Augen waren zwei Spiegel aus Eis. Und er sah in ihre Richtung.

Emily konnte spüren, wie er seine Aufmerksamkeit sammelte, als wäre sie eine Schlinge, die sich immer enger um ihren Hals zog. Schon sandte er seinen Frost aus, um herauszufinden, ob sich tatsächlich mehr in der reglosen Luft vor der Säule verbarg, als alle anderen wahrnahmen. Emily stand da wie erstarrt. In wenigen Augenblicken würde er ihre Gedanken berühren, und es gab nur einen Weg, das zu verhindern: Sie musste in die Stille eintauchen, die in ihr war – so tief wie nur möglich. Sie presste die Zähne aufeinander. Zwar hatte sie sich einigermaßen daran gewöhnt, aber das bedeutete nicht, dass sie bei dem Gedanken an den Tod nicht bisweilen immer noch haltloses Entsetzen ergriff – so als wäre sie ein Kind angesichts namenloser Finsternis, das am liebsten davongelaufen wäre. Doch stattdessen fixierte sie den Krieger, und als seine Kälte sie erreichte, stürzte sie sich in die Stille.

Sie war viel kälter als jeder Frost, den irgendein Krieger gegen sie aussenden konnte, und als die Schatten sie umgaben, sank sie tiefer, als hätte sie noch immer einen Körper, der schwer in einen Ozean hinabtauchte. Ihre Gedanken, ihre Gefühle, selbst ihre Hoffnungen und Träume rückten in weite Ferne, und als sie den Grund erreichte, erschienen sie ihr wie Echos in endlosen Gängen. Fern nur bemerkte sie, wie der Blick des Kriegers ins Leere glitt und sich abwandte. Aber sie kehrte nicht sofort zu vollem Bewusstsein zurück. Denn trotz der Kälte war es friedlich hier in der Tiefe, und wie immer wenn Emily sich an diesen Ort begab, überkam sie auch nun das Bedürfnis, in dieser Dunkelheit zu bleiben, unerreichbar von allem, was Leben barg. Dieser Moment war es, den sie fürchtete, wenn sie an die Dunkelheit dachte, mehr als jede Kälte und jede Leere. Doch wie jedes Mal war es auch jetzt die Stimme eines Kindes, die sie aus ihrer Trance holte … das Lachen ihrer Schwester, das die Finsternis zerriss und sie aufsteigen ließ, hinauf ins Leben, zurück zu ihr.

Ohne jedes Geräusch kehrte sie vollends in ihren Körper zurück. Sie brauchte einen Moment, ehe sie sich wieder in Bewegung setzte. Aber mit jedem ihrer Schritte fiel die Stille der Dunkelheit von ihr ab, und als sie endlich das Grab erreichte, meinte sie vor Aufregung fast einen Herzschlag in ihrer Brust zu fühlen. Sie spürte Balthasars Blick in ihrem Rücken, als sie die tiefen Kerben betrachtete und die verschlungenen Buchstaben, die darunterlagen. Sie sahen aus, als wären sie mit bloßen Fingern in den Stein gegraben worden, und kurz glaubte Emily, das Blut derer riechen zu können, die das getan hatten. Dann legte sie die Hand gegen den Stein.

Wie von selbst floss ihre Magie in das Tor und füllte die Linien der Buchstaben mit goldenem Feuer. Ein Ächzen ging durch den Stein, als sich das Tor in die Höhe schob. Emily starrte in das Zwielicht, das dahinterlag. Sie hatte nicht erwartet, dass ihr tatsächlich Godzilla und King Kong entgegenspringen würden, aber doch mehr, als sie nun sah. Denn die Gruft war leer, abgesehen von ein paar zerbrochenen Sarkophagen. Aber Emily blieb keine Zeit, sich länger darüber zu wundern. Denn nun, da das Ächzen des Steins verstummte, hörte sie das Schweigen hinter sich.

Sie fuhr herum, und die Szene, die sich ihr bot, ließ sie erzittern. Sämtliche Krieger im Saal hatten ihre Gespräche unterbrochen. Wie erstarrt standen sie da und jeder einzelne von ihnen schaute zu Emily herüber. Sie wich vor ihnen zurück, aber es war zwecklos. Sie wussten, wo sie sich befand, schon durchdrangen ihre Blicke die Unsichtbarkeit, in die Emily sich gehüllt hatte, und mit tief geneigten Köpfen setzten sie sich in Bewegung. Keiner von ihnen sprach ein Wort. Es war, als würden sie durch einen übermächtigen Willen vorwärtsgetrieben. Mit beängstigender Gleichzeitigkeit legten sie die Hände auf ihre Waffen. Emily hatte gerade beschlossen, in einem verzweifelten Manöver mitten durch die Reihen hindurchzufliegen und zu sehen, wie weit sie käme. Doch gerade in dem Moment, da die ersten Krieger sie fast erreicht hatten, dröhnte eine Stimme durch den Saal.

Balthasar stand auf einem Vorsprung nahe der Nische. Er hatte die Arme von seinem Körper ausgebreitet. Flammen loderten auf seinen Händen und aus seinem Mund kamen Worte, wie Emily sie noch nie gehört hatte. Es war ein dunkler Zauber, den er sprach. Mit magischen Hieben trieb er die Krieger zurück, die nun auf ihn zustürzten. Wie Sturmböen schlug seine Macht ihnen entgegen, aber Emily wusste, dass er ihnen nicht lange standhalten konnte. Schon kamen ihm zwei Krieger gefährlich nah, die sich von seinen Schlägen nicht beeindrucken ließen. Donnernd flogen Balthasars Worte über seine Lippen – und mit mächtigem Raunen bekam er eine Antwort aus der Gruft.

Emily merkte kaum, dass es sie in ihren menschlichen Körper zurücktrug. In ihren Ohren klang es wie das Brausen des Sturms in einer Herbstnacht, und heftiger Wind schlug ihr aus der Gruft entgegen. Die Toten pressten sich die Hände gegen den Kopf, als würde das Raunen ihre Schädel auseinandersprengen. Ihre Münder verzerrten sich schmerzerfüllt, etliche fielen auf die Knie. Doch ihre Augen waren auf das geöffnete Tor gerichtet. Dort aus der Finsternis des Grabs trat eine Gestalt langsam auf sie zu.

Im ersten Moment hätte Emily die Kreatur fast mit Nepomuk verwechselt, denn es war ein Skelett, das nun vor ihr stehen blieb. Aber als sie seinen Blick erwiderte, zogen sich Fleisch und Knochen über seine Glieder, und gleich darauf stand ein Geisterkrieger aus lang vergangener Zeit vor ihr. Seine Rüstung war mit Schmissen übersät, an der Hüfte trug er ein Schwert, das in dunklem Feuer glühte, und seine Finger waren mit schwarzem Blut besudelt, als hätte er gerade noch einen Toten in sein Reich zurückgeschickt. Hinter ihm tauchten weitere Krieger auf, alle gerüstet und mit demselben geisterhaften Glimmen unter der Haut, das deutlich zeigte, dass ihre äußere Erscheinung nichts als eine Maske war. Die Augen des Kriegers vor Emily jedoch waren dunkel wie der Mitternachtshimmel und erschienen ihr so lebendig, dass sie meinte, das Lachen des Fremden zu hören: rau und herzlich zugleich. Er schaute zu Balthasar hinüber, als hätte er einen alten Bekannten gesehen. Dann maß er Emily mit seinem Blick. Es war, als würden Flammenströme durch ihren Körper schießen, und sie musste all ihre Kraft aufwenden, um sich nicht abzuwenden. Doch sie hielt der Prüfung stand, der er sie offenbar unterzog, denn am Ende nickte er unmerklich.

Dann schaute er zu den Toten hinüber, die sich noch immer unter dem Raunen seines Sturms wanden. Er bewegte die Finger seiner Schwerthand, und da glühten die Buchstaben auf den anderen Gräbern auf, so gleißend hell, dass die Finsternis im Saal zerrissen wurde. Das Ächzen der sich hebenden Tore mischte sich in den Sturm, und Emily riss die Augen auf, als auch in diesen Grüften Krieger auftauchten, zum Kampf bereit. Und da begriff sie, wer der Fremde war, der vor ihr stand: ein Krieger der Ersten Stunde, genauso wie seine Gefährten – einer von jenen, die zu flüsternder Dunkelheit geworden waren. Der Fremde lächelte, als hätte er ihre Gedanken gehört, und ein erhebendes Gefühl erfüllte Emilys Brust. Die Jäger von einst waren zerbrochen, sie waren in alle Winde verstreut und vielerorts vergessen worden. Aber nun waren sie zurück. Und sie waren zum Kampf bereit.

Kurz verharrte der Krieger reglos, als wollte er mit einem einzigen Blick ausmachen, wie viele Tote vor ihm standen. Dann schob er Emily beiseite. Seine Augen setzten sich in Flammen und er erhob sich mit seinen Gefährten in die Luft. Ihre Leiber wurden durchscheinend, aber Emily konnte sie noch immer sehen, die Schwerter vorgestreckt. Mit ohrenbetäubendem Raunen schossen sie in mächtigen Schwärmen von allen Seiten auf die Krieger der Toten zu, und dann, mit einem Geräusch, als würde Eis auseinanderbrechen, stoben sie durch deren Körper. Ein Tanz der Geister war es, dem Emily beiwohnte, ein Triumph der Ewigkeit über den Tod, und als der Sturm sich legte, standen die Toten reglos da – erstarrt wie Statuen aus Stein.

Das Raunen war nur noch leise, als der Krieger mitsamt seiner Gefährten vor Emily landete. Seine Konturen waren wie die der anderen Geister verblasst. Nur die Glut in seinen Augen war noch dunkel wie zuvor, und als er nun vor Emily den Kopf neigte, tat sie es ihm mit einiger Ergriffenheit nach. Dies war der Bund, von dem Balthasar ihr erzählt hatte – der Bund zwischen den Jägern, der weder vom Leben noch vom Tod zerbrochen werden konnte. Der Krieger schaute sie mit einem Lächeln an, als hätte er gerade genau dasselbe gedacht. Dann wandte er sich ab. Ohne ein Wort gesprochen zu haben, ging er mit seinen Gefährten zurück in seine Gruft. Kaum dass sie die Dunkelheit betraten, verblassten ihre Gestalten endgültig. Das Letzte, das Emily sah, war das Glimmen dunkler Glut in der Finsternis, das lautlos erlosch. Dann verstummte das Raunen, und mit mächtigem Donnern schlossen sich die Tore.

Emily drehte sich zu Balthasar um, doch ihr Blick wurde von den starren Augen der Toten aufgefangen. Sie sahen tatsächlich aus, als wären sie zu Stein geworden. Aber das waren sie nicht. Emily konnte den Zorn spüren, der in ihnen darauf wartete, sich zu befreien – die Finsternis Dhragars, die den Fluch der uralten Jäger schon bald abwerfen würde. Gewaltsam riss Emily sich von den Toten los und lief Balthasar entgegen. Der Zauber würde nicht ewig halten, das las sie in seinen Augen. Sie mussten sich beeilen.

Und das taten sie. So schnell sie konnten, eilten sie die Gänge der Katakomben hinauf, vorbei an stummen Kriegern, die ihnen aus blinden Augen nachstarrten. Endlich erreichten sie die unebenen Stufen, die sie in die Oberwelt zurückführten. Emily sog die Luft ein, als sie die Katakomben hinter sich ließen und ins Freie traten. Der Abend war angebrochen. Das Gräberfeld lag verlassen da wie das Niemalsland, das es war. Und dort an seinem Rand, schwach noch beschienen vom letzten Gold des Tages, erhob sich der Graue Dom. Auch er sah verlassen aus. Doch das war er nicht.

Der Wind streifte Emilys Gesicht, aber sie merkte es kaum. Alles, was sie deutlich wahrnahm, war die Fährte Asmarons, die sie nun überall spüren konnte. Sie fixierte die Kathedrale und setzte sich in Bewegung. Lange hatte sie auf diesen Augenblick hingefiebert, lange hatte sie sich davor gefürchtet. Jetzt war er gekommen. Asmaron war ganz nah.

20

Der Boden des Gräberfelds war gefroren. Raureif funkelte auf Hügeln und Grabsteinen, dass es fast aussah wie in einem Märchen. Aber nur fast. Denn trotz ihrer Unsichtbarkeit konnte Emily den Frost fühlen, der aus der erstarrten Erde drang, und es war keine Winterkälte, die das Niemalsland rings herum verwandelt hatte. Es war der Frost der Toten, der nur darauf wartete, jeden Hauch von Leben zu ersticken.

Auch der Dom hatte sich mit Eiskristallen überzogen. Als Emily davor innehielt, musste sie an den Palast der Schneekönigin denken, den sie sich seit ihrer Kindheit immer wieder ausgemalt hatte. Ohne jede Frage hätte sich die eiskalte Herrscherin in dieser Kathedrale wohlgefühlt. Aber der Duft von Asche, verbrannter Erde und Hyazinthen überführte das Winterwunderland seiner Unwirklichkeit und ließ Emily Luft holen. Hinter diesem Portal endete Asmarons Fährte und das bedeutete nur eines mit Gewissheit: Hier würde sich ihr Kampf entscheiden. Sie widerstand dem Drang, sich nach dem Friedhof umzudrehen, der bald zur Nacht erglühen würde und ihr allein schon bei dem Gedanken daran ein wärmendes Gefühl gab. Stattdessen fixierte sie die Tür. Und ohne jedes Geräusch glitt sie in den Dom hinein.

Während ihres Trainings hatte sie viel über mögliche Angriffe durch die Toten gelernt, wenn sie als Jägerin ein Gebäude betrat – von plötzlich wie aus dem Nichts auftauchenden Kriegern über mögliche Fallen bis hin zu magischen Mechanismen, die an Tücke und Grausamkeit kaum zu überbieten waren. Balthasar hatte sich mit Beschreibungen nicht zurückgehalten, und als Emily nun über die Schwelle trat, hatte sie all seine Bilder im Kopf. Sie rechnete damit, von magischen Schlingen in Fetzen geschnitten und gleichzeitig von einem halben Dutzend Kriegern mit Messern traktiert zu werden, und ging instinktiv in Deckung. Doch zu ihrem Erstaunen wartete keines dieser Szenarien auf sie. Stattdessen lag der Dom ebenso reglos da wie bei ihrem letzten Besuch. Neu allerdings war auch hier der Duft von Tod und Hyazinthen … und er veränderte alles.

Der Säulenwald hatte jede Reinheit verloren. Graue Schatten lagen auf dem vorher so makellosen Weiß, und als Emily zwischen ihnen hindurchglitt, meinte sie, Gesichter darin zu erkennen, die sich mit weit aufgerissenen Mündern gegen die Düsternis pressten. Auch die Wände hatten sich mit Schatten überzogen. Die Luft schmeckte metallisch, als wäre sie mit Blut getränkt, und ein seltsames Geräusch ertönte, zu leise, als dass Emily es klar hätte zuordnen können, und doch laut genug, um ihr einen Schauer über den Rücken zu schicken. Es waren Schreie, die den Dom erfüllten, die Schreie von Sterbenden. Emily spürte, dass jeder einzelne Ton sie lähmen wollte, und ihre Miene verfinsterte sich. Für Asmaron mussten diese Klänge der reinste Hochgenuss sein. Kaum hatte sie das gedacht, erreichte sie den Mittelgang. Auch er war verlassen – bis auf die dunkle Gestalt ganz an seinem Ende. Asmaron.

Tausend Mal hatte Emily sich diese Begegnung vorgestellt, tausend Mal war sie dabei gestorben und noch viel öfter siegreich gewesen. Doch hätte sie sich nie ausmalen können, dass sie bei seinem Anblick ein solches Gefühlschaos überfallen würde: eine Mischung aus Euphorie, Fluchtinstinkt und Kampfeslust, die wie eine tobende Welle an seiner reglosen Gestalt zerbrach. Sie ging auf ihn zu, ohne ihn aus den Augen zu lassen. Er drehte ihr den Rücken zu und schaute zur gespaltenen Statue des Weißen Kriegers auf. Emily wusste, dass es nur einen Fingerzeig von ihm brauchte, um sie zersplittern zu lassen, und begriff gleichzeitig, warum er sie nicht anrührte. Eine Vernichtung war nicht mehr nötig, denn die Augen des Weißen Kriegers waren blind geworden. Das einstige Symbol für Hoffnung und Stärke spiegelte nur noch eines: das Ende der Kraft, die sich der Finsternis Dhragars einst entgegengestellt hatte. Diese Statue war ein Triumph des Todes.

Asmaron hob den Kopf, als hätte sie das letzte Wort laut ausgesprochen. Dann drehte er sich um, langsam, fast gelassen, und ohne jede Anstrengung sah er sie durch ihre Unsichtbarkeit hindurch direkt an. Ein Lächeln lag auf seinen Lippen, das sein ohnehin schon makelloses Gesicht noch vollkommener machte. Emily schauderte, als sie begriff, dass er sie erwartet hatte.

»Du kommst spät«, sagte er, als sie in einiger Entfernung von ihm innehielt. Obwohl er leise sprach, ließ seine dunkle Stimme den Boden beben. »Haben meine Krieger dich aufgehalten?«

Emily schwankte leicht, als sie in ihre sichtbare Gestalt hinüberwechselte, aber ihre Stimme war fest. »Die stehen als Statuen unter deinen Füßen und starren Löcher in die Luft. Außerdem wusste ich nicht, dass du mich erwartest. Sonst hätte ich Kekse mitgebracht.«

»Du bist mutig«, erwiderte er, ohne sein Lächeln einzubüßen. »Das hat mir von Anfang an gefallen. Aber es ist ein schmaler Grat zwischen Mut und Dummheit. Warum bist du gekommen?«

»Lustig, dass ausgerechnet du von Dummheit sprichst«, gab sie zurück. »Offenbar ist es mit deiner Intelligenz ja nicht weit her. Dabei war ich mir sicher, dass du die Antwort auf deine Frage kennst. Aber lass mich dich aufklären: Du bist ein Dieb und hast nichts in dieser Welt zu suchen. Und deshalb werde ich dich dorthin zurückschicken, wo du hingehörst.«

Sein Lächeln verstärkte sich. »Richtig, vor mir steht eine Jägerin. Verzeih mir, es fällt mir nicht leicht, mich daran zu erinnern, wenn ich dich anschaue. Du siehst eher aus, als würdest du dich mir jede Minute zu Füßen werfen und um Gnade winseln.«

Emily schnaubte verächtlich. »Das hatte ich eigentlich von dir erwartet. Du scheinst ja gewaltig die Hosen voll zu haben, wenn du an mich denkst. Warum sonst solltest du dich hier verstecken?«

Er stieß ein Lachen aus, spöttisch und kalt. »Du bist nicht mehr als ein törichtes Kind. Warum sollte ich meine Kräfte verschwenden, um dir nachzujagen, wenn du so sehr darauf brennst, mich zu finden? Es war so viel einfacher, auf dich zu warten … hier, wo mein Volk vor langer Zeit Triumphe feierte.«

»Du hast kein Volk«, stellte Emily fest. »Nur eine Horde willenloser Pappfiguren, die genau wie du einem Wahnsinnigen ergeben sind. Aber was will man von Kreaturen erwarten, die nichts mehr in sich tragen als Asche und Staub?«

Etwas wie Zorn blitzte in seinen Augen auf und sein Lächeln wurde zu einer blassen Narbe. »Du weißt nichts von uns«, raunte er. »Aber ich werde es dich lehren. Bald schon wirst du eine von uns sein. Denn das Leben in deiner Brust – gehört mir!« Sein Lächeln erlosch, als er die Glut in ihrer Brust fixierte. Seine Muskeln spannten sich, jede Sekunde würde er vorstürzen. Mit aller Kraft blieb Emily stehen, wo sie war, bereit, zur Seite auszuweichen … und bemerkte im Augenwinkel den Schatten, der hoch oben auf der Brüstung vorüberglitt. Ihr Mund war staubtrocken, als sie ein Lächeln auf ihre Lippen schickte.

»Du irrst dich«, flüsterte sie, und ihre Stimme ging wie ein Klingenhieb durch die Luft. »Es ist genau umgekehrt!«

Sie sah noch, wie Asmaron den Kopf hob und sie anschaute, eine Falte zwischen den Brauen, als würde er den Sinn ihrer Worte nicht begreifen. Dann sprang sie vor. Noch in der Bewegung wechselte sie in die Unsichtbarkeit, und als Asmaron die Faust ausstreckte, um ihren Angriff abzuwehren, wich sie ihm aus. Blitzschnell jagte sie im Zickzack auf ihn zu, kehrte direkt vor ihm in ihre menschliche Gestalt zurück und schlug ihm mit aller Kraft vor die Brust. Er taumelte rückwärts, und ehe er nach Emily greifen konnte, landete der Schatten von der Brüstung hinter ihm.

Asmaron fuhr herum, doch es war zu spät. Schon stieß Balthasar sein Schwert vor, und obgleich sein Gegner sich noch in der Drehung zur Seite warf, traf er ihn an der Schulter. Asmaron stieß ein wütendes Knurren aus, aber er fand keine Zeit für eine Revanche. Ohne jedes Geräusch schoss Emily in ihrer Geistergestalt durch ihn hindurch und brachte ihn erneut zum Schwanken. Seine Kälte war überwältigend, doch sie achtete nicht darauf. Alles, was sie fühlte, war ihre Entschlossenheit und die Erhabenheit, mit der Balthasar sein Schwert führte. Mit heftigem Schlag traf er Asmaron erneut an der Schulter. Ein zorniger Schrei ging durch den Dom. Gleich darauf roch Emily den schweren Duft von schwarzem Blut.

Wie in Zeitlupe sah sie Balthasar auf Asmaron zugleiten. Das Blut rann von dessen Arm, aber ehe es am Boden aufschlug, riss er die Faust in die Höhe. Er verwandelte die Tropfen in schwarze Scherben und schickte sie Balthasar entgegen. Dieser wich ihnen aus, aber sie flogen ihm nach.

Emily zögerte keine Sekunde. Sie stob auf die Scherben zu und jagte durch sie hindurch. Eiseskälte ergoss sich in ihrem Leib, dicht gefolgt von lautem Knirschen. Ihr Feuer zerbrach die Scherben, doch gleich darauf setzten die Splitter ihren Flug fort und schossen als klirrender Strom auf Balthasar zu.

Der Vampir hob noch sein Schwert, aber es war zwecklos: Nur wenige Scherben verbrannten an der Klinge und fielen als Ascheflocken nieder. Die übrigen hüllten Balthasar ein wie schwarzer Nebel, und Stimmen brachen aus ihnen hervor … Stimmen, die Emily kannte. Es waren dieselben Schreie, die sie beim Betreten des Doms gehört hatte, aber nun donnerten sie in entsetzlicher Lautstärke durch den Raum. Emily begriff, was das für Schreie waren: Sie gehörten Balthasars Gefährten, jenen Todesjägern, die Dhragar erschlagen hatte, gerade hier auf diesem Boden. Emily keuchte, so heftig schnitten sie ihr ins Fleisch, doch ihr Blick hing an Balthasar, der für einen Moment von den Scherben freigegeben wurde. Etliche Schnitte bedeckten sein Gesicht, und da ballten die Geschosse sich zusammen und stoben durch ihn hindurch, mit solcher Gewalt, dass er auf die Knie fiel. Der Vampir presste die Hände gegen die Schläfen, den Mund zu einem stummen Schrei geöffnet. Dann fiel er zur Seite und rührte sich nicht mehr.

Emily blieb keine Zeit, um auf ein Lebenszeichen zu warten. Denn schon jagte Asmaron auf sie zu, so schnell, dass sie ihm kaum ausweichen konnte. Atemlos floh sie in eine Säule, aber sein Hieb zerschmetterte den Stein und trieb sie weiter, hinauf zur Decke, in die Brüstungen, den Boden, selbst in die verfluchten Kerzenständer. Sie war schnell, und offenbar hatte Asmaron nicht damit gerechnet. Denn sie gewann einen winzigen Vorsprung, und immer wieder verlor er zumindest für kurze Zeit ihre Spur. Aber er blieb ihr dicht auf den Fersen, und als sie in eines der Gemälde hineinschlüpfte und innehielt, spürte sie, dass ihre Kräfte nachließen.

Asmaron war ganz in ihrer Nähe. Er schien sie erneut verloren zu haben, denn sein Blick irrte hinauf zur Brüstung. Im selben Moment, da er zum Sprung in die Höhe ansetzte, schlüpfte Emily aus dem Gemälde und stob auf die Statue des Weißen Kriegers zu. Der Stein war kühl, als sie hineinglitt, und sie sah mit Befriedigung, wie Asmaron die Brüstung zerschlug, als ihm klar wurde, dass sie sich woanders versteckt hielt. Zornig blieb er vor der Statue stehen. Doch Emilys Genugtuung wich schnell der Ernüchterung. Sie war nicht gekommen, um sich zu verstecken, verflucht noch eins. Aber sie hatte keine Wahl. Allein hatte sie gegen ihn keine Chance, und Balthasar …

Der Ton war nicht mehr als ein Wispern in ihrem Kopf. Es war der Klang einer dunklen, warmen Stimme … und er gab Emily jede Kraft zurück. Mit neu entfachter Entschlossenheit fixierte sie Asmaron. Sie würde nicht aufgeben. Um nichts in der Welt. Als hätte Asmaron ihren Blick gefühlt, fuhr er herum und schaute dem Weißen Krieger ins Gesicht. Emily lächelte. Sie ging jede Wette ein, dass Asmaron diese Geste auf dem bleichen Stein sehen konnte. Dann sprang sie vor.

Die Statue wurde mitgerissen, krachend zersprang sie auf dem Boden. Emily erhob sich in ihrer unsichtbaren Gestalt inmitten des Qualms. Asmaron starrte sie an, als wäre sie ein Rachegeist der Vergangenheit, doch sie zögerte nicht. Blitzartig griff sie nach einer Scherbe, setzte sie in goldenes Feuer und schoss auf ihn zu. Sie schlug ihm quer übers Gesicht, und eine enorme Euphorie flutete sie, als Blut über seine Wange rann. Da stieß er die Faust vor, und ehe sie ausweichen konnte, schlug er sie mit gewaltigem Hieb zurück.

Emily merkte erst, dass sie wieder menschlich geworden war, als sie auf dem Boden aufkam. Sie rang nach

Atem. Die Scherbe hatte sich in ihre Hand gegraben, Blut sickerte auf den Boden. Sie sah Balthasars reglose Gestalt nur wenige Armlängen von ihr entfernt … und fühlte die dumpfen Schritte, die sich ihr näherten.

Asmaron kam auf sie zu. Taumelnd rappelte sie sich auf, doch es war schon zu spät. Als sein Schatten auf sie fiel, erstarrte sie. Es kam ihr so vor, als hätte er einen eisigen Zauber über sie gelegt. Sie sah zu ihm auf in der Erwartung, Triumph oder Spott auf seinen Zügen ablesen zu können. Aber sein Gesicht spiegelte keine Regung. Er neigte den Kopf, als würde er eine armselige Kreatur betrachten, die sich zu seinen Füßen krümmte. Dann streckte er die Hand aus. Emily spürte, wie seine Magie sich um ihre Kehle legte … und im selben Moment glitt eine gleißende Klinge durch seine Brust.

Asmaron stand da, die Augen weit aufgerissen, und starrte auf die eisglühende Klinge, als würde er erwarten, dort ein schlagendes Herz zu sehen. Und hinter ihm schaute Balthasar auf Emily herab. Er war noch blasser als sonst und entgegen jeder Gewohnheit der letzten Wochen hatten sich einzelne Strähnen aus seinem Zopf gelöst. Doch seine Wunden hatten sich geschlossen und in seinem Blick stand gnadenlose Kälte. Er hatte die Schreie der Jäger durch seine Adern fließen lassen, aber er war nicht an ihnen zerbrochen, und nun, da Emily zu ihm aufblickte, empfand sie nichts als unbändigen Stolz. Unmerklich nickte er ihr zu. Dann riss er sein Schwert zurück.

Ein Keuchen drang aus Asmarons Kehle. Er schwankte, als das Blut aus der Wunde strömte, und kurz sah sein Gesicht so verletzlich aus wie das eines Kindes. Doch

Emily kam auf die Beine, und ehe Asmaron noch etwas hätte tun können, presste sie ihm die Hand auf die Brust. Sie spürte, wie ihr goldenes Feuer durch seinen Körper raste, fühlte all die Kälte, die ringsum lauerte – und auf einmal einen warmen Schimmer, der ihr vertraut war. Sie konnte das Lachen ihrer Schwester hören, als sich ihre Magie um das Leben schloss, das Asmaron ihr gestohlen hatte … und gleich darauf spürte sie, wie sein Blut ihre Haut berührte.

Wie von eisernen Klauen gepackt hob Emily den Kopf. Sie durfte Asmaron nicht in die Augen sehen, wenn sie nicht in seinen Abgrund stürzen wollte. Aber sie konnte sich nicht aus seinem Griff befreien und gleichzeitig ihre Magie durch seine Glieder schicken. Ihr schoss der Gedanke durch den Kopf zurückzuweichen, vor ihm und der Finsternis, die er barg. Doch sie war nicht so weit gekommen, um jetzt Angst vor einem verfluchten Augenpaar zu haben! Entschlossen stemmte sie sich gegen seinen Griff und riss ihren Blick in die Höhe.

Sie rechnete damit, dass nichts als grausame Dunkelheit in seinen Augen lauern würde, und tatsächlich umfing sie darin eine Finsternis, die jede Kälte überstieg, die sie zuvor gefühlt hatte. Aber sie zwang sich, ihre Panik kleinzuhalten. Immerhin hatte sie diesem Blick schon einmal standgehalten … und schon dort war mehr in den Schatten gewesen als Dunkelheit.

Der Duft der Hyazinthen war zart wie ein Frühlingsahnen. Dennoch durchbrach er die Finsternis, kaum dass Emily ihre Aufmerksamkeit darauf richtete, und plötzlich sah sie ein Bild in Asmaron aufglimmen, wie zu Eis erstarrt. Es war ein Feld voller Hyazinthen. Darin saßen eine Frau und ein kleines Kind. Sie lachten, und daneben … Emily hielt den Atem an. Neben ihnen saß Asmaron, aber sie hätte ihn fast nicht erkannt. Seine Haut war sonnengebräunt, sein Haar im Nacken gebunden, und er lächelte so unbeschwert, dass ihr sein Gesicht ganz fremd erschien. Er war noch ein Mensch, lebendig und glücklich, und Emily begriff plötzlich, dass die Frau neben ihm seine Frau war und das Kind sein Kind und dass er beide verloren hatte … durch den Tod, der ihn jetzt mit solcher Macht erfüllte. Dieses Bild jedoch hatte er tief in sich bewahrt, dieses Bild des Lebens, das nun in seinen Augen stand.

Kurz wurde sein Gesicht ganz sanft und er sah Emily an, als wollte er ihre Hand fester auf seine Brust pressen, dorthin, wo die verfluchte Kälte saß. Doch gleich darauf fuhr er zusammen, und da spürte Emily sie auch: die Finsternis, die nun in ihm aufbrach, so übermächtig, dass sie keine Chance mehr hatte, davor zurückzuweichen. Namenlose Kälte erfasste ihre Magie und trieb sie mit gewaltiger Druckwelle aus Asmarons Geist.

Etliche Fenster barsten. Emily hörte es wie in Trance, als ihr Körper durch die Luft flog. Sie schlug gegen eine Säule, undeutlich sah sie, dass auch Balthasar zurückgeworfen wurde. Aber ihr Blick hing an Asmaron, der noch immer dastand, so reglos, als wäre er zu Eis geworden. Langsam hob er jetzt den Kopf, und ein Schauer glitt über Emilys Leib, als die Dunkelheit in seinen Augen sich entzündete. Es war nicht seine Magie, die nun in ihm wütete. Es war Dhragars Feuer.

Benommen taumelte sie nach vorn, doch weit kam sie nicht. Schon packte Asmaron sie an der Kehle und riss sie zu sich heran. Er öffnete den Mund, aber es war nicht seine Stimme, die sie hörte.

Närrin, flüsterte der Fürst der Toten in ihrem Kopf. *Was suchst du in meiner Finsternis?* Seine Stimme war wie tausend Messer.

Ich suche nicht, gab Emily zurück. *Ich finde. Und offenbar bin ich ganz erfolgreich gewesen. Immerhin bin ich nur ein Geistermädchen, und jetzt kommt der Herrscher des Totenreichs persönlich, um mich zu beleidigen.*

Asmaron verzog das Gesicht zu einem seltsam fremden Lächeln. *Nur ein Geistermädchen,* wiederholte Dhragar dunkel. *Glaubst du das wirklich? Denkst du denn, ich würde für jeden gewöhnlichen Geist so viele meiner Krieger in jene Welt schicken?*

Emily wusste nicht, was sie erwidern sollte, aber jedes einzelne seiner Worte sank wie ein glühendes Kohlestück in sie hinein. Auf einmal fröstelte sie, ohne dass sie sagen konnte, aus welchem Grund. Blitzlichtartig tauchte Balthasars Gesicht vor ihr auf, sein Schweigen in der Kirche, sein seltsamer Blick. Sie war wie gelähmt, als Dhragar sein Lächeln vertiefte, als wäre sie auf der richtigen Spur.

Kurz hörte sie nichts als das Knistern der schwarzen Flammen.

Sieh, raunte Dhragar dann so leise, dass seine Stimme durch ihre Gedanken strich wie ein Atemhauch. *Sieh, warum ich dich jage!*

Das schwarze Feuer loderte auf und riss ihren Geist hinein in ein Bild, das sich vor ihr öffnete wie die Erinnerung eines Fremden. Emily fand sich in dem von schweren Kämpfen zerschundenen Dom wieder. Ihr Körper war seltsam durchscheinend, als wäre sie nur eine Illusion. Doch sie achtete kaum darauf. Denn vor ihr stand Dhragar.

In den vergangenen Wochen hatte sie sich immer wieder ausgemalt, wie er wohl aussehen mochte. Aber nun, da er sie direkt ansah, begriff sie, dass keine ihrer Vorstellungen auch nur ansatzweise der Wirklichkeit entsprochen hatten. Noch nie zuvor hatte sie ein Wesen gesehen, das zu gleichen Teilen so überirdische Schönheit und abgrundtiefe Grausamkeit in sich vereinte wie Dhragar. Sein schneefarbenes Haar, das weit auf seinen Rücken hinabfiel und seine aristokratischen Gesichtszüge umrahmte. Seine große, erhabene Gestalt. Die Schatten des Doms, die sich in seinem Rücken wie zu Schwingen zusammenfügten. Und seine Augen, die vollständig schwarz waren und sich nun in eisigem Feuer entfachten. Emily starrte ihn gebannt an. Und wieder fühlte sie, was sie schon damals empfunden hatte, als sie ihn erstmals in der Finsternis erahnt hatte: dass Geheimnisse in seiner Dunkelheit warteten, die ihren Namen flüsterten.

Es war ein Flackern im Augenwinkel, das sie den Blick wenden ließ. Jetzt bemerkte sie, dass weiße Magie über seinen Leib loderte, um ihn ins Reich der Toten zurückzuziehen. Noch hielt er ihr stand, und Emily schauderte, als sie das Blut sah, das seine Hand bedeckte. Langsam wandte er sich von ihr ab und umfasste sein Schwert, und da erkannte Emily die Gestalt, die vor ihm lag, gehüllt in flackerndes helles Licht. Es war der Weiße Krieger. Sie stürzte sich vor – und prallte wie von einer Wand zurück, als sie dem Helden ins Gesicht sah.

Sein Haar war zerzaust, sein Lächeln das eines kleinen Jungen, aber in seinen Augen lag eine Weisheit, die sie wohl nie ganz ergründen würde. Sie kannte den, der da im Glanz des Weißen Kriegers vor ihr lag. Kurz nur erwiderte er ihren Blick. Sie hatte diesen warmen, zärtlichen Ausdruck auf seinen Zügen so sehr vermisst. Dann riss Dhragar das Schwert in die Luft und mit knirschendem Geräusch trieb er es durch die Brust ihres Vaters.

Es stieß mit der Spitze in den Boden und der Riss ging durch den Dom, der die Statue am Ende des Gangs spaltete. Dieser Riss war wie der Schmerz, der nun erneut in Emily aufbrach, derselbe, den sie damals gefühlt hatte, als sie vom Tod ihres Vaters erfahren hatte. Aber dieses Mal war sie nur wenige Armlängen von ihm entfernt, während das Leben aus ihm herausfloss, aus ihm, dem Weißen Krieger, der kein Held war, wie sie geglaubt hatte, sondern ihr Vater … ein Geschichtenerzähler, der vom Tod selbst erschlagen worden war, dem er rein gar nichts entgegenzusetzen hatte.

Verstehst du jetzt endlich?, flüsterte Dhragar in ihren Gedanken. *Deswegen habe ich dich gejagt: um deine Kraft an mich zu bringen und endlich den Kerker zu verlassen, in den mich dieser Schwächling gesperrt hat … und um dich zu töten, wie ich es mit ihm getan habe. Den Weißen Krieger, wie du ihn dir vorstellst, hat es nie gegeben. Ich habe deinen Vater zerquetscht … und dich werde ich auch zerquetschen.*

Das Bild zerbrach um Emily herum und sie fand sich in Asmarons Gewalt wieder, doch sie sah ihn kaum noch. Zu deutlich spürte sie, wie nun die Macht des Totenreichs durch ihre Glieder raste, so kalt, dass sie zitterte. Dhragar suchte nach ihrem Leben, das fühlte sie, und mit letzter Kraft schlüpfte sie hinein in ihr Refugium der Schatten, das ihr Vater einst für sie errichtet hatte. Aber dieses Mal wartete ihre Schwester nicht darin. Es war ein leeres, dunkles Zimmer, in dem sie sich befand, und der Sessel war verwaist, genau wie damals, als ihr Vater gestorben war.

Dhragars Kraft schlug gegen die Wände, die sie noch an Balthasars Feuer geschützt hatten und die jetzt dünn waren wie Papier. Seine Finsternis durchdrang sie, ohne dass sie ihm irgendetwas entgegensetzen konnte, und mit jedem Schatten fühlte sie stärker, was sie doch die ganze Zeit über gefürchtet hatte: Gegen diese Dunkelheit war sie machtlos.

Schon wanden sich die ersten Schatten wie Schlangen um ihre Beine und raubten ihr Stück für Stück die Glut in ihrer Brust. Bald schon würde sie in endloser Dunkelheit tiefer sinken … hinab in den Ozean, den sie schon kannte. Doch dieses Mal würde sie keinen Weg hinausfinden. Noch konnte sie Sophie lachen hören, aber ihre Stimme wurde leiser, je dunkler es wurde. Bald würde sie unter Dhragars Griff verstummen, und dann würde auch Emilys letztes Bild erlöschen: das Bild ihres Vaters, der sie mit gebrochenen Augen ansah, von seinem Feind erschlagen wie ein hilfloses Tier.

Der Schmerz peitschte so heftig durch Emilys Leib, dass sie die Augen aufriss. Benommen stellte sie fest, dass sie sich noch immer im Grauen Dom befand. Gleich darauf ließ Asmaron sie fallen. Sie landete auf den Knien und sah gerade noch, wie Balthasar sich auf Asmaron stürzte. Sie rangen miteinander, aber als Balthasar sein Schwert hob, entfesselte Dhragar sein schwarzes Feuer. Donnernd schoss es aus Asmarons Händen. Als glühendes Gift jagte es durch Balthasars Glieder. Der Vampir stieß einen Schrei aus, so gellend, dass Emily glaubte, er würde sie zerreißen. Dann brach Balthasar zusammen.

Emily spürte die Tränen kaum, die über ihre Wangen liefen, und auch nicht, dass ihr Körper sich vor Entkräftung weigerte, auf die Beine zu kommen. Alles, was sie deutlich wahrnahm, war Balthasar, der leblos auf den Steinen lag.

Erst die Gestalt Asmarons nahm ihr die Sicht. Doch ehe er sie erneut packen konnte, drang ein Laut durch die Luft. Emily spürte, wie die Ohnmacht an ihr zog, und sie war sich nicht sicher, ob es wirklich Stimmen waren, die sie hörte. Asmaron wich zurück. Er schien mit sich zu kämpfen, aber dann erklangen die Stimmen erneut, viel dichter nun. Noch einmal schaute er auf Emily herab. Dann verschwand er in den Schatten, so lautlos wie in einem Traum.

Gleich darauf brach das Portal des Doms mitsamt der verbliebenen Fenster auseinander. Emily sah die Gestalten, die über den Mittelgang auf sie zueilten, ihr stockte der Atem. Sie erkannte Sisterius und andere Richter des *GdU* … und einen Mann, der ihnen vorausging und binnen eines Wimpernschlags ihre gesamte Aufmerksamkeit fesselte.

Er war hochgewachsen und ganz in Schwarz gekleidet. Sein langes Haar war von samtener Dunkelheit, sein Gesicht so bleich wie weißer Marmor und seine Augen schwärzer als jeder Schatten. Er ging so nah am Abgrund, dass es schien, als würde er jede Sekunde hineinstürzen. Aber als Emily ihm in die Augen sah, wusste sie, dass sie sich irrte. Kein Abgrund dieser Welt konnte dieser Kreatur gefährlich werden, die die tiefste Kluft in sich selbst trug, weit hinter der Maske der Menschlichkeit, ohne die jeder Sterbliche bei seinem Anblick den Verstand verloren hätte. Es war Baptiste de la Châtre, der nun vor ihr stehen blieb – der Prinz der Vampire. Emily spürte noch, wie die Dunkelheit seines Blicks sie mit kalter Glut umfasste. Dann verlor sie das Bewusstsein.

21

Emily rannte, so schnell sie konnte. Sie war in einem düsteren Wald. Nebel kroch über den Boden und die pechschwarzen Bäume ragten kahl und leblos in die Höhe. Irgendetwas verfolgte sie. Sie hatte keine Ahnung, was es war. Aber es kam unaufhaltsam näher. Und je schneller sie lief, desto heftiger peitschte die Panik durch ihre Glieder, denn eines wusste sie genau: Für sie gab es kein Entkommen.

Es war ein Traum, in den sie geraten war, so viel war ihr klar. Irgendwo tief in ihr hämmerte der Gedanke, dass das unmöglich war, immerhin war sie ein Geist und Geister waren unfähig zu träumen. Doch es *war* nun einmal so. Sie steckte in einem Albtraum fest und sie konnte sich nicht daraus befreien. Denn jenseits dieses Waldes wartete die Leere auf sie.

Schon jetzt lauerte sie in den Baumkronen und löste die obersten Zweige auf. Sie zerbrachen, und jedes Mal wenn Emily einen der Bäume berührte, wurde auch er zu Asche und Staub. Stück für Stück verschwand der Wald um sie herum, und während sie durch die bitteren Flocken rannte, konnte sie die Leere fühlen, die den Himmel über ihr ausgelöscht hatte … eine Leere, die bald schon nach ihrem Verstand greifen würde.

Emily.

Ihr Name peitschte von dunkler Stimme getragen durch ihre Gedanken und führte einen Bilderstrom mit sich. Der Graue Dom. Die Obersten des *GdU*. Der Prinz der Vampire, der auf sie zukam. Und eine zusammengebrochene Gestalt. Balthasar.

Der Name hallte in ihr wider wie die Stimme, die sie rief. Sie stolperte und fiel auf die Knie. Unter ihr löste sich der Boden auf wie die Bäume, die sich durch ihre Berührung verwandelt hatten. Aber sie spürte noch etwas anderes an den Fingern. Es war Blut und es zerbrach nicht zu Asche. Es war wirklich da.

Wirklich, raunte es in ihren Gedanken. Sie konnte den ihr so vertrauten Spott in jeder Silbe hören. Gleichzeitig spürte sie, dass diese Stimme die Wahrheit war inmitten all der Lügen rings herum, und sie konzentrierte sich auf ihren Klang, ungeachtet ihres Verfolgers, der sie fast erreicht hatte. Lauter und lauter wurde die Stimme in ihr, und gerade als sie glaubte, von scharfen Klauen gepackt zu werden, schwoll sie zu ohrenbetäubendem Crescendo an. Emily wich die Luft aus der Lunge, so laut rief die Stimme ihren Namen – und gleich darauf zerbrach der Wald um sie herum wie die Illusion, die er von Anfang an gewesen war.

Keuchend fuhr Emily in die Höhe und fand sich mit rasenden Kopfschmerzen in einem Kerker wieder, der diesen Namen kaum verdiente. Er war ein irgendwo unter der Erde in den Felsen geschlagenes Loch. Ein feuchtes, dreckiges, eiskaltes Loch, um genau zu sein. Emily schauderte, als sie begriff, wo sie sich befand. Ohne jeden Zweifel hatte Sisterius sie in den Kerker geworfen für alles, was sie getan hatte. Magische Gitterstäbe vor einem finsteren Gang spendeten das einzige Licht. Und in seinem fahlen Schein, halb an die Wand gelehnt und die Hand gegen die Brust gepresst, saß Balthasar.

Emily rappelte sich auf und ließ sich neben dem Vampir zu Boden fallen. Sie konnte noch den Zauber an seinen Fingern spüren, mit dem er ihren Albtraum zerbrochen hatte, und sie war unendlich erleichtert, als sie begriff, dass er nicht tot war. Aber seine Wunde war tief. Sie sah das Blut, das über seinen Fingern getrocknet war, den großen Riss in seinem Fleisch … und Dhragars Gift, das in seinem Körper wütete. Der bittere Geschmack von Ascheflocken trat auf ihre Zunge. Balthasars Wunde war zu schwer, selbst für einen Vampir wie ihn. Es war nur eine Frage von Stunden, bis sie ihn töten würde.

»Fang bloß nicht an zu heulen«, sagte Balthasar ein wenig heiser. »Du wirst deine Kräfte noch brauchen. Bald schon werden sie dich vor Gericht zerren. Du wirst dich von ihnen befreien. Und dann wirst du dir dein Leben zurückholen.«

Emily starrte ihn an. Angesichts seines Zustandes hatte sie ihn behutsam behandeln wollen, aber diese Worte waren für sie nur schwer zu ertragen. »Du scheinst nicht mehr ganz bei dir zu sein«, sagte sie und merkte wieder einmal, dass es Dinge gab, die sie einfach nicht auf einfühlsame Art aussprechen konnte. »Ich werde mir gar nichts mehr zurückholen. Unser Plan ist gescheitert, wir sind am Ende.«

Doch Balthasar schnaubte nur. »Du redest Unsinn wie so oft. Mein Ende ist gekommen, das ist wahr. Aber du wirst …«

»Ich werde gar nichts!« Emily hatte sich auf die Lippe gebissen, um die Worte hinter ihren Zähnen zu behalten. Doch das Vertrauen, das Balthasar noch immer in sie setzte, war einfach nicht mehr auszuhalten. »Ich habe versagt, hast du das nicht mitbekommen? Asmaron hat mich besiegt, das letzte bisschen Leben in mir ist nicht mehr als ein Funken irgendwo in der Finsternis. Hättest du nicht eingegriffen, würde ich jetzt zu Dhragars Füßen liegen! Wie passend, in alter Familientradition!«

Das Bild ihres Vaters blitzte so plötzlich vor ihrem inneren Auge auf, dass sie verstummte.

Balthasar musterte sie schweigend. »Du bist wütend«, sagte er dann. »Verständlich, nach allem, was passiert ist.«

»Wütend«, wiederholte sie. »Das ist noch zurückhaltend formuliert. Ich bin außer mir, in jeder Hinsicht, und ich bin die ewigen Lügen leid! Also erzähl mir nicht, dass ich das Blatt noch wenden kann. Das ist nicht wahr, genauso wenig wie alles andere, was du mir in den letzten Wochen erzählt hast.«

»Es *ist* wahr«, beharrte Balthasar. »So wahr wie die Kräfte, die du in den letzten Wochen entwickelt hast.«

»Großartige Kräfte«, gab Emily zurück. »So großartig, dass sie bei der erstbesten Gelegenheit versagt haben. Aber dich sollte das nicht überraschen. Denn entgegen all dem, was ich in den letzten Wochen gelernt habe, stehe ich nicht in einer Linie mit einem mächtigen Superhelden. Der Weiße Krieger, den ich für einen unglaublich starken Jäger hielt, der mir ein Vorbild war und mir das Gefühl gab, auch selbst ein klein wenig Heldin sein zu können, war eine Lüge. Es hat ihn nie gegeben, Dhragar hatte recht. Denn der wahre Weiße Krieger war kein Held. Er war ein erfolgloser Schriftsteller im Geisterreich, und ich muss es wissen, denn ich kannte ihn ganz genau. Der Weiße Krieger war mein Vater! Und du hast das gewusst!«

Ihre eigenen Worte hatten ihre Wut nur noch verschärft. Aber nun, da sie Balthasar ansah, verstummte sie. Der Vampir saß reglos da. Jeder Spott war von seinen Zügen gewichen. Er wirkte fast wie ein alter Mann, und etwas in seinem Schweigen schürte Mitleid in ihr. Noch nie hatte sie ihn so verwundbar gesehen wie in diesem Moment.

»Ja«, sagte er leise. »Ich habe dich belogen, seit ich dich zum ersten Mal sah. Das ist unverzeihlich. Und dennoch habe ich keine andere Möglichkeit gesehen, aber darum soll es jetzt nicht gehen. Denn du hast recht: Dein Vater war ein erfolgloser Schriftsteller. Doch er war auch ein Held, und zwar genau der Held, den die Welt gebraucht hat. Nach allem, was du im Grauen Dom gesehen hast, muss es dir anders erscheinen, aber ich habe noch nie einen Menschen getroffen, der im Kampf gegen die Toten mächtiger war als dein Vater. Er war es, von dem ich dir am Feuer der Krieger erzählte. Er war es, der mich mit einem einzigen Blick besiegte. Er fühlte sein Leben lang, dass die Anderwelt existiert, und nach seinem Tod wurde er ein Teil davon, mehr noch, er wurde ihr Retter. Er wurde der Weiße Krieger, und ganz egal, was du im Grauen Dom gesehen hast: Er war es, der Dhragar in seine Welt zurückschickte.«

Emily erinnerte sich daran, wie Balthasar ihr von dem Menschen in der Gasse erzählt hatte, und sie hätte fast gelächelt, als sie sich das Gesicht ihres Vaters in jener Nacht vorstellte. Diese Begegnung musste ihn unendlich glücklich gemacht haben. Doch dann schüttelte sie den Kopf. »Er mag den Fürsten ja in seine Welt zurückgeschickt haben. Aber das war nur ein Schlag, der Dhragar nicht wirklich verwundet hat. Mein Vater dagegen wurde zerschmettert. Ich habe gesehen, wie er auf den Stufen des Doms zerbrochen ist, wie jedes Leben und alles, was ihn je ausgemacht hat, in ihm ausgelöscht wurde. Dhragar hat ihm alles genommen, was er war. Mein Vater hatte ihm nichts entgegenzusetzen. Und der Fürst des Totenreichs ließ ihn zu seinen Füßen sterben wie ein Tier.«

Da funkelte der alte Kampfeswille in Balthasars Augen auf. »Du lässt dich täuschen wie ein dummes Kind«, grollte er. »Dhragar hat dir gezeigt, was du sehen solltest, nicht mehr. Wie wäre es, wenn du anfangen würdest, seine Tücke zu durchschauen? Sieh, was die Wahrheit ist! Sieh, was noch geschehen ist im Grauen Dom!«

Seine Worte hallten donnergleich in Emily wider. Ehe sie zurückweichen konnte, legte er die Hand auf ihre Schläfe. Im nächsten Moment verschwamm die Umgebung vor ihrem Blick, und als sie die Augen wieder öffnete, fand sie sich im Grauen Dom wieder. In einiger Entfernung stand Dhragar mit dem Rücken zu ihr, ihr Vater lag reglos zu seinen Füßen, und wieder schauderte Emily bei seinem Anblick. Ein Fluch kam über ihre Lippen, als sie begriff, dass Balthasar ihren Geist wieder einmal in eine Szene der Vergangenheit versetzt hatte, als wäre sie tatsächlich ein Kind, dem auf andere Weise nichts mehr beizubringen war. Sie wollte gerade seinen Namen rufen, damit er sie in den verfluchten Kerker zurückholte, als Dhragar sich abwandte. Er trat an ihr vorbei, als wollte er den Dom trotz der flackernden Magie auf seinen Gliedern verlassen, und ihr Blick streifte noch einmal das Gesicht ihres Vaters. Er sah seltsam fremd aus, wie eine leere Hülle, die …

Es war nicht mehr als ein Flattern seiner geschlossenen Lider. Zuerst glaubte Emily, ihren Augen nicht zu trauen. Aber dann bemerkte sie den weißen Glanz, der aus großer Tiefe aus ihm aufstieg und sich von seiner Brust über seinen gesamten Körper ausbreitete. Ohne jedes Geräusch holte er Atem, und als er die Augen öffnete, musste sie sich zusammenreißen, um nicht auf ihn zuzustürzen. Jede Wunde, jede Schwäche wich von seinen Gliedern. Er setzte sich auf, langsam, als müsste er sich an diese Bewegung erst erinnern. Dann richtete er seinen Blick auf Dhragar. Und im selben Moment verschwand jede Sanftheit von seinen Zügen. Mühelos kam er auf die Beine, und als er an Emily vorbeitrat, da war er nichts weniger als das: der Ehrfurcht gebietendste Krieger, den sie je gesehen hatte.

Er hatte Dhragar fast eingeholt, als dieser ihn bemerkte. Blitzschnell fuhr der Fürst der Toten herum und ließ sein Schwert auf den Weißen Krieger niedergehen. Aber die Klinge glitt durch ihn hindurch, als bestünde er aus Nebel. Emily riss die Augen auf. Wie oft hatte sie selbst versucht, magische Waffen durch ihren Geisterkörper hindurchgehen zu lassen, und war jedes verfluchte Mal gescheitert. Und wie einfach sah es nun aus, da ihr Vater den Hieben seines Feindes nicht einmal ausweichen musste. Stattdessen fing dessen Klinge an, in weißem Feuer zu glühen. Zischend schoss es das Schwert hinauf. Dhragar stieß einen Fluch aus, als es ihm die Hand verbrannte und die Waffe zu Boden fiel. Er ballte seine schwarzen Flammen in seiner Faust, doch auch sie erloschen, als er damit die Brust des Weißen Kriegers durchstieß. In vollendeter Fassungslosigkeit starrte der Fürst des Totenreichs seinen Feind an, und Emily meinte, ein leises Lächeln auf den Lippen ihres Vaters zu erkennen. Dann streckte er die Hand aus und legte sie auf Dhragars Brust, und ohne auch nur einen Augenblick zu zögern, schickte er seine Kraft in dessen Leib.

Dhragar schwankte, kaum dass das weiße Licht in ihn hineinschoss. Gleißend drang es durch seine Brust und aus feinen Rissen in seinem Körper, und als der Fürst schmerzerfüllt den Mund aufriss, begriff Emily, dass es nicht allein die Magie ihres Vaters war, die er durch Dhragars Glieder schickte. Sie hörte den Straßenlärm von Paris, die Namen der Figuren, die ihr Vater erschaffen hatte, die flüsternden Blätter der Eiche vor ihrem Fenster, die von der Anderwelt kündeten – und sie hörte ihre eigene Stimme und das Lachen ihrer Schwester, das jeden Lichtfunken ihres Vaters durchdrang. Es war das Leben, das er in die Glieder des Todesfürsten schickte, das fühlte Emily: das Leben, das stärker war als jede Finsternis.

Noch einmal stieß Dhragar ein Keuchen aus, lautlos, als hätte er jede Kraft verloren. Dann löste seine Gestalt sich auf. Nichts als Asche und Staub blieb von ihm zurück. Ihr Vater jedoch stand unverändert da. Er sah den tanzenden Flocken zu, ehe er plötzlich den Kopf wandte und zu Emily zurückschaute. Sie stand da wie erstarrt. War es möglich, dass er sie ansah, hier zwischen allen Welten? Ihr Verstand rebellierte, aber sie bemerkte das Lächeln, das nun auf die Lippen ihres Vaters huschte … dieses Lächeln, das sie seit jeher zu Verbündeten gemacht hatte. Unmerklich verneigte er sich vor ihr. Dann legte er den Kopf in den Nacken und breitete die Arme aus. Und ohne jedes Geräusch löste er sich in weißem Licht auf.

Erst als modrige Luft in ihre Nase drang, merkte Emily, dass sie in den Kerker zurückgekehrt war. Balthasar saß ihr noch immer gegenüber. Er schwieg, als würde er die Träne nicht sehen, die über ihre Wange rann.

»Es war noch da«, flüsterte sie so leise, dass sie sich selbst kaum verstand. »Das Leben in ihm. Ich dachte, Dhragar hätte es ausgelöscht, aber es war die ganze Zeit über da. Und er hat Dhragar damit besiegt. Er hat ihn in jeder möglichen Hinsicht besiegt.«

Balthasar nickte. »Dein Vater war ein Held, den man sich nicht hätte ausdenken können. Er hatte tausend Anfänge von Geschichten im Kopf, tausend schöne Dialoge, tausend Gesichter von Figuren, die in seinen Gedanken zum Leben erwachten. Er war ein Wanderer zwischen den Welten auf der Suche nach verlorenen Worten. Er wusste um die Anderwelt und kannte die Menschenwelt, er liebte beide mit allem, was er war, und mehr als all das liebte er euch: seine Kinder. Er hatte einen blühenden Kosmos in sich, der von keiner Magie der Welt zu bezwingen war. Und all das Leben, das er in sich trug, schickte er durch Dhragars Glieder, um das eure zu retten.«

Emily fuhr sich über die Augen. Sie merkte erst nach einem Moment, dass sie noch immer das Lächeln ihres Vaters erwiderte. »Du hast das alles gewusst«, sagte sie schließlich. »Warum hast du es mir nicht von Anfang an erzählt?«

»Du bist außergewöhnlich«, erwiderte Balthasar. »Und das in mehr als einer Hinsicht. Wie bei deinem Vater wusste ich schon bei unserer ersten Begegnung, mit wem ich es zu tun habe. Aber anders als ihn wollte ich dich nicht auf einen Weg drängen … einen Weg, an dessen Ende ich dich womöglich nicht retten kann. Du solltest dich frei entscheiden.«

Emily schaute auf die Wunde in seiner Brust. »Du hast mich gerettet«, sagte sie kaum hörbar. »Wärst du nicht da gewesen, dann wäre ich jetzt im Totenreich.«

»Dein Weg ist noch nicht zu Ende«, erwiderte er ebenso leise, doch sie schüttelte den Kopf.

»Ich habe kein Licht mehr in mir wie mein Vater. Höchstens einen flackernden Funken. Es ist ein Wunder, dass ich noch nicht zu einer Toten geworden bin … oder zu einem Geist in Ketten.«

Eine Spur seiner alten Strenge strich über Balthasars Züge. »Das Leben ist nicht die Kraft, die dich in einen Menschen verwandelt oder in einen Geist, ja, noch nicht einmal in einen Toten. Das Leben ist die Sehnsucht. Und davon hast du noch immer mehr als genug.«

»Ein winziger Funken ist wohl kaum mehr als genug«, erwiderte sie. »Und ich kann ihn nicht einmal mehr sehen. Alles in mir ist dunkel.«

Da glitt ein Lächeln über Balthasars Gesicht. »Menschenkind«, raunte er. »In dir ist so viel mehr als das. Und die Dunkelheit ist nicht deine Feindin. Hat dein Vater dich das nicht gelehrt?«

Emily senkte den Blick. Tatsächlich hatte ihr Vater ihr das beigebracht, jedes Mal aufs Neue, wenn sie es in der Finsternis ihres nächtlichen Zimmers vergessen hatte. Sie erinnerte sich daran, wie sie nach einem Albtraum in der Dunkelheit aufgewacht war und nach ihm gerufen hatte. Als sie nun daran zurückdachte, schien es ihr, als würde sie noch einmal in ihrem Bett liegen wie damals, die Decke bis zum Hals hochgezogen, obwohl ihr vor Angst heiß war. Und sie hörte, wie ihr Vater zu ihr kam. Er machte kein Licht. Stattdessen legte er den Arm um sie, und sie konnte hören, dass er lächelte, als er sagte: *Hab keine Angst. Hier bist du in Sicherheit.*

Aber es ist so dunkel, antwortete Emily, genau wie damals.

Und das ist ein Glück, erwiderte er. *Denn die Dunkelheit ist die größte Magierin der Welt. In ihr ist alles möglich.*

Und wenn mich eine böse Hexe fressen will? Emily musste fast lachen, als sie ihre Kinderstimme bei dieser Frage hörte.

Dann rufst du einen Drachen, der dich beschützt, antwortete ihr Vater. *Er wartet schon auf dich. Wenn du genau hinschaust, kannst du ihn sehen.*

Und da fing ihr Vater an, den Drachen zu beschreiben, so bildhaft, dass Emily ihn wie damals tatsächlich vor sich sehen konnte. In jener Nacht war sie in den

Armen ihres Vaters eingeschlafen, daran erinnerte sie sich genau … beschützt von einem Drachen aus weißem Feuer.

Emily schaute in die Dunkelheit und sah ihren Vater darin lächeln, genau wie damals, wenn er von seinem Sessel aus in die Nacht geschaut hatte – als Dichter, als Krieger, als ihr Held, der er immer gewesen war. Balthasar hatte recht. Mochte Dhragar ihr fast ihr ganzes Leben geraubt haben, aber die Dunkelheit des Todes war nicht die einzige Finsternis in ihr. Noch immer besaß sie ein Refugium der Schatten … und dies war der Ort, an dem alles möglich war.

»In Ordnung«, sagte sie und schaute Balthasar in die Augen. »Ich werde kämpfen und das Erbe meines Vaters fortsetzen mit allem, was ich aufbieten kann. Aber ich habe eine Bedingung.«

»Und die wäre? Die Chance auf eine Existenz jenseits von Dhragars Knechtschaft? Diese Bedingung ist längst erfüllt, und andere gibt es nicht.«

»Oh doch«, gab Emily zurück. »Wenn ich in diese Schlacht ziehe, dann nur mit dir an meiner Seite. Du hast mir einen Eid geschworen, und ich verlange, dass du ihn hältst.«

»Selbst Eide zerbrechen im Angesicht des Todes«, erwiderte Balthasar dunkel. »Ich sterbe, Emily. Und ich kann nicht …«

»Lass das sein.« Sie stellte zu ihrer Befriedigung fest, dass sie fast genauso streng klang wie er, als er genau dasselbe zu ihr gesagt hatte. »Du bist Balthasar Alexandre de Montpellier, mächtigster Krieger des Prinzen und mein Lehrer. Du kennst sämtliche Grimoires der Anderwelt auswendig, ebenso wie alle möglichen zwielichtigen Wesen, die dieses verfluchte Gift aus deinen Gliedern ziehen können. Und eines sage ich dir: Du wirst dich nicht so einfach aus dem Staub machen, hast du das verstanden? Du musst an meiner Seite bleiben. Du musst es zumindest versuchen.«

Balthasar starrte sie mit so reglosem Trotz an, dass es ihr unmöglich war zu erahnen, was er dachte. Sie konnte das Muskelspiel in seinen Schläfen sehen, so sehr presste er die Zähne aufeinander, und sein Blick verwandelte sich in einen Sturm aus Eis und Frost, als er sie mit tief geneigtem Kopf fixierte. Doch sie wandte sich nicht von ihm ab. Sie mochte ein Geistermädchen sein, das noch viel zu lernen hatte – aber in Sachen Sturheit machte ihr so schnell niemand etwas vor. Schon gar nicht, wenn es um das Leben eines Freundes ging.

Als hätte er dieses Wort gehört, stieß Balthasar die Luft aus. »Zur Hölle noch eins«, murmelte er und schien zu seinem Missfallen zu bemerken, dass er soeben einen ihrer Flüche benutzt hatte. »Was habe ich mir nur dabei gedacht, als ich deinen Kopf auf deinen Schultern gelassen habe, damals, als du in meine Gruft kamst?« Er seufzte tief. »In Ordnung«, sagte er dann. »Ich werde diesen Weg so lange an deiner Seite gehen, wie ich kann. Und vielleicht gelingt es mir, das verfluchte Gift loszuwerden. Aber ich kann nichts versprechen.«

»Natürlich nicht«, gab Emily zurück. »Immerhin hast du einen Ruf zu verlieren.«

Kurz starrten sie einander in vollendetem Ernst an. Dann flog ein Lächeln über Balthasars Züge, und Emily konnte nicht anders, als es zu erwidern. Mochte die tiefste Finsternis auf sie warten und jede Grausamkeit des Totenreichs. Doch sie konnte sich keinen anderen an ihrer Seite vorstellen als diesen Vampir, der so viele Schlachten geschlagen und Grausamkeiten durchlebt hatte … und dessen Augen glitzerten, weil ein aufsässiges Geistermädchen um sein Leben kämpfte.

22

Die Fänger des Gremiums kamen, wie es ihre Art war: ohne jedes Geräusch. Plötzlich standen sie da, öffneten die magischen Gitterstäbe und packten Emily am Kragen. Grob zerrten sie sie auf die Beine. Sie schaffte es gerade noch, einen Blick auf Balthasar zu werfen, ehe sie in den Gang hinausgeschleift wurde.

Der Vampir war noch blasser geworden und er sprach seit einer halben Ewigkeit kein Wort mehr. Aber selbst jetzt, in den Klauen der Fänger, zeigte er keine Regung. Er hatte seine undurchdringliche Maske angelegt, und das nicht ohne Grund. Immerhin wartete das Gericht der Untoten auf sie.

Emily war seltsam ruhig, als sie durch die Gänge geschleppt wurde. Ihr ging durch den Kopf, dass das möglicherweise normal war auf dem Weg zum Schafott, und sie drängte den Gedanken schnell beiseite. Es gab einen Weg in die Freiheit, das hatte Balthasar ihr versichert, ehe er in Schweigen versunken war. Daran musste sie sich festhalten. Also konzentrierte sie sich darauf, sich mit aller Kraft an die

Arme der Fänger zu hängen, um ihnen das Leben wenigstens ein einziges Mal so richtig schwer zu machen. Mehrfach brachte Emily sie so zum Schwanken, aber das änderte auch nichts daran, dass sie schließlich die Gänge hinter sich ließen und durch eine schmale Tür die Kapelle betraten. Kurz nur konnte Emily einen Blick ins Publikum erhaschen. Sämtliche Plätze waren belegt, angespanntes Gemurmel erfüllte den Raum. Dann wurde sie von den Strahlern geblendet, die rings um das Richterpult angebracht worden waren. Sie wurde ein steinernes Podest hinaufgeschleift, mitten hinein in einen der Lichtkegel. Und im selben Moment war all ihre Ruhe dahin.

Die Fänger ließen Balthasar und sie einfach stehen, wo sie waren, jeder in einem Spotlicht vor dem Pult, an dem normalerweise die Vorsitzenden des *GdU* Platz nahmen. Nun jedoch saßen dort Sisterius und der Prinz der Vampire, jeweils flankiert von irgendwelchen ranghohen Untoten, die Emily noch nie gesehen hatte. Sisterius maß sie mit eisigem Blick und der tödliche Ernst in seinen Augen ließ sie frösteln. Der Prinz der Vampire jedoch lächelte, und das war noch schlimmer. Von Balthasar wusste sie, dass er keine Gnade kannte. Aber erst jetzt begriff sie vollständig, was das bedeutete. Dieser Vampir herrschte nicht grundlos über sein Volk. Er hatte jede Spur von Güte oder Vergebung schon vor langer Zeit hinter sich gelassen. Kaum hatte sie das gedacht, verstärkte er sein Lächeln, als hätte er jeden Gedanken gehört. Emily zog die Schultern an. Nach all den Ereignissen der vergangenen Wochen hätte sie nicht erwartet, noch so leicht eingeschüchtert werden zu können. Aber vor diesem Gericht fühlte sie sich wie ein kleines nacktes Tier, umgeben von blitzenden Reißzähnen.

Jetzt huschte ein blasses Kerlchen zum Gong hinüber, offenbar der Gerichtsdiener. Er war ein Geist, was unschwer zu erkennen war, denn sein Körper war durchscheinend und er trug seinen Kopf in der Hand. Ohne zu zögern holte er damit aus und schlug ihn gegen den Gong. Dröhnend wurde die Menge zum Schweigen gebracht, und der Geist hielt seinen Kopf in die Höhe. »Das Hohe Gericht heißt die Anwesenden willkommen«, krähte er. »Die Sitzung ist eröffnet!«

Damit verschwand er ebenso schnell, wie er gekommen war, und Sisterius beugte sich vor. Vor ihm lag sein obligatorischer Hammer, aber ein Blick von ihm ins Publikum genügte, um jedes noch so kleine Räuspern zu ersticken. »Mein Name ist Sisterius Octavion, Erster Vorsitzender des *GdU* und Verwalter unseres Refugiums. Gemeinsam mit Baptiste de la Châtre, Pfähler der Geächteten und Prinz der Vampire, leite ich dieses Tribunal. Wir haben uns zusammengefunden, um über einen der schwersten Rechtsbrüche unserer jüngeren Geschichte zu urteilen. Die Angeklagten sind anwesend. Die Verfahren werden nacheinander eröffnet. Wir beginnen mit Emily Bones.«

Emily zuckte zusammen, als ihr Name fiel, obwohl sie sich fest vorgenommen hatte, es nicht zu tun. Ein Flüstern ging durch die Reihen hinter ihr und sie meinte, Cosimos Stimme zu erkennen, die wie ein tröstender Windhauch über ihre Haut strich. Doch kaum dass Sisterius den Kopf hob, verstummte erneut jedes Geräusch.

»Sie ist die Tochter des Weißen Kriegers«, fuhr er fort.

»Aber anders als er hat sie unser Vertrauen schwer missbraucht. Denn entgegen all ihren Beteuerungen hat sie sich über Wochen von dem Angeklagten Balthasar Alexandre de Montpellier zur Jägerin der Toten ausbilden lassen. Augenscheinlich wollte sie sich das Leben zurückholen, das ihr Mörder Asmaron Ifingur Hór, Reiter der Schwarzen Städte, Eroberer der Wüste aus Staub, ihr gestohlen hat, und hat dabei jede Weisung des *GdU* von Anfang an missachtet. Tatsächlich hat sie Asmaron herausgefordert, und dabei ist geschehen, was bei so einem ignoranten und törichten Verhalten unvermeidlich war: Asmaron hat sie niedergezwungen und ihr beinahe den letzten Lebensrest geraubt. Wir wissen alle, was das bedeutet hätte. Mit der Kraft dieses Lebens hätte Dhragar sich aus seinem Verlies befreit.«

Dieses Mal kam Sisterius nicht umhin, seinen Hammer zu gebrauchen. Mehrere Minuten schlug er auf das Pult ein, bis sich die angstvollen Rufe des Publikums in erstickte Schweigen verwandelt hatten. Emily konnte fühlen, dass seine Worte drohend über den Köpfen hingen.

»Zu unserem Glück ist es nicht so weit gekommen«, fuhr Sisterius fort. »Denn gemeinsam mit den Kriegern der Vampire konnten unsere Fänger eingreifen, als dieses einfältige Mädchen sich ihrem Mörder in die Arme warf – gerade noch rechtzeitig. Doch das ist nicht der Verdienst der Angeklagten, mit deren Anhörung wir nun beginnen.« Damit umfasste er Emily mit seinem Blick. »Du hast gehört, was dir zur Last gelegt wird. Was hast du zu deiner Verteidigung vorzubringen?«

Die Stille legte sich schwer auf Emilys Schultern. »Ich

hatte nie vor, jemandem zu schaden«, fing sie an. »Ich wollte nur mein Leben zurückhaben und …«

»Das wissen wir«, unterbrach Sisterius sie. »Und wir haben dir mehrfach verdeutlicht, dass auch du den Gesetzen des Friedhofs unterstehst und sie keinesfalls brechen darfst. Hast du das trotzdem getan? Antworte nur mit Ja oder Nein.«

Emily presste die Zähne aufeinander. »Ja, aber …«

»Ein einfaches Ja genügt«, stellte er fest. »Hast du dich also zur Jägerin ausbilden lassen, heimlich den Friedhof verlassen und Asmaron gesucht, und ist es dann zu dem Zusammentreffen zwischen euch gekommen, das ich gerade beschrieben habe?«

»Ja«, sagte Emily erneut. »Aber so einfach ist das nicht. Die Regeln des Friedhofs …«

»… bestehen nicht grundlos. Du wolltest das offenbar nicht glauben, oder es war dir egal. Aber nun hast du es am eigenen Leib erfahren. Du hast mit deinem Verhalten nicht nur dich selbst an den Rand des Abgrunds geführt. Die Befreiung Dhragars ist das Schlimmste, das unserer Welt zustoßen kann – und du hast sie aus eigennützigen, kurzsichtigen Gründen in Kauf genommen. Für ein solches Vergehen ist die Höchststrafe möglich: der Verlust all deiner Erinnerungen. Wir würden sie dir nehmen und hinterher wärest du nichts weiter als eine leere Hülle. Ist dir klar, was das heißt?«

Emily schluckte. Schon der Gedanke daran, ihre Erinnerungen an ihre Schwester, ihren Vater, ihren Onkel zu verlieren, erfüllte sie mit einem Schrecken, der ihr sehr deutlich machte, was das bedeutete. Sie zog die Arme um den Leib und nickte.

»Nun«, sagte Sisterius. »Da du jedoch Ersttäterin und geständig bist, schlage ich dem Gericht vor, dich mit drei Dutzend Kerkerjahren davonkommen zu lassen.«

Ein Raunen ging durch den Raum. Schon wenige Tage im Kerker verursachten bei den meisten Anwesenden tiefgehende Panik, und offenbar überstieg die Vorstellung von drei Dutzend Jahren an diesem Ort bei der Mehrzahl den Verstand. Emily hörte Entsetzen und Fassungslosigkeit in den Stimmen, was ihren Eindruck, wie schrecklich diese Strafe war, noch verstärkte. Mit angehaltenem Atem sah sie zu, wie Sisterius sich zum Prinzen der Vampire hinüberbeugte. Mehrere Berater erhoben sich von ihren Plätzen und flüsterten den beiden Richtern ins Ohr, bis der Vampir schließlich nickte. Erst einmal, damit sich alle wieder setzten. Und dann noch einmal zum Zeichen dafür, dass er einverstanden war.

Donnernd landete der Hammer auf dem Pult. »Das Urteil ist angenommen«, stellte Sisterius fest, als hätte er nichts anderes erwartet. »Um ein weiteres Zuwiderhandeln der Angeklagten zu verhindern, wird es ohne Aufschub umgehend vollstreckt.«

Auf seinen Wink traten zwei Fänger vor. Emily wich zurück, doch ehe sie einen klaren Gedanken fassen konnte, schob sich ein Schatten vor sie und hinderte die Fänger daran, ihren Weg fortzusetzen. Zum ersten Mal, seit sie auf das Podest gezerrt worden war, umfing Emily lindernde Dunkelheit. Sie sah zu Balthasar auf, der vor ihr stand. Ein einziger Blick von ihm genügte, um die Fänger innehalten zu lassen.

»Nein«, sagte er leise, aber so bestimmt, dass seine Stimme im Boden widerklang. »Das wird es nicht. Denn

Emily trägt keine Schuld an dem, was geschehen ist. Diese Schuld liegt allein bei mir.«

Sisterius griff drohend nach dem Hammer, als das Publikum zu flüstern begann. Der Prinz der Vampire hingegen rührte sich nicht. Im Gegenteil saß er da wie eine Statue, während er auf Balthasar niederstarrte. Sein Lächeln jedoch war verschwunden, und Schatten legten sich auf sein Gesicht, die ihm etwas Unheilvolles verliehen.

»Schuld«, sagte der Prinz nun, und dieses Wort aus seinem Mund genügte, um sämtliche Anwesende zum Schweigen zu bringen. »Damit kennst du dich aus, dessen bin ich mir bewusst, und ich ahnte, dass ich auch am heutigen Tag etwas dazu hören werde. Also sprich. Welche Schuld hast du bei diesem Mädchen auf dich geladen?«

Hätte Emily an Balthasars Stelle vor dem Prinzen gestanden, wäre sie unter dessen frostigem Blick zur Eissäule erstarrt. Balthasar hingegen stand einfach da, reglos wie in einem Schneesturm, und schaute unverwandt zu seinem Richter auf.

»Ich war es, der sie ausbilden wollte«, sagte er ruhig. »Ich war es, der ihren Traum vom Sieg schürte, anstatt ihn zu beenden. Und ich war es, der sie Asmaron in die Arme trieb. All das tat ich, weil ich sie als Tochter des Weißen Kriegers erkannte, kaum dass sie einen Fuß auf diese Erde setzte. Von jenem Tag an hatte ich nur ein Ziel: den alten Glanz der Jäger wieder auferstehen zu lassen. Und dazu war mir jedes Mittel recht.«

Der Prinz der Vampire rührte sich noch immer nicht, und ein Funkeln seiner Augen genügte, um jeden im

Saal ebenso reglos dasitzen zu lassen, wie er selbst es tat. »Und dir ist nicht bewusst gewesen, dass dieses Ziel von Anfang an zum Scheitern verurteilt war?«, fragte er nun. »Dieses Mädchen mag die Tochter des Weißen Kriegers sein, aber sie ist aufbrausend und schwach, ein halber Mensch noch, unfähig, in eine Schlacht zu ziehen, geschweige denn, siegreich daraus hervorzugehen. Wie konntest du so blind sein?«

Balthasar schwieg. Es schien, als würde er mit sich ringen. Dann warf er Emily einen Blick zu. Keines seiner bisherigen Worte entsprach der Wahrheit, das wusste sie. Aber als er jetzt den Kopf neigte, begriff sie, dass dies nicht für das galt, was er nun über die Lippen bringen würde.

»Das war ich nicht«, sagte er. »Im Gegenteil habe ich selten so klar gesehen wie seit dem Moment, da ich dieses Mädchen traf. Ihr mögt es nicht erkennen, aber ich habe unzählige Krieger ausgebildet, unzählige Hoffnungen mit meinen eigenen Händen zerbrochen und unzählige Gefallene verbrannt. Eines kann ich mit Sicherheit sagen: Dieses Mädchen ist etwas Besonderes, genauso wie ihr Vater es war. Sie ist eine Kriegerin, wie wir sie uns nur wünschen konnten, und mehr als das. Sie sagte mir vor Kurzem, dass ich sie gerettet hätte, und vielleicht ist das wahr. Doch sie hat mich auch gerettet – vor allem, wovor ich viele Jahre lang davongelaufen bin. Sie hat mich daran erinnert, dass mehr in mir ist als Grausamkeit und Kälte. Niemals hätte ich bei unserer ersten Begegnung gedacht, das einmal zu sagen, aber: Sie ist mir ein Halt geworden, wie ich seit langer Zeit keinen mehr hatte.«

Emily musste all ihre Kraft aufbringen, um die verfluchten Tränen zurückzudrängen, die bei diesen Worten in ihr aufstiegen. Niemals hätte sie erwartet, so etwas einmal aus Balthasars Mund zu hören, schon gar nicht vor dem Tribunal der Untoten und dem Prinzen der Vampire. Und umso glücklicher machte es sie nun, da sie Balthasars Lächeln erwiderte.

Dann kehrte die Maske auf seine Züge zurück. »Aber selbst eine Kriegerin wie sie kann das Unmögliche nicht leisten«, fuhr er fort. »Es war zu viel verlangt, sie nach so kurzer Zeit in den Kampf zu schicken, das sehe ich jetzt und gestehe meine Verfehlungen ein. Mein Prinz, Ihr habt recht: Sie ist noch immer ein halber Mensch, sie ist schwach und leicht zu manipulieren. Doch daran trägt sie keine Schuld, und eines steht außer Zweifel: Sperrt ihr sie in den Kerker, werdet ihr sie brechen. Mir ist bewusst, dass ich nicht in der Position bin, das Hohe Gericht um etwas zu bitten. Und dennoch muss ich es tun, da ich weiß, wie hoch Werte wie Gerechtigkeit und Erbarmen in diesen Mauern geschätzt werden. Ich ersuche euch: Bestraft kein Kind für mein Versagen.«

Der Prinz der Vampire wandte sich nicht für einen Wimpernschlag von Balthasar ab, selbst dann nicht, als Sisterius sich zu ihm hinüberbeugte und ihm etwas zuraunte. Schließlich nickte er unmerklich, und Sisterius ergriff das Wort.

»Gerechtigkeit und Erbarmen zählen in der Tat viel an diesem Ort«, sagte er und schaute Balthasar zum ersten Mal seit dem Beginn der Verhandlung wieder mit dem Respekt an, mit dem er ihm zuvor stets begegnet war. »Und auch wenn die Angeklagte den Kerker angesichts der Schwere ihrer Taten verdient hätte, gibt es doch andere Strafen, die unserem Zweck ebenso Genüge tun. Wir verhängen demnach drei Jahrzehnte im Arbeitslager des Refugiums unter strenger Aufsicht sowie Unterbringung im Verlies, vollstreckbar im Anschluss an diese Verhandlung.«

Emily wurde schwindlig, wenn sie nur an das Arbeitslager dachte, aber Balthasar schaute sie mit diesem Funkeln in den Augen an, das es immer schon geschafft hatte, sie im größten Schlamassel mit Zuversicht zu erfüllen. Anscheinend hatte er einen Plan, und nun, da sie seinen Blick auffing, wurde er ihr auch klar. Das Arbeitslager war schlimm, keine Frage – doch es bedeutete die Möglichkeit zur Flucht. Und die konnte sie nutzen, sobald sich eine Gelegenheit ergab.

Mit einiger Erleichterung sah sie zu, wie Balthasar in seinen Lichtkegel zurückkehrte und die beiden Fänger von Sisterius wieder an ihren Platz geschickt wurden. Dann setzte der Prinz der Vampire sich vor. Als er seinen Blick auf Balthasar richtete, kehrte die Anspannung mit geballter Wucht zu Emily zurück. Er war nicht gekommen, um sich das Gerede der Geister anzuhören, das konnte sie jetzt sehen. Er war gekommen, um einen Abtrünnigen seines Volkes zur Rechenschaft zu ziehen.

»Erbarmen«, sagte er, und aus seinem Mund klang das Wort wie ein schlechter Scherz. »Etwas, das unsereins nie erfahren wird. Balthasar ist nicht nur der Vergehen schuldig, die er selbst soeben zugegeben hat. Er hat nicht nur die Gesetze des *GdU* gebrochen, hat nicht nur bereitwillig die Vernichtung unserer Welt in Kauf genommen. Vor allem war er mein mächtigster Krieger, und als dieser hatte er Vorbildfunktion für all jene, die ihm unterstanden. Ich kann nicht dulden, dass ein Vampir unter meiner Führung ein anderes Volk offen dem unseren vorzieht und dafür großen Schaden für uns alle riskiert. Der Angeklagte wird ohnehin sterben, das Gift des Totenreichs jagt durch seine Adern, beenden wir das Ganze jetzt und setzen ein Zeichen gegen jede Art von Verrat. Ich fordere die Todesstrafe für den Angeklagten, der es gewagt hat, mich zu hintergehen.«

Entsetzen drang durch die Reihen und Sisterius war nicht schnell genug, seinen Hammer zu greifen, da er mit einigem Erstaunen zum Prinzen der Vampire hinübersah. Offenbar hatte selbst er mit dieser Härte nicht gerechnet. Aber Emily bemerkte all das wie durch Watte. Alles, was sie deutlich wahrnahm, war Balthasar, der nun zu ihr herübersah. Keine Verwunderung lag auf seinen Zügen, kein Schreck, noch nicht einmal ein Anflug von Verzweiflung. Stattdessen lächelte er, wie er immer gelächelt hatte, wenn sie verzweifelt war und er ihr ohne jedes Wort hatte zeigen wollen, dass es dafür keinen Grund gab. Emily stand da wie erstarrt. Das also war sein Plan gewesen. Er hatte sie befreien wollen – sie allein. Sein Plan hatte ihn niemals mit eingeschlossen. *Alles ist gut, wie es eben kommt,* schien sein Lächeln zu sagen, und immer hatte es Emily getröstet. Bis auf dieses Mal.

Mehrere Krieger aus den Reihen der Vampire traten vor. Sie zeigten keine Regung, als sie Balthasar in die Knie zwangen. Er schwankte, als wollte irgendetwas tief in ihm gegen das aufbegehren, was nun geschehen sollte. Doch dann neigte er den Kopf, im selben Moment, da der Prinz der Vampire auf die Beine kam. In erhabener

Majestät trat er vor das Pult und zog sein Schwert. Es funkelte in schwarzem Kristall. Emily konnte die Finsternis spüren, die in dieser Klinge wartete und nach der jeder uralte Vampir sich sehnte. Aber kaum dass der Prinz die Waffe hob, brach Trotz in ihr auf. Balthasar war ihr Freund, zur Hölle noch eins, und ganz egal, wie verlockend ihm die Dunkelheit erscheinen mochte: Sie würde ihn nicht gehen lassen. Nicht auf diese Weise! Sie sah noch, wie die Flammen auf der Klinge des Prinzen sich entfachten. Dann sprang sie vor, und ehe sie richtig begriffen hatte, was sie tat, stand sie zwischen Balthasar und dem lodernden Feuer.

Gerade noch rechtzeitig lenkte der Prinz die Bahn seiner Waffe ab. Klirrend schlug sie im Marmor der Kapelle ein. Funken flogen durch die Luft, sie brannten auf Emilys Haut. Doch nichts packte sie mit solcher Glut wie der Blick des Prinzen, der nun den Kopf wandte. Haltloser Zorn glühte in seinen Augen. »Törichtes Kind«, sagte er und starrte mit entfachten Augen auf sie herab. »Wie kannst du es wagen, mir in den Weg zu treten?«

Emily wusste nicht, ob es sein glühender Blick oder seine Stimme war, die ihre Phantomknochen zum Zittern brachte, aber sie wandte sich nicht ab. Stattdessen ignorierte sie Balthasar, der eindringlich ihren Namen raunte, und starrte dem Prinzen geradewegs ins Gesicht. »Jemand muss es tun«, gab sie zurück, selbst fassungslos darüber, wie fest ihre Stimme klang. »Denn nicht Balthasar ist blind. Ihr seid es – ihr alle!«

Sisterius tauchte so plötzlich vor ihr auf, dass sie zusammenzuckte. »Was zur Hölle willst du damit sagen?«

»Zum Beispiel, dass Balthasar euch angelogen hat«, erwiderte sie. »Er wollte mich beschützen, aber ich werde nicht zulassen, dass er sich selbst dafür opfert, und deswegen sage ich euch die Wahrheit. Ich war diejenige, die ihn dazu gebracht hat, mir zu helfen. Er wollte anfangs gar nicht, aber ich habe nicht lockergelassen. Das kann ich nämlich gut: anderen auf den Wecker fallen. Und ich bereue es nicht, Asmaron herausgefordert zu haben, im Gegenteil. Ich bin den richtigen Weg gegangen, und ganz egal, was ihr mir androht: Ich werde nicht von ihm ablassen. Und das solltet ihr auch nicht. Hört endlich auf, euch hinter euren Gesetzen und eurem Stolz zu verstecken! Lasst Balthasar und mich gehen, tut mehr als das! Kämpft – an meiner Seite gegen die Toten!«

Das Wispern im Publikum brandete auf wie ein Sturm. Emily hörte Empörung darin, Furcht, Unglauben … aber auch ein Erstaunen, das wie die ersten Blitze eines Gewitters durch den Raum ging.

»Hast du nun völlig den Verstand verloren?« Sisterius' Stimme peitschte durch die Kapelle, so ohrenbetäubend, dass das Raunen zu einem unterdrückten Murmeln wurde. »Die Gilde der Jäger wurde zerschlagen, seit langer Zeit kümmern sich die Vampire um die Toten, die in diese Welt kommen, und sie tun das ganz hervorragend! Und jetzt soll eine Horde unausgebildeter Geister in eine Schlacht ziehen, die wir nur verlieren können? Du bist wohl verrückt geworden!«

»Ich bin verrückt?«, fragte Emily und lachte so hart, dass sie beim Klang ihrer eigenen Stimme fröstelte. »Ihr seid es doch, die nicht begreifen wollen, dass es längst nicht mehr darum geht, wer für die Toten verantwortlich ist. Vampire oder Geister, Geister oder Vampire – die

Antwort lautet: Wir sind es alle! Denn die Vampire werden das, was auf uns zukommt, niemals aufhalten können. Glaubt ihr wirklich, dass Dhragar bis in alle Ewigkeit in seinem Reich eingesperrt bleiben wird, solange er mich nicht in die Finger kriegt? So ist es nicht, da könnt ihr sicher sein! Ich habe seine Wut gefühlt und die lässt sich nicht mehr lange in Ketten legen! Aber ihr verschließt entweder die Augen davor oder seid gelähmt vor Angst. Dabei solltet ihr kämpfen! Wenn ihr das nicht tut, bleibt ihr die Verlierer, die ihr jetzt seid. Jeder Einzelne von euch!«

»Genug!« Sisterius rief gegen das erneut lauter werdende Gemurmel an. »Drei weitere Jahre wegen Beleidigung und Schluss jetzt mit deinen wahnsinnigen Reden!« Er wandte sich an seine Fänger. »Bringt sie ins Verlies!«

Ein halbes Dutzend Fänger kam auf Emily zu. Sie waren schnell, wie es ihre Art war, und Emily wich zurück. Sie würde sich ihnen nicht zu Füßen werfen. Um nichts in der Welt. Schon streckten zwei von ihnen die Klauen nach ihr aus – doch im selben Moment schoss ein grelles Licht von links heran und trieb die Fänger in rasendem Zickzack rückwärts. Emily riss die Augen auf, als sie Cosimo erkannte, der mit gefährlich glühenden Fingernägeln nach den Fängern pikste. Und er war nicht allein. Raphael stand an seiner Seite und in perfekter Bruce-Lee-Manier streckte er drei Fänger zugleich nieder.

Sisterius' Stimme zerriss die Luft. Schrill brachte sie die Kapelle zum Beben, und da stürzten sich etliche weitere Fänger vor. Wie schwarze Wolken ballten sie sich am Rand von Emilys Bewusstsein zusammen und stürmten auf sie los. Instinktiv fuhr sie herum und stieß gegen Raphaels Rücken. Cosimo drückte sich an ihre Seite, und so sahen sie der Finsternis entgegen, die nun auf sie niederbrach. Das Letzte, was Emily fühlte, war Raphaels Hand in der ihren und Cosimos weiches Haar an ihrer Wange. Dann schloss sie die Augen.

Sie rechnete fest damit, von messerscharfen Klauen in Fetzen gerissen zu werden. Aber stattdessen traf sie ein eisiger Hauch, so kalt, dass er ihr die Luft aus der Lunge presste, dicht gefolgt von heftigem Sturmwind. Emily sah, dass Sisterius und der Prinz der Vampire ein ganzes Stück weit zurückgetrieben worden waren, ebenso wie die Fänger, die sich in klirrenden Kältewirbeln wanden. Schnee fiel aus der Kuppel der Kapelle. Die Luft war auf einmal kalt, frisch und klar, und zum ersten Mal, seit sie diesen Winterduft kannte, befiel Emily bei ihm Erleichterung. Fassungslos drehte sie sich um und sah den schwarz gewandeten Engel, der geradewegs auf sie zukam.

»Du *bist* verrückt«, sagte Valentin, als er vor ihr stehen blieb. »Daran besteht kein Zweifel.« Kurz nur huschte ein Lächeln über seine Lippen, mitten hinein in ihr Erstaunen. Dann drehte er sich um.

Erst jetzt bemerkte Emily die messerscharfen Eissplitter, die vor den Schläfen etlicher Vampire schwebten, und den Frost, der die Fänger in den Kältewirbeln jederzeit zerbrechen konnte. Valentins Zauber würde nicht ewig halten, das war ihr klar, und sie konnte sich lebhaft vorstellen, was Sisterius und der Prinz der Vampire mit ihm anstellen würden, wenn sie ihn in die Finger bekamen. Doch Valentin schien keinen Gedanken daran zu verschwenden und wandte sich an das mit großen Augen dahockende Publikum. »Und ihr seid es auch, wenn ihr dieser Wahnsinnigen nicht zuhören wollt. Ich muss es wissen, denn ich war genau wie ihr. Ich wollte sie von ihren Plänen abhalten und redete mir ein, das zum Schutz unseres Refugiums zu tun. Aber sie hat mir einen Spiegel vorgehalten und jetzt weiß ich, dass ich es nur aus einem einzigen Grund tat: aus Angst vor der Wahrheit. Und noch etwas habe ich begriffen: dass es kein gutes Ende nimmt, wenn man vor der Wahrheit wegläuft.«

In keinem Augenblick zuvor war es so still in der Kapelle gewesen wie nun, da Valentin durch die Reihen schaute. Die Faszination, die sich auf den Gesichtern brach, hätte kein Zauber und kein polternder Hammer herbeirufen können. Valentin drehte sich um und sah zu den Richtern hinüber.

»Ihr könnt sie jetzt mundtot machen«, sagte er und hob leicht die Achseln. »Genauso wie mich. Doch ihr wisst, dass ihr damit keine Ruhe herbeizaubern könnt. Wir Untoten sind vielleicht manchmal etwas seltsam, aber wir sind keine Marionetten, und wir merken es, wenn wir hinters Licht geführt werden sollen. Angeblich ist unser Refugium hier ein Ort der Freiheit, an dem jeder offen sagen kann, was er fühlt und glaubt, und manchmal, viel zu selten, tun wir das tatsächlich. Doch hier ist ein Mädchen, das viel mehr getan hat, als nur zu reden. Sie hat ihr Leben riskiert für etwas, an das sie glaubt, und sie hat Dinge erfahren, die für uns alle hier von großer Bedeutung sind. Diese Dinge können uns vernichten, wenn wir sie mit Ignoranz behandeln – ich weiß es, ich habe sie selbst gesehen. Also hört sie wenigstens an!«

»Ja«, rief da eine dunkle Männerstimme aus dem Publikum. »Lasst sie reden!«

Emilys Phantomherz machte einen Satz, als sie erkannte, dass es Rasmus war, der nun mit seinem üblichen Strahlelächeln zu ihr herübersah. Neben ihm saß Aurelie, tosend fuhren ihre Worte voller Zustimmung durch die Reihen, und als allgemeines Gemurmel einsetzte, kam noch jemand auf die Beine. Ein Skelett war es, etwas klapprig, als wäre es schon einmal zerbrochen worden. »Dem stimme ich zu«, sagte Nepomuk und nickte so heftig, dass Emily fürchtete, sein Kopf könnte sich von seinen Schultern lösen und bis vor ihre Füße kullern. »Ich habe damit gute Erfahrungen gemacht.«

Sowohl Sisterius als auch der Prinz der Vampire standen so regungslos da, dass es schien, als wären sie zu Eis erstarrt. Dann wechselten sie einen Blick, und als der Prinz nickte, zog Sisterius seine Fänger zurück. Glitzernd fiel Valentins Zauber um sie nieder, und er sah mit vollendeter Herablassung zu, wie sie zitternd und hustend zum Pult zurückkehrten. Dann richteten sich sämtliche Blicke auf Emily.

»Diese Kapelle ist ein besonderer Ort für mich«, sagte sie nach einem Moment. »Hier habe ich erfahren, dass ich ermordet wurde, hier lernte ich die ersten Gesetze des Friedhofs kennen, hier sah ich ihn zum ersten Mal wirklich an: denjenigen, der mich getötet hat. Und hier, so ziemlich genau an der Stelle, an der ich jetzt stehe, traf ich den Entschluss, mir zurückzuholen, was er mir gestohlen hat. Es ist wahr: Diese Entscheidung war riskant.

Und doch war sie das einzig Richtige. Denn es gibt noch jemanden, der unbedingt zurückhaben will, was er einmal hatte. Dhragar sehnt sich nach Freiheit, er wird alles tun, um sie zu erlangen. Und ich meine wirklich *alles*. Gerade jetzt lauern etliche seiner Toten in den Gängen unter der Gilde. Sie werden nicht wieder verschwinden, nur weil sie mich nicht in die Finger kriegen. Sie werden bleiben und Leben rauben, für Dhragar, der niemals aufhören wird, uns zu jagen – uns alle. Und früher oder später wird er sich befreien, denn im Gegensatz zu euch hat er nicht vergessen, was damals geschehen ist. Er wird wiederkehren. Und was dann?«

»Dann werden die Vampire die Toten zurückschicken«, rief ein dürrer Geist mit spärlichen Haaren. »Das haben sie doch bisher auch gemacht.«

»Es sind zu viele, als dass die Vampire ihrer Herr werden könnten«, sagte Emily. »Viel zu viele. Und abgesehen davon: Wollt ihr in dieser Enklave sitzen und darauf hoffen, dass jemand anderes euch rettet? Das wird nicht passieren. Wenn ihr euch nicht zwischen die Lebenden und die Toten stellt, wird es niemand tun. Dann wird es die Welt der Menschen nicht mehr geben. Und das, was uns Geister hier in dieser Welt hält, wird zu dem, was wir am meisten fürchten: zu Asche und Staub.«

Eine Gespensterfrau mit langen bleichen Gliedern erhob sich. »Aber wir sind keine Krieger«, warf sie ein. »Und Dhragar wird stärker mit jedem von uns, den er vernichtet!«

Emily nickte. »Das ist wahr. Dhragar gewinnt mit jedem Leben, das er der Welt raubt. Doch er gewinnt auch mit jedem Untoten, der sich ihm nicht mehr entgegenstellt, denn das ist es, was er will: dass wir in Angst vor ihm erstarren. Alles, was er hat, ist die Finsternis, und er weiß, wie sehr wir sie fürchten. Aber wir sind Geister, Herrgott noch eins! Die Welt da draußen sollte sich vor uns fürchten, nicht umgekehrt!«

Rufe der Zustimmung erklangen, so kraftvoll, als hätten sie lange darauf gewartet, hervorbrechen zu können. Emily sah, wie Nepomuk eifrig gestikulierte, und sie bemerkte einen dunklen Glanz in etlichen Augenpaaren … wie die Erinnerung an eine Zeit, die es wert war, sich danach zu sehnen.

»Du wurdest besiegt«, sagte da eine Stimme hinter ihr. Es war Sisterius, der nun auf sie zukam, langsam, als würde er jedes seiner Worte mit seinen Schritten bemessen. »Zwei Mal, um genau zu sein. Nur für den Fall, dass wir dich gehen lassen würden: Warum denkst du, dass du Asmaron jetzt besiegen kannst?«

»Ich wurde geschlagen«, sagte Emily. »Mehr als zwei Mal, um genau zu sein. Aber besiegt?« Sie schüttelte den Kopf. »Besiegt wurde ich noch nicht. Im Gegenteil: Ich habe in der tiefsten Finsternis erfahren, dass viel mehr darin liegt, als ich je für möglich hielt. Etwas Stärkeres als Dhragars Grausamkeit. Etwas Stärkeres als der Tod. Etwas, das in uns allen verborgen liegt und das beschützt, was wir sind. Mein Vater nannte es das Refugium der Schatten und er nahm meine Schwester und mich oft dorthin mit, wenn wir Angst im Dunkeln hatten. Es ist der Ort in uns, an dem wir unantastbar und frei sind, ganz egal, was rings herum passiert. Als Asmaron mich im Grauen Dom niederzwang, war ich überzeugt, diesen Raum verloren zu haben. Ich habe gedacht,

Dhragar hätte mir alles genommen. Aber meine Schatten sind stärker als seine Finsternis. Noch immer kann ich ihre Farben sehen, noch immer höre ich meine Schwester in ihnen lachen. Solange das so ist, werde ich nicht aufgeben. Und ihr solltet das auch nicht tun. Ihr seid nicht grundlos noch in dieser Welt. Ihr habt etwas in euch, das euch hier hält, doch es hat keinen Wert, wenn ihr nicht dafür kämpft. Das ist es, was wir alle tun sollten: kämpfen. Kämpfen für das, was wir sind!«

Der Applaus war warm wie Wellen, die über sonnenerhitzte Steine flossen. Emily schaute in die Gesichter der Untoten und sie sah Hoffnung darauf glühen. Es war ein wunderschöner Anblick.

Die Schritte waren lautlos, aber sie brachten den Boden zum Beben und ließen den Applaus so abrupt enden, als wäre ein Fluch über den Reihen niedergegangen. Emily drehte sich um und sah, dass der Prinz der Vampire auf sie zukam. Ohne den Blick von Balthasar abzuwenden, umfasste er sein Schwert fester, und Emily wusste, dass er dieses Mal nicht zögern würde, sie mitten durchzuschneiden, sollte sie sich ihm erneut in den Weg stellen. Wie erstarrt stand sie da, als der Prinz dicht neben ihr innehielt.

»Törichtes Mädchen«, sagte er dunkel. »Ich habe nicht geglaubt, noch einmal einer Kriegerin wie dir zu begegnen.«

Etwas wie ein Lächeln ging durch seine Augen. Dann hob er sein Schwert, doch statt es auf Balthasar niederrasen zu lassen, griff er in die Klinge. Ein Wispern ging durch die Kapelle, als sein Blut zwischen seinen Fingern hindurchrann. Aber der Prinz zeigte keine Regung.

Wortlos bedeutete er den Kriegern, Balthasar festzuhalten, und kniete vor ihm nieder. Sie maßen einander mit ihren Blicken. Emily schien es, als würde dieses Bild zu Eis erstarren. Ohne etwas zu sagen, hob der Prinz seine Hand über Balthasars Mund, kaum dass dieser den Kopf in den Nacken legte. Drei Blutstropfen fielen in die Tiefe. Und im selben Moment, da sie Balthasars Kehle hinabrannen, krümmte der Vampir sich unter heftigen Krämpfen zusammen.

Etliche Zuschauer kamen auf die Beine, und Emily wollte zu Balthasar eilen, um ihm irgendwie beizustehen. Doch Valentin hielt sie zurück, und so blieb ihr nichts anderes übrig, als ihrem Freund und Lehrer dabei zuzusehen, wie er sich unter entsetzlichen Schmerzen am Boden wand. Der Prinz der Vampire stand über ihm. Ohne sich von ihm abzuwenden schloss er den Schnitt in seiner Hand, als wäre er nicht mehr gewesen als eine Illusion.

Da stieß Balthasar einen Schrei aus. Seine Augen färbten sich in Dhragars Gift pechschwarz … und gleich darauf ging ein Funkeln darüber hin, so kristallen wie die Klinge des Prinzen. Wie tausend Nadeln drückte sich das Gift des Todes von innen gegen Balthasars Haut, und da konnte Emily ihn spüren: den Kampf des Prinzenbluts gegen diese Finsternis. Noch einmal krümmte Balthasar sich zusammen. Dann sank er zur Seite und rührte sich nicht mehr.

Emily riss sich von Valentin los und fiel neben Balthasar auf die Knie. Namenlose Kälte strömte von ihm aus. »Verfluchter Blutsauger von einem Vampir«, brachte Emily hervor und griff nach seiner Hand. »Du musst …«

»… gar nichts«, raunte Balthasar da. »Und zur Hölle noch eins: Lass endlich die Flucherei sein.«

Emily riss die Augen auf, als er die Luft einsog. Das Gift war aus seinem Körper verschwunden. Am liebsten hätte sie ihm sein überhebliches Grinsen aus dem Gesicht geschlagen, so erleichtert war sie. Aber dann fiel sie ihm in die Arme, und unmerklich tätschelte er ihren Rücken. Sie musste lächeln. Hatte sein Gefühlsausbruch von vorhin ihn nicht schon Überwindung gekostet – diese Geste vor dem Prinzen der Vampire, der ihm gerade das Leben gerettet hatte, tat es ganz sicher.

»Was hat das zu bedeuten?« Es war Sisterius, der nun neben dem Prinzen stehen blieb. Eine steile Falte stand zwischen seinen Brauen, aber er klang nicht empört, nur verwundert. »Die Regeln des *GdU* …«

»Regeln sind dafür da, um gebrochen zu werden«, entgegnete der Prinz. »Das sagtet Ihr, als Ihr noch jung wart. Ich erinnere mich gut. Tut nicht so, als hättet Ihr das vergessen. Sonst muss ich es hier vor allen Anwesenden erzählen.«

Sisterius verstummte. Unglauben spiegelte sich auf seinem Gesicht, ebenso wie auf den Zügen der vampirischen Krieger. Auch sie hatten ihren Prinzen offenbar noch nie mit solcher Wärme zu jemandem sprechen hören.

Emily schaute von einem zum anderen, und für einen Moment konnte sie sie sehen: den Vampir und den Geist … damals, als sie nichts als Freunde gewesen waren.

»Die Toten werden stärker«, sagte der Prinz nun. »Und ihre Anzahl nimmt seit geraumer Weile zu. Meine Jäger berichten, dass die Kämpfe härter werden, immer wieder äußern sie hinter vorgehaltener Hand Zweifel, ob sie die Anderwelt und die Welt der Menschen dauerhaft beschützen können. Ich wusste das, ohne etwas dagegen tun zu können. Denn die Gilde war untergegangen und die Geister waren für uns verloren. Bis jetzt.« Er sah zu Emily herüber. »Lange mussten wir Vampire warten, bis wieder ein Schimmer der Hoffnung auf diese Erde fällt. Jetzt ist sie da.«

Sisterius schaute von einem zum anderen. »Soll das bedeuten …«, begann er, aber er beendete seinen Satz nicht.

Wortlos sah der Prinz der Vampire ihn an. »Es ist viel passiert«, sagte er leise. »Und unsere Motive mögen sich unterscheiden. Doch auch wir haben ein Interesse daran, dass die Welt der Menschen bestehen bleibt. Und wir sind bereit, uns dafür in Vergebung zu üben und dafür zu kämpfen. Die Vampire stehen an eurer Seite – wenn ihr es wollt.«

Kurz glaubte Emily, Sisterius würde in Gelächter ausbrechen, so fassungslos sah er den Prinzen an. Aber stattdessen wurde sie Zeugin, wie er sich verwandelte … nicht durch seine äußere Erscheinung, sondern durch etwas, das tief in seinem Inneren aufzubrechen schien und ihn zu einem gänzlich anderen machte. Er wurde zu einem jungen Mann, einem Verlorenen, einem grauen Buchhalter … zu einem Jäger. Hocherhobenen Hauptes erwiderte er den Blick des Prinzen, und als er lächelte, zweifelte Emily keine Sekunde länger: Vor ihr stand ein Krieger der Ersten Stunde. Und er ergriff die Hand seines Freundes.

Der Jubel war ohrenbetäubend. Geister und Vampire applaudierten, als hätte es nur einen Schubs gebraucht, um die Mauern zwischen ihnen einzureißen … oder die Stimme eines Geistermädchens, um sie daran zu erinnern, wer sie waren.

Emily holte tief Atem. Valentin war noch immer an ihrer Seite, ebenso wie Balthasar, und sie lächelte, als sie Raphael und Cosimo ansah. So lange hatte sie nichts anderes gewollt, als die Anderwelt so schnell wie möglich wieder zu verlassen, und jetzt fühlte sie sich so sehr als Teil von ihr, wie es ihr in der Menschenwelt selten passiert war. Hier stand sie nun also inmitten ihrer Gefährten und hatte das Gefühl, ihr Vater wäre auch da – hier in diesem Refugium der Schatten, das sie gemeinsam errichtet hatten.

23

Der Graue Dom stand in eisigem Schweigen. Nebelschleier zogen über die Gräber, und die schwarzen Bäume ragten aus dem gefrorenen Boden wie erstarrte Totenklauen. Emily war fest davon überzeugt, noch nie zuvor etwas so Trostloses gesehen zu haben. Sie stand an der Grenze zum Niemalsland zwischen den letzten Totenhäusern des Friedhofs, und der Anblick dort vor ihr erschien ihr wie ein schlechtes Omen: so als wäre das Gräberfeld in Wahrheit ein Schlachtfeld, auf dem schon bald ihre Phantomknochen liegen würden … zerschmettert von der dunklen Macht ihres Feindes.

Ein nur halb unterdrücktes Seufzen neben ihr machte ihr deutlich, dass sie mit diesen deprimierenden Gefühlen nicht allein war. Cosimo schwebte so zittrig auf und ab, dass er mit seinem Licht einen flackernden Umriss in der Luft hinterließ. Obwohl seine Hände gefährlich glühten, war sein Gesicht ein Spiegelbild ihrer eigenen Empfindungen. Und auch wenn ihre anderen Gefährten sich nichts anmerken ließen, wusste sie doch, dass es ihnen ebenso ging. Raphael, der mit uralter Pistole dastand, äußerlich reglos, aber im Inneren fröstelnd. Balthasar, dessen Blick so kühl war wie das Feld vor ihnen und der sich doch gerade in diesem Moment fraglos daran erinnerte, dass er schon einmal fast darauf gestorben wäre. Selbst Valentin hatte sein Lächeln verloren und schaute mit ungewohnter Konzentration zum Grauen Dom hinüber. Emily biss sich auf die Lippe. So also fühlten sich Krieger, bevor sie in die Schlacht zogen. Sie rechnete damit, einen Spruch von Balthasar in ihren Gedanken zu hören. Aber es war Cosimo, der sich zu ihr umdrehte und sie mit diesem Lächeln ansah, mit dem er sich in einer unheimlichen Szene während ihrer Horrorfilmnächte mitunter wieder *vor* das Kissen gewagt hatte, statt dahinter sitzen zu bleiben. So als wäre ihm auf einmal bewusst geworden, dass seine Angst ihn um das Abenteuer brachte, um die Spannung und den Sieg … und dass er nicht allein war.

Im selben Moment, da Emily sein Lächeln erwiderte, wich die Lähmung von ihr. Auch sie war nicht allein. Im Gegenteil, sie hatte die außergewöhnlichste Heldentruppe an ihrer Seite, die sie sich nur vorstellen konnte. Und sie hatte einen Plan, der nicht darin bestand, verängstigt am Rand des Niemalslandes zu stehen. Emily war gekommen, um es zu einem Schlachtfeld zu machen … doch nicht für sie. Sie fand ihr Lächeln auf den Gesichtern ihrer Freunde gespiegelt. Dann straffte sie die Schultern und betrat das Niemalsland.

Balthasar und Raphael hielten sich zu ihrer Linken, Valentin zu ihrer Rechten und Cosimo schwirrte ihnen voraus. Der Wind stob Emily mit Grabesklauen ins Gesicht. Ihr Haar flatterte hinter ihr her, und kurz war sie versucht, in ihre Geistergestalt zu wechseln. Aber sie unterdrückte den Impuls und betrachtete die starren Fenster des Doms, die ihr wie Totenaugen entgegenglotzten. Sie würde sich nicht verstecken, im Gegenteil. Sie wollte gesehen werden.

Und selbst wenn die Augen des Doms tatsächlich so blind sein sollten, wie sie aussahen – zu *hören* war Emily auf jeden Fall. Ihre Schritte knirschten auf dem erstarrten Boden und sie schienen lauter zu werden, je weiter sie auf den Dom zuging.

Sie hatte bereits die ersten verkrüppelten Bäume hinter sich gelassen, als ein Ton durch die Stille hallte, dumpf wie das Brechen von Eis. Emily blieb mit ihren Gefährten stehen und schaute zum Nebel hinüber, der sich vor den Mauern zusammenzog. Und im nächsten Moment waren sie da: die Krieger des Totenreichs.

Sie entstiegen dem Nebel wie einer anderen Welt. Vereinzelt erkannte Emily noch Steinreste in ihren Gesichtern von dem Zauber, mit dem Balthasar sie in den unterirdischen Gängen gebannt hatte. Aber ihre Beweglichkeit hatten sie offenbar wiedererlangt, auch wenn sie nun wie eine endlos lange Mauer vor dem Dom verharrten. In ihren Händen blitzten Messer und Schwerter, einige trugen auch dornenbesetzte Peitschen oder Knüppel. Der Hohn auf ihren Gesichtern ließ keinen Zweifel daran, dass sie sich über das verrückte Geistermädchen und ihre kleine Kamikazegruppe lustig machten.

Emily konnte es ihnen nicht verdenken. Sie kam sich angesichts dieser Übermacht selbst geradezu mickrig vor, und sie überkam das dringende Bedürfnis, den Rückzug anzutreten. Cosimo hatte offenbar denselben Impuls, denn er wich vor den Kriegern zurück, bis er gegen Valentin prallte, so heftig, dass Funken um ihn niederrieselten. Peinlich berührt schaute der Irrwicht wieder nach vorn, und Emily stieß die Luft aus. Sie war nicht hier, um davonzulaufen. Sie war hier, um zu kämpfen. Kaum hatte sie das gedacht, entfachte sich die Glut in den Augen der Toten zu schwarzem Feuer. Und im selben Moment, da Emily sich wieder in Bewegung setzte, preschten die Krieger vor.

Ihre Tritte hallten donnergleich im Boden wider. Emily stemmte ihre eigenen Schritte dagegen, bis das Echo durch ihre Glieder ging wie kriegerischer Trommelklang. Flankiert von ihren Gefährten rannte sie über das Feld, sprang durch Nebelschleier und über Grabsteine und ließ ihre Feinde für keine Sekunde aus den Augen. Der Dunst zerriss unter deren wirbelnden Waffen und Emily ballte die Hände zu Fäusten. Sie sah es genau, das Siegergrinsen auf den Gesichtern der Toten, und ein höhnisches Lächeln flog auf ihre Lippen. Dieses Grinsen würde ihnen noch vergehen. Und zwar genau … *jetzt.*

Zu beiden Seiten ihrer kleinen Gruppe begann die Luft heftig zu flackern. Emily musste lachen, als die Toten erschrocken die Waffen hoben. Einige wichen zurück, aber es war zu spät. Denn mit dem Tosen eines heftigen Sturms glitten nun die Geister aus der Unsichtbarkeit – die lange Reihe der Krieger, die Emily und ihre Gefährten unbemerkt aufs Schlachtfeld begleitet hatten. Grollend brachen ihre Schreie über die Gräber, und Emily bemerkte mit glühendem Triumph, wie auch der letzte Spott von den Zügen der Toten wich. Dann wechselte sie wie die anderen in ihre Geistergestalt, und gleich darauf trafen sie mit den Toten zusammen.

Emily meinte, ein Zischen zu hören, als sie Seite an Seite mit den anderen Geistern durch die Leiber ihrer Feinde schoss, mit solcher Wucht, dass etliche Tote von den Füßen gerissen wurden. Ehe sie sich aufrappeln konnten, stürzte sie sich mit den anderen auf sie. In einem Feuerwerk aus Magie schickten sie Dutzende von ihnen in ihre Welt zurück. Schemenhaft sah Emily, wie Balthasar mit seinem Schwert durch die nachfolgenden Reihen stob, und dass Cosimo ganz in ihrer Nähe zwei Kriegern in die Augen stach. Aber sie wandte sich nicht von den Toten ab, die rings um sie auf die Beine kamen. Immer wieder sandte sie ihre Magie durch deren Körper, immer wieder zerfielen sie zu Asche und Staub. Ein berauschendes Gefühl ergriff sie, als sie die bitteren Flocken auf der Zunge schmeckte. Das musste der Kampfesrausch sein, von dem Balthasar ihr erzählt hatte, der …

Ein heftiger Hieb zerschlug ihren Gedanken und zwang sie in die Knie. Im letzten Moment riss Valentin sie zur Seite und brachte den Toten zu Fall, der plötzlich hinter Emily aufgetaucht war. Helles Licht strömte über ihr Gesicht, als Valentin ihn zurückschickte, doch gleich darauf sah sie zu ihrem Schrecken, dass die geschwächten ersten Reihen ihrer Feinde fast gänzlich verschwunden waren. Stattdessen drängten jede Menge weiterer Krieger von allen Seiten auf sie zu.

Emily musste all ihre Kunstfertigkeit aufwenden, um den Hieben der Toten auszuweichen. Balthasar wirbelte als schwarzer Schatten durch seine Feinde hindurch, doch kaum dass seine Klinge einen von ihnen niederstreckte, kamen zwei von ihnen nach. Cosimo war nicht mehr als ein versagendes Flackern in der wachsenden Finsternis, und Emily keuchte, als sie einem weiteren Schlag auswich und ins Stolpern kam. Sie meinte schon, von gnadenlosen Klauen gepackt zu werden, als ein Rauschen die Luft erfüllte.

Emily schoss über die Köpfe in die Höhe, und da sah sie es: das Feuer, das sich als glühender Kreis um die Kämpfenden schloss. Wie ein blutroter Riss ging es durch die Welt – und heraus sprangen die Vampire. Emily hielt den Atem an, als sie den Prinzen in voller Rüstung erblickte, das Schwert eine gleißende Fackel. Krachend hieb er mit seinen Gefährten auf die Toten ein. Etliche von ihnen sanken sofort reglos zu Boden, die Knochen gebrochen wie Reisig. Andere fingen Feuer und stoben kreischend hoch in die Luft. Zwischen ihnen schlugen die Vampire brennende Schneisen. Und sie waren nicht allein.

Denn als nun die Flammen des Kreises prasselnd aufloderten, vereinten sich die Funken zu einem Wirbel über den Köpfen, und daraus erhob sich ein Geist, die Augen in wildes Feuer gesetzt, die Fäuste mit gleißenden Flammen umhüllt. Nie hätte Emily erwartet, ihn einmal so zu sehen, aber jetzt, da sie mit offenem Mund zu ihm aufschaute, konnte sie sich kaum noch an seine vorige Erscheinung erinnern. Der graue Buchhalter erschien ihr wie ein schlechter Scherz. Das da oben, dieser Krieger, das war der wahre Sisterius, und er wurde dem Namen gerecht, dem man ihm vor langer Zeit gegeben hatte: Sisterius, der Schreckliche. Mit donnerndem Ruf stieß er die

Faust vor, und da folgten sie ihm nach, in tosenden Strömen aus dem brennenden Wirbel heraus: all die Geister des Refugiums.

Emily entdeckte Rasmus unter ihnen, den Mund zum Brüllen aufgerissen wie ein Räuber bei einem Beutezug, und sie hörte Aurelies Stimme, die wie der Nordwind durch die Reihen fegte. Jede Spur von Furcht war von ihren Gesichtern gewichen. Sie waren keine Krieger. Doch in diesem Moment, da sie auf die Erde niederstoben und die Toten zurückschickten, die von den Vampiren verwundet worden waren, da waren sie mehr als das. Sie waren Helden. Jeder Einzelne von ihnen. Seite an Seite schlugen Geister und Vampire ihre Feinde zurück, und als Sisterius mit dem Prinzen einen Blick wechselte, da schien es, als wären all die Jahre der Entfremdung nie mehr gewesen als eine Illusion.

Der Prinz der Vampire hörte es zuerst: das dunkle, grausame Lachen, das nun über das Schlachtfeld hereinbrach. Zunächst war es nicht mehr als ein unheilvolles Wispern, aber gleich darauf fuhr es Emily ins Mark. Ehe sie noch den Blick zum Dom wandte, wusste sie, wen sie sehen würde. Mit finsterer Miene schaute sie zu Asmaron hinüber, der im zerbrochenen Rundfenster stand, die Hände in die Scherben gegraben wie in berstende Knochen. Feuerschein aus dem Inneren des Doms ließ seine Gestalt wie eine Ausgeburt der Hölle wirken. Sein Lachen passte dazu, das donnernd auf die Kämpfenden niederging.

Es drückte Emily zu Boden. Kaum dass sie zwischen Valentin und Raphael zum Stehen kam, fühlte sie das Beben, das mit dem Lachen Asmarons durch die Erde grollte. Tiefe Risse zogen sich hindurch und gleich darauf erklang lautes Ächzen. Emily stieß mit dem Rücken gegen Balthasar, der zu ihnen aufschloss. Sie hielten sich die Toten vom Leib, die von allen Seiten auf sie einschlugen. Cosimo hatte seine glühenden Hände wie einen Schutzschild vor sich gehoben, aber sein Blick flog suchend umher, ohne die Ursache des Grollens ausmachen zu können. Auch Emily hatte keine Ahnung, woher es kam. Erst als ein Schatten auf ihr Gesicht fiel, begriff sie. Sie hob den Kopf und sah, dass der Baum, der gerade noch kaum so groß wie sie und nur wenig dicker gewesen war, nun in mächtigem Wuchs in die Höhe schoss – ebenso wie all die anderen Bäume auf dem Feld. Ihre Schwärze jedoch verloren sie nicht. Noch immer streckten sie ihre Äste wie Klauen aus – und Emily schrie, als sie plötzlich vorstoben und etliche Vampire mit eiserner Faust ergriffen. Schwarzes Feuer strömte aus den Ästen, kaum dass die Gefangenen sich mithilfe ihrer Gefährten befreiten, und gleich darauf bebte die Erde erneut.

Emily taumelte, so heftig hob sich der Boden unter ihr. Sie sah gerade noch, wie Raphael von einer aus der Erde brechenden Totenklaue am Bein gepackt wurde. Er schrie auf, als die Klaue ihn zu Fall brachte. Emily stürzte sich vor, doch es war Balthasar, der mit einem gezielten Hieb den Arm des Toten durchtrennte und Raphael auf die Beine half. Der Vampir stieß sein Schwert in den Boden und setzte den Angreifer in Flammen, aber gleich darauf erklangen Schreie ringsum. Die Bäume und der einzelne Krieger waren längst nicht alles, was das Lachen Asmarons gerufen hatte. Überall um Emily herum schoben sich Tote aus dem Boden – weitere Krieger Dhragars, die nur darauf gewartet hatten, aus ihrem Versteck zu kommen.

Valentin fuhr herum und schickte einen der Toten zurück, der sich angeschlichen hatte. Von allen Seiten kamen die Gestalten nun auf sie zu, die dunkle Glut der Bäume schien ihre Kraft noch zu stärken. Denn während Vampire und Geister unter der Übermacht ins Schwanken gerieten, wehrten die Toten deren Angriffe zunehmend müheloser ab. Emily wollte sich gerade auf ihre Feinde stürzen, als Balthasar sie zurückhielt.

Es sind zu viele, jagte die Stimme des Vampirs durch ihre Gedanken. *Nur auf eine Weise können wir sie aufhalten: Wir müssen den besiegen, der sie gerufen hat!*

Emily wusste, dass er recht hatte. Die Baumkronen schlossen sich zusehends unheilvoller über ihnen. Kurz nur sah sie noch Asmaron im Fenster stehen. Es war, als würde er sie direkt anschauen. Dann riss sie ihren Blick los. Gemeinsam mit ihren Gefährten machte sie sich auf den Weg zum Grauen Dom.

Seite an Seite kämpften sie gegen die Toten, die wie Maden aus der aufgebrochenen Erde quollen. Immer wieder schickte Emily sie mit Valentins Hilfe zurück, immer wieder schnitt Balthasar sie in Fetzen, worauf Raphael ihre Leiber in Flammen setzte. Cosimo jagte so schnell durch deren Schädel, dass er glühende Linien in der Luft hinterließ. Und doch kamen sie kaum voran. Emily war es, als würde die Kälte des Bodens mit jedem Hieb stärker in ihre Glieder dringen. Jedes Mal wenn sie gegen einen der Bäume stieß, fiel es ihr schwerer, sich gegen die Finsternis zu wehren, die in diesem Wald steckte. Es schien ihr, als wäre er aus Albträumen erschaffen worden, durchtränkt mit einer Dunkelheit, der Emily zusehends schwieriger widerstehen konnte. In ihr war es still, das wusste sie, in ihr würde sie schlafen können und vielleicht sogar … träumen …

Der Stich war so schmerzhaft, dass Emily erschrocken die Augen aufriss. Sie hatte nicht gemerkt, dass sie sie geschlossen hatte. Als sie feststellte, dass sie am Boden lag, wollte sie sich eilig aufrappeln. Doch Balthasar, der über ihr kniete, hielt sie zurück. Hinter ihm erkannte sie Valentin und Raphael, die die Toten abhielten, und direkt vor ihrer Nase schwebte Cosimo und schaute mit schuldbewusster Miene auf sie herab. An der Spitze seines Fingernagels klebte ihr Blut.

Dieser Wald ist real, raunte Balthasar in ihren Gedanken. *Ebenso wie seine Finsternis, die dich gerade in die Knie gezwungen hat. Du kannst von Glück reden, einen Irrwicht an deiner Seite zu haben, der dich auf den richtigen Weg zurückführt, bevor einer der Bäume dich verschlingen kann.*

Emily richtete sich auf. Heftiger Schwindel pochte hinter ihrer Stirn. *Der Wald wird immer dichter,* entgegnete sie. *Die Toten sind überall. Wie soll ich es bis zum Dom schaffen? Selbst wenn ich dort ankomme, reicht meine Kraft gerade noch, um Asmaron einen müden Klaps zu geben!*

Balthasar riss sein Schwert in die Höhe und traf einen Toten in die Brust, der sich seitlich auf sie werfen wollte. Sofort war Raphael da und schickte den Angreifer zurück, doch der Vampir wandte sich nicht von Emily ab.

Es ist mehr in diesem Wald, als deine Augen sehen, sagte er dunkel. *Erinnere dich daran!*

Damit sprang er auf die Beine und trieb drei Tote zurück, die zeitgleich auf sie zustürzten. Emily blieb vor dem Baum sitzen, der vor ihr stand. Seine Äste neigten sich drohend zu ihr herab. Sie hörte Raphael und Valentin hinter ihr unter den Hieben der Angreifer stöhnen, die Finsternis brannte auf ihrer Haut. Sie musste sich beeilen. Sie musste dieser Dunkelheit entkommen, die nicht wusste, was Licht bedeutete, sie …

Es war ihre eigene Stimme, die plötzlich durch ihre Gedanken ging. *In jeder Dunkelheit ist Licht.*

Sie fixierte die nadelspitze Rinde des Baumes und streckte die Hand aus. Ehe Cosimo sich mit schreckensbleichem Gesicht an ihren Arm hängte, presste sie die Finger gegen den Stamm. Sie rechnete mit Schmerz, mit Finsternis, so grausam, dass sie bei ihrem Anblick auf der Stelle den Verstand verlieren würde, und mit der Stimme Asmarons, zu endlosem Lachen verzerrt. Aber die Dunkelheit, die auf sie wartete, war wie ein Meer aus schwarzen Schleiern, und Emily wich nicht zurück, als tatsächlich das grausame Lachen in ihr widerklang, auch wenn es ihr mit jedem verfluchten Ton stärker die Kraft aus den Gliedern zog. Denn sie sah den Wald vor sich, der sie gerade umgab – in seiner früheren, seiner wahren Gestalt. Und im selben Moment, da sich vor ihrem inneren Auge kristallenes Licht in den Baumkronen verfing, spürte sie ihn auch direkt vor sich: einen Glanz, der jede Vorstellungskraft überstieg. Ohne ein Wort rief sie ihn zu sich und eine gleißende Feuerkugel glitt auf ihre Hand. Noch nie hatte sie ein Weiß gesehen wie nun, da sie die Kraft des verlorenen Waldes auf der Haut spürte.

Sie merkte kaum, dass Valentin sich neben ihr fallen ließ. Erst als er die Finger über dem Feuer bewegte und es sich ausbreitete, fühlte sie den Zauber, den er wirkte.

Schützend legte das Feuer sich auf ihren Körper und hüllte auch ihre Gefährten ein, und sie setzten ihren Weg zum Dom fort. Doch nicht mühsam wie zuvor, nicht im Kampf mit der Finsternis, der sie immer wieder zurückwarf – sondern als ihr Spiegelbild.

Emily hielt den Blick auf Cosimo gerichtet, der sie in wildem Zickzack durch die Dunkelheit führte, sie spürte Raphael und Valentin neben sich und wusste Balthasar in ihrem Rücken. Ihr Schein fiel auf die Bäume und rief das Licht in ihnen. Glitzernd drang es aus den Stämmen, weiße Flammen schlugen ins Freie. Die Vampire stürzten herbei, um den Glanz über ihre Waffen zu legen und mit neuer Kraft gegen ihre Feinde vorzugehen. Bald fegte ein Teppich weißen Feuers durch die Dunkelheit – eine Ahnung der Kraft, die an diesem Ort wartete. Emily lächelte. Hier war sie, Seite an Seite mit ihren Freunden … in einem Refugium des Lichts inmitten der Finsternis.

Die Flammen flackerten so plötzlich, dass Emily erschrak. Der Zauber ließ nach. Das Feuer, das sie schützte, würde nicht für sie alle reichen. Sie drehte sich zu ihren Freunden um. Sie war eine Kriegerin, Herrgott noch eins, sie würde sich dieses Titels würdig erweisen. Unmerklich nickte sie. Und mit sachter Geste schickte Valentin das Feuer über ihren Leib. Sie glitt rückwärts und sah, wie ihre Gefährten in der Dunkelheit zurückblieben: Cosimo, dessen Blick gleichzeitig voller Zutrauen und Sorge war, Raphael ohne jeden Anflug von Furcht angesichts des Bluts an seinen Armen, Valentin mit diesem Lächeln, das sie nicht länger auf die Palme brachte, sondern hinter dem sie ihre aufkeimende Freundschaft sehen konnte. Und Balthasar, ihr Lehrer, ihr Gefährte, ihr Freund, der nun mit nichts als Wärme in seinen Augen vor ihr den Kopf neigte. Er entließ nicht nur eine Schülerin in ihre letzte Prüfung. Er entließ einen halben Menschen, den er ins Herz geschlossen hatte – und er tat es voller Dankbarkeit. Jeden Einzelnen schaute Emily an und nahm sein Bild in sich auf. Dann setzte sie ihren Weg fort.

Sie erreichte den Dom mit den letzten Funken des Zaubers. Das Feuer erlosch, kaum dass Emily vor den Mauern zum Stehen kam, und mit einem Schlag hörte sie sie tausendfach so stark: die Schreie der Kämpfenden, die aus dem Wald zu ihr herüberdrangen. Sie schaute zum Rundfenster des Doms auf. In gähnender Leere lachte es ihr ins Gesicht, aber es konnte nicht die Stimmen der Krieger übertönen, die sich hinter ihr den Toten entgegenstellten. Sie alle hatten sie in diese Schlacht begleitet, noch immer kämpften sie Seite an Seite mit ihr. Nun lag es an ihr, sie zu retten.

Noch einmal holte Emily tief Atem. Dann glitt sie in die Unsichtbarkeit hinüber, und ohne einen Blick zurückzuwerfen, jagte sie auf das Fenster zu.

24

Die Scherben des Fensters glitzerten im Feuerschein der Schlacht. Emily konnte ihre Kälte spüren, obwohl sie ein ganzes Stück weit über ihnen schwebte, unsichtbar in ihrer Geistergestalt. Aber sie schenkte ihnen keinen Blick. Ihre Aufmerksamkeit lag auf der Dunkelheit im Inneren des Doms.

Sie hatte erwartet, einen Teil des Kirchenschiffs erkennen zu können oder zumindest die Säulen auf der anderen Seite. Doch sosehr sie sich auch bemühte: Die Finsternis baute sich vor ihr auf wie eine Wand. Emily holte tief Atem. Sie war ein Geist, zur Hölle noch eins. Es war ihre Spezialität, durch Wände zu gehen. Mit diesem Gedanken tauchte sie in die Dunkelheit ein.

Sie rechnete damit, sich in vollkommener Schwärze wiederzufinden, und glitt nach links, um einem möglichen Angriff auszuweichen. Aber stattdessen umfing sie blassgraues Zwielicht. Und dort, nur wenige Schritte von ihr entfernt, stand eine Armee aus Dhragars Kriegern und starrte ihr entgegen.

Emily erschrak so heftig, dass sie zurückwich.

Erst auf den zweiten Blick erkannte sie, dass es Schatten waren, die zwischen den Säulen standen wie mannshohe schwarze Flammen. Dicht an dicht setzten sie sich über das gesamte Kirchenschiff fort, hatten sogar die Säulen erklommen und schwebten hoch oben in der Luft. Sie wirkten wie ein verfluchtes Labyrinth, das jederzeit seine Wege ändern konnte. Irgendwo darin lauerte Asmaron. Doch Emily würde nicht vor ihm fliehen. Sie würde ihn finden.

Die Schatten begannen zu wispern, als sie zwischen ihnen hindurchglitt. Emily bewegte sich so vorsichtig, wie es nur möglich war, und trotzdem kam es ihr so vor, als würden die verdammten Schatten jede Regung spüren. Je weiter sie vordrang, desto zahlreicher wurden sie, und bald täuschten sie ihre Augen. Sie meinte, erhobene Arme und Klauen in den Schatten zu erkennen, und sie begriff, dass jeder einzelne von ihnen genauso gut eine Illusion wie ein wirklicher Gegner sein konnte. Die Panik in ihr wuchs, und als sie eine Bewegung im Augenwinkel wahrnahm, fuhr sie herum. Ehe sie sich versah, presste sie die Hand gegen einen der Schatten. Grell floss ihre Magie durch seinen Leib und entpuppte ihn als magisches Trugbild. Mit tückischem Lachen fiel es in sich zusammen.

Das Geräusch jedoch setzte sich fort. Emily sauste zwischen den Schatten hindurch. Sie musste sich verstecken, um eine Entdeckung durch Asmaron zu verhindern. Sie verbarg sich in einer Säule, ehe sie ihren Weg fortsetzte. Verflucht noch eins, sie durfte sich nicht in die Irre führen lassen. Wie oft hatte ihr Vater ihr von magischen Labyrinthen erzählt? Immer wieder hatte er ihr gesagt, dass das Gefährliche an Labyrinthen nicht die verschlungenen Pfade waren, sondern der eigene Verstand, der sich auf falsche Wege führen ließ. Aber so wirklich beruhigte dieses Wissen sie nicht. Sie hatte sich vor einem weiteren Kampf mit Asmaron gefürchtet, doch hier, zwischen all seinen Trugbildern, sehnte sie ihn geradezu herbei. Mit jedem Schritt hatte sie stärker das Gefühl, dass er irgendwo in der Finsternis nur darauf wartete, dass sie in sein Netz geriet.

Du bist ein Geist, raunte Balthasar in ihren Gedanken, genau so, wie er es während ihres Trainings getan hatte, wenn sie sich wieder einmal besonders ungeschickt angestellt hatte. *Lass dich von deinen Augen nicht täuschen. Du brauchst sie nicht, um in der Dunkelheit zu sehen.*

Es fiel Emily nicht leicht, mit all der Anspannung in ihr stehen zu bleiben, und dennoch tat sie es. Regungslos verharrte sie zwischen den Schatten und schloss die Lider. Zuerst konnte sie die Finsternis kaum ertragen und brauchte ihre gesamte Willenskraft, um sich nicht zu rühren. Aber wie in Balthasars Gewölben gelang es ihr, und sie verschmolz mit dem Bild, das sie sich dort ausgemalt hatte: dem einer steinernen Statue, die eine Kriegerin zeigte. Auch diesmal durchströmte sie bei diesem Gedanken eine konzentrierte Ruhe. Und gleich darauf nahm sie die Schatten wahr, wie sie wirklich waren: magische Hüllen, von Kälte, Asche und verbrannter Erde durchflossen … und einem feinen Duft nach Hyazinthen.

Die erste Nuance dieses Geruchs genügte, um Emily vorwärtszutreiben. Mit geschlossenen Augen wich sie den Illusionen aus, und kurz darauf fand sie den Schatten, den sie suchte. Kaum öffnete sie die Lider, sah sie ihn inmitten all seiner Trugbilder stehen. Er hüllte sich in tiefste Schwärze. Aber sie erkannte sie genau, die hochgewachsene Gestalt inmitten der Schleier, die ihr den Rücken zudrehte.

Ohne jedes Geräusch glitt Emily näher heran und hob die Hand. Es war ihr völlig egal, ob Helden normalerweise ehrenhaft und untadelig kämpften. Sie würde nicht das Risiko einer Niederlage eingehen, nur weil sie unbedingt den Ehrencodex der Superhelden beachten wollte. Sie würde ihren Feind hinterrücks angreifen, und dann …

Es war der Frost, der ihren Gedanken zerbrach. Als Eis zog er über ihre Finger, als sie wenige Zentimeter von Asmaron entfernt innehielt. Sie riss die Augen auf. Die Schleier fielen nieder, doch darunter befand sich nicht Asmaron, wie sie geglaubt hatte. Darunter stand eine Statue, und sie war so kalt, dass Emily kaum atmen konnte. Frostadern zogen sich über die Glieder und saugten Emily mit jeder Sekunde, die sie verharrte, die Kraft ab. Sie stieß einen lautlosen Fluch aus. Wie viele dieser Finten, in die sie noch hineinlaufen konnte, verbargen sich in diesem verfluchten Labyrinth?

Ärgerlich wollte sie ihre Hand zurückziehen, aber es war, als hätte sie sich als unsichtbarer Griff um ihren Arm geschlossen. Emily versuchte es noch einmal – und da ging ein Riss durch die Statue. Er war wie ein Spalt zwischen Vorhängen. Daraus sahen zwei Augen sie an – und sie zeigten das Nichts. Emily schnappte vor Schreck nach Luft, doch ehe sie etwas tun konnte, sprang Asmaron vor. Die Statue zerbrach um ihn herum und er packte Emilys Arm so gnadenlos, dass seine Kälte sie unwillkürlich in ihre Menschengestalt zwang.

»Närrin«, flüsterte er mit teuflischem Grinsen. »Ich wusste, dass du zurückkommen würdest. Du bist genauso töricht wie dein Vater.«

Emily funkelte ihn zornig an. »Du solltest uns nicht unterschätzen. Wir sind mehr, als du ahnst!«

Damit stieß sie die freie Faust vor und traf ihn an der Schläfe. Ihr Feuer fraß sich in sein Fleisch, sie konnte es riechen, und kurz lockerte sich sein Griff. Blitzschnell riss Emily sich los und glitt durch die Schatten fort von ihm. Sie versuchte, in ihre Geistergestalt zurückzukehren, aber seine Kälte pochte noch in ihren Adern und hinderte sie daran. Asmaron jedoch verlor keine Zeit. In rasender Geschwindigkeit jagte er ihr nach.

Er schien ihr von allen Seiten zu folgen wie ein Wolfsrudel. Sie hörte Klauen auf dem Boden und fühlte sich wie ein verwundetes Tier, gehetzt von tödlichen Bestien. Ihr Atem ging schneller. Jedes Mal wenn sie um eine Ecke bog, blitzten scharfe Zähne vor ihr auf, und bald schien es ihr, als würden ihre Schritte mit denen ihrer Verfolger im Gleichklang im Boden widerhallen. Sie raste um die nächste Säule – und plötzlich brach jedes Geräusch ab. Verwirrt fuhr sie herum, aber hinter ihr lagen nur Schatten, die langsam blasser wurden. Kurz lauschte sie in die Stille, dann setzte sie ihren Weg fort. Sie durfte sich nicht ablenken lassen. Sie würde aus diesem Chaos herausfinden, und dann …

Sie sah noch die Faust, die aus den Schatten stieß, doch es war zu spät, um auszuweichen. Asmarons

Schlag traf sie mitten ins Gesicht. Benommen taumelte sie rückwärts und wich wie in Trance weiteren Hieben aus, nur um erneut getroffen zu werden. Rücklings flog sie durch die Finsternis. Mit letzter Kraft ballte sie die Hände zu Fäusten und entfachte ihre Magie, sodass ihr goldenes Feuer etliche Schatten in Brand setzte. Gleißend hell war die Schneise, die Emilys Flug zog, und als sie am Boden aufkam, erkannte sie, wo sie sich befand: nicht weit von der Säule entfernt, an der Balthasar in die Knie gegangen war. Sie presste die Hände gegen den Stein, während sie Asmaron kommen hörte. Noch immer klebte Balthasars Blut daran. Hier war der Vampir beinahe gestorben … und jetzt sollte sie sein Schicksal vollenden.

Emily schwankte, als sie langsam rückwärtsging. Sie wandte sich nicht von Asmaron ab, der durch ihren brennenden Gang auf sie zukam, eine dunkle Gestalt mit einem Teufelsgrinsen auf dem Gesicht, die Fäuste in schwarzes Feuer gesetzt. Er war sich sicher, sie niederzuzwingen, das konnte sie sehen – zu sicher. Entschlossen ballte sie die Hand um Balthasars Blut.

Blut und Schatten, hörte sie den Vampir sagen wie damals, als er voller Verachtung über Valentins Blutmagie gesprochen hatte. *Zauber mit diesen Kräften sind gefährlich. Niemand sollte sie verwenden, wenn es einen anderen Weg gibt.*

Emily hielt ihren Gegner fest im Blick, der unaufhaltsam näher kam, aber sie sah Valentin vor sich. Er lächelte wie in den letzten Stunden vor der Schlacht, als er ihr die Geheimnisse einiger Blutzauber nähergebracht hatte. *Manchmal gibt es keinen anderen Weg*, wiederholte sie seine Worte. *Manchmal sind Blut und Schatten der einzige Weg, der noch übrig bleibt.*

Valentins Zauber lag schwer auf ihrer Zunge, als sie ihn aussprach. Sie meinte, die Finsternis in ihm fühlen zu können, die nun die uralte Kraft des Blutes anrief, und kurz spürte sie die Euphorie, vor der Valentin sie gewarnt hatte. Dunkelrote Schleier glitten über ihre Finger, raunend wie Dämonen aus lang vergangener Zeit. Gleich darauf stob heftiger Wind durch ihr Haar. Sie wusste nicht, ob er tatsächlich da war oder ob er von dem Drahtseil herrührte, von dem Valentin ihr erzählt hatte – das winzige unsichtbare Ding unter ihren Füßen, das sie daran hindern würde, den betörenden Stimmen zu folgen. Sie erzählten Geschichten von unendlicher Schönheit und Düsternis, und mit überwältigender Intensität befiel Emily das Bedürfnis, ihnen weiter zuzuhören – sie lauter werden zu lassen, laut genug, um jede andere Geschichte, jeden Kampf und jede Welt darin zu ersticken. Aber da spürte sie einen Blick auf sich. Sie wusste, dass es Balthasar war, der am anderen Ende des Seils stand, und sie fühlte, wie er sie festhielt, gerade so, wie er es immer getan hatte: wortlos und mit einer Kraft, die sie zu Atem kommen ließ.

Undeutlich nur hörte sie, wie Asmaron die letzten Schritte auf sie zutrat. Sie schaute auf die Schleier in ihrer Hand. Noch immer waren sie blutrot, doch nun zogen sich goldene Adern hindurch. Wie gezähmte Schlangen züngelten sie über ihre Haut. Und im selben Moment, da Asmaron seine Kälte nach ihr ausschickte, drehte sie sich um und schlug einige Flammen vor seinen Füßen zu Boden. Sie explodierten in wildem Donnergrollen, Funken sprühten auf. Emily lächelte, als ihr Mörder auf ihren Zauber starrte.

»Wer ist jetzt der Narr?«, fragte sie in sein Staunen hinein. »Glaubst du etwa, ich wäre immer noch das kleine Mädchen, das Angst im Dunkeln hat? Eins lass dir gesagt sein: Mein Vater liebte nichts mehr als die Finsternis – und ich bin seine Tochter!«

Sie sah noch, wie Asmaron abwehrend die Hand hob. Dann stieß sie die Faust vor, und als ihr Mörder die Säule passierte, an der sie gerade noch gekauert hatte, schoss direkt davor eine mannshohe Flamme aus dem Boden. Asmaron wich zurück, und Emily hielt den Atem an, als sie Balthasars Umrisse in der Flamme erkannte – eine Illusion des Vampirs, aber immer noch mächtig genug für das, was sie vorhatte. Es brauchte nur eine Drehung ihrer Hand, schon stürzte das Abbild sich vor. Und im nächsten Moment stand Asmaron in silbernem Feuer.

Für einen Wimpernschlag schaute Emily zu, wie ihr Feind sich in Balthasars Flammen wand. Er presste die Hände gegen seinen Schädel, als würden entsetzliche Töne auf ihn einprasseln. Das Feuer biss ihm ins Fleisch, während die Illusion des Vampirs mit brennendem Schwert auf ihn niederstarrte. Schon hob Balthasar die Waffe, und Emily setzte sich in Bewegung. Sie musste den Augenblick nutzen, wenn ihr Zauber Asmaron verwundete. Im selben Moment würde sie ihn in seine Welt zurückschicken. Sie hatte ihn fast erreicht, als ein Flackern durch das silberne Feuer ging. Emily sah noch, wie ihre Illusion von Balthasar zurückwich. Dann hob Asmaron den Kopf. Er ließ die Arme sinken und stierte sie an. Gleich darauf brach Dhragars Feuer aus seinen Augen und verzehrte die silberne Glut. In letzter Sekunde blieb Emily stehen. Funken sprühend fiel Balthasars Gestalt in sich zusammen. Asmaron hingegen kam auf die Beine.

»Finsternis«, raunte er mit einer seltsam tonlosen Stimme. Sie klang, als wäre sie von Balthasars Illusion zerrissen worden und müsste sich nun erst langsam wieder zusammenfügen. »Du hast keine Ahnung, was das bedeutet. Aber du sehnst dich nach ihr, genau wie dein Vater. Ich kann es fühlen. Und ich werde dir geben, was du willst!«

Emily wich zurück, doch es war zu spät. Schwarzes Feuer brach aus seinen Wunden, so übermächtig, dass die Kälte ihr fast die Besinnung nahm. Mit grausamem Lachen schossen die Flammen auf sie zu. Dann umfing sie namenlose Dunkelheit. Der Boden gab unter ihr nach, sie fiel lange, ohne aufzukommen. Als sie schließlich festen Grund unter den Füßen hatte, war es nicht länger der Dom, den sie vor sich sah. Es war ein Spielplatz an einem regengrauen Nachmittag … ein Spielplatz, auf dem die Zeit stehen geblieben war.

Emily wusste, dass es ein Trugbild war, in das Asmaron sie geschickt hatte, um sie zu schwächen. Sie wusste, dass sie alles tun musste, um sich daraus zu befreien. Aber sie rührte sich nicht. Zu sanft spürte sie den Wind auf ihrer Haut wie damals, zu klar hörte sie das Quietschen der Schaukel. Und zu deutlich erkannte sie ihre Schwester, die dort bei der Rutsche stand, ein wenig verloren auf dem ansonsten verlassenen Spielplatz, ein kleiner bunter Punkt, der mit Tannenzapfen spielte, wie sie es damals so gern getan hatte. Emily hatte Zeit zu verschwinden, bis Sophie sich zu ihr umdrehte, das war ihr klar. Sie kämpfte gegen die Fessel an, die Asmaron um ihre Magie geschlungen hatte, um sie an diesem Ort festzusetzen. Doch sie konnte sich nicht von ihrer Schwester abwenden, was nötig gewesen wäre, um sich zu befreien. Und im nächsten Moment sah Sophie sich zu ihr um.

Sie ließ die Tannenzapfen fallen, genau so, wie sie es damals getan hatte, und lief auf Emily zu, ausgelassen und fröhlich. Ihre Füße wirbelten das Herbstlaub auf, sie sprang ab, als Emily die Arme ausbreitete, und dann fing sie sie auf, als wäre sie tatsächlich da. Für einen Wimpernschlag hielt Emily die Augen geschlossen – aus Angst, dass Sophie sich auflösen würde wie die Illusion, die sie war ... und viel mehr noch aus Furcht vor dem, was sie auf ihrem Gesicht sehen würde, wenn sie sich von ihr löste: diese vollkommene Unschuld und Freude, die sie in wenigen Augenblicken für immer verlieren würde.

Ihr Onkel tauchte wie ein Schatten am Rand des Spielplatzes auf, und doch sah Emily ihn sofort. Seltsamerweise empfand sie dieselbe Freude wie damals – darüber, dass er da war, ihr Onkel, der nie auf einen Spielplatz ging und den sie ohnehin viel zu selten zu Gesicht bekam. Dann schaute sie ihm ins Gesicht und ihr wurde eiskalt. Etwas Schreckliches war passiert. Und als sie sich auf die Schaukel setzten, nahm Emily ihre Schwester auf den Schoß, um sie zu beschützen vor dem, was nun kam ... und um sich selbst an etwas festzuhalten, das mehr war als eine Kette im Wind.

Ihr Onkel wirkte seltsam klein auf der Kinderschaukel. Seine Worte blieben stumm wie in einem Traum, aber sie konnte sie auswendig. Ihr Vater hatte einen Unfall gehabt. Er war schwer verwundet worden. Und jetzt war er tot. Die Worte wiederholten sich in ihrem Kopf, bis ihr übel wurde. Sophie schaute sie an, wie sie es immer tat, wenn sie nicht sicher war, etwas wirklich verstanden zu haben. Sie *hatte* es verstanden, das wusste Emily, und doch wollte sie nur eines: Sophie anlügen, um ihr Gesicht nicht zerbrechen zu sehen. Aber sie konnte der Vergangenheit nicht entkommen. Wie damals schaute sie ihre Schwester an, wie damals sah sie die Erkenntnis in ihr aufflammen. Und wie damals nahm der Schmerz jede Kindlichkeit und jede Unschuld mit sich. Es war, als würde ein tiefschwarzer Riss über ihr Gesicht und durch die ganze Welt gehen. Emily saß da wie erstarrt, während sie mitten hineinstarrte. Dies war das Ende gewesen. Das Ende von allem, was vorher gewesen war.

Wieder verlor sie den Boden unter den Füßen, als die Szene sich um sie auflöste. Ihr schien es, als würde sie in den Riss stürzen, den sie sehen und gleichzeitig in ihrem Inneren fühlen konnte. Doch es blieb nicht dunkel um sie herum. Stattdessen flammten Szenen um sie auf, die sie kaum ertragen konnte. Ihr Vater winkend in der Haustür, als sie sich am Morgen jenes Tages von ihm verabschiedet hatte. Sein Mantel an der Garderobe, den er vergessen hatte und nun niemals wieder anziehen würde. Seine Beisetzung und seine Asche im Wind. Emily fiel von Bild zu Bild, und selbst als sie schließlich auf festem Boden in einem scheinbar endlosen dunklen Flur aufkam, hörten die Szenen nicht auf. Sie wurden greller, als sie zu rennen begann, um ihnen zu entkommen. Ihre Schwester, die für ihren Vater einen Teller zum Mittagessen mit aufdeckte. Ihr Onkel, der heimlich weinte, an die Wand gelehnt. Aussortierte Bücher im Flur, niemals hätte ihr Vater Bücher weggegeben. Und immer wieder vertraute Räume, die leer waren, ganz egal, wie viele Leute sich darin befanden, weil er nicht mehr da war. Heftiger Schwindel pulste hinter Emilys Stirn. Sie spürte, wie das Vermissen in ihr übermächtig wurde. Ihr Vater hatte ihr immer gefehlt, in all den vergangenen Jahren. Aber nun, da sie sein Gesicht vor sich sah, das in jedem verfluchten Bild eine Lücke hinterlassen hatte, wurde das Gefühl so stark, wie sie es seit einer Ewigkeit nicht mehr empfunden hatte. Sie glaubte, zerspringen zu müssen, so sehr erfüllte es sie. Und da tauchte eine Tür am Ende des Flures auf. Alle Bilder ringsum erloschen und zogen sich dort hinten zusammen … in der Tür, die Emily blind hätte zeichnen können, so gut erinnerte sie sich an sie.

Vor dieser Tür hatte sie geweint in der ersten Nacht, da sie ohne ihren Vater gewesen war, sie hatte sich die Fäuste daran blutig geschlagen vor Verzweiflung darüber, dass er sie nie wieder öffnen würde. Und sie hatte sich daran erinnert, wie es gewesen war, als ihr diese Trauer noch unbekannt gewesen war. Ausgelassen war sie über den Flur auf diese Tür zugerannt und hatte sie aufgerissen, freudestrahlend, weil sie wusste, dass er dahinter an seinem Schreibtisch saß und aufsehen würde, wenn sie kam, mit diesem leicht abwesenden Blick des Schriftstellers, der nur mühsam aus einer seiner fantastischen Welten in die ihre zurückkehrte und es doch jedes Mal mit einem Lächeln tat, wenn sie ihn rief. Und dann gab es noch ein Bild von diesem Zimmer, an das sie sich erinnerte, ein Bild voller Zärtlichkeit und Wärme. Und noch ehe sie die Hand auf die Tür legte, wusste sie, dass es dieses Bild war, das dahinter auf sie wartete … dieses Refugium der Schatten, das sie so lange vermisst hatte.

Sie öffnete die Tür. Wie immer war da zuerst nichts als Dunkelheit, und dann sah sie ihn: am Fenster auf seinem Sessel, den Blick in die Nacht gerichtet. Wie lange hatte Emily dieses Bild gefehlt, wie oft hatte sie es sich vorgestellt und wie blass waren ihre Gedanken gewesen angesichts der Wirklichkeit. Als hätte ihr Vater dieses Wort gehört, drehte er sich zu ihr um. Er lächelte wie früher und breitete die Arme aus, und ohne sich noch länger zurückzuhalten, lief Emily zu ihm und ließ sich von ihm auffangen. Sie war wieder klein, das merkte sie erst, als er sie auf seinen Schoß hob, und wie damals schlang sie die Arme um ihn und drückte ihr Gesicht in seine Strickjacke. Sie roch nach ihm, nach Lakritz und ein wenig nach Lavendel, weil ihm der Duft beim Denken half, wie er immer sagte, und für einen Moment fühlte sie dieselbe Geborgenheit wie damals: so unantastbar, dass sie kaum atmen konnte. Dieser Moment war es, den Asmaron ihr zum Geschenk machte, das begriff sie nun. Dieser Moment, nach dem sie sich so lange gesehnt hatte. Sie wusste, dass es eine Falle war, aber sie konnte sich nicht von ihrem Vater lösen, obwohl sie spürte, wie ihr mit jedem Augenblick in diesem Zimmer ein Teil ihres verbliebenen Lebensfunkens gestohlen wurde. Sie nahm es hin, um bei ihm zu sein, legte den Kopf an seine Brust wie früher … und fühlte die Stille darin. Und da wusste sie, dass es nicht ihr Vater war, auf dessen Schoß sie saß. Denn diese Stille war nicht die seine. Es war nicht der kleinste Hauch von Leben mehr in ihr.

Emily hob den Blick und sie erkannte die schwarze Glut weit hinten in den Augen ihres Vaters.

Dhragar, flüsterte sie, ohne vor ihm zurückzuweichen. *Du kannst mir nicht geben, was ich will. Du kannst mir nicht geben, was du selbst verloren hast.*

Kurz nur flammte die Glut in seinen Augen auf. Dann fraß sie sich über sein Gesicht, und ehe Emily noch wusste, was vor sich ging, zerfiel seine Gestalt zu Asche. Auch der Sessel zerbrach, ebenso wie das Zimmer und die Nacht vor dem Fenster, bis alles um sie herum pechschwarz war. Ganz allein stand sie in der Dunkelheit, und als sie die Hand auf ihre Brust legte, fühlte sie keinen flackernden Funken mehr und keine Wärme. Es war, als gäbe es nur noch Stille tief in ihr.

Doch sie nahm ihre Hand nicht fort. Reglos stand sie da und lauschte in sich hinein, und als ein winziges Prasseln gegen ihre Finger schlug, glitt ein Lächeln über ihre Lippen. Sie mochte in der Finsternis sein, aber es war immer noch ihr Refugium, in dem sie stand. Und sie allein bestimmte, was darin geschah.

Der Funke tanzte über ihre Finger, als sie die Hand vor ihr Gesicht hob. Sein goldener Schein erhellte die Umrisse des Arbeitszimmers nur schwach. Emily richtete ihren Blick auf die finsterste Ecke, denn jeder wusste, dass sich die größten Geheimnisse in den tiefsten Schatten verbargen. Langsam ging sie auf die Dunkelheit zu und starrte für einen endlosen Atemzug mitten hinein. Es war wie früher, wenn sie nach einem Albtraum im Stockfinstern erwacht war, den Schrei nach ihrem Vater noch auf den Lippen. Aber dieses Mal fühlte sie keine Angst. Sie wusste, dass sie nicht allein im Dunkeln war. Und im selben Moment, da sich ihr Funke von ihren Fingern löste und in die Finsternis eintauchte, ging ein Knistern durch den Raum. Es hörte sich an wie Luft, die in mächtige Nüstern gesogen wurde. Emily sah noch das goldene Augenpaar, das vor ihr aufglühte. Dann trat der Drache aus der Dunkelheit.

Er war so groß, dass sich die Decke unter seinen Schwingen auflöste. Schwarze Schuppen liefen über seinen gewaltigen Leib, seine Klauen gruben sich in den Boden wie in weiches Fleisch und das Feuer seiner Nüstern brachte die Luft zum Flackern, so heiß war es. Sein mächtiger Schädel senkte sich zu Emily herab, und sie konnte nicht umhin, auf seine blitzenden Reißzähne zu schauen. Sie waren so lang wie ihr Unterarm und scharf wie Rasierklingen, und das tiefe Grollen weit hinten in seiner Kehle brachte ihre Knochen zum Beben. Seine goldenen Augen aber trugen eine Weisheit und ein Alter in sich, die Emily mit nichts als Ehrfurcht erfüllten. So oft hatte sie sich diesen Drachen vorgestellt, so oft nach ihm gerufen – und nun war er gekommen, entfacht von ihrem eigenen Feuer.

Sie zögerte nicht, als er sich niederbeugte. Mit festem Griff zog sie sich an seinen Schuppen auf seinen Rücken. Er war warm wie das Licht der Sonne, und als er den Kopf vorstieß und brüllte, da zerriss die Finsternis um sie herum. Emily kannte diese Stimme, sie hatte sie in ihren Träumen gehört, in ihren Albträumen, im Rascheln der Seiten beim Umschlagen eines Buchs und in den Worten ihres Vaters, und es war diese Stimme des Drachen, die sie in den Grauen Dom zurücktrug. Mit mächtigem Rauschen breitete er die Schwingen aus – und dort, weit unter ihnen, stand Asmaron. Emily rechnete damit, Entsetzen auf seinen Zügen zu erkennen oder wenigstens etwas wie Zorn. Aber alles, was sie darin fand, war Erstaunen … so als wäre er durch ihren Drachen an etwas erinnert worden, das er schon viel zu lange vergessen hatte.

Doch schon glühte wieder das Feuer Dhragars in seinem Blick auf. Emily duckte sich, und da stürzte ihr Drache sich auf Asmaron. Knisternd prallte dessen Zauber von seinen Schuppen ab, und er grub seine Klauen in Asmarons Leib, ehe er sich erneut in die Luft erhob. In atemberaubender Geschwindigkeit jagte er durch die Kirche, ließ Asmaron aus großer Höhe zu Boden fallen und schlug ihn immer wieder gegen die Wände, bis seine eigene Glut zu flackern begann. Emilys Atem raste, als Asmaron ein letztes Mal mit dem Knirschen brechender Knochen am Boden aufschlug und reglos liegen blieb.

Ihr Drache landete nicht weit von ihm entfernt. Sein Körper glühte noch in ihrem Feuer, aber kaum dass sie von seinem Rücken rutschte, wurden die Flammen blasser. Der Luftzug seiner Nüstern strich ihr das Haar zurück. Sie meinte, ein Glitzern in seinen Augen zu sehen, das wie ein Lächeln war. Dann neigte er vor ihr den Kopf, und ehe sie die Hand nach ihm ausstrecken konnte, zerbrach er zu kristallenen Funken.

Wie Regen fiel das Feuer ihres Drachen um Emily nieder, als sie auf Asmaron zuging. Dieser Zauber hatte sie ans Ende ihrer Kräfte gebracht, aber sie spürte nichts als den Schwingenschlag ihres Drachen in sich – und überwältigenden Triumph, als sie auf Asmaron niedersah.

Er lag da wie eine zerschlagene Puppe. Seine Glieder waren seltsam verdreht, tiefe Risse zogen sich über seinen Körper, als bestünde er aus Porzellan, und seine Augen, die Emily sonst so unnachgiebig fixiert hatten, starrten nun wie gebrochen ins Nichts. Fast hatte sie Mitleid mit ihm. Sie ging vor ihm in die Knie und wollte gerade die Hand nach ihm ausstrecken, als sie ein Funkeln bemerkte … kaum zu sehen und doch deutlich genug, um sie erstarren zu lassen. Es waren schwarze Flammen, die in seinen Augen aufglommen. Und mitten in Emilys Schreck hinein schaute er sie an.

Binnen eines Wimpernschlags konnte sie sich nicht mehr rühren. Es war, als hätte sich eine eiserne Faust um ihren Körper geschlossen. Ihr blieb nichts anderes übrig, als zuzusehen, wie Asmaron sich aufrichtete. Seine Wunden schlossen sich, doch es war nicht seine Kraft, die ihn erfüllte. Es war Dhragars Feuer. Mit nichts als Entsetzen blickte Emily in die tiefschwarze Glut. Doch gerade als er die Hand nach ihrer Kehle ausstreckte, ging ein Schimmer durch seine Augen … blau wie ein Frühlingsahnen.

Der Bann um ihren Leib löste sich so plötzlich, dass sie nach vorn fiel. Asmaron fing sie auf, und während sie noch zusah, wie das Blau seiner Augen das Feuer Dhragars zurückdrängte, griff er nach ihrer Hand und legte sie auf seine Brust. Kurz nur spürte sie Dhragars Kälte, die so lange in ihm gewütet hatte und auch jetzt versuchte, seinen Willen zu unterjochen. Aber dann floss Wärme durch die Finsternis. Emily schauderte, als sie das goldene Licht sah, das aus Asmarons Leib über ihre Finger glitt. Schatten hatten sich darum geschlungen, die nun in ihn zurücksanken, und es blieb auf Emilys Hand stehen: das Leben, das Asmaron ihr gestohlen hatte und das jetzt in vollendetem Glanz zu ihr zurückgekehrt war. Ein Lächeln flog über ihr Gesicht, das sich auf Asmarons Lippen spiegelte. Da waren sie nun, ein Engel und ein Mädchen in einem Refugium der Schatten – bekränzt vom Wunder eines Sterns.

Ein Flackern ging durch seinen Blick, und kurz fürchtete Emily, dass Dhragars Finsternis doch noch die Oberhand gewinnen würde. Aber stattdessen zog ein Bild durch Asmarons Augen, so lebendig wie eine Erinnerung, die aus tiefer Vergessenheit zurückgekehrt war: zwei Menschen in einem Feld aus Hyazinthen, die nun die Köpfe hoben und lächelnd aufsahen, als hätten sie seit langer Zeit auf diesen Moment gewartet. Flackernd sank das Bild zurück und ließ nichts als tiefes klares Blau zurück.

Emily sagte kein Wort, als sie erneut die Hand auf Asmarons Brust legte. Aber als sie ihr goldenes Feuer in seinen Leib schickte, da hörte sie die Stimme seiner Frau und das Lachen seines Kindes, und sie konnte spüren, wie beides die Ketten durchtrennte, die vor langer Zeit in den Schatten geschmiedet worden waren. Kurz nur ging ein Brüllen durch die Flammen, und sie meinte, den Fürsten der Toten sehen zu können: haltlos in die Finsternis stürzend, die er sich selbst geschaffen hatte. Dann war es still – doch es war eine Stille voller Licht und Wärme.

Asmaron sah sie an, mit demselben Erstaunen in seinem Blick, mit dem er ihren Drachen betrachtet hatte. Lautlos löste sich sein Körper in blauem Licht auf, und als ein Duft wie Frühlingsahnen die Luft erfüllte, wusste Emily, dass er angekommen war, nach einem langen Sturz durch die Schatten … heimgekehrt in ein Feld aus Blumen, das in jeder Finsternis auf ihn gewartet hatte.

25

Der Spielplatz war menschenleer, auch wenn es auf den ersten Blick nicht so wirkte. Denn Emily saß auf der Schaukel und schaute zu den erleuchteten Wohnungen auf und beinahe hätte sie als ganz gewöhnliches Mädchen durchgehen können. Abgesehen von ihrem Halloween-Aufzug und der reichlich absurden Frisur natürlich. Aber ihre Augen glühten in grünem Feuer, und als das Mondlicht durch die Bäume fiel, überzog sich ihre Haut mit einem silbernen Schimmer. Sie holte tief Atem. Nein, sie war definitiv kein normales Mädchen. Normale Mädchen saßen nicht die halbe Nacht auf Spielplätzen herum, sie hatten keine Leuchtaugen und keine Glitzerhaut. Und sie hielten auch nicht ihren eigenen Herzschlag in den Händen.

Emily sah sich selbst von außen: eine einsame dunkle Gestalt auf einem verwaisten Spielplatz, die seit einer Ewigkeit hier herumhockte, ein flackerndes Licht in ihren Händen. Die Verlassenheit dieses Bildes ließ sie seufzen. Dabei war sie gar nicht so allein, wie es schien. Raphael und Cosimo warteten im Schatten der alten Eiche, Valentin schaute von einem nahe gelegenen Dach zu ihr herab und auch Balthasar behielt sie im Auge, von irgendeiner Häuserecke aus. Ohne ein Wort zu sprechen hatten ihre Freunde sie an diesen Ort begleitet, als hätten sie gefühlt, dass sie hier ihre Entscheidung über ihre weitere Existenz besiegeln würde – eine Entscheidung über Leben und Tod, die alles verändern würde.

Nachdenklich lehnte Emily ihren Kopf gegen die Kette der Schaukel. Wie oft hatte sie hier schon gesessen, vor wenigen Wochen oder tausend Jahren, als sie noch ein Mensch gewesen war. Und wie viel war seither passiert. Sie war ermordet worden und als Geist auferstanden. Sie hatte eine Gruft auf dem größten Friedhof von Paris bezogen und Blumen mit Untoten gepflanzt. Sie war bei einem uralten Vampirkrieger in die Lehre gegangen und hatte sich ihr Leben von ihrem Mörder zurückgeholt, das nun als leuchtender Stern in ihren Händen glühte. Und sie hatte nicht nur ihr eigenes Refugium der Schatten vor dem Reich des Todes bewahrt, sondern auch das der Untoten, mehr noch … sie hatte es verwandelt.

In Gedanken ging sie noch einmal durch den Grauen Dom, wie sie es nach ihrem Sieg über Asmaron und seinen dunklen Fürsten getan hatte. Sie hörte das Knirschen der zerbrochenen Steine unter ihren Füßen und den Lärm der noch andauernden Schlacht, und sie spürte den übermächtigen Drang, zu ihren Freunden hinauszulaufen. Doch ihr Blick hing an den Scherben der Statue des Weißen Kriegers, die wie Schnee den Mittelgang bedeckten. Emily ging in die Knie, und als sie die Hand nach ihnen ausstreckte, sprang ein einzelner Funke ihres Lebensfeuers auf die Scherben über. Mit leisem Klirren ließ er sie aufglühen, und gleich darauf erhoben sie sich in die Luft.

Emily kam auf die Beine. Staunend sah sie zu, wie die Statue sich wieder zusammenfügte. Und im selben Moment, da der Glanz in die Augen ihres Vaters zurückkehrte, zerbrach die Finsternis über dem Dom. Licht flutete vom Weißen Krieger durch den Raum, zog die Schatten von den Säulen und gab den Wänden den kristallenen Marmor zurück. Der Riss, der den Mittelgang vor langer Zeit gespalten hatte, schloss sich ebenso wie die Narben, die die Statue des Weißen Kriegers bedeckt hatten, und Emily schien es, als würde er ihr zulächeln – nicht der Beschützer der Anderwelt, der er war, sondern ihr Vater, den sie liebte. Unmerklich neigte sie vor ihm den Kopf, genau so, wie seine Figuren es getan hatten, wenn sie einem Helden begegnet waren. Dann drehte sie sich um und mit dem Schein des Weißen Kriegers rannte sie auf das große Fenster zu.

Sie landete zwischen den Scherben. Das Licht brandete hinter ihr auf und warf seine ersten Strahlen auf das Schlachtfeld. Die Kämpfenden sahen zu ihr hoch, und kurz empfand sie es selbst: das ehrfürchtige Staunen angesichts des Schattenmädchens vor dem gleißenden Licht des Weißen Kriegers. Dann flutete der Glanz über sie hinweg, und wie zuvor beim Grauen Dom brannte er die Finsternis vom Gräberfeld, als wäre sie nie mehr gewesen als ein dunkler Traum. Die zerklüftete Erde schloss sich und überzog sich mit samtenem Blau wie der Himmel in der Nacht, die Gräber wurden von verwunschenen Ranken umgeben und überall wichen die Schatten von den

Bäumen. Wie nach einem langen Schlaf streckten diese ihre Äste und erblühten in funkelndem Licht. Die Toten fielen vor diesem Glanz auf die Knie, aber Emily sah kaum, wie Geister und Vampire sie in ihre Welt zurückschickten. Ihre ganze Aufmerksamkeit lag auf dem Niemalsland, das seine düstere Maske nach so langer Zeit abwarf und darunter nichts als Schönheit offenbarte. Als sie die Hand mit ihrem Feuer in die Luft riss, strahlte dessen Glanz hell über das einstige Schlachtfeld hinweg. Emily merkte kaum, dass Tränen über ihre Wangen liefen, und es war ihr auch egal. Sie sah sich selbst vor sich, ein Mädchen im Halloween-Kostüm, das eine Kriegerin geworden war. Und mit ohrenbetäubendem Gebrüll jubelten die Anderwesen ihr zu.

Die Kälte der Kette an ihrer Stirn brachte Emily auf den Spielplatz zurück, doch vor ihrem inneren Auge zogen weitere Bilder der vergangenen Nacht vorüber. Ihr Flug über das Schlachtfeld. Der Moment, da sie Balthasar im Gewühl entdeckte und er sie erleichtert anschaute. Ihr Wiedersehen mit Raphael und Cosimo, so überschwänglich, dass sie sich nicht rechtzeitig in Geistergestalt gebracht hatte und unter deren Umarmung über den Boden gekugelt war. Valentin, reglos im Schatten eines Baumes, das Gesicht mit blutigen Striemen bedeckt, aber lächelnd, als hätte ihn kein Anblick je so sehr gefreut wie der ihre nach dieser Schlacht. Und schließlich Sisterius und der Prinz der Vampire, die sich, beide vom Kampf gezeichnet, inmitten des einstigen Niemalslandes gegenübertraten und sich die Hände reichten. Niemand konnte voraussagen, welche Schrecken das Reich des Todes noch für Ander- und Menschenwelt bereithalten würde. Doch weder Geister noch Vampire würden dem Dunklen Fürsten je wieder allein entgegentreten. Dafür war das Feuer der Gilde mit zu großer Macht zu ihnen allen zurückgekehrt.

Die Siegesfeier, die wenig später in der Kapelle begann und sich bald über den gesamten Friedhof zog, sprengte jede Vorstellung, die Emily sich jemals von irgendwelchen Orgien der Untoten gemacht hatte. Sie war eine Mischung aus festlichem Ball und wilder Party, und trotz ihrer Erschöpfung hatte Emily dem Sog dieser Veranstaltung nicht lange widerstehen können. Sie war zum allerersten Mal betrunken gewesen, von Phantomapfelwein, wie Cosimo ihr erklärt hatte, sie hatte mit Raphael getanzt und mit Valentin und Balthasar die anderen Feiernden beobachtet, und tatsächlich war sie für eine Weile jenseits aller Gedanken gewesen. Erst im Morgengrauen, als die Ersten die Feier verließen, war ihr wirklich bewusst geworden, was ihr Sieg über Asmaron bedeutete. Sie hatte ihr Ziel erreicht. Sie hatte ihre gestohlene Kraft zurückgewonnen, mit der sie binnen eines Wimpernschlags jeden Hauch von Magie und Tod aus ihrem Körper treiben und in ihr ehemaliges Leben zurückkehren konnte. Lange hatte sie nichts anderes gewollt als genau das. Und als die ersten Strahlen der Morgensonne über die Dächer geglitten waren, hatte Emily eine Entscheidung getroffen.

Sie hatte kein Wort gesagt, als sie aufgebrochen war. Langsam war sie über den Friedhof gegangen, zum allerersten Mal ohne jede Spur von Unruhe, und überall waren ihr freundliche Gesichter begegnet. Sie hatte Nepomuk zugenickt, der sich wie immer im Morgengrauen um die Furchtbare Helene kümmerte, und Scherze mit Rasmus und Merlin getrieben, die eindeutig mindestens ebenso viel Phantomapfelwein getrunken hatten wie sie. Sie hatte auch der Togafrau mit der goldenen Blume einen Besuch abgestattet, die mit wärmendem Lächeln zu Emily hinabgesehen hatte ... so vertraut wie eine Freundin. Und dann war sie auf das Tor des Friedhofs zugegangen, gefolgt von ihren Gefährten. Manfred hatte sie nicht aufgehalten, auch wenn sein Lächeln die Freundlichkeit eines Höllenhundes gehabt hatte. Eine Weile war sie unsichtbar durch die Straßen gelaufen, war geflogen, dicht über die Dächer von Paris, und durch Wände geglitten, ehe sie schließlich auf dem Spielplatz gelandet war.

Emily hätte niemals erwartet, dass sie so lange auf einer Schaukel hätte sitzen können, aber der anbrechende Morgen belehrte sie eindeutig eines Besseren. Dabei hätte sie noch vor wenigen Wochen nicht gedacht, dass sie auch nur eine Sekunde zögern würde, wenn sie erst ihr Leben wieder in den Händen halten würde. Damals hatte sie nur fortgewollt aus jener Welt, die ihr so düster und fremd erschienen war. Doch das hatte sich geändert. Die Anderwelt hatte sich als das offenbart, was sie die ganze Zeit über gewesen war: ein Teil von Emilys Leben, den sie bisher nur nicht leibhaftig vor sich gesehen hatte. Sie hatte viele der Wunder kennengelernt, von denen sie bis dahin nur geträumt hatte, ja, sie war selbst zu einer Art Wunder geworden und hatte Freunde gefunden, die sie sich selbst in ihren wildesten Fantasien nicht hätte ausdenken können. Aber all dies war nicht der Grund, aus dem sie seit einer Ewigkeit auf dieser Schaukel hockte. Der Grund dafür schlief dort oben in einem halb erleuchteten Zimmer.

Sie stellte sich vor, dass ihre Schwester aufstehen und ans Fenster treten würde. Wenn sie ganz am Rand der Tür stehen bleiben würde, dann könnte sie sie sehen, und Emily würde ihr winken, auch wenn Sophie sie umgekehrt nicht erkennen würde. Vielleicht würde sie ahnen, dass sie da war, so wie Emily selbst immer geahnt hatte, dass in den Schatten mehr war, als sie sehen konnte. Vielleicht würde sie lächeln ... oder sie würde weinen, weil sie allein im Licht war und blind in die reglosen Schatten starrte, wie Emily es getan hatte.

Sie schaute auf das Licht in ihrer Hand hinab. Wie oft mochte ihr Vater auf diese Weise hier gestanden und zu ihr hinaufgeblickt haben in all der Zeit, da er als Weißer Krieger die Welten vor den Toten bewahrt hatte? Wie heftig musste es ihn geschmerzt haben zu sehen, wie sehr sie ihn vermisste? Und wie oft war er vielleicht heimlich an ihr Bett getreten und hatte ihr Haar gestreichelt, nur um zu verschwinden, kaum dass sie sich bewegte? Emily erinnerte sich an das Gefühl, wenn sie mitten in der Nacht aufgewacht war und er ihr so stark gefehlt hatte, dass ihr die Tränen gekommen waren. Sie hatte sich von ihm verlassen gefühlt, denn er war ihr Vater gewesen. Doch jetzt wusste sie, dass er immer schon mehr gewesen war als das. Ganz genau so wie sie. Auch sie war eine Träumerin, eine Geschichtenerzählerin, eine Untote. Und sie hatte endlich verstanden, was das bedeutete.

Die Schatten ringsum schienen den Atem anzuhalten, als sie auf die Beine kam. Sie ging bis zum Saum der Dämmerung, bis dorthin also, wo das Licht der Wohnungen den Rand des noch dunklen Spielplatzes traf. Golden flammte der Schein über ihr Gesicht, und noch einmal spürte Emily mit aller Macht die Sehnsucht, die sie in den letzten Wochen angetrieben hatte: die Sehnsucht nach ihrem alten Leben, nach ihren Freunden, ihrem Onkel und vor allem nach ihrer Schwester. Fast meinte sie, Sophie im Schlaf lachen zu hören … und es war dieser Gedanke, der sie das Amulett ihres Vaters abnehmen ließ.

Der kleine Drache starrte sie mit seinem üblichen Blick an: stolz und aufsässig, als wäre es eine Frechheit, dass sie ihn nicht mindestens fünfzigmal am Tag bewundernd betrachtete. Sie schob den Fingernagel an seinem Reißzahn vorbei und öffnete das Amulett. Ihre Schwester lachte ihr von ihrem Dreirad entgegen, und der fragende Blick ihres Vaters auf dem anderen Foto ließ sie tief Luft holen. Es schien ihr, als würde er lächeln; das war ihr zuvor nie aufgefallen. Sie bewegte die Finger mit dem goldenen Licht über dem Amulett, und ohne jedes Geräusch floss der Glanz in das Schmuckstück hinein. Emily schloss es mit leisem Klicken – und gleich darauf glühte es auf. In Strömen pulste das Licht durch den Drachenleib, und Emily sah staunend zu, wie dieser sich bewegte, als würde er aus einem langen Schlaf erwachen. Er streckte seine Glieder, öffnete gähnend das Maul, spuckte kleine Funken und schloss schließlich seine Klauen besitzergreifend um das glühende Ei. Mit leuchtend grünen Augen sah er Emily an, und sie zweifelte keine Sekunde daran, was sie über Drachen gelesen hatte: Niemals gaben sie einen Besitz her, der ihnen anvertraut worden war, ohne mit all ihrer Kraft darum zu kämpfen. Schon gar nicht, wenn es das Leben eines Menschen war.

Das Quietschen hinter ihr war kaum zu hören und doch fuhr es Emily ins Mark. Wie oft hatte sie diesen Ton gehört, wie oft sich das Kissen auf die Ohren gepresst, weil es so verloren klang, dieses Geräusch der Schaukel im Wind. Aber nun, da es sich wiederholte, durchströmte Emily nichts als haltloses Erstaunen. Sie stand da wie erstarrt, bis sie ihn ein drittes Mal hörte. *Drei ist eine magische Zahl.* Mit wirbelnden Haaren fuhr sie herum, als diese Stimme durch ihre Gedanken strich, und da stand er: ihr Vater, gehüllt in schneeweißes Licht.

Er sagte kein einziges Wort, als er auf sie zutrat. Eine dumme ignorante Stimme in ihr fragte sie, ob sie allen Ernstes glaubte, dass er wirklich da war, doch sie hörte überhaupt nicht hin. *Die Wirklichkeit wird ständig überschätzt.* Wie oft hatte ihr Vater das früher gesagt? Er hatte verflucht noch mal recht gehabt. Es gab viel zu viele Wirklichkeiten, um einer davon auf Dauer den Vorzug zu geben. Und noch etwas begriff sie, nun, da er vor ihr stehen blieb: Sie hatte sich nicht geirrt. Er hatte tatsächlich an der Schaukel gestanden und zu ihr hinaufgesehen in all den einsamen Nächten und verlorenen Stunden der letzten Jahre. Er war immer da gewesen, und ihr liefen die Tränen über die Wangen, als sie in seinen Augen erkannte, wie sehr er sie liebte – und wie stolz er war, jetzt, da er ihr das Amulett aus den Händen nahm.

Er schaute darauf, als würde er sich daran erinnern, wie er es ihr geschenkt hatte, vor unendlich langer Zeit, und der Drache schien die Klauen noch ein wenig fester um das Ei zu schließen. Dann hob ihr Vater die Hände und legte ihr das Amulett um den Hals. Emily spürte ihr Leben darin, dieses pulsende, gleißende, übermächtige Feuer, und sie fühlte noch einmal, wie leicht es wäre, es durch ihre Glieder jagen zu lassen. Nur ein Hauch, und sie konnte zu ihrer Schwester zurückkehren. Aber sie würde es nicht tun. Eine andere Aufgabe wartete auf sie: Sophie zu beschützen – sie und die Welten, in denen Emily jetzt zu Hause war.

Sie hielt den Kopf geneigt, weil sie nicht wollte, dass er endete: dieser Augenblick, in dem sie vom Weißen Krieger ausgezeichnet wurde … und der letzte Moment der Nähe mit ihrem Vater, ehe er wieder verschwinden würde. Sein Lachen war kaum zu hören, und doch brachte es Emily wie damals als Kind dazu, den Blick zu heben. Da war es wieder, das verschwörerische Lächeln, das ihr Vater immer auf den Lippen getragen hatte, wenn er ihr ein Geheimnis anvertraut hatte, das eigentlich gar kein Geheimnis gewesen war. Sie erwiderte die Geste. Er würde nicht verschwinden, das spürte sie nun mit Gewissheit. Er würde immer bleiben, was er seit jeher gewesen war: ein Wanderer zwischen den Welten auf der Suche nach verlorenen Worten.

Ihr Vater verschmolz mit den Schatten wie ein Lichtschimmer, der durch einen dunklen Wald gleitet. Sie sah ihm nach, wie er zwischen den Ästen der Eiche funkelte. Dann erst, als jeder Glanz erloschen war, spürte sie die Nähe ihrer Freunde. Cosimo war der Erste, der ihr in die Arme flog. Die Haare des Irrwichts kitzelten sie wie üblich und ließen sie lachen, und als sie über Raphaels Schulter zu Balthasar und Valentin hinübersah, da wusste sie, dass nicht nur sie in diesem Augenblick unendlich erleichtert war. Sie hatte die richtige Entscheidung getroffen, daran zweifelte sie nicht – und sie würde den Weg, der vor ihr lag, nicht alleine gehen.

Ohne ein Wort drehte sie sich zum Fenster ihrer Schwester um. Und mit einer Mühelosigkeit, von der sie bei ihrem letzten Besuch an diesem Ort nur zu träumen gewagt hatte, schwebte sie zu ihm hinauf. Sie schloss die Hand um das Amulett, als sie vor der Fensterscheibe stehen blieb, und ließ den Widerschein des Feuers über ihre Finger gleiten. Und im selben Moment, da sie ihre Schwester in ihrem Bett erkannte, legte sie die Hand gegen die Scheibe.

Sie konnte ihn spüren, den leisen Frost, der von ihr ausging und durchs Zimmer strömte. Er war wie ein Hauch aus unsterblicher Kehle, und als ihre Schwester die Luft einsog und die Augen öffnete, hielt Emily den Atem an. Sophie lag still da und schaute in die Dunkelheit, genau so, wie sie selbst es immer getan hatte, wenn sie scheinbar grundlos plötzlich erwacht war. Und wie sie drehte ihre Schwester nun den Kopf und sah zum Fenster hinüber. Emily rechnete damit, dass sie in die Finsternis schauen würde, so lange, bis sie wieder eingeschlafen war. Sie befand sich in ihrer Schemengestalt, es war unmöglich, dass Sophie …

Es war nicht mehr als die Andeutung einer steilen Falte zwischen deren Brauen, die Emily wie angewurzelt dastehen ließ. Binnen eines Atemzugs verlor sich jede Müdigkeit auf Sophies Zügen. Stattdessen starrte sie Emily wie gebannt an, und mit einem Rascheln, das ohrenbetäubend laut in Emily widerklang, schlug sie die Bettdecke zurück. Sie schlüpfte verkehrt herum in ihre

Hausschuhe, als sie aus dem Bett stieg, denn sie sah nicht zu Boden. Ihr Blick hing an Emily und bei jedem ihrer Schritte quer durchs Zimmer flammte ein Wechselspiel der Empfindungen über ihr Gesicht. Entsetzen. Unglaube. Trauer. Und unendliches Erstaunen, das keinem anderen Gefühl mehr Raum ließ.

Für einen Moment standen sie sich gegenüber, zwei Schwestern, Lebendige und Untote, Mensch und Geist, und schauten einander an, als könnten sie nicht begreifen, dass dieser Blickwechsel möglich war. Dann legte Sophie die Hand gegen die Scheibe, gerade an der Stelle, an der Emilys Hand auf dem Fenster ruhte.

Wie lange hatte Emily sich vor diesem Moment gefürchtet? Sie war so sicher gewesen, dass ihre Schwester sie nicht erkennen würde, obwohl sie doch die ganze Zeit vor ihrem Fenster gestanden hatte, in jedem ihrer freien Gedanken. Sie schluckte. Und jetzt stand sie da, im ersten Licht des Morgens, zu überwältigt, als dass sie die vollkommen unehrenhafte Träne bemerkt hätte, die nun über ihre Wange lief. Ihre Schwester jedoch lächelte. Und sie sah Emily an, als hätte sie es die ganze Zeit über gewusst.

Schwartz, Gesa:
Emily Bones – Die Stadt der Geister
ISBN 978 3 522 50565 9

Umschlaggestaltung: Felicitas Horstschäfer
Innentypografie: Kadja Gericke
Reproduktion: Digitalprint GmbH, Stuttgart
Druck und Bindung: GGP Media GmbH, Pößneck

FSC
www.fsc.org
MIX
Papier aus verantwortungsvollen Quellen
FSC® C014496

Dieses Buch wurde vermittelt durch die AVA international GmbH
Autoren- und Verlagsagentur

Schaurig-Schön
Die Welt von Lilith Parker

Janine Wilk
Lilith Parker
Band 1: Insel der Schatten

368 Seiten · Gebunden · eBook
ISBN 978-3-522-50142-2

Kalte Nebelschwaden tasten sich durch die Gassen. Schatten lauern hinter den Fenstern. So gruselig hatte sich Lilith ihr neues Zuhause nicht vorgestellt.

Band 2: Der Kuss des Todes
400 Seiten · Gebunden · eBook
ISBN 978-3-522-50254-2

Band 3: Das Blutstein-Amulett
416 Seiten · Gebunden · eBook
ISBN 978-3-522-50325-9

Band 4: Die Rache der Dämonen
384 Seiten · Gebunden · eBook
ISBN 978-3-522-50379-2

Band 5: Der Fluch des Schattenreichs
416 Seiten · Gebunden · eBook
ISBN 978-3-522-50462-1

www.planet-verlag.de

PLANET!